DECLAN (SFOA)

GOLD TEAM – STAHLHARTE BESCHÜTZER

BUCH FÜNF

RILEY EDWARDS

OPERATION ALPHA

Englischer Originaltitel: »Declan: Special Forces: Operation Alpha (Gold Team, Book 5)«
Deutsche Übersetzung: Sandra Martin für Daniela Mansfield Translations 2025

Herausgegeben von: Aces Press, LLC

ISBN Taschenbuch: 978-1-64384-738-2

Besuchen Sie Riley im Netz!
www.rileyedwardsromance.com
facebook.com/Novelist.Riley.Edwards
instagram.com/rileyedwardsromance
youtube.com/channel
tiktok.com/@rileyedwardsromance
twitter.com/rileyedwardsrom
E-Mail: riley@rileysrebels.com

WILLKOMMEN

Liebe Leserinnen und Leser,

willkommen in der Fan-Fiction-Welt von *Special Forces: Operation Alpha*!

Falls Sie diese Welt zum ersten Mal betreten, sollten Sie wissen, dass die Autorin in ihrer Erzählung einen oder mehrere meiner Charaktere verwendet. Manchmal spielt die Figur dabei eine wichtige Rolle in der Geschichte, und zuweilen wird sie nur kurz erwähnt. Das ist völlig legal und erlaubt, da der Roman von Aces Press, LLC veröffentlicht wird.

Dieses Buch ist vollständig das Werk der Autorin. Zwar habe ich beim Brainstorming geholfen und Ideen eingebracht, wenn es darum ging, welche meiner Figuren in der Erzählung erwähnt werden würden, aber ich hatte weder Einfluss auf den Schreibprozess noch auf die Bearbeitung der Geschichte.

Ich bin stolz und begeistert, dass meine Figuren so viel Anklang finden und viele Autorinnen und Autoren ihnen in ihren eigenen Erzählungen Platz schaffen. Vielen Dank, dass Sie sie und mich unterstützen!

Viel Spaß beim Lesen!
Susan Stoker xoxo

BÜCHER VON RILEY EDWARDS

Levis Erkenntnis

Nolans Zwiespalt

WILLKOMMEN

Liebe Leserinnen und Leser,

willkommen in der Fan-Fiction-Welt von *Special Forces: Operation Alpha*!

Falls Sie diese Welt zum ersten Mal betreten, sollten Sie wissen, dass die Autorin in ihrer Erzählung einen oder mehrere meiner Charaktere verwendet. Manchmal spielt die Figur dabei eine wichtige Rolle in der Geschichte, und zuweilen wird sie nur kurz erwähnt. Das ist völlig legal und erlaubt, da der Roman von Aces Press, LLC veröffentlicht wird.

Dieses Buch ist vollständig das Werk der Autorin. Zwar habe ich beim Brainstorming geholfen und Ideen eingebracht, wenn es darum ging, welche meiner Figuren in der Erzählung erwähnt werden würden, aber ich hatte weder Einfluss auf den Schreibprozess noch auf die Bearbeitung der Geschichte.

Ich bin stolz und begeistert, dass meine Figuren so viel Anklang finden und viele Autorinnen und Autoren ihnen in ihren eigenen Erzählungen Platz schaffen. Vielen Dank, dass Sie sie und mich unterstützen!

Viel Spaß beim Lesen!
Susan Stoker xoxo

BEVOR SIE DIESES BUCH LESEN

Danke, dass Sie sich für den Kauf von *Declan (SFOA)* entschieden haben. Ich bin überglücklich, erneut in Susan Stokers *Special Forces: Operation Alpha* Universum mitwirken zu dürfen. Seit vielen Jahren bin ich ein Fan von Susan und habe jedes ihrer Bücher (mehrfach) gelesen. Obwohl ich mein Bestes getan habe, um ihren Originalcharakteren treu zu bleiben (denn sie sind einfach fantastisch), bin ich nicht Susan. Daher habe ich die Figuren so wiedergegeben, wie ich sie als Leserin erlebt habe.

Ich möchte, dass alle Fans von Susan das Gefühl haben, alten Freunden zu begegnen, wenn sie ihre geliebten Charaktere darin wiederfinden. Ich hoffe, dass ich ihnen gerecht geworden bin. Aber vergessen Sie bitte nicht, dass ich mir auch einige Freiheiten genommen habe.

Ich hoffe, Sie genießen die Welt, die ich für Sie erschaffen habe, so sehr, wie ich es geliebt habe, sie zu gestalten.

Für Susan.
Danke, dass du uns, deinen treu ergebenen Lesern, so wunderbare
Charaktere beschert hast.

PROLOG

Declan Crenshaw schloss die Haustür auf und betrat Autumns kleines Häuschen mit den zwei Schlafzimmern. In diesem Moment wusste er es.

Er musste ihr Haus nicht durchsuchen, um zu wissen, dass sie fort war. Die Luft hatte sich verändert. Nichts war mehr von der Spannung zu spüren, die er immer in ihrer Nähe empfand.

Das Schlimmste war, dass er damit gerechnet hatte, obwohl sie versprochen hatte, nicht zu gehen.

Autumn Pierce hatte eine Mission, und niemand, nicht einmal er, konnte sie davon abhalten, sich auf ihre Beute zu stürzen.

Aber nur weil er das wusste, hieß das nicht, dass es kein Schlag in die Magengrube war. Es war ein stechender, durchdringender Schmerz, der auf der linken Seite seiner Brust brannte.

Declan wusste, dass er sich nie auf sie hätte einlassen dürfen. Er hätte ihr nie so nahe kommen dürfen. Thad würde den Verstand verlieren, und Emmy wäre zutiefst gekränkt, weil ihre Schwester monatelang in ihrer Nähe gelebt und niemand ihr etwas davon gesagt hatte. In diesem Punkt war Declan anderer Meinung als Autumn, aber sie hatte darauf bestanden, ihre Anwesenheit geheim zu halten.

Declan zog sein Handy aus der Tasche und rief Tex auf dem Weg in die Küche an.

Leer.

Wie alles in seinem Leben – eine weite Schlucht unendlicher Leere. Aber er hatte es ohnehin nicht verdient, Erfüllung zu finden. Nicht einmal die wenigen Atempausen, die er in ihrem Bett gefunden hatte, hätten ihm vergönnt sein sollen. Seine einzige Rechtfertigung für die Stunden des Glücks, die Autumn ihm mit ihrem warmen, geschmeidigen Körper geschenkt hatte, war die Genugtuung, dass sie auch von ihm genommen hatte, was sie brauchte.

Declan war noch nie einem Menschen begegnet, dessen Leid das seine widerspiegelte. Sie beide waren zwei gebrochene Seelen, die sich nicht mehr zusammenfügen ließen. Autumn benutzte ihren Schmerz so, wie er seinen benutzte – als Krücke, um in einer Welt zu überleben, in der alle anderen nach Liebe und Glück strebten.

Verfluchte Scheiße. Einst hatte Dec alles gehabt. Eine wunderschöne Frau, die ihm eine ebenso wunderschöne Tochter geschenkt hatte. Aber all das war ihm genommen worden, auf grausame Weise aus seinem Leben gerissen. Und es verging kein Tag, an dem er sich nicht daran erinnerte, dass er selbst dafür verantwortlich war.

Dec tippte energisch auf das Display seines Handys. Ein Anflug von Wut brachte seine sonst so besonnene und berechnende Art ins Wanken.

»Hey, Dec«, meldete Tex sich. »Ich habe Garrett gerade die Informationen geschickt.«

Decs Blick fiel auf einen Zettel, der auf der Anrichte lag, und sein Ärger wuchs.

Sie kamen zu spät.

»Wir haben ein Problem«, sagte Declan.

»Wir haben immer ein Problem. Du musst schon etwas genauer sein«, erwiderte Tex.

»Autumn ist weg. Sie wusste, dass Madeleine Strotherby wegen eines Fototermins für die neue Mädchenschule nach Afghanistan reisen würde. Sie hat mir geschworen, dass sie nicht allein gehen würde.«

»Du glaubst, sie ist nach Afghanistan geflogen?«

»Wenn man bedenkt, dass ich auf einen verdammten Zettel starre, auf dem steht: ›Habe eine neue Quelle, bin auf dem Weg dorthin. Wir sehen uns im Nahen Osten. PS: Vergiss deine Sonnencreme nicht‹, würde ich sagen, sie will nach Afghanistan.«

»Was kann ich für dich tun?«, fragte Tex.

»Finde heraus, wer ihre neue Quelle ist.«

»Und wie soll ich das anstellen? Einfach einen Namen aus dem Ärmel schütteln? Ich brauche mehr als nur eine ›Quelle‹.«

»Ich weiß nicht, wie du deine Wunder vollbringst, und ich gebe auch nicht vor, es zu wissen. Aber ich weiß, dass du uns noch nie enttäuscht hast. Und ich muss herausfinden, wer sich meiner Frau genähert hat und warum sie gegangen ist. Wir hatten einen Plan, und sie hat sich trotzdem aus dem Staub gemacht.«

Tex stieß einen schweren Seufzer aus, der nicht unbedingt beruhigend auf Declan wirkte. Er könnte auch Garrett auf den Fall ansetzen. Der Mann war sehr gut darin, Informationen zu sammeln. Aber Tex war der Beste, und wenn er nicht mitspielte, war Declan geliefert.

»Ich besorge dir einen Namen.«

Gott sei Dank.

»Danke, das weiß ich zu schätzen.«

»Du weißt, dass du reinen Tisch machen musst.«

Verdammt, er hatte schon gewusst, dass er es nicht mehr

lange geheim halten konnte, aber er hatte gehofft, noch etwas Zeit zu haben.

»Ja. Ich werde Zane gleich anrufen.«

»Viel Glück. Und mach dir keine Sorgen wegen Autumn. Sie weiß, was sie tut.«

Genau das bereitete Declan Sorgen. Autumn, die Hals über Kopf losstürmte, konnte alles Mögliche bedeuten. Im schlimmsten Fall hatte sie sich auf ein Himmelfahrtskommando begeben, im besten Fall würde sie Madeline töten und zufrieden nach Hause zurückkehren.

»Danke, Tex.«

Declan beendete das Gespräch und starrte auf sein Handy.

Es war so weit – der Tag der Abrechnung war gekommen.

KAPITEL EINS

»Guten Tag. Sind Sie Avery Nelson?«, fragte ich eine große rothaarige Frau.

»Ja. Und Sie sind?«

»Autumn Brown.« Die Lüge kam mir mühelos über die Lippen, als ich ihr die Hand reichte. »Ich arbeite für die Coalition of Women. Wir sind eine der größten Frauenorganisationen in den Vereinigten Staaten.«

Avery starrte mich weiter erwartungsvoll an. Sie durchbohrte mich förmlich mit ihrem intelligenten Blick, und ich begann, mich zu fragen, ob Ashaki Maloof wirklich gut daran getan hatte, einen weiblichen Navy-Leutnant als meine Kontaktperson zu wählen. Ich mochte Männer lieber, sie waren unkompliziert. Normalerweise genügten ein wenig Dekolleté und ein Lächeln, um sie um den kleinen Finger zu wickeln.

Aber bei Avery Nelson musste ich mich schon etwas mehr anstrengen.

»Vor Kurzem haben wir unser Netzwerk erweitert und begonnen, mit internationalen Organisationen zusammenzuarbeiten. Deshalb bin ich hier. Ich hatte gehofft, Madeleine Strotherby zu erwischen. War sie schon hier?«

Erwischen. So könnte man es nennen.

»Miss Brown ...«

»Bitte nennen Sie mich Autumn.«

Avery nickte und fuhr fort: »Ich hoffe, Sie verstehen, dass ich Ihnen nicht offen sagen kann, was in der Klinik vor sich geht.«

Das spielte keine Rolle, denn der Leutnant hatte mir schon verraten, was ich wissen wollte. Madeleine war hier gewesen. Avery hatte den Namen wiedererkannt.

»Natürlich, das verstehe ich.« Ich nahm meinen Rucksack von der Schulter und zog einen Scheck über eine beträchtliche Summe heraus, um ihn Avery zu überreichen. »Das ist für die Klinik. Wie gesagt, die Coalition of Women wächst und wir würden gern mit einer Spende zu der großartigen Arbeit beitragen, die Sie hier leisten. Bildung ist lebenswichtig.«

Avery betrachtete den Scheck und begegnete dann wieder meinem Blick. »Vielleicht würden Sie gern mit der Klinikleitung sprechen ...«

»Leider habe ich keine Zeit, daher bitte ich Sie, den Scheck weiterzureichen. Und falls Miss Strotherby noch einmal vorbeikommt, wäre ich Ihnen dankbar, wenn Sie ihr meine Kontaktdaten geben könnten.«

»Das ist eine Menge Geld«, bemerkte Avery.

Damit hatte sie recht, aber ich hatte auch viel.

Nicht umsonst hatte ich mich in den letzten neun Jahren durch den Sumpf des Menschenhandels gewühlt. Jeder Mann, der mir zum Opfer gefallen war, hatte bezahlt, sowohl mit seinem Leben als auch mit seinem Bankkonto.

»Wir hoffen, dass Sie damit Ihre wunderbare Arbeit fortsetzen können.«

Eine Gruppe afghanischer Frauen betrat den kleinen Besprechungsraum. Averys Pause war vorbei. Perfekt.

»Mit Ihrer Entbindungsstation«, sagte ich und nickte in Richtung der schwangeren Frauen, »tun Sie viel Gutes, Avery.«

»Danke.« Der Leutnant errötete, und die Sommersprossen auf ihrer Nase und Stirn traten noch deutlicher hervor.

Sie glaubte an ihre Arbeit, genau wie ich.

Allerdings rettete die Frau Leben, während ich sie nahm. Ying und Yang. Gut und Böse.

Aber so funktionierte die Welt.

»Danke, dass Sie sich Zeit für mich genommen haben. Einen schönen Tag noch.«

Auf dem Weg nach draußen schlängelte ich mich an schwangeren Frauen und ehrenamtlichen Helfern vorbei. In dem Moment, in dem ich auf die Straße trat, spürte ich ihn. Ich musste mich nicht umsehen, um zu wissen, dass er da war und mich beobachtete.

Declan Crenshaw.

Der gefährlichste Mann, dem ich je begegnet war.

Gnadenlos, tödlich, effizient.

Declan war ein Elitesoldat, der bei den Marines ausgebildet worden war, dann für die CIA gearbeitet hatte und nun als Söldner sein Geld verdiente. Der Mann war eine Tötungsmaschine. Aber nicht das machte ihn so gefährlich. Vielmehr waren es sein gebrochenes Herz, seine zerrissene Seele und der Schmerz, der so tief saß, dass man ihn fühlen konnte, wenn man ihn nur ansah. Er war mein männliches Pendant. Sexy, tödlich, knallhart.

Und er würde mein Untergang sein. Trotzdem gewährte ich ihm seit Monaten immer wieder Zugang zu meinem Leben. Gestohlene Stunden. Wenn ich mit ihm zusammen war, verblassten meine Erinnerungen und alles andere fiel von mir ab. Dann existierten weder meine Vergangenheit noch die Menschenhändler noch die Frauen in den Käfigen noch der Verlust und der Schmerz. Es gab nur Dec und mich. Zwei verlorene, gebrochene Seelen – emotional bankrott und ohne Chance auf Heilung.

Wir waren, wer wir waren.

Aber obwohl ich wusste, dass ich nie wieder die Alte sein und meine Mission nie erfüllt sein würde, raubten mir diese Stunden den Verstand. Seine Hände hatten magische Kräfte. Sie waren zwar kein Heilmittel, aber sie waren Balsam für meine Seele. Wie eine Salbe, die ich mir eigentlich nicht leisten konnte.

»Du hast zwei Sekunden, um mich davon zu überzeugen, dass ich dich für diese Nummer nicht in dein Hotelzimmer schleifen und dir den Hintern versohlen soll«, knurrte Declan mir ins Ohr. Er war mir so nahe, dass ich seinen warmen Atem an meinem Nacken spüren konnte. Das tiefe Timbre seiner Stimme jagte mir einen erregenden Schauer über den Rücken.

»Und du hast zwei Sekunden, um zurückzuweichen, bevor ich dich entmanne«, entgegnete ich.

Das wäre jedoch eine Tragödie. Declan konnte nicht nur mit seinen Händen umgehen. Mit seinem Schwanz konnte er wahre Wunder vollbringen.

Ja, Declan war ein allmächtiger Zauberer – wie Merlin. Allerdings zog Dec mich mit unzüchtigen Zauberformeln in seinen Bann, gegen die ich machtlos war. Er benutzte lüsterne und unanständige Beschwörungen, von denen ich mich nur allzu gern betören ließ.

»Ich meine es ernst, Autumn.«

»Ich auch, Declan«, sagte ich und setzte mich in Bewegung.

»Wir hatten eine Abmachung«, knurrte er und hielt mit

mir Schritt, als ich die Straße überquerte und in eine Gasse einbog.

»Abmachungen ändern sich.«

»Autumn«, blaffte er und brachte mich abrupt zum Stehen. »Wir hatten eine Abmachung. Du solltest auf mich warten.«

Er hatte recht. Ich hatte der Abmachung nach drei atemberaubenden Orgasmen zugestimmt. Zu dem Zeitpunkt hatte ich mich in einer Trance befunden, in die Declan mich versetzt hatte. Ich war also nicht Herr meiner Sinne gewesen und konnte deshalb nicht dafür zur Rechenschaft gezogen werden.

»Declan …«

»Du hast Mist gebaut.«

Sofort versteifte ich mich.

»Nur weil ich deine Anweisungen nicht befolgt habe, heißt das nicht, dass ich Mist gebaut habe. Du vergisst, dass ich dich nicht brauche. Ich brauche weder dein Team noch deine Informationen. Ich habe meine eigenen Quellen, mein eigenes Netzwerk. Ich spiele dieses Spiel schon genauso lange wie du.«

Das stimmte nicht ganz, er hatte ein paar Jahre mehr Erfahrung und unzählige Trainingsstunden hinter sich. Aber was mir an formeller Ausbildung fehlte, hatte ich mir praktisch angeeignet. Außerdem konnte ich die persönliche Erfahrung vorweisen, die er nie hätte machen können. Ich wusste, wie es war, in einen Käfig gesperrt, verkauft und benutzt zu werden.

Mein einfaches, naives Leben war mir genommen worden. Im einen Moment war ich noch eine Studentin mit durchschnittlichen Noten, die keine Ahnung hatte, wie hässlich die Welt sein konnte, und im nächsten war ich mit verbundenen Augen in einem Käfig angekettet und wartete darauf, dass mein neuer Besitzer sein neues Spielzeug kaufte.

»Herrgott, du bist …«

»Was bin ich, oh mächtiger Declan? Klug, unabhängig? Ich nehme keine Befehle von dir entgegen und folge dir nicht wie deine Männer. Und weißt du was? Das werde ich auch nie. Du wolltest mit deinen Kameraden reden und ihnen alles erzählen. Und du wolltest, dass ich mit Emerson und Thad spreche. Aber ich wollte nichts davon.«

»Sei nicht so arrogant.« Declan verengte seine rotbraunen Augen zu schmalen Schlitzen. Ich musste mich beherrschen, um nicht erschrocken zurückzuweichen. Er war verdammt Furcht einflößend, wenn er wütend war. »Vergiss nicht, wen du vor dir hast, verdammt. Mir ist klar, dass du auf dich selbst aufpassen kannst. Ich habe eine dicke Akte, die beweist, wie einfallsreich du bist. Aber du bist nicht klug, sondern verdammt stur.«

»Verpiss dich!«

Bevor ich einen Schritt zur Seite treten konnte, hatte Declan mich an die Mauer gedrückt. Sein großer Körper war wie eine Wand aus Muskeln, an der ich nicht vorbeikam.

»Stur und dumm. Du weißt es besser. Wenn du den Rest von Omni ausschalten willst, solltest du mit Bedacht vorgehen. Das hier ist keine Show, die du im Alleingang durchziehen kannst. Du hast Feuerkraft hinter dir, also nutze sie. Madeleine Strotherby ist nicht dumm, Autumn, sie hat sich eine Armee aufgebaut. Sie wird nicht zögern, ihr Imperium zu verteidigen.«

»Meinst du, das weiß ich nicht? Sie ist hier, ganz in der Nähe.«

»Und sie wird Leibwächter um sich haben. Hast du gedacht, du könntest einfach zu ihr gehen und …« Declan hielt plötzlich inne und fasste sich ans Handgelenk. »Verstanden. Wir verschwinden von hier.« Dann wandte er sich wieder mir zu. »Wir haben Gesellschaft.«

Gott sei Dank. Ein ganzes Bataillon Aufständische wäre mir lieber gewesen als ein Streit mit Declan.

KAPITEL ZWEI

Autumn zuckte nicht mit der Wimper, nicht einmal eine Sorgenfalte zeichnete sich auf ihrem Gesicht ab. Ihre Miene war wie versteinert, als ich ihr sagte, dass wir Gesellschaft hatten. Die Frau war sowohl verrückt als auch verdammt mutig.

Unglaublich mutig. Und die zehn Zentimeter lange Narbe an meinem Hals erinnerte mich daran, dass sie mir das Leben gerettet hatte.

Meine Zeit bei den Marines hatte mich gelehrt, wie wichtig Teamwork war. Bei der CIA hingegen hatte ich gelernt, mich als Einzelkämpfer durchzuschlagen. Zane Lewis hatte sich viel Mühe gegeben, mich daran zu erinnern, dass die Zusammenarbeit mit meinen Kameraden wichtiger war als die Einsamkeit. Autumn hatte das noch nicht verstanden. Aber ich würde es ihr auch nicht in einer Gasse beibringen können, während der Feind uns auf den Fersen war.

»Komm.« Ich ergriff ihre Hand und führte sie zurück zur Straße.

Autumn blieb abrupt stehen und deutete in die Gasse. »Hier entlang.«

»Das ist eine Sackgasse.«

»Nein, am Ende ist eine Tür, die zum Markt führt. Hier können wir nicht bleiben. Auf der anderen Straßenseite befindet sich eine Klinik mit über einem Dutzend schwangerer Frauen.«

Ohne eine Antwort abzuwarten, lief Autumn los. Planlos. Ja, sie brauchte wirklich eine Lektion in Teamwork.

»Drei Typen biegen gerade in die Gasse ein. Bewegung«, ertönte Brooks Stimme über Funk.

»Schneller«, rief ich Autumn zu.

Sie ließ meine Hand los und sprintete die letzten hundert Meter zur Tür. Sie erreichte sie vor mir und öffnete sie langsam. Dann duckte sie sich, schlüpfte hindurch und hielt sie mir offen. Sie hatte die Hand auf das Holster gelegt, in dem ihre Pistole steckte. Ich war weniger zurückhaltend und zog meine Sig Sauer. Dann folgte ich ihr durch das leere Hinterzimmer.

»Bereit?«, flüsterte sie.

Als ich nickte, zog sie den Vorhang zurück. Der Ladenbesitzer rief sofort etwas auf Paschtu, was die Aufmerksamkeit vieler Kunden auf sich zog. Der Markt war nicht überfüllt, aber wir waren den anderen zahlenmäßig weit unterlegen.

Ich musste Autumn nicht bitten, sich zu bewegen. Sie stürmte los wie ein geölter Blitz und schlängelte sich durch die Menge. Die meisten wichen uns aus und brachten sich in Sicherheit. Es verhieß nichts Gutes, wenn zwei Amerikaner auf sie zueilten.

»Mein Hotel oder hast du eine andere Idee?«, fragte sie, als wir aus der Tür hasteten.

»Hotel.«

Autumn hielt sich nicht lange auf dem belebten Bürgersteig auf. Nein, sie stürzte sich direkt in den dichten, zähflüssigen Verkehr. Sie lief zwischen den Fahrzeugen hindurch und wäre beinahe von einem Motorradfahrer erfasst worden. Erst als sie um eine Ecke bog und auf einen Freiluft-basar stieß, verlangsamte sie ihre Schritte. Sofort wurden wir von den Menschenmassen, die sich um die Stände und Karren drängten, verschluckt.

Während ich dankbar war, dass sie nicht überfahren worden war, fiel sie nun auf wie ein bunter Hund.

»Hier.« Ich nahm meine Kufiya vom Hals und reichte sie ihr. »Bedecke wenigstens deinen Kopf.«

Mein Gott, sie war wirklich verrückt. Eine blonde Frau, die allein in Afghanistan herumspazierte, lief Gefahr, auf der Stelle getötet zu werden.

Auch darüber würden wir auf dem Weg ins Hotel reden müssen.

War sie lebensmüde oder wollte sie nur unnötig Aufmerksamkeit erregen? Keine der beiden Möglichkeiten war vielversprechend.

Fünf Minuten später erreichten wir das Hotel. Ich hatte dem Etablissement bereits einen Besuch abgestattet und war in ihr Zimmer eingebrochen. Hier würde sie sicher nicht übernachten. Wir nahmen die Treppe und standen kurz darauf vor ihrer Tür.

Da bemerkte ich das Zittern ihrer Hand, als sie versuchte, den Schlüssel in das minderwertige Schloss zu stecken.

»Baby?«

»Irgendetwas stimmt nicht.«

»Geh von der Tür weg.«

Autumn reckte den Hals, um meinem Blick zu begegnen. Ihre grünen Iriden waren eine Nuance dunkler als die ihrer Schwester Emerson.

»Denkst du …«, flüsterte sie.

Ich kam nicht dazu, ihr zu erklären, dass wir sofort aufbrechen würden. In dem Zimmer war nichts von Bedeutung, denn ich hatte mir bereits ihren Rucksack geschnappt, nachdem ich ihn durchsucht hatte. Ich kam auch nicht mehr dazu, ihr zu sagen, dass sie das falsche Hotel gewählt hatte, denn im nächsten Moment erschütterte eine Explosion ihr Zimmer.

Kaum hatte ich meine Arme um Autumn geschlungen, schleuderte die Druckwelle uns nach hinten. Im Flug drehte ich mich, um die Hauptlast des Aufpralls abzufangen. Einen Moment später zog ich sie auf die Füße.

»Lagebericht«, rief Thad über Funk.

»Wir nehmen die Hintertreppe«, sagte ich.

»Voraussichtliche Ankunft in drei Minuten.«

»Vielleicht sind wir in drei Minuten nicht mehr hier«, erwiderte ich und warf einen Blick auf Autumn.

Sie hatte ihre Waffe gezogen und ließ ihren Blick wachsam über die Umgebung schweifen.

Meine Güte.

Autumn wie sie leibte und lebte.

Noch nie zuvor war ich einer Frau wie ihr begegnet. Weder bei den Marines noch bei der CIA. Und schon gar nicht auf dem Schlachtfeld. Das wollte etwas heißen, denn ich hatte ein- oder zweimal mit Jasmin Parker zu tun gehabt, die eine knallhartes Miststück war. Ja, ein Miststück. Sie hatte sich ihren Ruf verdient und genoss den Respekt aller Männer, die mit ihr arbeiten durften.

Aber Autumn? Autumn war ein einsamer Wolf auf der Jagd. Im Gegensatz zu Jasmin hatte sie keine militärische Ausbildung genossen. Und sie hatte kein Red Team, das ihr den Rücken freihielt. Sie war durch und durch beeindruckend. Das wusste ich nicht nur, weil es in der dicken Akte stand, die ich über sie hatte, sondern weil ich es mit eigenen Augen gesehen hatte. Wenn Autumn ihre Beute aufgespürt hatte, machte sie keine Gefangenen.

Sie hatte ihre eigene Vorstellung von Gerechtigkeit – schnell und tödlich.

Genau wie ich.

»Los.« Ich deutete mit dem Kopf den Flur hinunter. Sie überraschte mich, als sie sich in Bewegung setzte.

Das war ungewöhnlich für Autumn. Sie nahm ungern Befehle entgegen und befolgte nur selten Anweisungen. Gut zu wissen, dass die Explosion in ihrem Hotelzimmer ihr die Ohren geöffnet hatte.

Autumn erreichte das Ende des Korridors. Die Waffe im Anschlag, die Ellbogen an den Körper gepresst, bog sie um die Ecke und vergewisserte sich, dass die Luft rein war. Schnell, effizient und taktisch perfekt.

Es war beeindruckend, aber es überraschte mich nicht, dass sie wusste, dass Gefahr hinter jeder Ecke lauern konnte.

Sie stand bereits am Treppenabsatz, als eine Tür geöffnet wurde. Ich ging eilig darauf zu, stellte mich in den Türrahmen und hielt dem Mann den Lauf meiner Sig an die Brust: »Bleiben Sie in Ihrem Zimmer.«

Der Mann nickte und wich langsam zurück. Eine Viertelsekunde später hatte ich die Tür wieder geschlossen.

Autumn war bereits die Treppe hinuntergegangen.

Ja, wir würden zweifellos ein ernstes Wörtchen über Teamwork wechseln müssen. Am Fuß der ersten Treppe erblickte ich Autumn auf der zweiten. Sie nahm zwei Stufen auf einmal, den Rücken an die Wand gepresst, die Waffe im Anschlag.

Dann fiel der erste Schuss. Es war das erste Mal, dass ich während eines Einsatzes einen Anflug von Angst verspürte. In all meinen Jahren beim Militär hatte ich mich nie gefürchtet. Ich hatte es einfach nicht zugelassen, denn wer Angst hatte, war weniger konzentriert.

Autumn hatte sich auf den Boden gesetzt, die Knie angezogen und die Beine gespreizt. Ich sprang die letzten vier Stufen hinunter und landete vor ihr.

»Bist du getroffen?«, fragte ich.

»Nein.«

»Kannst du aufstehen?«

Sie warf mir einen vernichtenden Blick zu und erhob sich.

Ein weiterer Schuss rauschte an uns vorbei und schlug rechts von uns in die Wand ein. Putz und Schutt fielen herab.

»Hörst du das?«, fragte Autumn.

Ich lauschte, dann hörte ich sie. Wütende Stimmen über uns.

Verdammt.

Wir saßen im Treppenhaus fest und die Verstärkung war noch zwei Minuten entfernt. Im Geiste zählte ich schnell meine Munition. Mit drei vollen Magazinen würde ich höchstens fünf Minuten durchhalten, je nachdem, wie viele der Kerle unten lauerten. Wäre ich allein gewesen, hätte ich mir darüber keine Gedanken machen müssen. Aber mit Autumn im Schlepptau wog ich unsere Möglichkeiten sorgfältig ab.

»Wie viel Munition hast du noch?«, fragte ich.

»Zwei volle Magazine.«

»Wir gehen runter.«

»Ich dachte nicht, dass wir zurück nach oben gehen, Großer.«

Klugscheißerin.

Zu meinem Entsetzen setzte Autumn sich plötzlich in Bewegung. Sie stürmte die Treppe hinunter und feuerte einen Schuss nach dem anderen ab. Dabei verschwendete sie weder einen Gedanken an ihre eigene Sicherheit noch an eine mögliche Strategie. Entweder hatte sie zu viele Jason-Bourne-Filme gesehen oder sie hielt sich für unbesiegbar.

Autumn Pierce gab dem Begriff »angriffslustig« eine ganz neue Bedeutung.

»Nicht so schnell, Teufelsweib.«

»Kannst du etwa nicht mithalten, alter Mann?«

Ich würde sie auf jeden Fall übers Knie legen. Ich wusste, wie sehr sie es mochte, schließlich hatte sie mich schon oft darum gebeten. Aber diesmal würde ich ihr nicht zu ihren Bedingungen den Hintern versohlen.

Das Geräusch eines automatischen Gewehrs hallte durch das Treppenhaus. Holz splitterte, Kugeln flogen durch die Luft. Sechs Leichen lagen verstreut auf dem schmutzigen Beton.

Mindestens ein Mann bewachte den Ausgang. Oben lauerten weitere.

»Ich muss nachladen«, rief Autumn. Ich stellte mich vor sie, während sie das Magazin wechselte.

Mit bedächtigen Schritten umrundete ich den letzten Treppenabsatz und stieg die Stufen zum Erdgeschoss hinunter.

Der Mann an der Tür sackte zu Boden, doch zuvor traf er noch meinen Arm. Ich biss die Zähne zusammen und wartete, bis der Schmerz nachließ. Ein neuer Tag, eine neue Narbe.

Mein linker Bizeps pochte, während das Brennen bis in meine Fingerspitzen ausstrahlte.

Verdammt, das tut weh.

»Lass uns gehen.«

Keine Antwort.

Ich warf einen Blick über die Schulter und mein Herz setzte einen Schlag aus.

Im nächsten Moment überkam mich eine unbändige Wut.

Und ein Gefühl, das ich bisher nur einmal in meinem Leben empfunden hatte.

»Das würde ich nicht tun«, sagte der Mann und presste den Lauf seiner Waffe gegen Autumns Schläfe, bis ihr Kopf unter dem Druck zur Seite kippte.

Ich begegnete Autumns Blick. Ihre Augen waren leer. Ausdruckslos. Kalt.

Tot. Ich hatte diesen Blick schon zu oft gesehen. Und jedes Mal war er mir zuwider.

Selbst aus nächster Nähe hatte ich keine freie Schussbahn. Der Mann benutzte Autumn als Schutzschild. Nur etwa sieben Zentimeter seines maskierten Gesichts ragten hervor. Es würde blutig werden.

Bevor ich jedoch abdrücken konnte, rammte Autumn dem Mann ihren Ellbogen in die Magengrube, beugte sich vor und packte ihn am Handgelenk. Da das Überraschungsmoment auf ihrer Seite war und sie in einem günstigen Winkel zur Treppe stand, schob sie ihre Hüfte nach hinten und nutzte den Schwung, um den Kerl über ihre Schulter zu werfen. Mit einem dumpfen Aufprall schlug er auf den Stufen auf.

»Lass uns gehen.«

Wieder hörte Autumn nicht auf mich, sondern stürzte sich auf den Mann.

Verdammte Scheiße. Sie ließ ihre zierlichen Fäuste auf sein Gesicht niedersausen.

Wir hatten keine Zeit für ihre Wut. Ich ignorierte den Schmerz in meinem Arm, packte sie an der Taille, richtete meine Waffe auf den Kerl und schoss ihm ins Gesicht. Autumn zuckte zusammen und ich setzte sie auf dem Boden ab.

»Mach so eine Scheiße nicht noch einmal«, schimpfte ich. »Das ist die letzte verdammte Warnung.«

Sie versteifte sich. Dann stieß sie sich von mir ab und bückte sich, um die Waffe des Mannes aufzuheben. Als sie sich wieder aufrichtete, begegnete sie meinem Blick. Wir wechselten kein Wort, aber das war auch nicht nötig. Sie war wütend. Ich wusste nicht, ob sie verärgert war, weil ich sie von dem Kerl weggezogen hatte oder weil ich Befehle gebrüllt hatte. Aber es war mir egal.

»Und wenn wir die Straße erreichen, bleibst du vor mir.«

Ich würde sie die ganze Zeit im Auge behalten müssen. Sie war verrückt und hatte bewiesen, dass sie nicht einmal die einfachsten Befehle befolgen konnte.

»Wie du willst, Declan.«

Diese Frau würde mich noch ins Grab bringen. Buchstäblich ins Grab. Sie war impulsiv und unfähig, ihre Wut zu zügeln.

Ich hatte Jahre damit verbracht, alle Gefühlsregungen zu unterdrücken. Jahre des Nichts. Ich hatte in einem schwarzen Loch gelebt, in dem ich mich und andere vor dem Monster geschützt hatte, zu dem ich geworden war. Doch dann war Autumn in mein Leben getreten und hatte die Mauern meines sorgfältig errichteten Zufluchtsortes durchbrochen. Jetzt durchströmten mich Emotionen, auf die ich gut hätte verzichten können.

Ich wollte sie nicht spüren.

Und doch fühlte ich mich auf eine Weise zu Autumn hingezogen, die uns beide umbringen würde.

KAPITEL DREI

Fünf Männer streiften durch das Wohnzimmer wie ein Rudel wilder Löwen, die sich auf ihre Beute stürzen wollten. Das war bedauerlich, denn diese Beute war ich.

Bedauerlich für sie.

Sie würden noch feststellen, dass ich anders war als alle Frauen, die sie bisher gekannt hatten. Ich war weder eine Mission noch eine Zielperson noch eine Jungfrau in Not.

Ich ließ den Blick von meinem Schwager Thad zu Declan wandern.

Thad sah verwirrt aus, Declan kochte vor Wut.

Nun, ich war es gewohnt, dass Declan schlechte Laune hatte. Und für mich war es nichts Neues, einen Mann zu verärgern. Im Laufe der Jahre hatte ich es mit vielen wütenden Männern zu tun gehabt, und normalerweise waren sie immer in Rage geraten, kurz bevor ich sie zur Strecke gebracht hatte.

Sie waren nichts als Abschaum gewesen. Verbrecher aus den Tiefen der Hölle. Sie waren meine üblichen Ziele, auf tödliche Söldner hatte ich es normalerweise nicht abgesehen.

Aber ich wollte Declan und seine Kameraden nicht töten, ich wollte sie nur verärgern.

Ich wickelte Declans Kufiya ab, die er mir aufgezwungen hatte, und warf sie über die Lehne des Sofas. Dec betrachtete das Tuch und begegnete meinem Blick.

»Du hast das alles geplant«, knurrte Dec.

»Ja.«

Es hatte keinen Sinn, es zu leugnen. Ich hatte dafür gesorgt, dass Madeleine Strotherby und ihre Lakaien von meinem Aufenthalt in Afghanistan wussten. Hätte ich mich verstecken wollen, hätten sie es nie erfahren. Ich war weder dumm noch grün hinter den Ohren. Aber ich hatte dieses Katz-und-Maus-Spiel satt. Es war an der Zeit, diesem Mist ein Ende zu setzen. Und wie hätte ich das besser bewerkstelligen können, als sie über meine Anwesenheit zu informieren und sie zu mir kommen zu lassen.

»Was zum Teufel?«

»Was zum Teufel, was, Declan?«, entgegnete ich mit ebenso sarkastischem Unterton.

»Du hättest uns beide umbringen können.«

Ich warf einen Blick auf seinen linken Arm. Sein enges, hellbraunes, langärmeliges T-Shirt war blutverschmiert, und ein Anflug von Reue ließ mir die Nackenhaare zu Berge stehen. Aber es war nur ein flüchtiges Gefühl, das so schnell verflog, wie es gekommen war. Emotionen wie Reue oder Bedauern hatte ich schon lange nicht mehr empfunden. Aber für Declan machte ich eine Ausnahme.

»Nein. Du hast Mist gebaut und hättest uns beide umbringen können. Ich habe dich nicht gebeten, dich in meine Angelegenheiten einzumischen und mich auf der Straße zu verfolgen. Ohne dich wäre ich erst gar nicht erst in diese Situation geraten.«

»Wir hatten einen Plan.«

»Das ist nicht wahr. Du hattest einen Plan. Ich mache keine Pläne und ich arbeite mit niemandem zusammen. Weder mit einem Partner noch mit einem Team. Ich habe dir von Anfang an gesagt, dass ich allein arbeite. Das hat dir nicht gefallen, aber ich wollte nicht mit dir streiten, also habe ich dich glauben lassen, was du wolltest. Doch das bedeutet nicht, dass ich mich auf eine Partnerschaft mit dir einlassen wollte.«

Declan runzelte die Stirn. Ihm war eindeutig unbehaglich zumute, als Thad abwechselnd Declan und dann wieder mich ansah. Großartig. Als mein Schwager die Augen zu schmalen Schlitzen zusammenkniff, wusste ich, dass er mir ein paar unangenehme Fragen stellen würde.

»Was zum Teufel ist hier los?«, wollte Thad wissen.

Aus dem Augenwinkel sah ich, wie Max mich finster anstarrte. Ich war ihm erst ein paarmal begegnet, aber er schien jemand zu sein, mit dem man sich nicht anlegen wollte. Im Gegensatz zu Thad, Brooks und Kyle wirkte er jedoch nicht sonderlich verwirrt.

»Ich kann dir sagen, was los ist«, antwortete ich. »Ich hatte eine Spur, die mich zu Madeleine führen sollte, aber Declan hat meine Pläne durchkreuzt.«

»Ich dachte, du machst keine Pläne«, erwiderte Declan.

Meine Güte, der Mann raubte mir den letzten Nerv.

»Ich rede nicht von Strotherby«, begann Thad. »Was zum Teufel ist zwischen dir und Declan los? Wie kommt es, dass ihr zwei überhaupt die Gelegenheit hattet, über irgendetwas zu reden?«

Thad entging nicht, wie Declan zusammenzuckte. »Bruder«, sagte mein Schwager in warnendem Ton.

Und in einem seltenen Moment der Schwäche beschloss ich einzugreifen, weil ich nicht wollte, dass Declan Thads Zorn zu spüren bekam. Ich bedeutete ihnen nichts und würde verschwinden, sobald ich Madeleine zur Strecke gebracht hatte. Aber sie waren Kameraden und würden auch danach noch zusammenarbeiten müssen.

»Ich habe mich an Declan gewandt, nachdem meine Quelle mir bestätigt hatte, dass Icon ganz oben in der Hierarchie von Omni stand. Ich nahm fälschlicherweise an, dass wir Informationen austauschen könnten.«

Ein gequälter Ausdruck blitzte in den Augen meines Schwagers auf. »Du hast dich an Declan gewandt. Nicht an mich.«

Wieder verzog er schmerzlich das Gesicht. Ich war eine wandelnde Katastrophe, die nichts als Verwüstung und Qual mit sich brachte. Genau deshalb hielt ich mich von allen fern. Mein Einfluss war verheerend.

»Ja, ich war bei Declan«, bestätigte ich unnötigerweise.

»Warum?«

»Weil ich wusste, dass er nicht versuchen würde, mich zu irgendetwas zu drängen. Ich wollte mich nicht mit Emerson treffen oder über die Vergangenheit sprechen. Im Gegensatz zu Declan hättest du nur versucht, mich zu heilen oder mich aufzuhalten. Nichts für ungut, Thad, du bist ein guter Kerl. Aber du liebst meine Schwester.«

»Verdammt richtig, das tue ich.«

»Und deshalb will ich nichts mit dir zu tun haben. Ich will dir und Emmy keine Probleme bereiten. Sie soll nicht an mich denken. Sie soll ihr Leben leben und mit dir glücklich werden. Meinst du nicht, dass sie schon genug aufgegeben hat?«

Thad schwieg, denn ich hatte recht. Emerson hatte zu viel geopfert. Unter anderem ihn. Als ich entführt wurde, hatte Emmy ihr Leben in San Diego hinter sich gelassen, um nach Hause zu kommen und unseren Eltern bei der Suche nach mir zu helfen. Dann wurden aus Tagen Monate und aus Monaten Jahre, und sie kehrte nie mehr in ihr altes Leben und zu Thad zurück. Erst letztes Jahr fanden sie endlich wieder zueinander. Er hatte ein Wunder vollbracht und sie aus einem Leben gerissen, das sie nicht hätte führen dürfen. Einem Leben, das meinem sehr ähnlich war und das von dem Wunsch nach Vergeltung getrieben war. Aber er hatte sie davon befreit, und ich zweifelte nicht daran, dass er glaubte, dasselbe für mich tun zu können. Aber nicht, weil er mich mochte oder meine schwarze Seele retten wollte, sondern weil meine Schwester mich liebte und sich etwas für mich wünschte, was ich nie haben würde – Glück und Frieden. Und wenn Emmy etwas wollte, würde Thaddeus Bench Himmel und Hölle in Bewegung setzen, damit sie es bekam.

Deshalb hielt ich mich von meinem Schwager fern.

»Ich habe dir gesagt, dass wir uns nahestehen«, warf Declan ein. »Und ich habe dich gebeten zu warten. Wir hätten mit meinem Team reden und einen Plan ausarbeiten können. Dann hättest du nicht mit wehenden blonden Haaren durch Afghanistan spazieren und die Aufmerksamkeit aller auf dich ziehen müssen. Ich habe dir doch erklärt, dass dies kein Himmelfahrtskommando ist, Autumn.«

Er hatte davon gefaselt, dass ich mein Leben nicht aufs Spiel setzen sollte. Aber wir waren unterschiedlicher Meinung. Für ihn war es Selbstmord, für mich war es ein Tag wie jeder andere. Ich hatte keine Angst vor dem Tod. Ich war vor über zehn Jahren gestorben, als ich zum ersten Mal missbraucht worden war. Und danach ging mit jedem Mal mehr von mir verloren, bis nichts mehr übrig war.

Für eine Frau wie mich gab es so etwas wie Selbstmord nicht. Ich war bereits tot.

»Autumn«, blaffte Declan und riss mich aus meinen Gedanken. »Ich schwöre bei Gott, wenn du noch einmal so eine Scheiße abziehst, mache ich meine Drohung wahr.«

»Von wegen, Dec. Wenn du es versuchst, werde ich diejenige sein, die dir den Arsch versohlt.«

»Was zum Teufel?«, brüllte Thad und fixierte Declan mit einem mörderischen Blick.

»Vielleicht sollten wir den beiden die Möglichkeit geben, das unter vier Augen zu klären«, schlug Max vor.

»Vergiss es«, blaffte Thad.

»Thad, lass uns eine Runde spazieren gehen«, meldete Brooks sich zu Wort. Thad ließ den Blick von Declan zu Thad und schließlich zu mir gleiten.

»Bitte, um Himmels willen, sag mir, dass du ihn nicht fickst.«

Herrje. Und damit war wohl auch der letzte Funke Hoffnung erloschen, Declan vor Thads Zorn bewahren zu können. Ich hätte lügen können, aber wenn es sich vermeiden ließ, wollte ich der langen Liste meiner Sünden nicht noch eine weitere hinzufügen. Meine Seele war schon schwarz genug, und ich saß bereits in einem Schnellzug, der mich direkt in die Hölle bringen würde. Ich musste nicht auch noch die Geschwindigkeit erhöhen. Wenn ich eines Tages diese Erde verließ, wollte ich auf meinem Weg nach unten zumindest noch etwas von der Landschaft genießen. Selbst wenn ich sie nur durch ein Meer von Flammen würde wahrnehmen können.

»Ich glaube nicht, dass es dich etwas angeht, mit wem ich schlafe.«

»Da irrst du dich«, erwiderte mein Schwager.

»Nein, Thad, das tue ich nicht. Für dich bin ich ein Niemand. Und für ihn auch.« Ich deutete auf Declan. »Für euch alle.« Bei diesen Worten machte ich eine ausladende Geste. »Aber wir haben einen gemeinsamen Feind. Und sobald Madeleine nicht mehr atmet und Omni zerschlagen ist, werdet ihr mich nie wiedersehen. Es spielt also keine Rolle, wen ich jetzt oder in Zukunft ficke. Strotherby und Omni. Das ist alles, was zählt. Näher kommt ihr mir nie.«

Thad musterte mich eindringlich. In seinen tiefbraunen

Augen tanzte ein Feuer, und ich wusste, dass er zu viel von mir sah. Plötzlich fühlte ich mich nackt. Aber es war nicht der Blick meines Schwagers, der mich erschauern ließ, sondern der von Declan. Ich wagte es nicht, den Blick von Thad abzuwenden. Mit ihm konnte ich umgehen. Aber nicht mit Declan. Er kannte mich zu gut, er verstand mich. Wir waren uns so ähnlich, und das machte mir Angst.

»Weißt du, das kommt mir bekannt vor«, sagte Thad. »Damals habe ich ähnliche Worte von deiner Schwester gehört. Ich war wütend, weil ich nur daran denken konnte, wie sehr ich sie liebte und wie weh es tat, als sie mich verließ. Aber in deinem Fall? Wenn du so etwas sagst, trifft es mich bis ins Mark, weil ich weiß, dass du es glaubst. Du bist davon überzeugt, ein Niemand zu sein. Und das schmerzt. Denn für mich, für deine Schwester und für deine Eltern bist du jemand.«

Nachdem er es geschafft hatte, mir ein Messer ins Herz zu stoßen, wandte er sich an Declan. »Du und ich, wir haben ein Problem. Und zwar ein verdammt großes, jetzt, da ich weiß, was in den letzten Monaten vor sich ging. Die Schwester meiner Frau war ganz in unserer Nähe. Nahe genug, dass du dich davonschleichen und sie ficken konntest, aber du hast dir nicht die Mühe gemacht, mir davon zu erzählen. Dafür kannst du mich mal.«

Mit diesen Worten stapfte Thad davon. Seine wütenden Schritte hallten in meinem Kopf wider und meine Brust begann zu schmerzen.

Scheiße.

Ich und meine große Klappe.

Declan sah mich an, doch seine Worte waren nicht an mich gerichtet. »Sorgt dafür, dass sie im Haus bleibt.«

Dann drehte er sich um und folgte Thad.

»Verdammt, nein. Ich bleibe nicht hier.«

»Doch, das wirst du, Autumn. Was ich Thad zu sagen habe, geht nur ihn und mich etwas an.«

»Da liegst du falsch. Hier geht es um mich, und er hat kein Recht, sich wie ein überfürsorglicher Bruder aufzuführen.«

»Es geht nicht nur um dich. Er hat jedes Recht, wütend auf mich zu sein. Ich wusste, dass du in der Nähe warst, aber ich habe es vor ihm geheim gehalten. Und ich wusste genau, dass er außer sich vor Wut sein würde. Aber das geht nur uns beide etwas an.«

»Dec …«

»Herrgott, Baby. Nur einmal. Tu nur einmal, worum ich dich verdammt noch mal bitte, und bleib hier. Nur ein einziges Mal. Lass mich dich beschützen.«

Mich beschützen?

Ich brauchte keinen Schutz. Weder von Thad noch von Declan.

Scheiß drauf.

Ich setzte mich in Bewegung und eilte meinem Schwager hinterher, doch Declan stellte sich mir in den Weg. Mit beiden Händen umfasste er mein Gesicht und legte meinen Kopf in den Nacken, sodass ich seinem Blick begegnen musste. Seine Iriden schimmerten eher rötlich als braun und waren umwerfend schön. Nie zuvor hatte ich Augen von dieser Farbe gesehen. Doch im Moment lag ein stumpfer Ausdruck darin. Ganz am Anfang, als wir begonnen hatten, uns zu treffen, hatte ich diesen Blick oft gesehen. Doch in den letzten Wochen war er verschwunden. Jetzt behagte mir der Anblick überhaupt nicht. In einem Moment der Schwäche legte ich meine Hände an seine Unterarme und flüsterte: »Declan.«

»Ich flehe dich an, Baby. Bleib hier im Haus. Du musst das nicht mit ansehen.«

»Und ich will nicht, dass ihr beide euch prügelt«, sagte ich leise.

Ich glaubte schon, er würde mich anlügen und mir weismachen, dass sie ihre Fäuste nicht sprechen lassen würden, aber dann blinzelte er. »Wir müssen das irgendwie hinter uns lassen. Lass es uns einfach auf unsere Weise klären.«

»Dec …«

»Bitte.«

Verflucht.

Er sprach es so sanft aus, dass ich einfach nachgeben musste.

»In Ordnung.«

»Du bleibst im Haus? Ganz gleich, was du hörst?«

»Nein. Ich bleibe im Haus, bis ich höre, wie etwas zerbricht.«

»Ist das dein bestes Angebot?«

»Ja.«

Er nickte und drückte seine Stirn an meine. »Danke.«

Dann löste er sich von mir und verließ den Raum. Ich rührte mich nicht, bis ich die Hintertür ins Schloss fallen hörte. Als ich mich schließlich Max, Brooks und Kyle zuwandte, wünschte ich, ich hätte weiter in den leeren Flur gestarrt.

Die drei Männer sahen mich an, als sei ich der letzte Abschaum. Wie auf Autopilot straffte ich die Schultern und wappnete mich. Ich wusste, was sie von mir dachten, aber es war mir egal. In ein paar Tagen würden sie nur noch eine ferne Erinnerung sein.

»Ich brauche niemanden, der …«

»Hör auf«, blaffte Max.

»Wie bitte?«

»Hör auf, die harte Zicke zu spielen, die nichts erschüttern kann.«

»Ich glaube, du verwechselst mich, Max. Ich spiele nicht.«

»Doch, du bist eine Hochstaplerin.«

»Da hast du verdammt recht. Mein ganzes Leben ist eine große Lüge. Ich bin eine Meisterin der Täuschung und habe diese Kunst über die Jahre perfektioniert. Ich bin so verlogen, dass man mir kein Wort glauben kann. Selbst wenn mir die Wahrheit ins Gesicht schlägt, würde ich sie nicht erkennen, so tief stecke ich im Morast. Aber eines ist wahr, und daran gibt es nichts zu rütteln – mich kann nichts erschüttern. Mein Glaube an die Menschheit wurde zerstört, als mir meine Unschuld geraubt wurde. Als ich geschlagen, vergewaltigt, verkauft und benutzt wurde. Ich muss nicht gerettet werden. Je eher ihr aufhört, das zu tun, was meine Schwester zu wollen glaubt, desto eher wird Emerson mich gehen lassen.«

Max durchbohrte mich mit einem Blick aus seinen eisblauen Augen und schüttelte den Kopf. »Ich kann einen Lügner auf einen Kilometer Entfernung riechen. Und du stinkst zum Himmel, Autumn. Zuerst habe ich es nicht verstanden, selbst nachdem Declan mir erklärt hatte, warum er Zeit mit dir verbringt. Es war klar, warum ihr eine Bindung aufgebaut habt, aber ich war nicht imstande nachzuvollziehen, wie er das Team in Gefahr bringen konnte. Warum er seine Kameraden belogen hat, um dich zu schützen. Jetzt verstehe ich es.«

Ich war schockiert zu hören, dass Declan Max eingeweiht hatte. Noch mehr erschütterte mich seine Bemerkung über eine Verbindung zwischen uns. Dennoch fragte ich: »Was verstehst du?«

»Warum er alles für dich riskieren würde. Wenn es je eine Frau gab, die gerettet werden musste, dann bist du es.«

»Ich brauche niemanden, der mich rettet«, stieß ich hervor und schluckte den riesigen Kloß in meinem Hals hinunter.

Ich musste so schnell wie möglich von hier verschwinden. Max hatte zu viel gesehen. Dinge, die ich tief in mir verschlossen hatte. Ich hatte es satt, eine Lüge zu leben und vor allem davonzulaufen. Und ich hatte schreckliche Angst, dass mein Leben jeden Moment zusammenbrechen könnte. Ich musste nur Strotherby erledigen, dann konnte ich verschwinden und irgendwo an einem abgelegenen Ort ein ruhiges Leben führen.

»Blödsinn. Du willst sogar gerettet werden. Du willst es so sehr, dass du dich an den einzigen Menschen gewandt hast, der dazu in der Lage ist. Jemanden, der dich nicht verurteilt, weil er mit den gleichen Dämonen zu kämpfen hat wie du. Jemand, der dich aus diesem Sumpf herausholt, ohne Fragen zu stellen. Du hast den Richtigen gefunden, Autumn. Ich bitte dich nur darum, dass du ihm denselben Gefallen erweist. Wenn du das tust, stehe ich hinter dir.«

Mir verschwamm die Sicht und ich konnte kaum atmen. Ich hasste Max für seine Weitsicht. Er hatte kein Recht, mir diese Worte an den Kopf zu werfen oder zu wissen, was er wusste.

»Du irrst dich.«

»Inwiefern?«

»In jeder Hinsicht. Und wenn du glaubst, Declan würde irgendjemanden durch seine Festungsmauern hindurchlassen, dann kennst du ihn nicht besonders gut.«

»Das hat er bereits«, warf Kyle ein. »Er lässt sich von dir berühren.«

Das war eine seltsame Bemerkung. Ich hatte keine Ahnung, wovon er sprach.

»Wie bitte?«

»Er hat gerade dein Gesicht umfasst und du hast deine Hände an seine Arme gelegt.«

»Ja, und? Ich habe ihn berührt, was hat das damit zu tun?«

»Declan mag es nicht, wenn man ihn anfasst«, bemerkte Kyle, aber damit erzählte er mir nichts Neues.

Natürlich hatte ich Declan schon berührt. Wir schliefen miteinander, und zwar häufig. Aber es gab einen Unterschied zwischen zärtlichen Berührungen und gierigem Gefummel.

Wir streichelten uns nicht, wir liebten uns nicht. Statt einer sanften, zärtlichen Begegnung hatten wir wilden, ungestümen Sex. Damit konnten wir beide umgehen. Wir sprachen nie darüber. Das war auch nicht nötig, weil wir beide instinktiv wussten, was der andere brauchte. Aber Kyle wusste davon nichts.

»Das ist mir bewusst.«

»Richtig. Dann muss dir auch klar sein, dass er dir einen Einblick in sein Innerstes gegeben hat.«

Bevor ich dieses sinnlose und offen gestanden beängstigende Gespräch beenden konnte, ertönte draußen ein ohrenbetäubender Knall.

Scheiße.

Ich lief los und stürmte durch die Hintertür. Thad hatte Declan gegen die Wand gedrückt und beide Hände um seine Kehle geschlungen. Doch Declan wehrte sich nicht, sondern ließ die Arme nutzlos an seinen Seiten baumeln.

»Thad, hör auf!«, schrie ich.

»Verpiss dich und geh wieder ins Haus, Autumn«, knurrte Thad.

Im nächsten Moment hatte Declan Thad gepackt und ihre Positionen vertauscht.

Die Bewegung war so schnell, dass ich nach Luft schnappte und einen Schritt zurücktrat. »Wage es nie wieder, so mit ihr zu reden. Wenn du sauer auf mich sein willst, nur zu. Wenn du mich als Sandsack benutzen willst, um dich abzureagieren, nur zu. Ich werde deine Schläge bereitwillig einstecken. Aber sprich nie wieder so mit ihr.«

Declan lockerte seinen Griff um Thads Hals und stieß sich von der Wand ab. Er trat zwei Schritte zurück und warf mir einen flüchtigen Blick zu, bevor er etwas hinter mir fixierte. »Wenn ihr mir auch eine Tracht Prügel verpassen wollt, könnt ihr das gern tun. Ich habe keinem von euch erzählt, wo ich war und mit wem ich mich getroffen habe, weil es euch nichts anging. Mein Privatleben stand nie zur Diskussion.«

Verdammt.

Ich war an diesem Schlamassel schuld. Und das nur, weil ich egoistisch war. Ich hatte ein paar Stunden mit einem Mann verbringen wollen, der mich verstand, der nahm, was ich ihm gab, und nie mehr verlangte. Aber ich hatte nicht an die Konsequenzen gedacht.

Verflucht.

»Es ist meine Schuld«, rief ich und wandte mich Thad zu. »Alles. Du kannst Declan nicht für etwas verantwortlich machen, um das ich ihn gebeten habe. Ich bin zu ihm gegangen und habe mich an ihn herangemacht. Er hat dir nichts davon erzählt, weil ich ihn darum gebeten habe. Ich habe dir vorhin erklärt warum. Emerson sollte nicht erfahren, dass ich in Annapolis war. Ich war noch nicht bereit, ihr gegenüberzutreten. Ich glaube nicht, dass ich es je sein werde, aber ich hatte meine Gründe, in Maryland zu sein. Und ich habe mir von Declan genommen, was ich konnte. Wenn du auf jemanden wütend sein willst, dann auf mich. Es ist meine Schuld.« Ich sah Declan an und fügte hinzu: »Es tut mir leid. Ich hätte nie …«

»Wenn du dich für etwas entschuldigen willst, dann dafür, dass du mich einfach versetzt hast und ohne mich und das Team hierhergekommen bist. Und wenn du schon dabei bist, kannst du dich dafür entschuldigen, dass du jeden Aufständischen hast wissen lassen, dass eine schöne Amerikanerin ohne männliche Begleitung hier völlig ungeschützt herumläuft. Ich weiß, wie sehr du es hasst, einen Mann zum Schutz an deiner Seite zu haben. Aber das hier ist

Afghanistan, Baby. Nicht die Riviera. Du warst schon einmal hier und kennst die Regeln. Aber du musst dich nicht dafür entschuldigen, dass du etwas wolltest, was du brauchst. Und du hast es dir nicht genommen. Ich habe es dir gegeben, und zwar bereitwillig.«

»Ist das dein Ernst?« Ich kniff die Augen zu schmalen Schlitzen zusammen, während er mich unverwandt anstarrte.

»In der Tat. Und jetzt, da wir dieses Thema abgeschlossen haben, sollten wir über die Bedeutung von Teamwork sprechen. Dazu gehört auch, dass du nicht einfach die Treppe hinunterläufst und deinen Partner oben auf dem Treppenabsatz stehen lässt. Zum einen kannst du ihm so keine Deckung geben und zum anderen kann er dir nicht den Rücken freihalten. Außerdem musst du ihm sagen, dass du alles unter Kontrolle hast, wenn dir jemand eine Waffe an den Kopf hält. Andernfalls läufst du Gefahr, von der Kugel getroffen zu werden, mit der er das Arschloch hinter dir erledigen wollte.«

»Entschuldige bitte, Declan, was hätte ich denn tun sollen? Hätte ich dir vielleicht eine Nachricht in Morsecode schicken sollen? Oder wäre es dir lieber gewesen, ich hätte dem Mistkerl gesagt, dass er sich im nächsten Moment unbewaffnet auf dem Rücken wiederfinden würde? Mein einziger Vorteil war der Überraschungseffekt, und den hätte ich damit zunichtegemacht. Und nur damit du es weißt: Ich wäre stinksauer gewesen, wenn du dem Kerl in den Kopf geschossen hättest. Denn erstens wäre ich von Hirnmasse getroffen worden und zweitens hätte mir der Knall das Trommelfell zerrissen. Und ich hänge nun mal an meinem Hörvermögen. Also, für die Zukunft: Schieße nie auf einen Mann, der direkt hinter mir steht. Und außerdem weiß ich, dass du ein großer Junge bist. Mir war klar, dass du ohne Probleme jemanden in seine Wohnung zurückdrängen

konntest, während ich die Möglichkeit hatte, das Treppenhaus für uns zu räumen.«

»Mein Gott«, stieß Thad hervor. In diesen beiden Worten
schwang eine tiefere Bedeutung mit, die ich jedoch nicht
verstand. Ich krümmte mich innerlich, als ein gequälter
Ausdruck über sein Gesicht huschte. »Herrgott. Das darf
nicht wahr sein.«

Dann wandte er sich Declan zu und starrte ihn durchdringend an. »Ich hoffe, du bist der Mann, für den ich dich
halte.«

Declan zuckte sichtlich zusammen und wurde blass.
Mein Magen verkrampfte sich, als ich die Angst in seinen
Augen sah.

»Das bin ich nicht.«

»Ich habe es nicht vergessen«, erwiderte Thad in
verständnisvollem Ton. »Ich werde es niemals vergessen.
Weder was du zu mir gesagt hast, noch wie du es gesagt hast,
noch wie du dabei ausgesehen hast. Dank dir habe ich meine
Emerson. Jetzt werde ich mich revanchieren. Nicht alles ist
verloren. Hier ist deine Chance. Ergreife sie, Declan. Wach
auf und greif zu, Bruder.«

Declan antwortete nicht, zumindest nicht mit Worten.
Doch der gequälte Ausdruck auf seinem Gesicht sprach
Bände. Was auch immer Thad mit seiner Bemerkung
gemeint hatte, er hatte Declan bis ins Mark getroffen. So
sehr, dass er sich in sein Schneckenhaus zurückzog.

Was zum Teufel war hier los?

KAPITEL VIER

Dieser Mistkerl. Im Geiste wiederholte ich Thads Worte in einer Endlosschleife. Ich konnte nichts dagegen tun. Er hatte keine Ahnung, wovon er sprach. Ich konnte nicht einfach die Hand ausstrecken und mir irgendetwas nehmen. Mein Leben existierte nicht mehr. Ich war innerlich tot.

Mein Handy klingelte und riss mich aus meinen düsteren Gedanken.

Zane Lewis.

Verdammt.

»Hallo, Zane.«

»In fünf Minuten wird Tex dich anrufen und dir neue Informationen über Ashaki Maloof geben. Aber vorher müssen wir uns unterhalten.«

Ich ließ den Kopf hängen und biss die Zähne zusammen. Zane redete nicht gern um den heißen Brei herum. Wenn er etwas auf dem Herzen hatte, sagte er es ohne Umschweife. Er nahm keine Rücksicht auf Gefühle oder Befindlichkeiten. Doch gerade hatte seine Stimme einen sanften Klang angenommen, der mir verriet, dass ich nicht hören wollte, was er zu sagen hatte.

»Zane …«

»Ich weiß es.«

»Was weißt du?«

»Alles.«

»Wie bitte?«

»Als du angefangen hast, für mich zu arbeiten, habe ich dich überprüft. Ich fand, was ich suchte, und habe nicht weiter gegraben. Dann ist dieser ganze Schlamassel mit Erin passiert, und ich habe dir die Leitung des Gold Teams übertragen. Da habe ich weiter recherchiert. Also weiß ich alles.«

»Was zum Teufel? Du hattest kein Recht …«

»Ich hatte jedes Recht dazu, Declan. Bevor ich dir ein Team gab, musste ich wissen, ob du bereit warst, es zu führen. Ich dachte, die CIA sei schuld an deiner Misere, aber ich musste wissen, in welcher Verfassung du warst.«

»Aha. Dann weißt du es also.«

»Ich weiß es«, bestätigte er unnötigerweise. »Ich habe mit niemandem darüber gesprochen. Niemand hat mir bei meinen Nachforschungen geholfen. Niemand weiß, was ich herausgefunden habe oder dass ich überhaupt gesucht habe.«

»Und das erzählst du mir erst jetzt, weil …«

»Ich erzähle es dir erst jetzt, weil ich wollte, dass du dich zuerst einlebst. Du brauchtest Zeit, um deine Schwester kennenzulernen, Freundschaften zu schließen und eine Bindung zu deinen Männern aufzubauen. Und jetzt ist es an der Zeit, dass du sie an dich heranlässt.«

Dafür ist es zu spät.

Welche Bindung ich auch zu meinen Kameraden aufgebaut hatte, ich hatte sie zerstört. Ich hatte ihr Vertrauen missbraucht und ihnen etwas verheimlicht, obwohl ich wusste, dass sie wütend sein würden, sobald sie es herausfänden. Ich war egoistisch gewesen und würde es auch weiterhin sein. Es war mir scheißegal, ob Thad deswegen explodieren würde, aber ich würde Autumn nicht aufgeben.

Das konnte ich nicht. Ich lebte nur für die wenigen Stunden, die sie mir schenkte. Wenn ich bei ihr war, fühlte ich mich wie ein Mensch, und dieses Gefühl wollte ich nicht mehr missen.

»Zane, du solltest wissen, dass du wahrscheinlich einen Anruf von einem oder allen Teammitgliedern bekommen wirst.«

Es folgte ein schwerer Seufzer und eine Reihe farbenfroher Kraftausdrücke, bevor Zane sagte: »Sie haben von Autumn erfahren, bevor du es ihnen erzählen konntest?«

Ich versteifte mich und umklammerte mein Handy fester.

»Bist du mir etwa gefolgt?«

»Verdammt, nein. Aber ich habe Autumn beschattet, seit sie dir dein erbärmliches Leben gerettet hat. Und ich habe Emerson versprochen, alles in meiner Macht Stehende zu tun, um ihre Schwester von ihrem Rachefeldzug abzubringen. Ich wusste also, dass sie nach Annapolis kam. Ich wusste, wo sie wohnte, mit wem sie sprach, wohin sie ging und wer sie besuchte. Ich hatte gehofft, dass du die Gelegenheit haben würdest, es den anderen zu sagen, bevor sie es selbst herausfinden. Leider war das wohl nicht der Fall.«

Ich konnte nur noch daran denken, dass Zane es gewusst hatte.

»Warum hast du nichts gesagt?«

»Zu wem? Zu dir? Ich nahm an, du wüsstest, dass du fünf Abende die Woche bei ihr bist.«

Mein Gott, mit seinem Sarkasmus konnte Zane einen wirklich in den Wahnsinn treiben.

»Warum hast du nicht erwähnt, dass du es weißt? Und warum hast du weder Thad noch Emerson mitgeteilt, dass Autumn in der Stadt ist?«

»Wir haben alle unsere Gründe. Autumn hat ihre, warum sie sich ihrer Schwester nicht nähern will. Und ich kann sie verstehen. Emerson ist zwar hart im Nehmen, aber vor allem hat sie ein großes Herz. Und Thad tut alles, um es zu beschützen. Emmy versteht nicht, warum Autumn sich nicht einfach von ihrem Bedürfnis nach Rache lossagen kann. Thad hingegen versteht seine Schwägerin und sitzt zwischen zwei Stühlen. Er will seiner Frau ihren Wunsch erfüllen, aber er weiß auch, dass Autumn noch nicht so weit ist und vielleicht nie so weit sein wird. Und darauf muss Thad Emmy vorbereiten. Ich wollte ihn also nicht in eine Situation bringen, in der er seiner Frau etwas vorenthalten muss. Außerdem wusste ich, dass du auf Autumn aufpassen würdest, daher war es nicht nötig, noch jemanden einzuschalten.«

Zane hatte recht, Emerson musste sich wappnen. Autumn war nicht die Schwester, an die sie sich erinnerte, und sie würde es nie wieder sein. Die Schwestern sahen sich zum Verwechseln ähnlich, aber da hörten die Gemeinsamkeiten auch schon auf. Emmy war durch und durch bezaubernd, aber das war nicht das Wort, mit dem ich Autumn beschreiben würde.

»Und warum hast du mir nichts erzählt?«, wollte ich wissen.

»Ich hatte meine Gründe.«

»Wirst du sie mir verraten?«

»Nein«, antwortete Zane.

»Mehr hast du nicht zu sagen?«, hakte ich nach.

»Du musst mir vertrauen.«

Was soll der Mist? Vertrauen?

»Du willst, dass ich dir vertraue, nachdem du hinter meinem Rücken in meinem Privatleben herumgeschnüffelt und die Informationen für dich behalten hast?«

»Ich bin nicht die CIA«, entgegnete er. Die Bemerkung war seltsam.

»Was du nicht sagst«, erwiderte ich.

»Ich bin kein Arschloch, das in deiner Vergangenheit herumschnüffelt, nur um etwas gegen dich in der Hand zu haben und dich damit zu kontrollieren. Ich habe nachgeforscht, weil ich es wissen musste, aber vor allem, weil ich einen Bruder habe leiden sehen. Es war nicht zu übersehen, dass Seelenqualen dich plagen. Ich führte das auf deine Zeit beim Militär zurück und auf die Tatsache, dass du viele deiner Kameraden begraben musstest. Aber ich habe mich geirrt. Dein Verlust ist viel schlimmer – unsagbar schrecklich. Also habe ich diese Information zurückgehalten und gewartet. Doch jetzt ist die Zeit gekommen, Declan. Keiner deiner Kameraden wird je ganz verstehen, was du verloren hast, aber sie werden dir beistehen. Die Kacke ist am Dampfen und wenn alles explodiert, wirst du sie an deiner Seite brauchen. Und ich schlage vor, dass du mit deiner Schwester sprichst, wenn alles vorbei ist. Sie verdient es, von ihrer Namensvetterin zu erfahren.«

»Lass das«, knurrte ich. »Meine Tochter ist tabu.«

»Das ist sie nicht, Declan. Sie hat existiert. Sie ist ein Teil von dir. Sie ist ein Teil von Violet, und du musst mit ihr reden.«

»Auf keinen Fall, Zane. Sie hat genug durchgemacht. Sie ist glücklich, sie hat eine Familie und ich werde ihr nicht noch mehr von meinem Mist aufbürden.«

»Du gehörst auch zu dieser Familie …«

»Hör auf. Ich meine es ernst, Zane. Lass es sein.«

»Wach verdammt noch mal auf, Dec. Bevor es zu spät ist. Bevor du dein Leben wegwirfst. Du hast Menschen um dich herum, die sich um dich sorgen. Deine Kameraden würden dir die Last abnehmen und für dich durchs Feuer gehen. Mach die verdammten Augen auf.«

Mit diesen Worten beendete Zane das Gespräch. Mir schwirrte der Kopf. Für einen so intelligenten Mann war er verdammt dumm. Es war bereits zu spät. Ich hatte kein

Leben mehr, das ich wegwerfen konnte, es war in Brasilien erloschen.

»Du hast eine Tochter?«, flüsterte Autumn.

Verdammt. Verdammte Scheiße.

Unwillkürlich legte ich eine Hand auf die Tätowierung an meiner Brust. Es war das Einzige, was mir von Violet geblieben war. Ein brennender Schmerz durchfuhr meinen Körper und durchbohrte die harte Schale um mein Herz.

»Tu das nicht«, warnte ich sie.

»Was soll ich nicht tun?«

Ich drehte mich um und bemerkte meinen Fehler. Als ich ins Haus zurückgekehrt war, war ich so wütend gewesen, dass ich vergessen hatte, die Schlafzimmertür zu schließen.

»Frag nicht danach und sprich es nie wieder an.«

»Okay.«

Verfluchter Mist.

Da war er. Der Grund, warum ich weiterhin ein egoistisches Arschloch sein würde. Der Grund, warum ich mich einen Dreck darum scherte, ob Thad wütend war. Autumn zuckte nicht mit der Wimper. In ihrem Gesicht war nicht einmal eine Spur von Schmerz zu sehen. Sie wusste, dass es Dinge gab, über die ich niemals sprechen würde, und sie drängte mich nie dazu. Wenn wir einmal an ein Thema stießen, über das einer von uns nicht reden wollte, dann gingen wir zum nächsten über, ohne den anderen infrage zu stellen. Wir mussten uns nicht verstellen, wir waren einfach zwei gebrochene, seelenlose Menschen. Und keiner von uns musste deshalb ein schlechtes Gewissen haben.

»Ich wollte dir nur sagen, dass meine Kontaktperson gerade angerufen hat. Es geht das Gerücht um, dass Madeleine morgen zu einem Fotoshooting in die Klinik kommt.«

»Wer ist deine Kontaktperson?«

»Ashaki Maloof.«

Herrgott, ich war es leid, diesen Namen zu hören.

»Ich traue dieser Frau nicht.«

»Na und? Ich schon. Sie hat mir noch nie falsche Informationen gegeben.«

Was zum Teufel?

Mein Handy klingelte erneut und ich warf einen Blick auf das Display.

»Wir müssen den Anruf annehmen«, sagte ich zu Autumn.

»Wir?«

»Das ganze Team«, erklärte ich.

»Tex«, meldete ich mich. »Ich trommle gerade das Team zusammen.«

»Bevor du das tust, will ich kurz mit dir sprechen.«

»Dann weißt du es also auch«, seufzte ich.

»Wenn du damit meinst, dass ich über Juliana und Violet Bescheid weiß, dann lautet die Antwort ja.«

Wieder spürte ich einen Stich in meinem Herzen.

»Um Himmels willen. Gibt es hier niemanden, der sich um seinen eigenen Scheiß kümmert?«

»Ich kümmere mich um jeden Scheiß, weil es mein Job ist, alles zu wissen, was es zu wissen gibt«, antwortete Tex.

»Warum bringst du das jetzt zur Sprache?«

»Weil Autumn …«

Ich warf einen Blick auf die besagte Frau. Sie starrte mich nur teilnahmslos an. Tot, genau wie ich.

»Ich will nicht darüber reden. Es bringt nichts.«

Brooks blieb vor der Tür stehen und hob fragend das Kinn.

Perfektes Timing.

»Brooks ist hier, ich hole den Rest des Teams.«

Tex murmelte etwas davon, dass ich ein sturer Esel sei. Er irrte sich, ich war nicht stur, ich hatte recht.

»Das ist Tex«, sagte ich zu Brooks. »Er hat Informationen für uns. Hol die anderen.«

Mit einem Nicken wandte er sich ab und Autumn folgte ihm. Ich atmete tief durch, doch das Pochen in meiner Brust ließ nicht nach.

Wann würde der Schmerz verebben? Wann würde der Tag kommen, an dem ich an mein kleines Mädchen denken konnte, ohne zusammenzubrechen? Warum wurden mir die beiden genommen?

KAPITEL FÜNF

Declan hatte eine Tochter.

Heilige Scheiße.

Es war nicht meine Absicht, ihn zu belauschen oder ihm eine so persönliche Frage zu stellen. Aber als ich Declan sagen hörte, seine Tochter sei tabu, war ich so schockiert, dass ich für einen Moment vergaß, wer wir waren. Auch jetzt musste ich immer wieder daran denken. Und daran, dass diese Tochter auch eine Mutter haben musste. Wo war sie? Wer war sie? Und vor allem: Waren sie zusammen?

Ich war eine kaltblütige Mörderin, der wenig im Leben etwas bedeutete. Aber ich war kein Flittchen, das anderen Frauen die Männer ausspannte. Das war schon so gewesen, als ich noch normal war.

»Autumn?«, rief Brooks.

»Es tut mir leid. Ich war in Gedanken.«

Ich spürte, wie Thad mich beobachtete. Nach dem Gespräch mit Tex musste ich mit ihm reden. Ich musste ihm ein für alle Mal verständlich machen, dass ich niemals die Schwester sein würde, die Emerson sich wünschte. Und er musste aufhören, mich anzusehen, als sei ich ein Puzzle, das er zu einem hübschen Bild zusammensetzen konnte. Ich hatte genug von diesem Mist. Ich musste Madeleine finden und dem Ganzen ein Ende bereiten.

»Wann hast du das letzte Mal von Ashaki Maloof gehört?«

»Vor ein paar Minuten. Sie rief an, um mir mitzuteilen, dass Madeleine Strotherby morgen in der Klinik sein würde. Icon hat der Einrichtung hunderttausend Dollar gespendet. Und da Madeleine keine Gelegenheit auslässt, ihren Namen in den Medien glänzen zu sehen, wird sie morgen früh mit einem Kamerateam dort sein.«

Das kranke Miststück versteckte sich hinter großzügigen Spenden, um ihre wahre Identität zu verbergen. Bei all dem Geld, das Icon für wohltätige Zwecke bereitstellte, würde niemand glauben, dass das Model, das zur Geschäftsfrau wurde, hinter dem größten Sexhandelsring der Welt steckte. Aber diese Leute handelten nicht nur mit Menschen, sie kauften und verkauften alles, was von Wert war. Sie mischten sich zudem in politische Kampagnen ein, erpressten und bestachen. Das machte Omni nahezu unantastbar. Die Mitglieder der Organisation waren gerissen und rekrutierten die Reichsten der Reichen.

»Wie lange arbeitest du schon mit ihr zusammen?«, fragte Max.

»Mehrere Jahre.«

»Mehrere Jahre?«, warf Thad ein.

»Ja. Ungefähr neun.«

Plötzlich herrschte Stille im Raum und ich ließ den Blick über die Teammitglieder schweifen. Der schockierte Ausdruck auf ihren Gesichtern war fast lächerlich. Glaubten sie wirklich, ich hätte mir kein eigenes Netzwerk aufgebaut? Wie hätte ich sonst an meine Informationen kommen sollen?

»Sie hat dir die Informationen über Stanley James gegeben«, vermutete Tex. Er irrte sich, aber ich hatte nicht vor, ihn zu korrigieren.

Ich hatte immer gewusst, wer mich entführt hatte.

Ich spürte, wie ich die Gesichtsmuskeln anspannte und die Lippen zusammenpresste. Allein der Name des Mannes brannte wie Säure durch mich hindurch. Stanley James, der Geschäftspartner meines Vaters. Der Mann, der mich entführt und verkauft hatte. Das verdammte Schwein war der Spielsucht verfallen, und ich war die Lösung für sein Problem gewesen.

»Wie hast du sie kennengelernt?«, fuhr Tex fort, als ich nicht antwortete.

»Sie ist an mich herangetreten, nachdem ich gerettet wurde.«

»Eine CIA-Agentin hat dich angesprochen?«, knurrte Thad.

Ja, ich musste wirklich mit meinem Schwager sprechen.

»Damals war sie noch nicht bei der CIA. Aber sie kam zu mir, um sich nach mir zu erkundigen. Wir wurden Freunde, vor allem weil sie die einzige Person war, die mich nicht wie ein Opfer, sondern wie einen Menschen behandelte.«

»Hör auf mit dem Scheiß. Deine Schwester und deine Eltern haben sich zu Recht Sorgen um dich gemacht. Sie wollten dir helfen. Sie haben dich immer wie einen Menschen behandelt«, erwiderte Thad.

Ich wartete, bis die innere Distanz die Oberhand gewann und mich von den Erinnerungen abschirmte. Sie war mein einziger Schutzschild gegen den Schmerz.

»Nun, Thad, da du nicht dabei warst, weißt du nicht, was passiert ist. Ich verstehe, dass du meine Schwester liebst und sie beschützen willst. Aber das ist alles mir passiert, nicht ihr. Nicht meinen Eltern. Sondern mir. Ich habe es erlebt. Ich war diejenige, die angekettet, verkauft, benutzt und geschändet wurde. Nicht sie. Du musst mir nicht erzählen, wie schmerzhaft meine Entführung für sie war. Ich weiß es. Ich muss damit leben. Ich weiß, dass meine Schwester dich meinetwegen verlassen hat. Auch diese Schuld lastet auf mir. Aber komm nicht auf die Idee, mir zu erzählen, wie ich mich nach meiner Rettung gefühlt habe. Wie meine Mutter mich ansah. Wie mein Vater meinen Anblick nicht ertragen konnte. Wie er jedes Mal den Raum verließ, wenn ich ihn betrat. Und wie meine Schwester weinte und mich anflehte, darüber hinwegzukommen. Verdammt, ich war da, du nicht. Und versuch nicht, den Spieß umzudrehen und mir auch noch Emersons Fehler in die Schuhe zu schieben. Sie hätte in ihr sicheres, perfektes Leben zurückkehren und sich von all dem fernhalten sollen.

Ash war der einzige Mensch, der mich nicht mit Mitleid oder Abscheu betrachtete. Sie half mir, die Vergangenheit zu bewältigen. Sie gab mir die Werkzeuge, die ich brauchte, um mir zurückzuholen, was diese Männer mir genommen hatten. Sie gab mir ein Ventil für all meine Wut und meinen Selbsthass. Ja, Thad, sie war die Einzige, die mich als Mensch sah und nicht als Projekt, das es zu reparieren galt. Ash verstand, dass die Teile, die mir noch geblieben waren, nie wieder zusammenpassen würden, und sie lehrte mich, damit umzugehen.«

»Indem sie … was aus dir gemacht hat? Ihre persönliche Waffe?«

Meine Güte, er würde es nie verstehen. Ich blickte von Thad zu Brooks zu Kyle und dann zu Max. Ja, sie würden es auch nie verstehen, und ehrlich gesagt war ich froh darüber. Denn das würde bedeuten, dass sie das gleiche Martyrium durchgemacht hätten wie ich.

Aber Declan verstand es. Genau wie Ash versuchte er nicht, mich zu heilen. Er hatte erkannt, dass man manche

Dinge einfach nicht wieder geradebiegen konnte. Aber er behandelte mich nie wie eine schmutzige, benutzte Frau, die dem Sexhandel entkommen war. Für ihn war ich einfach nur Autumn.

Statt auf Thads Bemerkung einzugehen, fragte ich: »Würdet ihr mir verraten, warum ihr so viel über Ash wissen wollt?«

Tex überraschte mich mit seiner bereitwilligen Antwort. »Sie ist uns bei einigen früheren Missionen über den Weg gelaufen. Wir konnten uns ihrer Loyalität nicht sicher sein.«

»Warum nicht?«

»Sie hat einige Dinge getan, die bestenfalls zwielichtig waren.«

Unwillkürlich verzog ich die Lippen zu einem Lächeln.

»Was ist so amüsant?«, fragte Brooks.

»Ich dachte nur gerade, dass *zwielichtig* ein passender Begriff ist, um Ash zu beschreiben.«

»Warum?«

»Weil Ashaki Maloof nach ihren eigenen Regeln spielt. Und diese Regeln stimmen nicht immer mit dem überein, was andere für richtig halten.«

»Und gehört zu diesen Regeln auch, ihr Land zu verraten?«

Wahrscheinlich schon, aber das würde ich niemandem erzählen.

»Ash hat sich dem Kampf gegen den Menschenhandel verschrieben. Es ist mehr als ein Job, mehr als eine Mission, es ist ihr Lebensinhalt. Es verleiht ihrem Leben Sinn. Es gibt kein Gesetz, keine Regel, keine Behörde, die sie daran hindern könnte, das zu tun, was sie für richtig hält. Ihr müsst nur wissen, dass sie den rechten Pfad beschreitet. Was immer sie getan hat, das euch an ihrer Loyalität hat zweifeln lassen, sie hat es zum Wohle ihrer Sache getan.«

»Kennst du Barny Pollaski?« Ich zuckte zusammen, als Tex plötzlich das Thema wechselte.

»Ist das eine Art Test? Du weißt, dass ich ihn kenne. Ich bin dafür verantwortlich, dass er nicht mehr unter den Lebenden weilt.«

»Hat Ashaki dich auf ihn angesetzt?«

»Ja. Er ist der einzige Mann, den ich je für sie töten sollte. Abgesehen davon hat sie mir immer nur Informationen gegeben, wenn ich sie darum gebeten habe. Und da sie sonst nie etwas von mir verlangt hat, habe ich zugestimmt. Es war nicht gerade eine Qual, den Kerl auszuschalten. Er hatte einen Container mit dreißig Frauen. Drei von ihnen waren noch keine zehn Jahre alt. Es wäre eine Untertreibung zu behaupten, dass es ein Vergnügen war, ihm die Kehle durchzuschneiden. Ash gelang es, die Frauen zu retten, bevor die Übergabe stattfinden konnte. Sie fand auch seinen Stall. Insgesamt waren es neunundachtzig. Der Kerl wird mir also keine schlaflosen Nächte bereiten.«

Ich hörte, wie Thad nach Luft schnappte. Als ich mich zu ihm umdrehte, war ihm sichtlich unbehaglich zumute.

»Verstehst du jetzt?«, fragte ich ihn. »Keiner dieser Mistkerle beschert mir unruhige Nächte. Neunundachtzig Mädchen konnten gerettet werden, weil ein Mann sein Leben ließ. Dreißig von ihnen, bevor sie missbraucht werden konnten. Darunter drei Kinder. Ich bereue nichts. Also, Thad, bin ich wirklich der Mensch, den du in die Nähe deiner Frau lassen willst?«

»Du meinst deine Schwester?«, erwiderte er.

»Du kannst sie nennen, wie du willst. Doch das ändert nichts an der Tatsache, dass du sie vor mir beschützen musst.«

»Das ist totaler Schwachsinn«, explodierte er und sprang auf. »Glaubst du wirklich, du kannst einen von uns schockieren? Keiner von uns ist angewidert, wenn du einen Mann tötest, der Frauen und Kinder entführt und verkauft. Ich habe Neuigkeiten für dich, Autumn. Wir alle haben das Gleiche getan. Und wir alle scheren uns einen Dreck darum. Aber weißt du, was der Unterschied zwischen dir und uns ist? Du frisst diesen Mist in dich hinein. Er nagt an dir. Das weiß ich ganz sicher, denn sonst hättest du mich nicht gerade gefragt, ob du der Mensch bist, den ich in die Nähe meiner Frau lassen will. Also, was für ein Mensch bist du, Autumn?«

»Bitte tu nicht so, als sei ich etwas Besseres, als ich in Wirklichkeit bin.«

»Und was wäre das, Autumn?«, drängte er.

Oh nein, auf keinen Fall.

»Wir sollten uns auf Ash und die neuen Informationen konzentrieren«, schlug ich vor.

»Kommt gar nicht infrage.«

»Thad«, warf Declan unwirsch ein. »Tex, gib uns bitte einen Moment. Wir rufen dich zurück.«

»Nein. Wir haben keine Zeit für diesen Schwachsinn. Ich brauche Informationen über Madeleine. Sie ist in Afghanistan, und ich will sie nicht verlieren.«

»Autumn«, begann Tex, »du solltest wissen, dass ich eine Akte über dich habe, die dicker ist als die von jedem anderen, den ich je verfolgt habe. Während du also darüber nachdenkst, was für ein Mensch du bist, solltest du Folgendes nicht vergessen: Deinetwegen sind zweiundvierzig Männer nicht mehr am Leben. Und sechshundertzweiundsiebzig Männer, Frauen und Kinder sind frei. Einhundertdrei von ihnen wurden nicht missbraucht. *So* ein Mensch bist du.«

Mit diesen Worten beendete Tex das Gespräch und ich spürte ein Brennen in der Lunge. Dann geschah etwas Merkwürdiges. Im Raum herrschte eine seltsame Schwingung, die das Kraftfeld zu stören schien, das mich vor jeglichen Emotionen schützte. Es begann zu zittern und bekam Risse.

Winzige Teile fielen herab, und meine Kehle schnürte sich zu.

Einhundertdrei Frauen und Mädchen, die nicht missbraucht worden waren.

Aber die anderen hatte ich nicht retten können.

KAPITEL SECHS

Die Luft im Raum schien elektrisch geladen zu sein. Das lag nicht daran, dass wir nicht wussten, wie viele Männer Autumn getötet hatte. In ihrer Akte waren die Lebensläufe der zweiundvierzig Männer aufgeführt, die sie ausgeschaltet hatte. Aber Tex hatte nicht erwähnt, wie viele Leben sie gerettet hatte. Die Spannung ging jedoch nicht von meinen Kameraden aus, sondern von Autumn selbst.

»Also verrate mir, warum du glaubst, dass deine Schwester vor dir beschützt werden muss«, hakte Thad nach.

Autumn geriet ins Schwanken, als hätte Thad ihr eine Ohrfeige verpasst. Plötzlich wurde ich eines unsichtbaren Bandes gewahr, vor dem ich monatelang die Augen verschlossen hatte. Ich hatte das Gefühl tief in meinem Inneren mit aller Kraft unterdrückt, aber jetzt war es so überwältigend, dass ich es nicht mehr ignorieren konnte.

»Es reicht«, rief ich mit schneidender Stimme, und mein Freund sah mich finster an.

»Was reicht? Dass sie …«, begann Thad und zeigte mit dem Finger auf Autumn, »dass sie denkt, sie sei eine Art Monster? Oder dass du …«

»Wag es ja nicht, Thaddeus. Und lass sie in Ruhe. Sie wird mit Emerson reden, wenn sie bereit dazu ist.«

»Sicher. Wenn sie bereit ist. Du meinst, *falls* sie jemals bereit sein wird. Und in der Zwischenzeit sollen wir alle nichts unternehmen und sie einfach leiden lassen.«

»Ich bin verdammt noch mal hier«, schrie Autumn, und ein gequälter Ausdruck huschte über ihr Gesicht.

Aber Thad wollte nicht lockerlassen. Die Liebe, die er für seine Frau empfand, kannte keine Grenzen. Er würde Autumn bis an den Rand der Verzweiflung treiben und sie dann so lange bedrängen, bis sie zusammenbrach und sich bereit erklärte, sich mit ihrer Schwester zu treffen. Das Problem dabei war, dass Thad sich die Zähne ausbeißen würde. Aus Erfahrung wusste ich, wie stur Autumn sein konnte. Wenn sie sich erst einmal tief in ihr Schneckenhaus zurückgezogen hatte, würde niemand sie herauslocken können. Das wusste ich so genau, weil ich diese Eigenschaft mit ihr gemein hatte.

»Weißt du was? Scheiß drauf«, brüllte Thad. Alle im Raum erstarrten, als er das Gesicht vor Schmerz verzerrte. »Weißt du, wo meine Frau gerade ist, während ich hier sitze, weil du nicht stillhalten und auf uns warten konntest? Sie ist bei Zane und Ivy, damit Ivy sich um sie kümmern kann.«

»Moment mal. Wie bitte?« Ich trat einen Schritt vor, doch Thad hob die Hand.

»Komm mir nicht näher.«

»Was ist mit Emmy?«, wollte Kyle wissen.

Thad schüttelte den Kopf, bevor er die Hände in die Hüften stemmte und den Blick zu Boden senkte.

»Ich kann jetzt nicht darüber reden.« Die Wut war aus seiner Stimme gewichen, in der jetzt nur noch Verzweiflung und Traurigkeit mitschwangen.

Was zum Teufel war mit Emerson los? Wenn sie krank

war, warum zum Teufel war er dann nach Afghanistan gekommen?

»Was stimmt nicht mit meiner Schwester?«

Das war die falsche Frage.

»Vielleicht solltest *du* sie anrufen und sie fragen.«

Die Farbe wich aus Autumns Gesicht, und Thad stürmte aus dem Raum.

»Ruf Zane an«, befahl ich Brooks. »Finde heraus, was los ist.«

Ich war hin- und hergerissen. Einerseits konnte ich sehen, wie sehr Thad mit sich haderte, aber andererseits bohrten Autumns Qualen sich wie ein Dolch in mein Herz. Ich konnte Autumn nicht allein lassen, aber Thad brauchte mich.

Zum Glück meldete Max sich zu Wort. »Ich werde mit Thad reden.«

»Autumn?«

Sie begegnete meinem Blick. In dem Moment, in dem ich ihre grünen Augen sah, zog sich das Band zwischen uns so fest zusammen, dass es mir den Atem raubte. Ein Gefühl, das ich noch nie zuvor empfunden hatte, durchströmte mich. Ich wollte es nicht spüren, hatte es nicht verdient, doch es schnürte mir die Brust zu.

»Baby?«

Tränen kullerten über Autumns Wangen.

Verdammt.

Autumn weinte nicht. Niemals.

Ihre Tränen waren mein Verderben. Es war mir scheißegal, dass wir nicht allein im Raum waren und dass sie mir wahrscheinlich den Kopf abreißen würde. Aber plötzlich wollte ich sie nur noch im Arm halten, nichts anderes war mehr von Bedeutung. Ich ging auf sie zu und beobachtete, wie sie die Miene vor Angst verzerrte. Ohne zu zögern, schlang ich meine Arme um sie und hob sie hoch. Zu meiner

Überraschung wehrte sie sich nicht. Da wusste ich, dass Thad sie zutiefst erschüttert hatte. Normalerweise hätte Autumn sich nie von mir halten lassen, und sie hätte auf keinen Fall ihre Arme um meinen Nacken geschlungen und ihr Gesicht an meinem Hals vergraben.

Verdammte Scheiße.

Ich trug sie in mein Zimmer, schloss die Tür mit dem Fuß, setzte mich mit dem Rücken zur Wand aufs Bett und zog Autumn auf meinen Schoß. Sie schmiegte sich an mich und presste ihre Stirn an meine Kehle, während ich sie fest an mich drückte. Das Gift in meinem Bauch begann zu brodeln und erinnerte mich daran, dass die gestohlenen Momente mit Autumn nichts als vergängliche Augenblicke waren. Sie gehörte mir nicht und würde mir nie gehören.

Lange verharrten wir so auf dem Bett. So lange, dass das Gift irgendwann verflog, ein unerwünschtes Verlangen in mir aufwallte und ich mich fragte, ob sie eingeschlafen war.

»Baby?«

»Hm?«

»Wir müssen darüber reden, was gerade passiert ist.«

»Er hasst mich.«

In diesen drei Worten schwang keinerlei Emotion mit. Weder Traurigkeit noch Wut, nichts. Sie waren so ausdruckslos wie Autumn selbst.

»Das stimmt nicht. Er macht sich Sorgen um dich. Genau wie alle anderen.«

Wir alle.

Das würde ich jedoch nicht zugeben, vor allem nicht, während sie auf meinem Schoß saß und sich an mich kuschelte.

»Wirst du in Erfahrung bringen, was mit Emmy los ist?«, flüsterte sie.

Ihre Stimme zeugte von unbändigem Schmerz. Nur wenn sie ihre Schwester erwähnte, veränderte sich ihr Tonfall. Wir sprachen zwar nie über Emmy, aber einige wenige Male hatte ich die beiden Schwestern zusammen beobachtet. Jedes Mal wurde Autumns Wesen etwas sanfter. Wenn auch nur ein wenig.

»Ja, das werde ich.«

»Danke.«

»Wir müssen eine Möglichkeit finden, wie wir alle zusammenarbeiten können. Wir können nicht …«

»Ich denke, ich sollte einfach gehen.«

Panik überkam mich. Das Gefühl war so stark, dass es mich bis ins Mark erschütterte. Bevor ich mich eines Besseren besann, festigte ich meinen Griff um sie, als könnte ich sie an mich schweißen und mit ihr verschmelzen, um sie am Gehen zu hindern. Damit sie mich nie verlassen würde.

Verdammte Scheiße.

»Nein«, widersprach ich. »Du wirst nicht gehen.«

»Dec …«

»Nein, Autumn, du wirst das nicht im Alleingang erledigen. Ich kenne deine Fähigkeiten und weiß, wie klug du bist. Mir ist klar, dass du früher immer allein gearbeitet und nie dein Ziel verfehlt hast. Aber diesmal bist du nicht allein. Wir werden das zusammen durchstehen.«

»Es gibt kein *Wir*, Declan. Du weißt, dass es bei unseren Treffen nicht darum geht.« Autumn ließ ihre Hand über meine Brust gleiten und hielt über meiner Tätowierung inne.

Ein unbändiger Schmerz durchfuhr mich. Sie hatte das Veilchen gesehen, das meine Haut zierte. Es stand für Violet. Jedes Mal wenn sie es mit dem Finger nachzeichnete und ihre Lippen darauf presste, bereitete sie mir unendliche Qualen. Autumn hatte mich nie danach gefragt. So funktionierte unsere Beziehung nicht. Wir sprachen nicht über die Vergangenheit und versuchten nicht, den anderen zu heilen.

Stattdessen hatten wir atemberaubenden, fantastischen, unpersönlichen Sex. Mehr konnten wir beide nicht ertragen.

Ich kannte ihre Grenzen und wusste, warum sie sie hatte. Sie hatte es mir zwar nie erzählt, aber ich wusste, was ihr in den zwei Monaten ihrer Versklavung angetan worden war. Meine Grenzen hatte Autumn schnell gelernt, ich hatte sie nicht einmal darauf hinweisen müssen. Ich mochte es nicht, wenn man mich sanft berührte. Ich hasste es, wenn mich jemand streichelte oder umarmte.

Und doch hatte ich ihr Zugang zu einem Teil von mir gewährt, den ich vor allen anderen fest verschlossen hielt: meine Tochter. Meine wunderschöne Violet. Sie hatte keine Ahnung, was das Veilchen wirklich bedeutete und wie ihre zärtliche Berührung sich in meine Seele brannte.

Meine wunderschöne Violet.

Autumn hatte absolut recht, es gab kein *Wir*, und es würde auch nie eins geben. Nicht nach allem, was ich verloren hatte. Im Laufe der Jahre war ich zu einem Mann geworden, der nichts mehr geben konnte.

»Ich weiß, was wir haben. Aber das ändert nichts daran, dass du Omni nicht allein bekämpfen wirst. Das Team steht hinter dir. Wir halten dir den Rücken frei, und im Gegenzug hältst du uns den Rücken frei.«

Als ich diese Worte aussprach, fühlten sie sich falsch an. Ich war mir nicht mehr sicher, ob ich überhaupt noch etwas wusste. Ich konnte Autumn nicht bei mir behalten, aber der Gedanke, dass sie einfach gehen würde, war unerträglich. Es fühlte sich an, als würde das, was von meinem Herzen und von meiner Menschlichkeit noch übrig war, in Stücke gerissen.

Ich hatte kein Recht, sie an mich zu binden. Aber ich brauchte Autumn so sehr, dass es mir eine Heidenangst einjagte.

Sie war die Einzige, die den Sturm in mir bändigen konnte.

KAPITEL SIEBEN

Ich konnte Declans Herzschlag an meiner Hand spüren. Der gequälte Rhythmus glich dem meines eigenen Herzens. Aber noch mehr schmerzten die Worte, mit denen er mir bestätigt hatte, dass wir nichts waren. Eigentlich hätte es gar nicht wehtun dürfen.

Nichts konnte mich mehr erschüttern. Ich hatte schon vor Jahren gelernt, mich gegen alles abzuschotten. Wenn man nicht fühlen wollte, war es nicht schwer, die eigenen Emotionen zu unterdrücken und sogar die eigenen Gedanken abzuschalten.

Ich schaue nicht zurück, nur nach vorn.

Niemand würde jemals wieder Macht über mich haben. Weder ein Mann noch eine Frau. Der einzige Mensch, dem ich vertrauen konnte, war ich selbst. Doch als ich in diesem Moment auf Declans Schoß saß, verriet ich mich selbst. Ich gab mich dummen Gedanken und Wünschen hin. Und das war gefährlich.

Ich hatte eine Mission, die sich bis zu einem gewissem Maß mit der der Männer überschnitt. Ich wollte Madeleine

Strotherby ausschalten. Declan und sein Team wollten Omni zerschlagen. Ich hatte es nur auf einen Aspekt von Omni abgesehen, den Menschenhandel. Die Geldwäsche, die politischen Verstrickungen, der Drogenhandel und das Streben nach Weltherrschaft waren mir völlig egal. Ich wollte nur möglichst viele Leben retten. Den Rest würde ich den Jungs überlassen.

Aber dafür musste ich einen kühlen Kopf bewahren und durfte mich nicht dummen Tagträumen hingeben – dafür war jetzt nicht der richtige Zeitpunkt. Nein, es würde nie den richtigen Zeitpunkt geben. Ich war, wer ich war. Daran gab es nichts zu rütteln. Ich hatte die letzten zehn Jahre allein verbracht, zurückgezogen in meinem Schneckenhaus. Und wenn diese Sache hinter uns lag und Declan aus meinem Leben verschwunden war, würde ich dort verharren. Dort war es sicher. Eine andere Zuflucht hatte ich nicht.

Warum macht dir die Vorstellung dann Angst?

Ich schüttelte den Kopf und schob den Gedanken beiseite. Ich musste mich zusammenreißen und mit Thad sprechen. Danach würden wir uns auf unsere Aufgabe konzentrieren und ein paar Schurken zur Strecke bringen.

»Ich sollte mit Thad reden«, sagte ich. Kaum waren mir die Worte über die Lippen gekommen, versteifte Declan sich.

Was zum Teufel?

»Ich komme mit.«

»Das ist nicht nötig.«

Er drückte mich fester an sich. Eine Minute lang unternahm ich nichts und genoss einfach die Wärme seiner Umarmung. Auch das war dumm. Doch ich wusste, dass die Treffen zwischen Declan und mir bald ein Ende haben würden, und ich wollte jeden einzelnen Augenblick in mein Gedächtnis einbrennen. Ich würde diese Erinnerungen später brauchen, denn bald würde ich wieder ganz allein sein. Also prägte ich mir alles ein und füllte meinen Speicher, um später darauf zurückgreifen zu können. Dann würde ich mich an diese kostbaren Momente mit Declan erinnern können, in denen ich Geborgenheit empfunden hatte. Seit meiner Entführung hatte ich mich nicht mehr sicher gefühlt.

Wäre ich eine andere Frau gewesen, hätte ich ihm vielleicht sagen können, wie viel mir die Zeit mit ihm bedeutet hatte. Wie schmerzhaft es jedes Mal war, wenn er mein Bett verließ, um nach Hause zu fahren. Wie er jedes Mal den Schmerz linderte, wenn er zu mir zurückkam. Wie sehr ich mir gewünscht hatte, dass er blieb, obwohl ich ihn gebeten hatte zu gehen. Und wie sehr ich gehofft hatte, er würde sich nach dem Sex nur einmal an mich schmiegen und mich festhalten. Noch nie in meinem elenden Leben hatte ein Mann mich zärtlich berührt. Nicht einmal Declan. Wir ließen unseren Begierden freien Lauf und bescherten einander Momente der Lust, aber es blieb immer eine emotionale Distanz zwischen uns. Es war die einzige Art von Sex, die ich ertragen konnte.

Mein Gott, ich war so verkorkst, dass ich nicht einmal mit einem Mann auf normale Weise schlafen konnte. Ich war weder in der Lage, ihn zu küssen, noch sein Gewicht auf mir zu spüren, wenn er mich aufs Bett drückte, oder ihn mit dem Mund zu befriedigen.

Ich kann es einfach nicht ... Diese Ohnmacht zog sich wie ein roter Faden durch mein Leben.

Aber es gab andere Dinge, zu denen ich fähig war. Ich konnte, ohne zu zögern, einem Menschenhändler die Kehle durchschneiden und einen Mann erwürgen, der kleine Mädchen vergewaltigte. Ich konnte eine Spur der Verwüstung und Zerstörung hinterlassen.

Zu welchem Preis?

Nein, es war zu spät. Für mich gab es keine Tagträume.

»Baby?«

»Ja?«

»Hast du gehört, was ich gesagt habe?«

Dumme Gedanken.

»Nein, tut mir leid.«

»Ich sagte, ich komme mit. Ich muss herausfinden, was mit Emerson los ist. Dann will ich Zane anrufen. Vielleicht kann er Gabe schicken, damit er für Thad einspringt und dieser nach Hause fahren kann. Außerdem müssen wir Tex zurückrufen.«

»Thad wird nicht begeistert sein.«

Wieder überkam mich ein schlechtes Gewissen. Wie immer hatte ich alles vermasselt. Zuerst hatte Emerson Thad meinetwegen verlassen und war jahrelang nicht zu ihm zurückgekehrt. Und nun, da sie glücklich verheiratet waren, war ich wieder in ihr Leben getreten, um es erneut zu zerstören. Je schneller ich verschwand, desto besser. Dann würde alles wieder seinen gewohnten Gang gehen und sie könnten alle glücklich sein.

Außer mir. Ich würde weiterziehen und in die Hölle zurückkehren, die ich geschaffen hatte.

»Ich kümmere mich um Thad«, sagte Declan. »Du solltest dir überlegen, wie du deinen Plan, Strotherby auszuschalten, anpassen kannst.«

»Anpassen? Da gibt es nichts anzupassen. Sie wird zur Strecke gebracht werden.«

»Ohne Zweifel. Die Frage ist nur, wie du das Team einbeziehen kannst.«

»Also schön.«

Eines wusste ich mit Sicherheit: Declan war unerbittlich. Es war ihm egal, wie ich die Sache sah, er würde sein Team miteinbeziehen und er würde sich einen Dreck um meine Einwände scheren. Und falls ich mich aus dem Staub machte, würde er mich finden.

»Steh auf, Baby, wir sollten uns an die Arbeit machen.«

Sicher. Der innige Moment war vorbei. Und wir hatten nicht darüber gesprochen, warum er mich überhaupt ins Schlafzimmer getragen hatte. Declan würde kein Wort darüber verlieren. Er würde nicht einmal erwähnen, dass ich mich in einem schwachen Moment von ihm hatte festhalten lassen.

Und er würde nicht erwähnen, dass Thad mich mit seinen Worten tief getroffen hatte. Dec hatte die Tränen in meinen Augen gesehen, doch er würde mich nicht danach fragen.

Wir vertrauten uns unsere Gefühle nicht an.

Das würden wir nie tun.

Und das tat so weh, dass sich mir der Magen umdrehte. Es brannte in meinen Eingeweiden und erinnerte mich daran, dass er nie der Meine sein würde, weil ich so schmutzig war.

* * *

Declan hatte seine Drohung wahr gemacht und sich mit mir auf die Suche nach meinem Schwager begeben. Wir fanden Thad im Garten. Er schien nicht besser gelaunt als vorhin, als er aus dem Haus gestürmt war.

Ich sah mich um und bemerkte in einer Ecke einen wunderschönen Steingarten. Beim ersten Mal hatte ich ihn übersehen.

Aber zu dem Zeitpunkt waren sich gerade zwei Männer an die Gurgel gegangen, und ich hatte andere Dinge im Kopf. Der Garten bot Ruhe und Frieden, und Thad schien beides bitter nötig zu haben. Und nun kam ich und machte alles wieder zunichte.

»Entschuldige die Störung«, sagte ich, und er begegnete meinem Blick.

Zweifellos schmolz der finstere Ausdruck in seinen schokoladenbraunen Augen dahin, wenn er meine Schwester ansah. Mit Anfang zwanzig war Thad Bench ein gut aussehender Mann gewesen. Heute war er dreißig und nicht weniger attraktiv. Emmy hatte Glück, sie hatte sich einen Traummann geangelt, dem Frauen auf der ganzen Welt zu Füßen lagen. Und das Beste daran war, dass er Emmy vergötterte. Er liebte sie bedingungslos, bis in alle Ewigkeit. Ich freute mich für meine Schwester. Nach allem, was sie für mich aufgegeben hatte, hatte sie dieses Glück verdient.

Thad sagte kein Wort und starrte mich nur an. Ich spürte, wie ich meinen stählernen Schutzwall hochfuhr, der mich in eine kaltschnäuzige Zicke verwandelte.

Hör auf, Autumn, gewähre ihm einen Einblick.

»Ich … äh … möchte mich entschuldigen.« Thad blinzelte nur, also fuhr ich fort: »Mein Verhalten vorhin war unangebracht. Es tut mir leid. Ich … äh … muss mit euch allen zusammenarbeiten, doch das wird nicht leicht, wenn ich … äh …«

Herrgott, ich klang wie eine unbeholfene Närrin. Deshalb hielt ich meinen Schutzwall stets aufrecht. Es war viel einfacher, eine Zicke zu sein als … was auch immer das gerade war. Reuig? Normal?

Menschlich?

»Ich verstehe es, Autumn.« Damit ließ er mich vom Haken.

»Danke. Wie geht es Emmy?«

Großer Gott, hat meine Stimme gerade gezittert? Reiß dich zusammen, Miststück.

Thad musterte mich eindringlich, dann richtete er den Blick auf etwas hinter mich. Ich wusste, dass er Declan ansah.

Er hält mir den Rücken frei.

Gütiger Himmel, wie kam ich auf diesen Gedanken?

Niemand hielt mir den Rücken frei. Ich war eine Einzelgängerin, eine einsame Wölfin. Niemand, wirklich niemand, passte auf mich auf.

Als Thad wieder meinem Blick begegnete, umspielte ein Lächeln seine Lippen. Zaghaft, unsicher, hoffnungsvoll.

»Emmy ist schwanger.«

Ich spürte ein unangenehmes Kribbeln. Es begann in meinen Zehen, kroch meine Beine hinauf, wirbelte durch meine Eingeweide und schwoll immer mehr an, bis es mir in den Rachen stieg.

»Schwanger?«, hauchte ich.

Wollte er das Baby etwa nicht? War er deshalb so aufgebracht?

»Wir haben es niemandem erzählt, weil es Komplikationen gibt.«

»Wie bitte? Warum bist du dann hier? Du solltest bei meiner Schwester sein.«

»Das sollte ich«, stimmte Thad zu. In diesem Moment ließ er seine Maske fallen und mein Herz setzte einen Schlag aus. Zum ersten Mal zeigte er mir, was er Emerson gezeigt hatte. Ich sah den wahren Thaddeus, den Mann, in den sie sich verliebt hatte. Ich hatte nie ganz verstanden, warum sie einfach von einer Klippe gesprungen war, in der Hoffnung, er würde unten auf sie warten und sie auffangen.

Und er hatte sie aufgefangen und dann so sehr geliebt, dass es ihr das Herz gebrochen hatte, ihn zu verlassen. Aber als ich ihm jetzt in die Augen sah, wurde es mir klar. Jetzt wusste ich, wie Liebe aussah, denn in seinen Iriden spiegelte sich unendliche Traurigkeit.

»Dann ...«

»Ich will ehrlich zu dir sein, Autumn. Ich verstehe, in welcher schwierigen Lage du dich befindest. Mir ist klar, dass das alles sehr schwer für dich sein muss. Und ob du es glaubst oder nicht, ich verstehe sogar, dass du nicht bereit bist, mit Emerson zu reden. Ich könnte es sogar nachvollziehen, wenn du es nie über dich bringen würdest, ihr diesen Wunsch zu erfüllen. Aber ich bin hier, weil meine Frau es so wollte. Ob du ihre Liebe und Loyalität willst oder nicht, sie wird sie dir geben. Sie wird nie die Hoffnung aufgeben, dass du dieses Leben eines Tages hinter dir lassen wirst. Sie wird geben und geben, bis sie völlig erschöpft ist, und dann wird sie noch mehr geben. Im Moment sitzt sie zu Hause, schwanger, mit dem Risiko, das Kind zu verlieren. Aber sie kann nur an dich denken. Und deshalb ist es ihr lieber, dass ich hier bin, um dir den Rücken freizuhalten, statt zu Hause an ihrer Seite zu sein. So ist Emmy eben. Deine Schwester. So wütend ich deshalb gern wäre, auch das kann ich verstehen. Das ist einer der Gründe, warum ich sie so sehr liebe. Ihre Liebe kennt keine Grenzen und ist bedingungslos.

Sie will nur, dass die Menschen, die sie liebt, glücklich sind. Und sie liebt dich so sehr. Ich werde dir also keine Vorwürfe machen oder Salz in die Wunde streuen, aber ich bin nur hier, um dir den Rücken freizuhalten und dafür zu sorgen, dass du noch lebst, wenn das hier vorbei ist.«

»Sie darf mich nicht lieben«, brach es aus mir heraus. Mein Schutzwall hob sich erneut und die Galle brodelte in meinem Inneren, damit ich mein Gift wieder verspritzen konnte.

Ich trat einen Schritt zurück, wurde aber von zwei Stahlbändern umschlungen.

Nein. Nein. Nein. Nein.

Entsetzen packte mich und ließ mich am ganzen Körper beben, bis ich das Gefühl hatte, jeden Moment aus der Haut zu fahren.

Gefesselt.

»Nein«, flüsterte ich. »Fass mich nicht an.«

»Baby.« Ich konnte Declan kaum hören, so laut war das Rauschen in meinen Ohren.

Das Dröhnen verwandelte sich in Stimmen, die mich daran erinnerten, dass ich nur ein schmutziges Stück Dreck war. Die Stimmen wurden zu Visionen. Ich sah vor mir, wie sie mich schlugen, missbrauchten, vergewaltigten, beschmutzten.

Gefesselt und benutzt.

Unliebsam.

Die Visionen waren so lebendig, dass ich sie nicht aufhalten konnte. Männer, die nach mir grapschten, mich berührten, mich nahmen. Schmerz. Blut.

Alles tat weh.

»Fass mich nicht an, ich bin schmutzig«, krächzte ich. »So schmutzig, dass es auf dich abfärbt. Sie kann mich nicht lieben, Thad. Sag es ihr. Sag ihr, dass ich auch ihr Leben beschmutzen werde. Bitte, bitte, bitte lass das nicht zu. Sie muss rein bleiben. Ich wollte nie, dass sie dich verlässt. Ich bin das Opfer nicht wert, das war ich nie. Sie wollte immer nur dich. Sie wollte das Gute. Sie ist gut. Ich bin so schmutzig. Du musst deine Familie beschützen. Ich bin zu nichts nutze. So kaputt. Sie kann mich nicht heilen. Lasst nicht zu, dass ich ein Teil eures Lebens werde.« Meine Lunge brannte, ich konnte nicht atmen, jeder Zentimeter meines Körpers schmerzte. »Lass mich gehen, Declan. Lass mich los, bevor ich auch dich ruiniere.«

»Atme, Autumn. Beruhige dich.«

»Lass mich los.«

»Ich lasse dich nicht los. Beruhige dich und atme.«

»Lass mich los!«, schrie ich. Mit letzter Kraft riss ich mich los und taumelte zurück. »Fass mich verdammt noch mal nicht an. Wage es nie wieder, mich festzuhalten.«

»Baby, ich habe dich nicht einfach festgehalten.« Declan hob abwehrend die Hände. »Ich habe dich aufgefangen, damit du nicht fällst.«

Damit du nicht fällst.

So viele Stimmen, so viele Visionen. Sie rauschten durch meine Gedanken.

So verdammt verkorkst.

Schmutzig.

Ich musste mich waschen.

Ich musste den Schmutz abwaschen.

KAPITEL ACHT

Ich blickte Autumn hinterher, als sie ins Haus lief, und fühlte eine unbändige Wut in mir aufsteigen. In diesem Moment hätte ich nichts lieber getan, als die Wichser, die ihr wehgetan hatten, direkt in die Hölle zu befördern.

»Was zum Teufel war das?«, knurrte Thad und ich drehte mich zu ihm um.

Endlich hatte er es gesehen.

Sein Gesicht sprach Bände.

»Das war Autumn. Das war die Frau, die sie vor allen verbergen will. Sie kommt zum Vorschein, wenn man sie zwingt, sich zu erinnern.«

»Meine Güte, sie schien in Trance zu sein. So etwas habe ich noch nie gesehen. Es war, als sei sie aus der Gegenwart direkt in die Vergangenheit versetzt worden. Hast du sie schon einmal so erlebt?«

»Verdammt nein.«

»Aber sie wird sich dir öffnen.«

Dazu würde es nicht kommen. Aber ich wollte nicht über meine verkorkste Beziehung zu Autumn sprechen. Ich musste sie finden.

»Du drängst sie nicht, über ihre Vergangenheit zu sprechen«, stellte Thad fest. Er hatte mein Schweigen richtig gedeutet.

»Bruder, ich werde mich vorsichtig ausdrücken, weil sie deine Schwägerin ist. Aber so eine Beziehung führen wir nicht. Wir drängen einander nicht. Keiner von uns hat diese Grenzen gesetzt, aber das bedeutet nicht, dass sie nicht existieren.«

»Also fickst du sie und das war's?«

»Hör auf, Thad.«

»Hast du je daran gedacht, dass man sie vielleicht dazu zwingen muss? Dass sie vielleicht nie über das Geschehene hinwegkommt, wenn sie nicht gezwungen wird, sich damit auseinanderzusetzen? Oder ist es für dich kein Problem, dass sie damit lebt und innerlich davon aufgefressen wird? Ich hätte ja gesagt, dass sie auf einer Selbstmordmission ist, aber diese Frau ist bereits tot.«

»Thad …«

»Verarsch mich nicht. Ich kann mich noch genau an deine Worte erinnern. Du sagtest, du würdest alles für ein solches Leben geben. Du wünschst dir eine Frau, zu der du nach Hause kommen kannst, um sich mit ihr um eure Kinder zu …«

»Lass das.«

»Ich weiß, dass du es nicht hören willst. *Ich weiß.*« Thad trat einen Schritt auf mich zu, und ich versteifte mich augenblicklich.

»Einen Scheißdreck weißt du.«

»Ich weiß nicht, was dir genommen wurde, aber ich weiß, dass es dich tief erschüttert und dich innerlich vernarbt hat. Aber ich versichere dir, dass du es hören musst, Bruder. Es ist noch nicht zu spät. Du kannst so ein Leben immer noch führen.«

Verdammte Scheiße.

»Ich will es nicht. Das, was ich hatte, kann man nicht einfach ersetzen.«

Herrgott.

Ich war ein verdammter Lügner. Ich wollte es. Und zwar so sehr, dass ich kurz davor war, es mir zu nehmen. Kurz bevor die Schuldgefühle mich übermannten.

Verdammt.

»Sei ein Mann und gib ihr, was sie braucht.«

Ich spannte jeden Muskeln in meinem Körper an und machte mich bereit, ihm meine Faust ins Gesicht zu rammen.

»So etwas würdest du nicht sagen, wenn du wüsstest, was …«

»Ich muss einen Scheißdreck wissen, um zu *sehen*, dass du leidest. Und ich wette, dass die Frau da drin dich heilen könnte. Und du könntest sie ebenfalls heilen, wenn du es versuchst. Mach dir gar nicht erst die Mühe, etwas zu erwidern, denn ich werde dir kein verdammtes Wort glauben. Deine Taten sprechen Bände, mein Freund. Wenn du also in zwei Sekunden ins Haus stürmst, um nach Autumn zu suchen, weiß ich, dass ich recht habe.«

Thad stand mit verschränkten Armen vor mir und wartete. Sein Gesicht war zu einer Maske erstarrt.

Verfluchter Mistkerl.

Wortlos drehte ich mich um und tat genau das, was er vorhergesehen hatte. Ich machte mich auf die Suche nach Autumn.

Und als ich sie unter der Dusche fand, wurde mir klar, dass ich keine Sekunde mit diesem sinnlosen Gespräch mit Thad hätte verschwenden sollen. Autumn steckte in einer Krise – obwohl das Wort *Krise* eigentlich noch zu milde war.

Ich zog meine Schuhe und meine Hose aus und riss mir in Rekordzeit das T-Shirt vom Leib. Nur mit Boxershorts bekleidet stellte ich mich hinter sie in die Dusche und sah ihre Haut. Durch den Plastikvorhang hatte ich gesehen, dass sie ihren Körper schrubbte. Aber ich hatte nicht erkennen können, wie lange sie ihre Haut bereits malträtiert hatte. Sie war fleckig und leuchtend rot.

»Baby, hör auf.«

»Ich kann mich einfach nicht sauber schrubben.«

Meine Güte.

Ich griff nach der Armatur und versuchte, das kochend heiße Wasser auf eine erträgliche Temperatur zu stellen.

»Lass das. Es muss heiß sein.«

»Du bist sauber, Autumn. Da ist nichts.«

Sie legte den Kopf in den Nacken und begegnete meinem Blick. In ihren leeren Augen lag ein trauriger Ausdruck, der mir das Herz zerriss.

»Es ist *in* mir«, erklärte sie.

»Nein, Baby, ist es nicht. Du bist nicht schmutzig.«

Sie reagierte nicht. Kein Anzeichen darauf, dass sie meine Worte registriert hatte.

»Es ist in mir«, wiederholte sie. »All der Schmutz, den sie in mir hinterlassen haben. Er lebt. Ich kann ihn fühlen. Er kriecht in mir herum, wenn ich es zulasse.«

Ich kannte dieses Gefühl.

»Du musst es herauslassen.« *Was zum Teufel rede ich da?* »Es darf nicht in dir leben.«

»Du verstehst es nicht«, flüsterte sie und versetzte mir einen schmerzhaften Stich in mein gebrochenes Herz.

Ich hob langsam die Hände, doch sie zuckte zusammen und riss den Kopf zurück. »Ich werde dich berühren«, warnte ich sie.

»Tu das nicht.«

Ich hätte auf sie hören sollen, aber der überwältigende Drang, sie zu trösten, siegte über meinen gesunden Menschenverstand. Ich hätte es besser wissen müssen. Sie hatte mich nie bedrängt, nie die unsichtbaren Grenzen überschritten, die wir gezogen hatten. Aber ich konnte nicht aufhören, an Thads Worte zu denken. Ich konnte den Gedanken nicht ertragen, dass sie mit dem Gift lebte, das sie von innen zerfraß. Der Anblick ihrer leblosen Augen und ihres bleichen Gesichts war erschreckend. Das Gefühl war so stark, dass ich es nicht länger verleugnen konnte. Ich wollte es gemeinsam mit ihr überwinden. Ich wollte, dass sie dieses Leben hinter sich ließ. Ich wollte, dass sie ihre Dämonen besiegte. Ich wollte nur sie, aber ich hatte nicht die geringste Ahnung, wie ich ihr helfen sollte, wenn ich nicht einmal mich selbst unter Kontrolle hatte.

Mit beiden Händen umfasste ich sanft ihr Gesicht und Adrenalin schoss durch meine Adern.

Nur durch eine sanfte Berührung.

Mit den Daumen strich ich federleicht über ihre Wangen.

Mein Gott, sie fühlte sich gut an.

Im Laufe der Monate hatte ich Autumn auf unterschiedliche Weise genommen, aber unsere Begegnungen waren weder sanft noch zärtlich gewesen. Ich betrachtete ihren Mund. Sie hatte schöne, volle Lippen, die ich noch nie gekostet hatte. Ich hatte jeden anderen Teil ihres Körpers geküsst und geleckt, aber ihren Mund hatte ich nie geschmeckt.

Unpersönlicher Sex.

Darauf hatten wir uns geeinigt.

Aber damit war es nun vorbei.

»Baby?«

»Hm?«

»Sieh mich an, Autumn.«

»Ich kann nicht.«

Sie weigerte sich immer noch, meinem Blick zu begegnen, aber sie wich nicht zurück.

»Baby, bitte sieh mich an«, flehte ich.

Ich bemerkte meinen Fehler erst, als sie mich ansah. In

diesem Moment brach die Realität über mich herein, und aus einem schmerzlichen Verlangen wurde ein gefährlicher Zwang. Es war falsch, sie so sehr zu begehren und ihren Schmerz lindern zu wollen. Mir schlug das Herz bis zum Hals. Und als ich hörte, wie Autumn nach Luft schnappte, wusste ich mit absoluter Sicherheit, dass es ihr genauso ging.

»Ich werde dich jetzt küssen«, warnte ich sie. Sie schüttelte den Kopf und ein panischer Ausdruck trat in ihre Augen. »Doch, Schatz, ganz langsam.«

»Declan.«

Verfluchter Mist. Mein Name kam ihr mit einem tiefen Seufzer über die Lippen. Wunderschön.

Ich hatte sie meinen Namen stöhnen, schreien und sogar singen gehört. Aber sie hatte ihn noch nie auf diese Weise gehaucht.

Himmlisch.

»Ich kann nicht … ich habe noch nie … ich kann nicht.«

»Was kannst du nicht, Autumn?«

»Küssen«, flüsterte sie.

Durch das Plätschern des Wassers und das Summen in meinen Ohren hatte ich sie offenbar nicht richtig gehört.

»Wie bitte?«

Behutsam zog ich sie an mich und ignorierte die Tatsache, dass sie splitternackt war. Es wäre ein Leichtes gewesen, sie gegen die Wand zu drücken, das Feuer der Lust in ihr zu entfachen und mich bis zum Anschlag in ihr zu vergraben. Aus Erfahrung wusste ich, dass es hart, heiß und fantastisch werden würde. Sie war eine wandelnde, wahr gewordene Fantasie.

Sie war wunderschön.

Aber im Moment wollte ich sie nicht ficken. Das hatten wir schon, diesen unpersönlichen, von Wut getriebenen Sex, der uns am Ende beide mit innerer Leere erfüllte. Es war nicht mehr als ein kurzes Vergnügen, das den Schmerz vorübergehend linderte.

Heute würden wir etwas Neues ausprobieren. Etwas, das heilend wirkte, statt uns zu erniedrigen.

»Ich habe noch nie einen Mann geküsst.«

Meine Brust schwoll an und meine Lunge füllte sich mit dem heißen Dampf, der uns umgab. Wie war das möglich? Sie war eine Gefangene gewesen und auf unvorstellbare Weise misshandelt worden. Verdammte Scheiße. Sofort schob ich den Gedanken beiseite, denn ich konnte die Vergangenheit nicht ändern. Ich konnte weder ungeschehen machen, was passiert war, noch konnte ich ihr helfen, es zu vergessen. Aber ich konnte ihr eine ganz neue Erfahrung bieten. Eine positive und sanfte.

Verdammt, wusste ich überhaupt noch, wie ich es anstellen sollte? Ich war nur einmal im Leben in den Genuss von Reinheit und Sanftheit gekommen, bevor sie mir genommen wurde.

Für Autumn würde ich mir Mühe geben.

Für Autumn würde ich durchs Feuer gehen und verbrennen, nur um ihr etwas Frieden zu geben.

Ich betrachtete ihre rot umrandeten Augen, ihr zerzaustes, nasses Haar, ihre perfekt geschwungenen Lippen und fragte mich, ob ich jemals die Chance gehabt hatte, mich ihr zu entziehen. In dem Moment, in dem ich sie mit dem blutigen Messer in der Hand gesehen hatte, während der Mann, den sie getötet hatte, zu meinen Füßen lag, fühlte ich diese Verbindung zwischen uns. Sie hatte mir das Leben gerettet. Und seitdem musste ich ständig an sie denken. Es verging kein Tag, an dem sie mir nicht durch den Kopf schwirrte. Dann tauchte sie in Annapolis auf und die Verbindung begann zu schwelen, bis keiner von uns sie mehr leugnen konnte.

Also nein, ich hatte nie eine Chance. Ich war machtlos

gegen ihre Anziehungskraft und ihre Schönheit. Sowohl mein Körper als auch mein gebrochenes Herz und meine schwarze Seele hatten die ihre erkannt.

Nachdem ich sie monatelang gevögelt hatte, würde ich sie jetzt küssen.

Und ich hatte nicht die geringste Ahnung, was zum Teufel ich tat.

»Dann will ich der erste sein«, presste ich mit erstickter Stimme hervor.

»Declan.«

Sie riss verängstigt die Augen auf und versteifte sich, aber sie wich nicht zurück.

»Du musst es einfach nur fühlen, Baby.« Ich strich mit meinen Lippen über die ihren und spürte, wie sie bebten. »Fühle es, Baby«, murmelte ich an ihrem Mund.

»Mein ganzes Leben lang wollte ich überhaupt nichts fühlen«, murmelte sie und mein Herz setzte einen Schlag aus.

Ich wusste genau, wovon sie sprach. Auch ich hatte alles getan, um den Schmerz zu betäuben, ihn zu verdrängen und auszublenden. Alles nur, um nicht *fühlen* zu müssen.

»Fühle es *mit* mir.«

Ich leckte ihr über die Lippen. Autumn keuchte, und ich ließ meine Zunge sanft in ihren Mund gleiten. Sie kam mir entgegen, zuerst zaghaft und unbeholfen. Dann legte sie den Kopf in den Nacken, entspannte sich ein wenig und versuchte es erneut. Ein leises Stöhnen entfuhr ihr. Es war kein lustvoller, leidenschaftlicher Laut, sondern ein Klage-laut aus den Tiefen ihrer brennenden Seele.

Einen Moment lang fragte ich mich, ob ich das Richtige tat. Ich rief Gefühle in ihr wach, die sie nicht fühlen wollte, und zwang sie, mir etwas zu geben, was sie die ganze Zeit in sich vergraben hatte. Sie hatte nie eines dieser Arschlöcher geküsst, die sie missbraucht hatten. Das war typisch Autumn, sie würde darum kämpfen, ein Stück von sich selbst zu bewahren, egal wie klein es war. Sie würde alles in ihrer Macht Stehende tun, um auch nur einen Funken Kontrolle zu behalten, während ihr alles andere genommen wurde.

Doch dieses Stück hatte ich ihr nun genommen.

Gerade als ich mich zurückziehen und mich entschuldigen wollte, entspannte sie sich und presste ihre entblößten Brüste an meinen nackten Oberkörper. Dann stieß sie wieder ein Stöhnen aus. Doch diesmal schwang kein Schmerz darin mit, vielmehr zeugte es von Katharsis.

Mehr brauchte ich nicht. Ich hörte auf zu denken und begann, mit ihr zu fühlen.

Ich empfand Gefühle, die ich so lange tot geglaubt hatte. Empfindungen, die über Lust und Erleichterung hinausgingen. Und Emotionen, die ich nie wieder hatte erleben wollen. Aber es war nicht zu leugnen, dass Autumn sich in meine Seele eingebrannt hatte.

Ich festigte meinen Griff um ihr Gesicht und musste mich beherrschen, um sie nicht begierig zu verschlingen. Aber obwohl ihr Körper förmlich nach mehr schrie, musste ich behutsam vorgehen.

Als ich den Kopf zurückzog, pochte mein Schwanz bereits. Autumn keuchte und öffnete die Augen. Doch statt einen Schleier der Lust sah ich darin nichts als Schönheit.

Ich hoffe, du bist der Mann, für den ich dich halte.

Verdammte Scheiße.

Ich wusste nicht, wer zum Teufel ich war. Ich wusste nicht, was für ein Mann ich sein konnte. Ich hatte es einmal versucht und es hatte in einer Katastrophe geendet.

Was zum Teufel hatte ich getan?

Ich hatte keine Zeit, darüber nachzudenken. Autumn blinzelte und schien sich ihrer Umgebung bewusst zu werden. Ich wappnete mich für ihren Zorn. Eigentlich hätte ich einen Bunker bauen und mich darin verschanzen sollen.

Sie nahm einen tiefen Atemzug und sog so viel Luft ein, dass ich schon glaubte, sie würde den gesamten Sauerstoff im Raum in sich aufnehmen. Für einen Moment herrschte absolute Stille und wir starrten einander nur an. Dann entfuhr ihr ein herzzerreißendes Schluchzen und ihre Knie begannen zu zittern.

Im Nachhinein konnte ich mich nicht mehr daran erinnern, wie ich mich in Bewegung gesetzt hatte. Wie ich sie auffing und aus der Dusche ins Bett trug. Ich war wie in Trance. Aber ich hörte ihre verzweifelten Schreie und sah die Tränen, die ihr über die Wangen liefen. Mein Gott, so viele Tränen. Ein Taifun von Emotionen brach in einem nicht enden wollenden Strom aus ihr heraus.

Was hatte ich getan?

KAPITEL NEUN

Ich hatte keine Ahnung, wie lange ich schon in Declans Armen lag.

Ich konnte mich nicht einmal daran erinnern, wie ich aus der Dusche ins Bett gelangt war. Aber nun waren wir hier. Er lag auf dem Rücken und hatte einen Arm um mich geschlungen, während mein Kopf auf seiner Brust ruhte. Damit ich nicht wegdriftete, drückte er mich fest an sich.

Am liebsten hätte ich um mich geschlagen und mich gegen die Freundlichkeit gewehrt, die er mir entgegenbrachte. Ich konnte sie nicht annehmen, weil ich sie nicht verdiente. Ich war ein schrecklicher, widerlicher Mensch. Aber ich war auch erschöpft. Jahrelang hatte ich gekämpft. Ich kämpfte, um zu entkommen, um am Leben zu bleiben, um allem zu entfliehen.

Ich wollte dem Schmerz und den Erinnerungen entrinnen.

Doch nichts funktionierte.

Rein gar nichts.

Bis zu diesem Kuss.

Jetzt fühlte ich mich auf eine andere Weise gebrochen.

Vergangene Emotionen und gegenwärtige Empfindungen vermischten sich zu einem Strudel der *Gefühle*.

Dieser verdammte Declan.

Mein Gott, was ist nur los mit mir?

Ich kniff die Augen zusammen und versuchte, den Schmerz auszublenden. Die Wut, das Bedauern, die Schuld. Mein Leben war ein einziges Durcheinander.

Declan ergriff meine Hand und legte sie an seine Brust über seinem Herzen.

Über seiner Tätowierung.

Frische Tränen stiegen mir in die Augen und rannen mir über die Wangen. Ich hatte den Kampf verloren und war nicht mehr in der Lage, es zurückzuhalten.

»Ich habe dir etwas genommen«, hörte ich Declans raue Stimme. Das kehlige Timbre ließ mich erschauern. »Und während ich es nahm, hast du mir trotzdem gegeben, was ich brauchte.«

Wirklich?

»Ich weiß nicht, wovon du sprichst.«

Meine Güte, war das meine Stimme? Ich klang heiser und außer Atem.

Declan räusperte sich. Als er antwortete, konnte ich den quälenden Schmerz in seiner Stimme hören.

»Du kennst mich besser als jeder andere. Du weißt, wo du mich berühren kannst und wie.«

Er hatte recht. Ich wusste es. Aber nicht, weil ich ihn wahllos berührt und seine Reaktion abgewartet hatte, oder weil ich ihn gefragt hatte. Ich wusste es, weil ich die Zeichen erkannt hatte. Wie er, ertrug ich keine sanften Liebkosungen. Der Sex mit ihm war animalisch, wild, ein Ventil für unsere aufgestauten sexuellen Bedürfnisse. So wusste ich, dass ich ihn grob anfassen, kratzen, lecken und beißen durfte, dass ich aber auf Zärtlichkeiten verzichten musste. Im Gegenzug drückte er mich nicht auf die Matratze und presste seine

Brust nicht an meine. Er fickte mich auf Händen und Knien, über ein Möbelstück gebeugt oder während ich rittlings auf ihm saß. Oder er kniete vor mir und stieß in mich, während ich meine Beine um ihn schlang.

Aber er nahm mich nie in der Missionarsstellung. Er streichelte mich nie. Und er hatte mich noch nie geküsst oder sich an mich geschmiegt.

Als er meine Wangen umfasste und mich küsste, ließ ich die Arme hängen und berührte ihn nicht. Aber das lag vor allem daran, dass ich nicht wusste, was ich tun sollte. Ich hatte noch nie zuvor einen Mann geküsst. Dem ersten, der es versucht hatte, hatte ich fast die Lippe abgebissen. Danach hatte ich immer die Lippen weit geöffnet, damit niemand meinen Mund berühren konnte.

Aber im Moment berührte ich ihn, und er hatte meine Hand an sein Herz gelegt.

Was zum Teufel?

Das sah uns nicht ähnlich.

»Warum berühre ich dich jetzt?«

Er antwortete nicht. Stattdessen festigte er nur seinen Griff um meine Hand. Sein Herz pochte so heftig, dass ich das Beben an meiner Brust spüren konnte. Er zitterte am ganzen Körper.

Er konnte meine Berührung kaum ertragen. Ich spürte, wie sein Schmerz in Panik umschlug.

»Dec, Schatz, tu das nicht.«

»Sie ist nicht für meine Schwester«, sagte er, doch ich verstand nicht, was er meinte.

»Wovon redest du?«

»Von meiner Tätowierung. Meine Violet. Meine Tochter. Ich habe das Tattoo ihretwegen, nicht wegen meiner Schwester.«

Oh Scheiße.

Oh verdammt.

Ich wollte nichts davon wissen. Ich war schon gebrochen und glaubte nicht, dass ich auch noch Declans Schmerz ertragen konnte. Dazu war ich nicht stark genug.

»Es herrschte Krieg. Zwei Drogenbarone kämpften um ihr Territorium. Ich wusste davon und wollte, dass wir die Gegend verlassen, aber Juliana hatte schon Monate zuvor Violets Geburtstagsparty geplant. Sie hatte ihre Familie und all ihre Freunde eingeladen. Alles war vorbereitet. Violets Geburtstag fiel auf einen Samstag und Juliana wollte am selben Tag feiern. Ich hatte nicht viele Berichte aus der Region, aber alle Informationen deuteten darauf hin, dass die Kämpfe nachgelassen hatten. Also gab ich nach. Verdammt, ich hätte nie einknicken dürfen. Ich hätte standhaft bleiben sollen. Ich hätte nie zustimmen dürfen, die Party in einem Park zu veranstalten. Wir waren leichte Beute. Alle liefen lachend und unbekümmert herum und feierten, weil mein kleines Mädchen ein Jahr alt geworden war. Violet konnte kaum laufen. Ein paar Schritte hier und da. Juliana und ihre Eltern klatschten und lachten, während Violet zwischen ihnen herumtapste. Ich weiß nicht mehr, warum ich aufschaute, aber ich konnte es fühlen. Noch bevor es passierte, wusste ich, dass mein Leben vorbei war.«

Declan hielt inne und sog zitternd die Luft ein. Ich konnte es nicht ertragen.

Er würde mir gleich erzählen, was passiert war, aber ich würde nicht mit diesem Wissen leben können. Mein Herz war bereits gebrochen. Was auch immer Declan widerfahren war, hatte sein Leben ausgelöscht. Es hatte diesen großen, starken, mächtigen Mann so tief erschüttert, dass er jetzt am ganzen Körper zitterte. Mich würde es umbringen.

»Schatz«, flüsterte ich, um ihn zum Schweigen zu bringen.

Meine Stimme bebte und klang schwach, aber ich konnte ihn nicht einfach weiter leiden lassen. Er musste die Vergangenheit noch einmal durchleben und drückte mich so fest an sich, als wollte er mit mir verschmelzen und gleichzeitig aus der Haut fahren.

»Vier Fahrzeuge fuhren auf den Parkplatz. Ich rief nach Juliana. Sie blickte auf, sah die Autos und griff nach unserer Kleinen. Aber es war zu spät. Kugeln flogen durch die Luft und mähten alles und jeden nieder. Julianas Familie fiel zu Boden, überall liefen Menschen herum und schrien. Es war so laut. Diesen Lärm werde ich nie vergessen. Als ich meine Frau erreichte, war es zu spät. Ich kam zu spät. Violet hing schlaff in ihren Armen. Blut strömte aus meinem Baby. So viele Einschusslöcher. Verdammt! Ich war zu spät gekommen. Ein lebendiger Tod. Ich zog Juliana in meine Arme. Sie hielt unsere Tochter immer noch fest, versuchte, sie zu beschützen, obwohl sie längst tot war. Bis zu ihrem letzten Atemzug. Als Violet auf die Seite fiel, sah ich es. Die Kugeln, die meine Tochter getroffen hatten, hatten sie durchbohrt und auch Juliana getroffen. Beide waren tot. Tot in meinen Armen. Ein verdammter lebendiger Tod.«

Seine Stimme brach. Ich war wie erstarrt. Die Zeit schien stillzustehen, während ich in Trauer gefangen war und die schlimmsten Schmerzen verspürte, die ich je empfunden hatte. Nicht einmal, als ich vergewaltigt wurde, hatte ich solche Qualen durchgestanden. Sie hüllten mich in eine Dunkelheit, von deren Existenz ich nichts geahnt hatte.

Noch nie hatte ich so etwas gefühlt.

Und Declan musste damit leben. Tag für Tag.

Ein lebendiger Tod.

Oh Gott.

Ich konnte nicht atmen. Vielleicht lag es daran, dass Declan seine Arme wie Stahlbänder um mich geschlungen hatte und meine Lunge kollabierte. Vielleicht war es auch sein Keuchen. Er bekam kaum Luft. Ich konnte es spüren. Seine Qual erdrückte mich.

Ich versuchte, mich auf die Seite zu rollen, doch er festigte seinen Griff.

»Schatz, lass mich los. Ich will aufstehen.«

»Ich kann nicht.«

»Bitte, Dec. Schatz, lass mich aufstehen.«

Ich versuchte es erneut, woraufhin er seine Arme schlaff auf die Matratze fallen ließ. In Windeseile setzte ich mich rittlings auf ihn und legte meine Hände auf seine Brust. Schon so oft hatte ich auf diese Weise in sein schönes Gesicht geblickt, aber ich hatte ihn noch nie so verzweifelt gesehen.

Es gab keine Worte für den Schmerz, der seine Züge verzerrte.

Es gab keine Worte für den Schmerz, den ich empfand, als ich die Tränen in seinen Augen sah.

Oh Gott.

»Declan, sieh mich an.«

»Sag es nicht.«

»Dec, Schatz, bitte sieh mich an.«

Er begegnete meinem Blick und ich schnappte nach Luft. Der Declan, den ich kannte, war verschwunden. Von dem tödlichen Krieger war nichts mehr übrig.

Er war fort.

Jeder Muskel in seinem Körper zitterte, während er von furchtbaren Qualen gepeinigt wurde.

»Es tut mir so leid, dass du sie verloren hast.«

»Nicht!« Mit beiden Händen packte er meine Hüfte. Wahrscheinlich wollte er mich von sich stoßen, doch ich spannte meine Schenkel an und wich nicht von der Stelle.

»Ich kann dir gar nicht sagen, wie sehr mein Herz schmerzt. Es schmerzt für dich.« Er stieß einen erstickten Laut aus, der mich innerlich zerriss. »Für sie.«

»Das reicht.«

»Und unter der Dusche hast du mir nichts *genommen*. Du

hast mir etwas *gegeben*. Ein winziges Stück meines Herzens. Du hast es wieder an seinen Platz gesetzt. Dafür danke ich dir.«

Als Declan seine Finger in meinem Fleisch vergrub, wusste ich, dass er es nicht mehr aushielt.

Verdammt, ich hielt es nicht mehr aus.

Langsam beugte ich mich vor und gab ihm das Einzige, was ich ihm geben konnte. Ich presste meine Lippen an seine Stirn und verweilte so lange, wie es mein emotionaler Zustand zuließ. Dann rollte ich mich von ihm herunter, stand auf und ging ins Bad, um meine Kleider zu holen.

Zum Glück hatte ich sie auf den kleinen Frisiertisch gelegt. Der Boden war klatschnass und ich fragte mich, ob Declan sich überhaupt die Mühe gemacht hatte, uns abzutrocknen, als er mich aus der Dusche getragen hatte. Offenbar nicht. Dennoch trockneten meine Haare bereits, was bedeutete, dass ich eine ganze Weile besinnungslos neben ihm im Bett gelegen haben musste.

Ich wischte schnell den Boden mit einem Handtuch, zog mich an und ging zurück ins Schlafzimmer.

Declan lag immer noch auf dem Rücken. Seine rechte Hand ruhte auf seiner Tätowierung, während er mit dem linken Unterarm seine Augen bedeckte.

Er war ein emotionales Wrack.

Am Boden zerstört.

Und er hatte es meinetwegen zugelassen.

Er hatte geglaubt, mir etwas genommen zu haben, als er mich küsste. Also hatte er mir etwas zurückgegeben. Seine Tochter. Seine Violet. Und Juliana. Ich beobachtete, wie seine Brust sich hob und senkte, und begann, mich zu fragen, wer seine Frau wohl gewesen war. Zweifellos war sie etwas Besonderes, um einen Mann wie Declan zu erobern. Schön und stark.

Wahrscheinlich war sie alles, was ich nicht war.

Es tat mir leid, dass er sie verloren hatte.

Ich stand am Bett und wusste nicht, was ich tun sollte. Declan und ich hatten noch nie ein offenes Gespräch geführt. Wir erzählten uns nie unsere tiefsten, dunkelsten Geheimnisse. Doch nun hatten wir es getan.

Er hatte mir Juliana und Violet gegeben, also würde ich ihm auch etwas geben, bevor ich ging.

»Nachdem ich gerettet worden war, wollte ich sterben.« Declan zog den Arm von seinen Augen, um mich anzusehen, und ich wünschte, er hätte es nicht getan. Es wäre einfacher gewesen, ihm alles zu erzählen, ohne seinen Blick ertragen zu müssen. »Ich wollte meinem Leben ein Ende setzen, aber ich war zu feige, mich umzubringen. Und als ich mich nicht so schnell erholte, wie Emerson und meine Eltern gehofft hatten, begann ich, sie zu hassen. Aber das war nicht der Grund, warum ich sie verließ. Eines Abends hörte ich Emmy weinen. Sie war in ihrem Zimmer und ich saß lange Zeit vor ihrer Tür und lauschte. Ich war wütend auf die ganze Welt. Und wütend auf meine Schwester, weil sie Mitleid mit mir hatte. Nachdem sie sich schließlich in den Schlaf geweint hatte, schlich ich mich in ihr Zimmer. Sie hielt einen Bilderrahmen in der Hand. Ich nahm ihn und wusste, dass ich sie erlösen musste. Sie weinte nicht um mich, sie weinte um das Leben, das sie hätte führen sollen. Ich legte das Bild zurück auf ihr Bett und packte meine Sachen. Am nächsten Tag ging ich fort.«

»Wer war auf dem Foto?«

»Sie und Thad. Ich wollte ihr ihre Freiheit schenken und ihr die Liebe ihres Lebens zurückgeben. Diese zehn Jahre, die sie voneinander getrennt waren, habe ich ihnen gestohlen. Sie hat nie aufgehört, ihn zu lieben, keinen einzigen Tag. Ich kenne Emerson, ihre Liebe zu Thad wird niemals vergehen.«

Ich blickte auf Declan herab. Er hatte immer noch das

Gesicht vor Schmerzen verzerrt, doch in seinen Augen lag auch Verständnis. Also gab ich noch etwas von mir preis.

»So eine Liebe habe ich noch nie erfahren. Noch nie hat mich jemand so geliebt. Ich habe versucht, es zu leugnen, es zu verdrängen, es auszublenden, so zu tun, als hätte ich es nie gewollt. Aber die Wahrheit ist, dass ich nichts anderes will. Ich wollte immer nur jemanden so lieben können, wie Emmy Thad liebt, und im Gegenzug genauso geliebt werden. Und es bringt mich verdammt noch mal um zu wissen, dass ich das nie haben werde. Deshalb will ich Emmy nicht sehen. Deshalb will ich weder meine Nichte noch meinen Neffen kennenlernen. Deshalb kann ich nicht in Thads Nähe sein. Sie haben alles, was ich nie haben werde, und ihr Anblick zerfrisst mich innerlich.«

»Autumn ...«

»Das reicht jetzt, Declan. Ich denke, für einen Tag haben wir beide unsere Herzen zur Genüge ausgeschüttet.«

Oder für ein ganzes Leben.

Ich drehte mich um und verließ mit gemessenen Schritten das Zimmer, obwohl ich am liebsten weggelaufen wäre. Ich wollte mich an einen entlegenen Ort zurückziehen, an dem ich mich vor all den Gefühlen verstecken konnte, die Declan in mir heraufbeschworen hatte.

KAPITEL ZEHN

Ich hatte das Wohnzimmer noch nicht einmal betreten, als ich sie streiten hörte.

Mein Gott, wie lange war es her, seit Autumn mein Zimmer verlassen hatte? Höchstens zehn Minuten. Gerade genügend Zeit, um mich zu sammeln, nachdem ich ihr von Juliana und Violet erzählt hatte.

Ich verstand immer noch nicht, warum ich es getan hatte. Aber ich konnte das Gesagte nicht zurücknehmen. Und ausnahmsweise hielt ich nicht an dem Schmerz fest, der mit jedem Gedanken an meine Frau und meine Tochter einherging. Stattdessen sah ich immer wieder Autumns Gesicht vor mir.

Es tat so weh, die Traurigkeit in ihren Augen zu sehen. Ich glaubte nicht einmal, dass sie um meinetwillen so traurig war. Vielmehr trauerte sie um Violet und Juliana.

Ich konnte es kaum erwarten, dass dieser Tag sich dem Ende neigte. Meine Nerven lagen blank, aber wir mussten Tex noch zurückrufen. Und ich würde Thad ein Flugticket besorgen, damit er zu Hause bei seiner Frau sein konnte.

Bei dem Gedanken an Thaddeus Bench begann mein Schädel zu pochen. Er würde nicht einfach gehen.

»Autumn«, blaffte Thad.

Mein Gott, wäre ich klug gewesen, hätte ich auf dem Absatz kehrtgemacht. Sollten die beiden ihre Schlacht doch miteinander austragen.

Bruder gegen Schwester oder so ähnlich.

»Bitte sei doch vernünftig und hör mir zu«, erwiderte Autumn.

Ich betrat den Raum. Wie erwartet standen die beiden sich gegenüber und waren drauf und dran, sich an die Gurgel zu gehen. Die Frau war fast so verrückt wie Jasmin. Letztere belegte in meinen Augen nur deshalb den ersten Platz, weil sie ihre Waffe Penelope genannt hatte. Wer gab seiner Waffe einen Namen? Und warum Penelope? Sie hätte sie Totengräberin oder Henkerin nennen können. Aber nein. Nicht Jasmin. Ihre Pistole war Penelope, die Sig.

»Du weißt doch sicher, was ein Versprechen ist, nicht wahr?«, fragte Thad.

Autumn kniff die Augen zu gefährlich dünnen Schlitzen zusammen, atmete tief ein und langsam wieder aus.

»Lass das, Großer. Ich will dir nichts Böses. Ich versuche nur, einen Kompromiss zu finden, damit du zu meiner Schwester nach Hause fahren und dich um deine Familie kümmern kannst.«

»Du weißt schon, dass du auch ein Teil meiner Familie bist, oder?«

Verdammt, Thad war kurz davor, sie erneut in die Enge zu treiben, obwohl sie sich bemühte, ruhig zu bleiben. Für einen Tag hatte sie wirklich genug emotionalen Aufruhr erlebt.

»Warum rufen wir Tex nicht zurück und hören, was er zu sagen hat? Wenn seine Informationen mit meinen übereinstimmen, dann ist das ein Job für höchstens zwei Mann.«

Thad wollte etwas erwidern, doch Autumn hob die Hand. »Ich weiß, dass ihr gern im Team arbeitet. Wenn Max und Brooks zurückbleiben, sind wir zu viert. Das ist mehr als genügend Feuerkraft, um Madeleine auszuschalten. Sie ist nicht hier, um etwas zu kaufen. Vielmehr will sie ihr Geld unter die Leute bringen und sich dabei fotografieren lassen, damit die Leute weiterhin glauben, sie sei eine Art Heilige. Deshalb hat sie auch keine Armee dabei.«

»Du vergisst wohl, dass dein Hotelzimmer explodiert ist. Und danach haben zehn Männer das Gebäude gestürmt, um dich zu töten.«

Autumn winkte ab, als sei es nichts Besonderes, dass jemand versuchte, sie umzubringen.

»Zehn. Nicht fünfhundert.«

»Ich weiß, dass du lebensmüde bist, daher ist dir vielleicht nicht klar, dass es nur eine gut platzierte Kugel braucht, um dich auszuschalten.«

Oder eine ganze Kiste voller Kugeln.

»Ich bemühe mich wirklich«, schrie sie. »Herrgott, Thaddeus, bist du immer so ein sarkastisches Arschloch? Ich weiß, dass nur eine Kugel nötig ist. Außerdem irrst du dich, ich bin nicht lebensmüde. Wenn ich sterbe, haben sie gewonnen.«

Sie gab sich wirklich Mühe, aber Thad machte sich Sorgen um Emmy und benahm sich wie ein Arschloch. Es hätte mich nicht gewundert, wenn Max sie so angeblafft hätte. Aber Thad war normalerweise ziemlich entspannt.

Also musste er dringend nach Hause zurückkehren, bevor es schlimmer wurde.

»Autumn hat recht«, warf ich ein. »Falls Tex es bestätigt, hat Strotherby nur minimale Sicherheitsvorkehrungen getroffen. Du und Kyle fliegt nach Hause. Max und Brooks bleiben hier bei uns.«

»Ich werde nicht …«

»Doch, das wirst du, Bruder. Deine Frau braucht dich.

Aber vor allem musst du zu Hause bei ihr sein. Ich verspreche dir, dass ich auf Autumn aufpassen werde. Du kannst also beruhigt nach Hause fliegen.«

Thad ließ die Schultern hängen und die Erleichterung in seinem Gesicht sprach Bände. Sie erzählte von den Opfern, die er für Emmy gebracht hatte. Thad wollte nicht hier in Afghanistan sein, er wollte bei seiner schwangeren Frau sein. Aber er war gekommen, damit Emmy sich keine Sorgen um ihre Schwester machen musste.

»Tex ist am Telefon«, verkündete Brooks und hielt sein Handy in die Höhe.

»Ich bin überrascht, dass er zurückgerufen hat, nachdem er Zeuge dieses Zickenkrieges geworden ist«, scherzte Kyle.

Mich überraschte nichts mehr. Ich vermutete, dass Tex alles sah und hörte. Das bedeutete auch, dass er das meiste ausblenden konnte, einschließlich der Auseinandersetzung zwischen Thad und Autumn.

»Hey, Tex. Du bist auf Lautsprecher«, sagte Brooks.

»Ich habe einen Zeitpunkt für euch.« Tex kam ohne Umschweife zur Sache. »Strotherby wird um zwölf Uhr in der Frauenklinik sein.«

»Hast du irgendwelche Informationen über ihre Leibwächter?«, wollte ich wissen.

»Sie hat ihre vier üblichen Leibwächter dabei. Ohne sie verlässt sie das Haus nicht. Es handelt sich um eine deutsche Kommandotruppe. Ich schicke euch alles, was ich über die Männer habe. Einer von ihnen ist meiner Meinung nach ein potenzielles Problem. Er ist völlig verrückt. Und damit meine ich, dass er nicht ganz richtig im Kopf ist. Ich würde euch raten, ihn zuerst auszuschalten.«

»Nur vier? Wie kann das sein? Wie viele haben wir im Hotel ausgeschaltet? Ich habe sechs gezählt.« Ich begegnete Autumns Blick und sie nickte zustimmend.

»Das waren nicht Strotherbys Männer. Das waren Ahmad Khans Soldaten«, korrigierte Tex.

»Wer ist das?«, fragte Thad unwirsch.

»Ein örtlicher Dealer. Kein kleiner Fisch, aber auch kein wirklich großer.«

»Warum will er Autumn?«

»Er will nicht *Autumn*. Er will die hübsche weiße Frau mit den langen blonden Haaren. Aus demselben Grund, aus dem jeder Dealer, jeder Menschenhändler und jeder Dreckskerl im Umkreis von achtzig Kilometern sie will. Sie ist in dem Moment auf ihrem Radar aufgetaucht, in dem sie aus dem Flugzeug stieg. Dann ist sie ohne Kopftuch durch die Gegend spaziert, damit jeder Bösewicht, der ihr über den Weg lief, einen Blick auf sie werfen konnte. Ich schätze, ihr habt weniger als achtundvierzig Stunden, bevor die ganze Stadt hinter ihr her ist. Zum Glück hat sie Strotherbys Aufmerksamkeit nicht erregt. Das macht die Mission einfacher.«

Ich begegnete ihrem Blick, doch sie zeigte keine Reue. Sie zog herausfordernd die Augenbrauen in die Höhe und ich kniff die Augen zu dünnen Schlitzen zusammen.

»Was ist denn?«, fragte sie dreist.

»Du verlässt dieses Haus nicht ohne Kopftuch.«

»Dec ...«

»Ich schwöre bei Gott, ich werde dich ans Bett fesseln, wenn du versuchst, ungeschützt hier herauszumarschieren.« In Autumns Augen blitzte ein erschrockener Ausdruck auf, doch das war mir scheißegal.

»Was ist dann mit der Explosion in ihrem Zimmer?«, wollte Kyle wissen. Zum Glück wandte Autumn ihren durchdringenden Blick von mir ab und konzentrierte sich wieder auf das Gespräch.

»Keine Ahnung. Ich weiß nur, dass die Männer zu Khan gehörten, nicht zu Strotherby. Wie ich schon sagte, soweit mir bekannt ist, weiß niemand in ihrem Trupp, dass Autumn sich in Afghanistan befindet.«

Das waren gute Neuigkeiten, auch wenn Autumn deshalb enttäuscht war. Sie wollte bemerkt werden.

Aber so war es besser.

»Morgen werden wir Strotherby festnageln, indem wir ihrem Konvoi folgen, wenn sie die Klinik verlässt«, begann ich, einen Plan auszuarbeiten. »Wir können sie uns nicht schnappen, solange die Medien anwesend sind. Außerdem sind laut Autumn eine Menge schwangerer Frauen in der Klinik. Ich will Kollateralschäden vermeiden.«

»Einverstanden.« Brooks warf einen Blick auf sein Handy, das er auf den Couchtisch gelegt hatte. »Bevor wir uns verabschieden, hast du noch etwas, das wir über Ashaki Maloof wissen sollten?«

»Ich bin mir immer noch nicht sicher, was ihre Loyalität betrifft. Im Laufe der Zeit hat sie sich eine Menge Verweise eingehandelt. Maloof hält sich nicht gern an die Regeln und ist bei der Behörde nicht sehr beliebt. Sie haben sie nur noch nicht entlassen, weil sie Aufträge annimmt, die sonst keiner erledigen will, und weil sie sich bereitwillig die Hände schmutzig macht. Ihre Erfolgsquote liegt bei hundert Prozent. Wahrscheinlich weil sie *alles* tun würde, um die Zielperson zur Strecke zu bringen.«

»Wie zum Beispiel in der Öffentlichkeit die Rolle der pflichtbewussten Tochter spielen und im Verborgenen sowohl Daddy also auch den Bruder vögeln«, murmelte Brooks.

»Korrekt. Mehr habe ich nicht. Ich melde mich wieder.«

Tex beendete das Gespräch. Brooks schnappte sich sein Handy und steckte es in seine Tasche.

»Hat Ash das wirklich getan?«, wollte Autumn wissen.

»Allerdings. Ich habe es mit eigenen Augen gesehen«, antwortete Brooks. »Und ich kann dir sagen, zu der Zeit wussten wir von Maloof nur, dass sie die Tochter des Mannes war, der ihr die Zunge in den Mund steckte. Später mussten wir zusehen, wie sie den Kerl fickte, von dem ich damals dachte, er sei ihr Bruder. Es war ekelhaft. Als ich dann herausfand, dass sie bei der CIA war und nicht die, für die ich sie gehalten hatte, war ich verdammt erleichtert. Es war gut zu wissen, dass ich nicht Zeuge irgendeiner kranken inzestuösen Beziehung geworden war.«

Selbst jetzt noch war der Ausdruck in Brooks' Gesicht zum Totlachen. Als Tatiana und er damals von besagtem Auftrag zurückkamen, waren sie beide grün im Gesicht gewesen.

»Ich habe euch bereits gesagt, dass Ash keine Regeln mag. Aber sie ist klug und hat sich der Sache voll und ganz verschrieben.«

»Hat sie dir jemals gesagt warum?« Max stand vom Sofa auf. Als Autumn nicht antwortete, fuhr er fort: »Was ist mit Barny Pollaski? Hat sie dir jemals einen Grund genannt, warum sie dich auf ihn angesetzt hat?«

»Ich musste nur wissen, dass er einen Frachtcontainer voller Frauen und Mädchen verschiffte.«

»Aber warum ausgerechnet du? Sie hat doch sicher eine Menge Söldner unter einer Kurzwahl gespeichert. Profis, die auf Auftragsmorde spezialisiert sind. Du bist keiner von ihnen, denn du verkaufst deine Dienste nicht. Ich habe die Liste der Männer gesehen, die du ausgeschaltet hast. Ähnlich wie Emerson wählst du sie aus einem bestimmten Grund aus.«

Thad stieß ein Brummen aus, als Max ihn daran erinnerte, dass seine Frau eine Weile mit von der Partie war. Emmy hatte nicht so viele Männer getötet wie Autumn, aber auch an ihren Händen klebte Blut.

Autumn schien unbehaglich zumute, denn sie trat nervös von einem Fuß auf den anderen. Sie dachte angestrengt über etwas nach. Ich erkannte den Moment, in dem sie einen Entschluss fasste, denn sie löste den Blick von Max und starrte Thad direkt in die Augen.

»Ich wusste, was Emerson tat. Nicht gleich zu Anfang, aber ich erfuhr etwa zwei Jahre, nachdem sie sich auf ihren Kreuzzug begeben hatte, davon. Ich sah sie in einer Galerie. Sie war mit dem Mann zusammen, den ich als mein nächstes Ziel auserkoren hatte. Er hatte einen kleinen Stall voller Frauen und wollte expandieren, also musste ich ihn ausschalten. Aber da war Emmy und hing an seinem Arm. Zuerst dachte ich, sie sei entführt worden. Aber sie spielte ein Spiel mit ihm. Ich beobachtete sie eine Weile. Sie machte ihre Sache gut. Dann habe ich ein bisschen gegraben und herausgefunden, was sie vorhatte. Aber so gut sie auch war, sie hat Spuren hinterlassen.«

»Und du hast sie beseitigt?«, vermutete Thad.

»Es gibt ein paar Tote, die nicht auf Tex' Liste stehen. Einige habe ich persönlich ins Jenseits befördert, andere habe ich in Auftrag gegeben. Aber ich musste sie beschützen.«

Thad senkte den Kopf und stieß hörbar den Atem aus.

»Verdammt«, brummte er. »Die ganze Zeit über hast du ihr den Rücken freigehalten. Du hast sie beschützt und sie wusste es nicht einmal.«

»Ich weiß, dass ich viel verlange, aber ich bitte dich trotzdem, ihr nichts davon zu erzählen. Dabei ist es mir völlig egal, was sie von mir denken könnte. Aber ich mache mir Sorgen, dass sie von Schuldgefühlen gepackt wird, wenn sie es erfährt. Sie hat mich nicht gezwungen, diese Männer zu töten, aber sie wird es so sehen. Sie hat dich endlich wiedergefunden und führt das Leben, das sie sich immer gewünscht hat. Ich will, dass sie es genießt.«

Thad verzog den Mund, doch er nickte. »Ich werde es ihr nicht erzählen.«

»Danke.«

»Also morgen Mittag spüren wir diese Schlampe auf und schalten sie aus«, bemerkte Max und lenkte das Thema wieder auf die Mission.

»Es gibt keinen Grund für Kyle und mich, frühzeitig aufzubrechen. Wir können die Sache in vierundzwanzig Stunden über die Bühne bringen. Wir teilen uns in drei Gruppen auf, erledigen die Schlampe und fliegen dann nach Hause.«

Ich warf einen Blick auf Autumn und mir stockte der Atem, als sie ihrem Schwager ein breites Lächeln schenkte. »Du kannst einfach nicht anders.«

»Nein.«

Dann verblasste ihr Lächeln und ihre Stimme war kaum mehr als ein Flüstern. »Declan würde nicht zulassen, dass mir etwas zustößt. Das weißt du doch.«

Die Bemerkung war völlig untypisch für sie. Sie brauchte und wollte meinen Schutz nicht. Doch um Thads Seelenfrieden willen versuchte sie, ihn zu beruhigen. Auch das war ungewöhnlich.

Verfluchte Scheiße.

Ein warmes Gefühl entstand in meiner Brust und strahlte in meine Gliedmaßen aus.

»Ja, Autumn, das weiß ich.« Thad begegnete meinem Blick. »Dessen kannst du dir sicher sein.«

Verdammt, auch das fühlte sich gut an.

KAPITEL ELF

Und was nun?

Thad war in sein Zimmer gegangen, um Emmy anzurufen. Declan hatte sich in seines zurückgezogen, um mit Zane zu telefonieren. Und ich war allein mit Kyle, Max und Brooks im Wohnzimmer. Die drei Männer sahen sehr unterschiedlich aus, waren aber alle umwerfend sexy und hatten eine ähnlich intensive Ausstrahlung. Sie signalisierte jedem, dass er sich besser nicht mit ihnen anlegen sollte.

»Setz dich.« Kyle deutete mit dem Kinn auf den leeren Stuhl.

Ja, ich war die Einzige, die noch stand.

Wie unangenehm.

»Ich denke …«

»Sprich dich aus«, warf Max ein.

Ich bemühte mich, nicht nervös zu werden, während die drei mich prüfend musterten. Ich hatte keine Ahnung, wie ich mich verhalten sollte. Als ich versucht hatte, Thad davon zu überzeugen, nach Hause zu fliegen, hatte ich mein gesamtes Repertoire an Nettigkeiten aufgebraucht. Tatsächlich war ich verdammt stolz auf mich, dass ich nicht die Beherrschung verloren hatte.

Aber was sollte ich jetzt tun? Sollte ich mich zu den drei Männern setzen, die ich im Grunde nicht kannte, und mit ihnen über dies und das plaudern? Worüber sollte ich reden?

»Erzähl uns von Ashaki«, forderte Brooks mich auf. Ich begegnete seinem Blick. »Was hat es mit der Frau auf sich? Warum hat sie sich dieser Sache mit Haut und Haaren verschrieben?«

»Hat Tex euch nichts erzählt? Er scheint alles zu wissen.«

Ich warf einen Blick auf den leeren Stuhl und bevor ich wusste, was ich tat, nahm ich Platz.

Also schön. Vielleicht konnte ich mich mit ihnen unterhalten. Ich sollte doch fähig sein, ein normales Gespräch mit anständigen Menschen zu führen. Ich hatte so viele Jahre damit verbracht, meine nächste Zielperson in eine Falle zu locken oder Informationen aus den widerlichsten, primitivsten Arschlöchern der Welt herauszupressen, dass ich wahrscheinlich nicht mehr wusste, wie man mit ehrlichen Leuten sprach.

»Nein. Aber ich bin mir nicht sicher, ob Tex Informationen zurückhält oder ob er einfach nichts gefunden hat«, antwortete Brooks.

Ich lehnte mich in meinem Stuhl zurück und überlegte, wie viel ich preisgeben sollte. Ich wünschte mir, diese Männer hätten mehr Verständnis für Ash und würden darauf vertrauen, dass sie aus den richtigen Beweggründen handelte. So wie ich, war sie persönlich betroffen.

»Als Ash auf dem College war, wurde ihre Mutter entführt. Die Familie meldete ihr Verschwinden, aber es wurde nichts unternommen. Eine ältere Frau, verheiratet, zwei Kinder. Die Polizeibeamten gingen davon aus, dass sie sich aus dem Staub gemacht hatte.«

»Warum sollten sie das denken?«, fragte Brooks.

»Weil ein Nachbar der Polizei berichtete, dass Ashs Eltern Eheprobleme hatten. Das bedeutete auch, dass ihr Vater wiederholt zum Verschwinden seiner Frau befragt wurde. Schließlich blieb ihm nichts anderes übrig, als selbst nach seiner Frau zu suchen. Dabei wurde er ermordet. Danach begab Ashs älterer Bruder Malaki sich auf die Suche. Er trauerte sowohl um seine Mutter als auch um seinen Vater und war wild entschlossen, Rache zu üben. Malaki verschwand in einer Welt, in die er nie hätte eintauchen dürfen. Es dauerte Jahre, aber er fand seine Mutter. Und er verlor den Verstand. Er rastete völlig aus und wurde dabei getötet. Und Ash stand plötzlich ohne Familie da. Ihre Mutter entführt, versklavt und missbraucht, ihr Vater ermordet und ihr Bruder von Menschenhändlern getötet.

Ash war schlau, verdammt schlau. Sie war im Begriff, ihren Master in Bioingenieurwesen zu absolvieren, aber sie brach ihr Studium ab und trat dem FBI bei. Jahrelang arbeitete sie in der Abteilung für Sexualverbrechen. Dann trat die CIA an sie heran und sie wechselte die Behörde. Seitdem ist sie dort angestellt.«

»Wenn Tex diese Informationen ausgegraben hätte, hätte er sie uns mitgeteilt«, bemerkte Kyle. »Es hätte etwas Licht auf die Frage geworfen, warum sie auf eigene Faust handelt. Das bedeutet, dass er nichts gefunden hat. Was wiederum die Frage aufwirft, wie gut du Ashaki kennst und woher du weißt, dass sie dir nicht einen Bären aufgebunden hat.«

»Weil ich ihren richtigen Namen kenne.«

»Und der wäre?« Brooks sah mich erwartungsvoll an.

»Den nehme ich mit ins Grab. Ash ist die einzige Person, der ich mein Leben anvertraue. Ich habe euch ihre Geschichte erzählt, damit ihr versteht, warum sie sich nicht an die Regeln hält. Ihre gesamte Familie ist tot, weil ein kranker Wichser ihre Mutter entführt, sie unter Drogen gesetzt und sie auf den Strich geschickt hat. Mehr verrate ich nicht.«

Ich spürte, wie Max mich mit seinem Blick durchbohrte. Also wandte ich mich ihm zu und starrte ihm direkt in die Augen. Er machte kein Geheimnis daraus, dass ich nicht zu seinen Lieblingsmenschen gehörte, und das gefiel mir. Es war seltsam beruhigend zu wissen, woran ich bei ihm war. Er mochte mich nicht und er hatte genügend Eier in der Hose, um dazu zu stehen.

Ja, ich mochte Max.

Ich spürte, wie ich die Lippen zu einem Lächeln verzog, als Max die Augen zu schmalen Schlitzen verengte. Wahrscheinlich machten viele Männer sich in die Hose, wenn er sie auf diese Weise fixierte. Der Gedanke ließ mich nur noch breiter grinsen.

»Was ist so lustig?«, blaffte er.

»Ich habe nur gerade gedacht, wie sehr ich dich mag«, erklärte ich. »Ich weiß deine Aufrichtigkeit zu schätzen. Du hältst nicht gerade viel von mir und hast kein Problem, mich das wissen zu lassen. Und mir ist es scheißegal, *dass* du mich nicht magst. Ich stecke schon so lange im Dreck, dass es guttut, sich zur Abwechslung nicht durch einen Haufen Scheiße wühlen zu müssen, um die Wahrheit zu finden.«

Max' Miene entspannte sich. Dann erhellte ein Lächeln sein Gesicht.

»Dir ist wirklich *alles* scheißegal, nicht wahr?«

»Alles.«

»Absolut alles?«

»Allerdings. Mich kann niemand mehr aufs Kreuz legen. Du kannst mich übers Knie legen und ich würde dir dabei ins Gesicht grinsen.«

»Wie bitte?«, ertönte Declans wütendes Knurren von der anderen Seite des Raumes.

Dann sah ich, wie er die Lippen bewegte, doch bei all dem

Gelächter konnte ich nicht verstehen, was er sagte. Je länger Kyle, Brooks und Max sich vor Lachen krümmten, desto mehr runzelte Dec die Stirn.

Ich war völlig verwirrt und wusste weder, warum die Jungs lachten, noch warum Declan plötzlich wie ein mordlüsterner Verrückter aussah. Aber vor allem konnte ich das Kribbeln nicht verstehen, das sich in meinem Magen ausbreitete. Es war wie ein leichtes Flattern, das mich an ein Gefühl von Glück erinnerte.

Doch dann ließ das Flattern nach, die Jungs verstummten und Declan war immer noch wütend. Und da ich keine Ahnung hatte, wie ich mich in Gesellschaft normaler, anständiger Menschen zu verhalten hatte, platzte ich heraus: »Warum bist du so wütend?«

»Wahrscheinlich weil du dich von …«, begann Kyle.

»Denk nicht einmal daran, den Satz zu beenden«, fiel Declan ihm ins Wort.

»Verdammt, Bruder, bist du wirklich so ein Leichtgewicht?«, lachte Brooks.

»Ich schwöre bei Gott, ich verpasse dir eine Tracht Prügel.«

»Was zum Teufel ist dein Problem?«, fragte ich.

»Ich glaube, du hast Decs Ego verletzt«, erklärte Max.

»Wie bitte? Warum? Ich habe nicht gesagt, dass ich dich als Mann mag. Ich meinte damit nur, dass …«

»Wie war das?«, brüllte Dec.

Die Jungs brachen wieder in schallendes Gelächter aus und ich blickte mich verwirrt um.

»Ihr seid alle total verrückt«, murmelte ich und stand auf.

»Meine Güte«, sagte Max lachend. »Mann, du hast das missverstanden. Ich könnte versuchen, es dir zu erklären, aber beim zweiten Mal wäre es weniger lustig. Autumn wollte damit nur sagen, dass es ihr scheißegal ist, was die Leute über sie denken.«

Ich dachte an unsere Unterhaltung zurück und versuchte, mich daran zu erinnern, was Declan gehört hatte, als er den Raum betrat.

Du kannst mich übers Knie legen und ich würde dir dabei ins Gesicht grinsen.

Oh!

Oh Scheiße!

»Dachtest du etwa, ich wollte mich von Max übers Knie legen lassen?«

»Was zum Teufel?«, wollte Thad wissen.

»Ach du meine Güte. Noch einmal erklären wir es nicht.«

Kyle, Brooks und Max konnten sich vor Lachen kaum halten. Max wischte sich die Tränen aus den Augen, Kyle presste seine Stirn gegen die Armlehne, damit der Stoff sein Brüllen dämpfte, und Brooks beugte sich vor und hielt sich den Bauch.

Declan lachte nicht, aber er verzog die Lippen zu einem Lächeln. Ein breites Lächeln, das sein ganzes Wesen veränderte.

Ganz und gar.

Mein Gott.

Declan war verdammt sexy. Aber wenn er lächelte, war er wunderschön.

Das Flattern in meinem Bauch schwoll an, bis ein Orkan in meinem Magen tobte.

Ja, ich erinnerte mich an dieses Glücksgefühl, aber es wurde von einer anderen Emotion begleitet, die ich nur allzu gut kannte. Eine Empfindung, die mich einhüllte und von Innen auffraß – Angst.

An den meisten Tagen war die Angst meine einzige Vertraute und das Einzige, was mich aufrecht hielt. Nachdem sie sich einmal eingeschlichen und die Oberhand gewonnen hatte, hatte sie mich buchstäblich erstickt. Doch dann hatte ich mich an sie gewöhnt und heute konnte ich ohne sie nicht mehr atmen. Sie zu verlieren würde Selbstgefälligkeit nach sich ziehen. Und wer selbstgefällig war, machte Fehler. Und wer Fehler machte, bezahlte sie mit dem Leben.

Jahrelang hatte ich darum gekämpft, diese widerliche Emotion zu beherrschen und zu meinem Vorteil zu nutzen. Doch leider erstickte die Angst auch das Glück. Sie machte alles andere zunichte, bis mir nichts mehr blieb.

Und heute war das Glück noch beängstigender als der Tod.

Weil ich es nie wirklich erlebt hatte. Und selbst ein Anflug von Glück war genauso schmerzhaft wie tausend Glassplitter, die mein Herz durchbohrten.

KAPITEL ZWÖLF

Irgendetwas stimmte nicht.

Es lag eine seltsame Spannung in der Luft.

Gestern Abend waren wir den Plan durchgegangen, bis Autumn endlich nachgegeben hatte. Ich hatte immer noch starke Zweifel, dass sie den Anweisungen folgen würde. Mein Bauchgefühl sagte mir, dass sie auf eigene Faust handeln würde, denn sie wollte Madeleine Strotherby persönlich zur Strecke bringen. Ich hingegen wollte, dass Max seine außergewöhnlichen Fähigkeiten als Scharfschütze einsetzte und die Frau aus einer Entfernung von fünfhundert Metern ins Jenseits beförderte.

Autumn hatte zugestimmt. Sie sagte, sie sehe den Vorteil darin, die Zielperson schnell zu töten, um unsere Identitäten nicht preisgeben zu müssen und so keinen Vergeltungsschlag zu riskieren. Keiner von uns gab sich der Illusion hin, dass Omni nach Strotherbys Tod von selbst zusammenbrechen würde. Aber ihr Tod würde die Organisation in Aufruhr versetzen, und genau das wollten wir erreichen. Dann könnten wir sie endgültig zerschlagen, bevor sie einen Ersatz für die Schlampe finden und alles in trockene Tücher bringen konnten.

Ich warf einen Blick in die Gasse gegenüber der Klinik und beobachtete wieder das kleine Kamerateam, das Strotherby im Gespräch mit der Klinikleiterin filmte. Als die beiden Frauen sich die Hände schüttelten, verzog ich angewidert die Lippen. Wenn die Klinikleiterin wüsste, dass die halbe Million Dollar, die sie gerade erhalten hatte, aus dem Sexhandel stammte, würde sie nicht lächeln. Sie würde dieses alte Miststück nicht wie einen Schutzengel verehren. Madeleine Strotherby war der Teufel in Person. Eine kranke, verdorbene Schlampe, die einem kriminellen Imperium vorstand. Das meiste Geld verdiente sie weder mit der Kosmetikmarke, die ihren Namen trug, noch mit der Modefirma oder dem Parfüm. Sie verdiente ihr Geld vor allem mit dem Handel von Drogen und Mädchen.

Also ja, ich wünschte, wir hätten sie aus der Nähe erledigen können. Aber es war wichtiger, Afghanistan zu verlassen, ohne dass uns jemand folgte. Es war wichtiger, Autumn zu beschützen.

Wieder nahm ich die verdammte Gasse ins Visier. Irgendetwas war mir entgangen. Ich wusste es einfach. Als ich gestern vor der Klinik auf Autumn gewartet hatte, hatten zwei Männer draußen im Schatten der Hauswand gestanden. Einer war ein Afghane, der andere Amerikaner. Letzterer hatte kurz geschnittenes Haar und war glatt rasiert, was darauf hinwies, dass er ein Mitglied der Streitkräfte war. Doch er hatte keine Uniform getragen, und das war strengstens verboten.

Mir entging definitiv etwas. Ich wollte mein Team so schnell wie möglich von der Straße wegholen und aus diesem Dorf herausbringen. Es führte eine Hauptstraße hinein und wieder hinaus. Thad und Kyle befanden sich am westlichen und Brooks und Max am östlichen Ende. Egal, in welche Richtung Madeleines Konvoi davonfahren würde, eines meiner Teams würde die Verfolgung aufnehmen.

»Wie viele verdammte Bilder brauchen sie denn noch?«, murrte Autumn neben mir.

Sie war allein schon deshalb mürrisch, weil sie von Kopf bis Fuß verhüllt war. Selbst ihre Augenbrauen waren bedeckt, sodass lediglich ihre Augen zu sehen waren. Unter all dem Stoff war es wahrscheinlich heiß wie die Hölle. Sie war nicht erfreut gewesen, als ich die Eingangstür verriegelt hatte, bis sie den Niqab endlich angezogen hatte.

Ich ignorierte Autumns Gemurre und sprach ins Funkgerät. »Bravo. Charlie. Meldet euch.«

»Hier ist alles klar«, antwortete Thad.

»Alles bestens«, meldete auch Max sich.

Ein paar Minuten später packte das Kamerateam seine Ausrüstung zusammen und Madeleine wurde zu einem schwarzen Mercedes Geländewagen begleitet.

Gott sei Dank.

»Das Ziel ist in Bewegung«, funkte ich.

»Gut. Sieht aus, als würde ein Militärkonvoi direkt auf euch zukommen. Auf der Straße wird ziemlich viel los sein. Voraussichtliche Ankunftszeit in drei Minuten«, informierte Thad mich.

Ich deutete mit einem Nicken auf unsere Schrottkarre. Das Ding pfiff aus dem letzten Loch und ich betete, dass es uns noch an unser Ziel bringen würde.

Als wir im Wagen saßen, versuchte ich dreimal, den Motor zu starten, bevor er endlich ansprang. Autumn zog ihren langen schwarzen Rock hoch und entblößte ihre nackten Beine.

»Verdammt, ist das heiß«, verkündete sie und ich unterdrückte ein Lächeln.

»Planänderung«, sagte ich und löste den Blick von ihren straffen, gebräunten Schenkeln. »Der Konvoi kommt auf uns zu. Wir müssen verschwinden, bevor wir hier festsitzen und warten müssen, bis er uns passiert hat.«

Der Mercedes fädelte sich in den Verkehr ein und fuhr in Richtung Osten. Glücklicherweise musste ich keine Kehrtwende machen, um ihm zu folgen.

»Gib Thad Bescheid.« Ich deutete auf den Geländewagen und warf einen Blick in den Rückspiegel. »Er soll sich vor den Konvoi setzen.«

Ich hörte, wie Autumn über Funk mit Thad sprach, während ich um einen geparkten Pick-up herum manövrierte. Für ein kleines Dorf war der Verkehr erstaunlich dicht. Ein Motorrad mit drei ausgewachsenen Männern darauf reihte sich plötzlich vor uns ein und zwang mich, scharf zu bremsen.

»Verdammt!«

»Du fährst wie ein Henker«, beschwerte Autumn sich.

»Das war noch gar nichts«, hörte ich Brooks über Funk sagen.

»Ihr müsst da weg.« Max' Stimme hatte einen unnachgiebigen Ton angenommen, der mich aufhorchen ließ.

Bevor ich mein Mikrofon wieder einschalten konnte, übernahm Autumn. Ich war dankbar, denn wenn ich eine Hand vom Lenkrad genommen hätte, wären wir vielleicht verunglückt.

»Was ist los, Max?«

»Vier Pick-ups kommen mit hoher Geschwindigkeit auf euch zu«, antwortete er.

Verflucht.

»Glaubst du, sie wollen den Konvoi abfangen?«

»Ich glaube, du solltest dich gut festhalten und Dec sollte aufs Gaspedal treten, bevor ihr in eine hässliche Situation geratet.«

Verdammte Scheiße.

Ich hatte gewusst, dass etwas faul war.

Unentschlossenheit packte mich.

»Frag Thad, ob es ein amerikanischer Konvoi ist.«

»Ich habe ihn gehört«, erwiderte Thad. »Keine Markierungen. Es tut mir leid, dass ich das sagen muss, aber verschwindet verdammt noch mal von dort.«

Der Mercedes fuhr etwa achthundert Meter vor uns. Und hinter dem Geländewagen kamen nicht weniger als sieben Lastwagen voller Aufständischer direkt auf uns zu.

»Wir sind zu sechst«, betonte Autumn. »Selbst wenn in jedem dieser Lastwagen nur zehn Männer sitzen, sind wir geliefert.«

Sie hatte recht, aber mein Magen krampfte sich nach wie vor zusammen.

Irgendetwas stimmte nicht. Ich hatte es in dem Moment gewusst, in dem ich den Wagen in der Nähe der Frauenklinik geparkt hatte. Hilflosigkeit überkam mich. Ich war ein verdammter Marine. Dabei spielte es keine Rolle, dass ich schon seit Jahren nicht mehr im Corps gedient hatte. Einmal Marine, immer Marine. In diesem Konvoi befanden sich amerikanische Soldaten, und es war meine Aufgabe, sie zu beschützen. Ich hatte den Dienst für mein Land über mich selbst gestellt. Das war mir in Fleisch und Blut übergegangen und ich hatte immer nach diesem Motto gelebt. Jetzt raste ich vor der Schlacht davon und ließ meine Brüder im Stich.

»Scheiße!«

»Dec?«

»Ich weiß«, zischte ich. »Ich weiß, aber es muss mir nicht gefallen.«

Autumn erwiderte klugerweise nichts.

Je weiter wir uns vom Dorfzentrum entfernten, desto baufälliger wurden die Häuser. Auch der Verkehr nahm ab, was bedeutete, dass ich unser Tempo verlangsamen musste, um dem Geländewagen nicht zu nahe zu kommen.

Ich warf einen Blick in den Rückspiegel und sah Thad

und Kyle in ihrer Rostlaube. Ihr Wagen war nicht besser als unserer. Brooks und Max befanden sich vor uns, ein paar Wagenlängen hinter Strotherby.

»Sie müssen langsamer fahren«, sagte Autumn.

»Die Bemerkung behältst du besser für dich, Baby. Es sei denn, du willst dir eine Standpauke von Max anhören. Er weiß, was er tut.«

Ich hatte die Worte kaum ausgesprochen, als ich die Bremslichter von Max' Wagen aufleuchten sah.

Eine Weile herrschte Stille, bis ich das Rascheln von Stoff hörte und einen Blick auf Autumn warf. Sie hatte ihren Niqab abgezogen und schob den langen schwarzen Rock gerade über ihre Beine.

»Meine Güte, das ist besser«, seufzte sie.

»Zieh dich wieder an.«

»Gib mir eine Minute. Ich schwitze mich hier zu Tode. Dieser Schrotthaufen hat keine Klimaanlage und ich bin kurz davor, einen Hitzschlag zu bekommen.«

Aus dem Augenwinkel sah ich, wie sie das langärmelige Oberteil auszog, das zu dem Rock und dem Niqab gehörte. Darunter trug sie ein Top mit Spaghettiträgern, das kaum ihre prallen Brüste verbarg. Der Baumwollstoff schmiegte sich an ihre Kurven. Bei dem Anblick biss ich die Zähne zusammen.

»Alles in Ordnung?«, fragte sie.

»Alles bestens«, presste ich hervor.

»Das klingt aber nicht so. Du hörst dich an, als würdest du kochen vor Wut.«

»Zieh dich wieder an.«

»Ich zeige dir nichts, was du nicht schon gesehen hättest, Großer. Und mir ist so heiß, dass mir selbst die warme Luft Kühlung verschafft.«

Autumn war tatsächlich heiß.

Selbst mit ihrem langen, glänzenden blonden Haar, das

sie zu einem Pferdeschwanz zusammengebunden hatte, während Schweiß ihre Stirn bedeckte und ihr den Nacken hinunterlief. Autumn war zweifellos die heißeste Frau, die ich je gesehen hatte. Juliana war mit ihrem braunen Haar, den braunen Augen und ihrem dunklen Teint wunderschön gewesen. Autumn war das genaue Gegenteil. Vor allem strahlte sie nicht die Unschuld aus, die Juliana ausgezeichnet hatte.

Beide Frauen waren wunderschön, aber Autumn hatte etwas an sich, das sie von Juliana abhob. Doch dieses Etwas hatte nichts mit ihrem Aussehen zu tun, nicht einmal mit ihrer Stärke und Entschlossenheit. Vielmehr war sie eine gebrochene Seele, die sich mit meiner verband.

Auch wenn mein Herz kein Scherbenhaufen gewesen wäre, hätte es das ihre erkannt und sich mit ihm vereint.

Verdammte Scheiße, das tut weh.

Unwillkürlich legte ich eine Hand auf die Tätowierung an meiner Brust, um den Schmerz zu lindern, den die Schuldgefühle in mir hervorriefen.

Ich war ein Mistkerl. Ein nichtsnutziges Arschloch. Ich liebte meine Frau und meine Tochter. Eines Tages würde ich meine Augen für immer schließen und sie immer noch lieben – nur sie, meine Mädchen.

In meinem Leben gab es keinen Platz für Autumn Pierce. Ich konnte sie einfach nicht daran teilhaben lassen.

»Zieh deine verdammten Klamotten an«, schrie ich.

Ich musste Autumn nicht ansehen, um zu wissen, dass sie mich finster anstarrte. Ich konnte ihren eisigen Blick auf meiner Haut spüren. Ich klang wie ein Arschloch.

Ob bekleidet oder unbekleidet, es spielte keine Rolle – irgendwie war Autumn mir unter die Haut gegangen. Und sie hatte recht, ich hatte alles von ihr gesehen, jeden Teil von ihr gekostet, sie auf jede erdenkliche Weise gefickt. Nein, das stimmte nicht ganz. Ich hatte sie nie zärtlich genommen und sie sanft liebkost. Ich hatte ihr nie in die Augen geblickt, während ich meinen Schwanz in ihr vergraben hatte. Ich hatte sie hart und dreckig gevögelt. Das war das genaue Gegenteil von der Art, wie ich mit meiner Frau geschlafen hatte. Die einzige Art, wie ich jetzt Sex haben konnte. Nur so konnte ich es ertragen, eine andere Frau zu berühren.

Meine Güte, ich war völlig verkorkst.

Ich war ein gebrochener Mistkerl, der sich von Autumn trennen musste, bevor ich das, was von ihr übrig war, auch noch zerstörte.

KAPITEL DREIZEHN

Declan kochte vor Wut. Doch das hatte nicht nur etwas damit zu tun, dass wir nicht gewartet hatten, um dem Konvoi gegebenenfalls zu Hilfe zu eilen. Und es lag auch nicht daran, dass ich diese furchtbar dicke Kleidung ausgezogen hatte. Erst gestern hatte Declan sich zu mir in die Dusche gestellt, mich geküsst und mich festgehalten, während ich weggetreten war. Und danach hatten wir uns sehr persönliche Dinge voneinander erzählt.

Schließlich hatten wir die Nacht sogar im selben Bett verbracht. Das war neu. Wir hatten jedoch nicht miteinander geschlafen. Er hatte sich so weit wie möglich auf seine Seite gerollt, während ich mich auf die andere Seite zurückgezogen hatte. Aber als wir heute Morgen aufgewacht waren, war alles wie immer gewesen.

Jetzt war er wütend und wir hatten eine Mission zu erfüllen.

Schon in wenigen Minuten würden wir in Aktion treten. Madeleines Geländewagen hatte auf einem eingezäunten Gelände angehalten. Brooks und Max hatten sich bereits auf die Suche nach einem geeigneten Scharfschützenposten gemacht, auf dem Max Position beziehen konnte, und Thad und Kyle kundschafteten die Gegend aus.

Was auch immer Declan verstimmt hatte, er musste sich zusammenreißen. Wir hatten einen Job zu erledigen und ich hatte keine Lust, dabei von Declan angeschnauzt zu werden. Allerdings wusste ich nicht, was ich sagen sollte.

Nun, das war nicht ganz richtig. *Was zum Teufel ist dein Problem?*, lag mir auf der Zunge, aber ich hielt mich zurück.

»Zieh dich wieder an«, blaffte Dec.

Und plötzlich wusste ich genau, was ich zu tun hatte.

»Was zum Teufel ist dein Problem?«

»Gar nichts.«

»Blödsinn. Du bellst mir Befehle entgegen.«

»Das stimmt nicht, Autumn, ich *gebe* Befehle. Und die solltest du auf der Stelle befolgen und nicht infrage stellen.«

Ernsthaft?

»Meinst du das ernst?«

»Todernst.«

Ich presste die Lippen zusammen, um mir eine Beleidigung zu verkneifen. Für wen hielt sich dieser Mann? Ich gehorchte nicht blindlings irgendwelchen Befehlen, auch nicht, wenn ich freundlich um etwas gebeten wurde. Schon gar nicht ließ ich mich wie ein Hund anbellen. Auf keinen Fall.

Declan parkte vor einem verfallenen Gebäude und ich sah mich um. Es war nicht viel los in der Gegend. Auf den Straßen waren gerade so viele Fahrzeuge, dass wir nicht auffielen.

»Zieh …«

»Was soll der Mist, Declan?«

»Dir ist doch klar, dass wir in Afghanistan sind, oder? Du bist eine Frau mit hellem Teint und blonden Haaren. Also zieh dich wieder an.«

»Und wenn nicht? Sperrst du mich dann in den Kofferraum?«

Er begegnete meinem Blick und seine Augen funkelten vor Wut. »Meine Güte, du bist eine Nervensäge.«

»Ich bin eine Nervensäge? Immer noch besser, als wie du einen Stock im Arsch zu haben. Einen riesigen Stock im Arsch, der dich zu einem Arschloch macht. Du hättest einfach sagen können: ›Hey, Autumn, wir halten gleich an. Es ist an der Zeit, diese heiße Kluft wieder anzuziehen. Ich weiß, es ist unangenehm und du schwitzt dich halb zu Tode, aber du hast es bald hinter dir.‹«

Declan biss die Zähne zusammen und seine Miene war wie versteinert. »Glaubst du, das ist ein Witz? Wenn jemand deine Haare sieht, denkt er, er hätte gerade den Jackpot geknackt. Das ist gar nicht lustig. Denn eine ganze Armee von Männern wäre hinter dir her und ich müsste sie alle töten, wenn sie versuchen, dich mir wegzunehmen.«

Was zum Teufel?

Ich hatte recht. Seine Wut hatte weder etwas mit dem Konvoi zu tun noch mit der Tatsache, dass er mich gerade in meinem Top und Höschen gesehen hatte, noch mit den gestrigen Ereignissen. Hier ging es um ein ganz anderes Problem, das wahrscheinlich nicht einmal etwas mit mir zu tun hatte. Nun ja, indirekt schon. Declan hatte Angst, dass er mich nicht würde beschützen können.

Scheiße. Ich spürte einen schmerzhaften Stich in meinem Herzen.

Ich war zu spät gekommen.

Declan gab sich die Schuld am Tod seiner Frau und seiner Tochter. Er hatte einen ausgeprägten Beschützerinstinkt und dachte wahrscheinlich, dass er versagt hatte. Und dieses Gefühl fraß ihn innerlich auf.

Es ging also nicht in erster Linie um mich. Es ging darum,

dass Declan mich beschützen wollte und Angst hatte zu versagen.

Und weil mir sein Verlust und seine jahrelangen Qualen so nahe gingen, tat ich etwas, das völlig untypisch für mich war – ich gab nach. Hätte er mich aus irgendeinem anderen Grund herumkommandiert, hätte ich ihm die Stirn geboten.

»Es tut mir leid.«

Ich griff nach dem Niqab, bedeckte schnell meine Haare, zog den Rest der Kleidung an und begann sofort zu schwitzen. Kaum war ich von Kopf bis Fuß in Schwarz gehüllt, atmete Declan endlich aus.

Er entschuldigte sich weder, noch bot er mir eine Erklärung für sein idiotisches Verhalten. Ich fragte mich, ob ihm überhaupt bewusst war, woher seine Wut rührte. Ich bezweifelte es, denn er war so angespannt und unterdrückte all seine Emotionen. Verdammt, mir ging es genauso. Ich ließ Gefühle genauso wenig zu wie er, und wenn ich einmal etwas fühlte, dann wurde ich wütend und schlug um mich.

»Wir müssen zu Plan B übergehen«, meldete sich Max über Funk. »Ich habe auf die nötige Distanz keine Sicht.«

Vorfreude durchströmte mich. Ich hätte es Declan gegenüber natürlich nicht zugegeben, aber insgeheim war ich froh, dass Max in Schussdistanz keinen Ausblick finden konnte. Das bedeutete, dass wir auf das Gelände vordringen mussten und ich Madeleine aus nächster Nähe erledigen konnte.

»Verstanden«, erwiderte Declan.

Mehr sagte er nicht. Das war auch nicht nötig. Gestern Abend hatten wir die Pläne A, B und C so oft durchgesprochen, dass ich noch monatelang davon träumen würde.

Dec ließ den Blick über die Umgebung schweifen, während ich in Gedanken die Aufstellung durchging. Ich wäre genau in der Mitte. Brooks würde die Vorhut übernehmen, gefolgt von Kyle und dann mir. Max und Declan würden die Nachhut bilden, während Thad alles überblickte.

»Autumn?«

»Hm?«

Declan stieß ein ungeduldiges Schnauben aus. »Ich sagte, du musst dich noch einmal umziehen.«

Richtig. Nun würden wir nicht im Wagen sitzen bleiben. Das bedeutete, dass ich mich frei bewegen und Waffen verstecken musste.

»Soll ich mich gleich hier umziehen oder ...«

Declan kniff argwöhnisch die Augen zu schmalen Schlitzen zusammen, als er den sarkastischen Unterton in meiner Stimme hörte. Ich bemühte mich wirklich, aber ich hätte ihm am liebsten in den Hintern getreten. Nur weil ich verstand, warum er sich wie ein Arsch benahm, bedeutete das nicht, dass es mir gefiel. Und irgendwann war das Maß voll.

»Hab Geduld. Ich suche dir eine Stelle, an der du dich umziehen kannst«, grunzte er und ich musste unwillkürlich grinsen.

Was sollte ich sagen? Ich war weder reif noch folgsam noch nett. Eigentlich war ich den lieben langen Tag ein zickiges Miststück, und so langsam war ich mit meiner Geduld am Ende.

Er ließ das Team wissen, dass wir uns auf die Suche nach einem Ort machen würden, an dem ich mich umziehen konnte. Mir fiel auf, dass er die Jungs genauso anherrschte wie mich. Wahrscheinlich verhielt Declan sich allen gegenüber wie ein Arsch, wenn er wütend war. Gut zu wissen.

Declan fuhr vom Bordstein, der eigentlich nur ein Haufen Schutt und Beton war, den man von den umliegenden Gebäuden weggeräumt hatte. Er schwieg, und ich tat es ihm gleich. Es gab nichts zu sagen, und wir würden niemandem mit unserem Streit helfen. Wir mussten alle zusammenarbeiten, um unseren Auftrag zu erfüllen. Danach konnten wir uns auf den Weg zurück in die USA machen. Dort würde ich mich mit Ash in Verbindung setzen, um zu sehen, ob sie Arbeit für mich hatte. Falls nicht, hatte ich schon jemanden im Auge. Am Anfang hatte ich mich wie meine Schwester verhalten und mich an die Männer herangemacht, die ich im Visier hatte. Reiche, mächtige Männer sammelten gern Frauen, mit denen sie auf Partys angeben konnten. Sie hielten sich für echte Kerle, wenn sie mit einer schönen Frau am Arm einen Raum betraten. Aber es hatte nicht lange gedauert, bis ich dieses Spielchen überstrapaziert hatte. Danach hatte ich sie nur noch aus der Ferne beobachtet, Informationen über sie gesammelt, meinen Verdacht bestätigt und sie dann wie Tiere gejagt und erlegt.

»Meine Güte!«, rief Declan und riss mich aus meinen Gedanken.

»Was ist los?«

»Du musst besser aufpassen.«

»Wie bitte?«

»Bleib bei der Sache, Autumn. Wir befinden uns in einem Kriegsgebiet und du träumst vor dich hin. Du kannst nicht …«

»Erstens weiß ich genau, wo wir sind. Zweitens habe ich nicht geträumt, sondern an Jason Dunbar gedacht.«

»Wer zum Teufel ist Jason Dunbar?«

Meine Güte, ist der empfindlich.

»Je nachdem, ob die dreißig Frauen, die er angeblich hat, alle freiwillig für ihn arbeiten oder ob er sie abhängig gemacht und zur Prostitution gezwungen hat, wird er sterben oder am Leben bleiben.«

»Und wenn die Frauen aus freien Stücken bei ihm sind? Wird er dann auch sterben?«

Inzwischen hatte ich viel gesehen und gelernt, nicht über andere zu urteilen. Die Menschen taten allerlei Dinge, mit denen ich vielleicht nicht einverstanden war, aber es stand mir nicht zu, sie deshalb zu verurteilen. Ich selbst handelte moralisch verwerflich. Obwohl ich gute Absichten hatte, war ich ein schlechter Mensch. Wenn also eine Frau aus freien Stücken ihren Körper verkaufen wollte, ging mich das nichts an, und ich hatte kein Recht, sie daran zu hindern. Wenn sie aber entführt und dazu gezwungen wurde, war das eine andere Geschichte. Und wenn in Jason Dunbars Stall auch minderjährige Mädchen waren, dann würde ich ihm den Garaus machen.

»Nicht, wenn sie alle volljährig und willentlich bei ihm sind.«

»Ich verstehe dich nicht.«

Willkommen im Klub. Ich verstand mich selbst kaum.

»Das musst du auch nicht.«

»Niemand will so ein Leben führen.«

Ich wandte mich Declan zu. Er behielt die Straße im Auge, sodass ich sein Profil betrachten konnte. Mein Blick fiel auf seinen Hals und ich beäugte die verblasste Narbe.

»Woher weißt du das? Woher nimmst du dir das Recht, über diese Menschen zu richten? Gerade wir sollten doch wissen, dass wir andere nicht für ihre Berufswahl verurteilen sollten. Wir bestreiten unseren Lebensunterhalt mit dem Töten von Menschen. Was ist daran moralisch anders?«

Die Muskeln in Decs Wange zuckten und er versteifte sich. Ich kannte diese Reaktion. Ich hatte sie am eigenen Leib erlebt, als ich gezwungen war, in den Spiegel zu blicken. Irgendwann hatte ich aufgehört, mich selbst zu belügen, und mir vor Augen geführt, wer ich war. Wenn ich mir nicht einredete, dass ich nur zum Wohle der Allgemeinheit handelte, musste ich erkennen, dass ich eine Mörderin war. Schlicht und ergreifend. Und nachdem ich meine Zielperson ins Jenseits befördert hatte, stahl ich ihr Geld.

»Wirst du dieser Arbeit je überdrüssig?«, fragte er leise.

»Jeden verdammten Tag.«

»Warum steigst du dann nicht aus?«

Ich konnte fühlen, wie mein Körper auf mein Unbehagen reagierte. Meine Haut begann zu spannen und mir drehte sich der Magen um. Ich versuchte vergeblich, es aufzuhalten, aber ich hatte mir angewöhnt, mich in solchen Situationen abzuschotten. Sofort setzte ich meine Maske der Gleichgültigkeit auf und verwandelte meine Verletzlichkeit in Wut.

»Das geht dich nichts an.«

Declan warf mir einen flüchtigen Blick zu, bevor er sich wieder auf die Straße konzentrierte. Es war nur ein Bruchteil einer Sekunde, aber ich wusste, dass er zu viel gesehen hatte. Wir waren uns zu ähnlich. Einerseits liebte ich es, andererseits war es mir zuwider.

»Natürlich«, murmelte er und klang völlig entnervt.

»Warum steigst *du* nicht aus?«, fragte ich und drehte den Spieß um.

»Ich habe nie gesagt, dass ich der Arbeit überdrüssig bin.«

»Sicher«, wiederholte ich. Dabei sorgte ich dafür, dass ihm mein spöttischer Tonfall nicht entging.

Das brachte ihn zum Schweigen.

Während Declan weiter schwieg, entspannte ich mich und meine Fassade begann abermals zu bröckeln. Plötzlich wollte ich ihm erzählen, warum ich dieses Leben nicht hinter mir lassen konnte. Warum ich mir nicht irgendeine Kleinstadt mitten im Nirgendwo aussuchte, um dort ein normales Leben zu führen. Natürlich nur unter der Voraussetzung, dass ich irgendwann herausfand, wie ein normales Leben aussah. Doch so gern ich dem einen Menschen, der mich verstanden hätte, auch von meinen Sehnsüchten erzählen wollte, ich brachte die Worte nicht über die Lippen.

Es wäre viel zu persönlich und würde mich schwach klingen lassen.

Also behielt ich meine Gedanken für mich. Es war besser so. Wir hatten einander schon zu viel offenbart.

Ja, du Idiotin, rede dir das nur weiter ein.

KAPITEL VIERZEHN

Noch nie hatte ich den Wunsch verspürt, einer Frau die Arroganz aus dem Leib zu prügeln. Aber nicht mit meinen Fäusten, sondern mit meinem Schwanz. Ich wollte Autumn so lange ficken, bis sie ihre Maske fallen ließ. Bis ich die Mauern, hinter denen sie sich versteckte, niedergerissen hatte und sie sie nie wieder würde aufbauen können. Ich hatte kein Recht, so zu fühlen. Sie hatte ihre Geheimnisse, und ich hatte meine.

Aber seit sie sich vor mir verschlossen hatte, brodelte es in mir. Mehrmals stand ich kurz davor, eine Antwort zu verlangen, aber ich hielt mich zurück. Ich wollte wissen, warum sie nicht einfach alles hinter sich ließ, obwohl sie doch zugegeben hatte, dass sie dieses Leben satthatte.

Ich wollte wissen, ob ihre Gründe mit meinen vergleichbar waren. Ich wünschte mir weiß Gott nichts sehnlicher, als mich zur Ruhe zu setzen. Irgendwo in einer beschaulichen Kleinstadt, in der niemand mich und meine Vergangenheit kannte. Menschen wie ich hatten ein Verfallsdatum, und mit jedem Monat rückte meines näher. Ich war so oft verwundet worden und so oft dem Tod von der

Schippe gesprungen, dass mein Körper irgendwann nicht mehr mitmachen würde.

Doch statt Autumn davon zu erzählen, schwieg ich. Genau wie sie.

Wir hatten nur ein paar Worte mit dem Team gewechselt, während wir uns auf unsere Posten begaben.

Inzwischen war die Dunkelheit hereingebrochen. Autumn und ich gingen die achthundert Meter zu Fuß zu dem Grundstück, auf dem Strotherby sich befand. Das Haus war genauso heruntergekommen wie der Rest der Stadt. Kein Vergleich zu ihrem Penthouse in Manhattan, ihrem Sommerhaus in Italien oder den unzähligen anderen teuren Immobilien in ihrem Besitz. Madeleine Strotherby hatte vielen Menschen die Hölle auf Erden bereitet, und so war es irgendwie passend, dass sie ihren letzten Atemzug in einer Bruchbude tun würde, in einer heruntergekommenen Stadt, in einem vom Krieg zerrütteten Land. Sie würde für das Elend und die Verzweiflung bezahlen, die sie verursacht hatte, und für all die Leben, die sie zerstört hatte.

Ja, die amtierende Königin der Verderbtheit würde in diesem Drecksloch sterben.

Eine ruckartige Bewegung neben mir erregte meine Aufmerksamkeit. Ich wandte mich Autumn zu und musterte sie. Sie trug schwarze Kampfstiefel, eine schwarze Cargo-hose, ein schwarzes, langärmliges Hemd, eine kugelsichere Weste und eine Waffe im Halfter. Das Gewehr, das an einem Riemen über ihrer Schulter hing, hielt sie vor sich. Ihr Haar war unter einer Baseballkappe verborgen. Wäre sie nicht so zierlich gewesen, hätte man sie für einen Mann halten können.

»Alles in Ordnung?«, fragte ich.

»Ja.«

»Bist du sicher? Du ...«

»Ich bin über ein Schlagloch gestolpert«, schnaubte sie und straffte die Schultern.

Herrgott, glaubte sie etwa, ich würde sie zur Schnecke machen, weil sie gestolpert war? Es war stockdunkel und wir trugen Nachtsichtgeräte. Wir konnten kaum sehen, wohin wir traten.

War ich wirklich so ein Arsch gewesen?

Die Antwort lautete ja.

»Hör zu, es tut mir leid. Ich habe mich vorhin wie ein …«

»Lass es. Bringen wir es einfach hinter uns.«

»Autumn«, seufzte ich.

»Hör auf. Wir sind, wer wir sind. Ich kann es verstehen. Und du auch. Du musst dich für gar nichts entschuldigen.«

Was zum Teufel sollte das bedeuten?

Bevor ich sie fragen konnte, meldete Thad sich über Funk. »Die Luft ist rein.«

»Verstanden«, antwortete Max.

»Alles klar. Wir sind in zwei Minuten dort«, sagte ich. Dann wandte ich mich an Autumn. »Schalte für die Dauer des Einsatzes dein Mikrofon ein.«

Sie schwieg, befolgte aber meine Anweisung.

Mein Gott. Langsam begann ich, ihr Schweigen zu hassen. Normalerweise spendete die Stille mir Trost. Aber in Autumns Fall bedeutete sie, dass sie in Gedanken versunken war. Und ich nahm an, dass diese nicht sonderlich erfreulich waren. Wenn die Erinnerungen sie einholten, versteinerte ihre Miene sich. Genau wie meine.

Wir hatte noch keine zehn Schritte zurückgelegt, als Autumn die linke Hand von ihrem Gewehr löste und ihren Arm vor mir ausstreckte, um mich am Weitergehen zu hindern. Ich ließ den Blick über die Umgebung schweifen und erkannte schnell, was sie dazu veranlasst hatte, stehen zu bleiben. Vor uns kauerte ein Mann mit dem Rücken zu uns am Boden und spähte um die Ecke der Steinmauer. Zweifellos hatte er Brooks, Kyle und Max im Visier.

Verdammte Scheiße. Ich musste aufhören, über Autumn nachzudenken, und mich wieder auf das Wesentliche konzentrieren.

Da ich nicht in das Funkgerät sprechen konnte, drückte ich einmal lang und einmal kurz auf den Knopf des Mikrofons, um ihnen zu signalisieren, dass sie entdeckt worden waren. Ich erhielt eine Bestätigung, ballte die Hand zur Faust und hoffte inständig, dass Autumn meinen Anweisungen folgen und sich nicht von der Stelle rühren würde.

Sie nickte mir kurz zu, woraufhin ich mich an den Mann heranschlich. Es war ein von Hollywood verbreiteter Mythos, dass ein Schuss mit Schalldämpfer völlig lautlos was. Es stimmte nicht. Der Knall wurde nur gedämpft. Und mitten in einer ruhigen Nacht würde ein Schuss jeden Mann im näheren Umkreis auf die Straße locken. Kurz darauf würden Frauen und Kinder folgen. Deshalb würde ich den Mann nur mit einer Kugel erledigen, wenn es unbedingt sein musste. Außerdem schoss ich niemandem in den Rücken, wenn ich es vermeiden konnte. Also musste ich ihn so leise wie möglich überwältigen.

Plötzlich sprang der Mann auf, drehte sich um und sprintete auf mich zu. Da er keine Waffe in der Hand hielt, ließ ich mein Sturmgewehr los. Es war an einem Riemen befestigt, der über meiner Schulter hing, und konnte daher nicht zu Boden fallen. Der Mann lief weiter. Wie ein mit Amphetaminen vollgepumpter Affe sprang er in die Luft. Ich hatte zwei Möglichkeiten. Entweder ich fing ihn auf oder ich ließ mich von ihm umwerfen.

Was zum Teufel?

Ich fing den Mann auf, drehte mich und zog ihn zu Boden. Ich hörte, wie ihm die Luft aus der Lunge gepresst wurde, als er mit dem Rücken auf dem Asphalt aufschlug. Er riss überrascht die Augen auf, als ich meinen Unterarm an seine Kehle presste. Hatte das Arschloch etwa geglaubt, ich würde ihn gehen lassen?

Im nächsten Moment stand Autumn neben mir. »Dreh ihn auf den Bauch.«

Ich blickte zu ihr auf und sah, dass sie mir einen Kabelbinder entgegenstreckte. Also tat ich wie geheißen und nahm das Plastikband entgegen. Während ich seine Hände fesselte, fixierte Autumn seine Füße. Dann schockierte sie mich noch mehr, indem sie den Mann abtastete.

»Keine Waffen.« Doch sie hatte ein Klapphandy gefunden. »Keine ein- oder ausgehenden Anrufe und Nachrichten in der letzten Stunde.« Sie klappte das Handy zu und steckte es in ihre Tasche. »Was willst du mit ihm machen?«

Bei diesen Worten griff sie nach ihrer Sig Sauer im Holster. Zum ersten Mal, seit ich bei den Marines gedient hatte, lief mir ein Schauer über den Rücken. Aber nicht aus Angst oder wegen ihrer Frage oder der Situation, sondern wegen des ausdruckslosen Tonfalls ihrer Stimme. Abscheu überkam mich und drohte mich zu überwältigen. Ich wünschte, ich könnte ihr das alles ersparen. Nie wieder wollte ich diesen eiskalten Tonfall aus ihrem Mund hören.

Ich will, dass sie frei atmen kann.

Ich zog eine Rolle Klebeband aus der Tasche an meinem Oberschenkel, riss ein Stück ab und klebte es dem Mann auf den Mund.

Unaufgefordert packte Autumn seine Füße und wartete, bis ich seinen Oberkörper angehoben hatte. Wir trugen ihn zu einer Reihe geparkter Wagen und versteckten ihn dort. Ich richtete mich auf und sah sie an. Durch mein Nachtsichtgerät war ihr Gesicht grün verfärbt, doch ich konnte die Teilnahmslosigkeit darin sehen. Ausdruckslos und eiskalt.

Verfluchte Scheiße.

Meine Brust brannte vor Wut.

»Die Gefahr ist beseitigt«, funkte Autumn. »Wir kommen jetzt zu euch.«

Verdammt. Ich hätte beeindruckt sein sollen, doch das war ich nicht. Stattdessen widerten ihre Fähigkeiten mich an. Sie wusste genau, was zu tun war, und machte sich mit Effizienz ans Werk. Ich wollte, dass sie in Panik geriet und vor Angst aus der Haut fuhr, weil sie sich mitten in einem Einsatz befand, der mit Blutvergießen enden würde. Doch sie war die Ruhe selbst, denn das hier war nichts Neues für sie.

»Bereit?«, fragte sie, als ich mich nicht rührte.

»Bereit.«

Dann herrschte wieder ohrenbetäubende Stille, während wir uns auf den Weg zum Team machten.

Ich wünschte, sie würde dieses Leben hinter sich lassen. Ich wünschte, sie würde sich irgendwo ein Häuschen kaufen, in dem sie den Rest ihrer Tage wohlbehalten und in Frieden leben könnte.

Was würde ich tun müssen, um sie davon zu überzeugen? Ich würde alles dafür geben, es herauszufinden.

KAPITEL FÜNFZEHN

Mein Herz pochte so heftig, dass ich den Pulsschlag in meinem Nacken spürte. Als dieser Mann sich umgedreht hatte und auf Declan zugelaufen war, hatte ich schon geglaubt, ich würde einen Schlaganfall erleiden. Dann hatte Declan den Mann schneller überwältigt, als ich es für möglich gehalten hätte.

Ich war schweißgebadet und meine Hände hatten stark gezittert. Es hatte mich überrascht, dass ich überhaupt in der Lage gewesen war, seine Füße zu fesseln und Declan zu helfen, ihn hinter die Fahrzeuge zu tragen.

Jetzt waren meine Beine weich wie Wackelpudding und ich betete, dass niemand es bemerkte. Je näher wir der Tür kamen, desto übler wurde mir. Ich hatte ein Geheimnis, ein großes Geheimnis. Und ich wollte nicht, dass einer der Jungs es herausfand. Niemand durfte den wahren Grund erfahren, warum ich allein arbeitete. Es war eine Schwäche, die ich vor allen verbergen wollte.

Und obwohl ich Angst hatte, dass diese Schwäche ans Licht kommen würde, wollte ich diejenige sein, die Madeleines Leben beendete. Ich musste es tun. Ungeachtet der Konsequenzen.

Ich atmete tief durch, um meine Nerven zu beruhigen. Doch die Luft war heiß und feucht und machte mir das Atmen nicht gerade leicht.

Max legte von hinten eine Hand auf meine Schulter und führte seinen Mund an mein Ohr. »Ganz ruhig«, flüsterte er.

Ich wollte ihm sagen, er solle sich verpissen, doch stattdessen nickte ich.

»Das wird ein Kinderspiel. Bleib einfach ruhig.«

Ja, Max hatte mich durchschaut. Da er direkt hinter mir stand, konnte er zweifellos erkennen, dass ich zitterte wie Espenlaub.

Am liebsten hätte ich einen Blick über die Schulter geworfen, um zu sehen, ob Declan es auch bemerkt hatte, aber ich hielt mich zurück. Vielleicht hätte ich es getan, wenn Brooks nicht an die Tür getreten wäre. Es war so weit.

Gott sei Dank. Je eher dieser Einsatz vorbei war, desto besser.

Brooks und Kyle gingen links von der Tür in Position. Mit flinken Fingern brachte Brooks das Sprengband entlang der Scharnierseite und ein weiteres Stück in der Mitte an. Kyle hielt sich bereit, falls die Tür plötzlich von innen geöffnet wurde. Max hatte sich vor mir aufgebaut, während wir uns in sicherer Entfernung befanden. Sobald Brooks fertig war, traten er und Kyle einen Schritt zurück. Ich spürte Declans Hand an meinem Rücken, als er den oberen Rand meiner Weste packte und mich nach hinten zog.

»Ohrstöpsel«, brummte er.

Scheiße.

Ich kam mir vor wie eine Idiotin. Das Einzige, was noch schlimmer gewesen wäre, wäre ein dauerhafter Verlust meines Hörvermögens.

Brooks hob eine behandschuhte Hand und zählte mit den

Fingern rückwärts. Wir standen kurz davor, die Tür zu sprengen, und mein Puls beschleunigte sich.

Drei … zwei … eins.

Jetzt geht es los.

Die Tür flog auf. Ein Schwall Hitze und der beißende Geruch von Sprengstoff umhüllten mich. Aber mir blieb keine Zeit, mich damit aufzuhalten. Brooks und Kyle stürmten bereits auf das Haus zu. Max folgte ihnen und Declan versetzte mir einen Schubs.

Zwei Wachen stürmten in den Raum und sanken zu Boden, bevor sie ihre Gewehre heben konnten. Um mich herum herrschte Chaos. Das war ich nicht gewohnt. Normalerweise schlich ich mich leise an, erledigte meine Arbeit und verschwand wieder. Das hier war das genaue Gegenteil. Holz splitterte und Putz bröckelte, als wir uns zügig durch den ersten Raum bewegten. Kyle trat durch eine Tür in einen Nebenraum. Max ging eine Treppe hinauf und ich folgte ihm.

»Tür«, sagte Max und wartete darauf, dass ich den Knauf drehte. Sobald ich die Tür geöffnet hatte, stürmte er los. »Sauber.«

Die nächsten drei Räume waren ebenfalls leer.

Am Ende des Ganges befand sich eine letzte Tür. Max deutete darauf, trat zur Seite und wartete, bis ich sie öffnete. Schüsse fielen, aber Max zögerte nicht. Der Kerl war verrückt. Er stürmte in den Raum und ließ einen Kugelhagel niederprasseln. Mit wild klopfendem Herzen folgte ich ihm und feuerte mehrere Schüsse ab. Wo zum Teufel war Declan? Ich erinnerte mich vage daran, dass er dabei war, das Erdgeschoss zu räumen, aber er hätte längst fertig sein müssen. Wieder drückte ich ab, aber nichts geschah.

Verdammt.

»Ladehemmung«, rief ich, um Max über die Fehlfunktion meiner Waffe zu informieren.

Ich ließ das Magazin aus dem Gewehr fallen und versuchte, das Ersatzmagazin in meiner Weste zu finden.

Beeil dich, Autumn.

Schließlich ertastete ich die Plastikhülle. Ich zog sie heraus und wollte sie gerade in meine Waffe stecken, als ich die Klinge spürte.

Ein unerträglicher Schmerz durchfuhr mich.

Aus der Wunde an meiner Kehle rann Flüssigkeit. Blut. Es hätte warm sein sollen, doch auf meiner erhitzten Haut fühlte es sich kalt an.

Ich griff nach meiner Sig, als der Mann sich auf mich stürzte. Gerade als die Spitze seines Messers meinen Arm durchbohrte, hatte ich die Waffe gezogen und schoss. Er sackte zusammen, doch die Klinge schnitt noch in meinen Arm.

Was zum Teufel soll ich jetzt tun? Ich fürchtete mich davor, meinen Hals zu berühren. Die Wunde blutete stark, aber ich konnte ungehindert atmen. Ich war noch am Leben.

Oh, richtig, ich muss schießen.

Sekunden, Minuten, vielleicht auch eine Stunde später wurde es still im Raum. Max warf einen Blick auf mich, als ich gerade versuchte, mein Gewehr nachzuladen.

»Verfluchte Scheiße«, schrie er und legte mir eine Hand an den Hals.

»Es geht mir gut. Ich glaube nicht, dass der Schnitt besonders tief ist.«

»Verdammt! Kyle!«

»Max, es geht mir gut«, wiederholte ich. »Ich kann problemlos atmen. Es ist nur eine Fleischwunde.«

»Von wegen nur eine Fleischwunde«, knurrte er.

Declan war der Erste im Raum. Er warf einen Blick auf mich und schob seine Nachtsichtbrille auf seinen Helm. Und plötzlich wurde mir wieder bewusst, wie schwer mein Kopf war. Ich hatte noch nie einen Helm getragen und nach dieser

Erfahrung verstand ich auch warum. Das Ding war blei-schwer und zog meinen Kopf nach unten. Vielleicht ging es nur mir so. Die Jungs sahen alle aus, als spürten sie das Gewicht gar nicht.

»Was zum Teufel?«

»Ist das Haus sauber?«, fragte Max. Das war eine ausge-zeichnete Frage. Ich war für jedes Thema zu haben, das Declan von meiner Wunde ablenkte. Er würde mir verbieten, nach Madeleine zu suchen, falls sie nicht hier war, und das konnte ich nicht akzeptieren.

»Es geht mir gut. Es ist nur ein Kratzer.«

»Sie blutet wie ein Schwein. Wo zum Teufel ist Kyle?«

»Hier.« Plötzlich stand Kyle vor mir.

Er hatte sein Nachtsichtgerät abgenommen und musterte prüfend mein Gesicht. Dann ließ er den Blick an meinen Hals gleiten, an den Max seine Hand presste, und schließlich beäugte er meinen Arm. Währenddessen zog er eine Kompresse aus seiner Weste.

»Mir geht es gut. Es ist nur ein Schnitt.«

Oh verdammt, zittert meine Stimme etwa?

»In Ordnung. Lass mal sehen.« Kyle riss die Packung auf und zog die Wundauflage heraus. »Das wird die Blutung stillen.«

Ich wollte die Augen verdrehen und ihm sagen, dass ich genau wusste, was er in der Hand hielt und was es bewirkte. Aber ich schwieg, als Max seine Hand langsam zurückzog. Sofort begann das Blut wieder, meinen Hals hinunterzurin-nen. Im nächsten Moment spürte ich wieder einen unbän-digen Schmerz, denn Kyle tastete mit seiner behandschuhten Hand die Wunde ab.

Ich hatte nicht gesehen, dass er einen Latexhandschuh angezogen hatte, und fragte mich, warum ich überhaupt darüber nachdachte. Vielleicht, um nicht ohnmächtig zu werden oder vor Schmerzen in die Knie zu gehen.

»Du hättest mich ruhig vorwarnen können, bevor du in meinem Hals herumstocherst«, krächzte ich.

»Die Wunde ist nicht tief genug, um sie tamponieren zu müssen«, erklärte Kyle und begann, den Schnitt zu verbinden. Dann wandte er sich an einen seiner Kameraden. »Schneid ein Stück Klebeband ab.«

Sekunden später war die Wundkompresse an meinem Hals fixiert.

»Brauchst du etwas gegen die Schmerzen?«, wollte Kyle wissen.

»Wenn ich Ja sage, nimmst du mir dann die Waffe ab und setzt mich auf die Reservebank?«

»Ja. Aber immerhin hättest du dann keine Schmerzen.«

»Dann brauche ich keine Schmerzmittel. Mir geht es gut.« Ich biss die Zähne zusammen und zwang mich, die Tränen zu unterdrücken.

»Autumn …«, begann Declan.

»Es geht mir gut. Lasst uns von hier verschwinden.«

»Ich muss mir deinen Arm ansehen«, warf Kyle ein.

»Das ist nicht nötig. Der Kerl hat mich kaum mit der Spitze getroffen, bevor ich ihn ins Jenseits befördert habe.«

Ein wütendes Knurren hallte durch den Raum und traf mich mitten ins Herz.

»Was zum Teufel ist passiert?«, wollte Declan wissen.

Statt auf seine Frage einzugehen, wechselte ich das Thema. »Wo ist Brooks?«

»Er wartet am Fuß der Treppe.«

»Habt ihr Madeleine gefunden?«

»Nein.«

Mein Puls beschleunigte sich, woraufhin der Schmerz in meinem Hals und in meinem Arm noch stärker wurde.

»Warum stehen wir dann noch hier herum wie ein Haufen Idioten, statt nach ihr zu suchen?«

»Autumn«, knurrte Declan erneut.

»Hör auf. Wenn ich einer deiner Männer wäre, würdest du dich nicht aufführen wie eine Glucke. Du würdest ihm sagen, er solle sich zusammenreißen und sich in Bewegung setzen. Also behandle mich nicht anders als deine Kameraden. Mir geht es gut. Lass uns diese Schlampe finden, damit wir nach Hause zurückkehren können.«

Declan machte auf dem Absatz kehrt und stapfte davon. Kyle folgte ihm, doch Max blieb bei mir, bis ich aufhörte zu schwanken.

»Ich muss schon sagen, du bist hart im Nehmen.«

»Von wegen. Ich bin verdammt dumm. Weil ich den Raum zu meiner Rechten nicht geräumt habe, hat mir jemand fast die Kehle durchgeschnitten.«

»Wir haben nicht überall Augen. Es gibt nur …«

»Hättest du denselben Fehler gemacht?«

Max' Schweigen war Antwort genug.

Nein, er hätte es nicht vermasselt. Er hätte den Raum geräumt, bevor er ihn betreten hätte.

»Wir können nur aus unseren Fehlern lernen.«

»Richtig.«

»Komm schon, starkes Mädchen, lass uns nach der Schlampe suchen. Sie ist hier irgendwo im Haus.«

Er klopfte mir auf meinen unverletzten Arm und ich unterdrückte einen Schmerzensschrei.

»Scheiße, tut mir leid.«

Ich atmete ein paarmal tief durch und verließ das Zimmer. Mit jedem Schritt zuckte ich innerlich zusammen. Nein, ich heulte wie ein kleines Kind, denn die Schmerzen waren unerträglich.

Für die Jungs mochte dies ein ganz normaler Tag sein, doch ich zog meine Methode vor. Sie war schnell, lautlos und schmerzlos. Nun, zumindest für mich.

Declans Job war scheiße.

KAPITEL SECHZEHN

Ich hatte auch früher schon unbändige Wut verspürt, die in mir das Bedürfnis geweckt hatte, jemanden töten zu wollen. Das hier ging weit darüber hinaus.

Sie hätte sterben können.

Autumn hätte verdammt noch mal *sterben* können.

Und wo war ich gewesen? Nicht an ihrer Seite.

Die ganze Sache war von vornherein eine schlechte Idee. Wann zum Teufel würde ich lernen, auf mein Bauchgefühl zu hören? Wann würden die Frauen in meinem Leben in Sicherheit sein? Erst Juliana und Violet, dann meine Schwester, jetzt Autumn.

Ich bin eine wandelnde Katastrophe.

Schon in Maryland hätte ich dem Ganzen ein Ende setzen sollen. Als Autumn zum ersten Mal davon sprach, sich Strotherby vorknöpfen zu wollen, hätte ich sie Zane übergeben sollen. Vielleicht hätte er sie in einem sicheren Unterschlupf eingesperrt, bis wir Omni zerschlagen hätten.

Aber ich hatte meinen Instinkt ignoriert und mich in Autumn verloren. Ich hatte mich buchstäblich in ihr verloren. Mein Schwanz hatte die Oberhand über meinen

Verstand gewonnen. Monatelang ging ich Abend für Abend zu ihr, aber nicht, um mich mit ihr zu unterhalten und ihr diese verrückte Idee auszureden. Nein, ich ging zu ihr, um meine Probleme zu begraben. Ich hatte genau das getan, was ich Max in Bezug auf Eva vorgeworfen hatte.

Ich hatte mir genommen, was ich brauchte.

Ich hatte mich Tag für Tag für ein paar Stunden in ihr verloren und mir genommen, was sie mir gab.

Frieden.

Ich war erledigt.

Mit einer Hand rieb ich meine Weste über meiner Tätowierung.

»Alles in Ordnung?«, fragte Kyle.

»Ja.«

»Bruder, ich würde dir ja glauben, aber du hast die Zähne so fest zusammengebissen, dass du deine Backenzähne noch zu Staub zermahlen wirst, wenn du nicht aufpasst.«

Was sollte ich darauf erwidern? Nichts. Er wusste, dass es mir alles andere als gut ging, und er wusste, dass ich ihm eine Antwort schuldig bleiben würde. Es war mir ein Rätsel, warum er mich überhaupt nach meinem Befinden fragte.

»Sie wird wieder«, sagte er leise. Ich wandte den Blick ab und sah mich im Wohnzimmer um.

Das Haus war eine Bruchbude.

»Es ist nicht so schlimm wie bei dir.«

»Wie bitte?«

»Der Schnitt. Er ist nicht tief. Ich bezweifle, dass die Wunde genäht werden muss. Im Gegensatz zu deiner.«

Ich kämpfte gegen den Drang an, die Narbe an meinem Hals zu berühren. Sie erinnerte mich daran, dass Autumn mir das Leben gerettet hatte.

»Nun habt ihr die gleichen Male. Ein passendes Paar.« Kyle lächelte und trat um mich herum.

Er hatte keine Ahnung, wie wahr diese Aussage war.

»Status?«, fragte Thad über Funk.

»Das Obergeschoss ist sauber, keine Spur von ihr«, antwortete Max.

»Raum neben der Küch...«, meldete Autumn und verstummte plötzlich. Ich sprintete los.

Durch meinen Ohrhörer drang ein Rascheln, dann ein Stöhnen und schließlich ein gequältes Wimmern.

»Melde dich«, forderte ich.

Nichts.

Ich bog um die Ecke und kam abrupt zum Stehen.

Verdammte Scheiße.

Madeleine Strotherby.

Aber etwas anderes erregte meine Aufmerksamkeit. Autumn hatte den Lauf ihrer Sig an die Stirn der älteren Frau gepresst.

Plötzlich überkam mich wieder dieses kalte Grauen und ein eisiger Schauer lief mir den Rücken hinunter.

»Wo ist die letzte Lieferung?«, wollte Autumn von der Frau wissen.

Eines musste ich der alten Schlampe lassen. Obwohl ihr eine Waffe an den Kopf gehalten wurde, schien sie völlig unbeeindruckt.

»Autumn Pierce«, säuselte sie in einem geschmeidigen, kultivierten Tonfall. »So eine Verschwendung. Wir hatten Pläne für dich. Es ist wirklich schade, dass du nie gelernt hast, wo dein Platz ist.«

Autumn ließ sich nicht beirren. »Wo sind die Mädchen?«, fragte sie noch einmal.

»Ich wusste, ich hätte dabei sein sollen. Aber dieser Idiot Harry behauptete, er könne die Pierce-Schwestern auch ohne Hilfe liefern. Du allein hast einen Spitzenpreis eingebracht – eine blonde Jungfrau mit grünen Augen. Selbst nachdem du deine Unschuld verloren hattest, standen die Männer immer noch Schlange. Aber du und Emerson zusammen? Das wäre der Jackpot gewesen.«

Zum Glück war Thaddeus nicht im Raum, um zu hören, wie Strotherby über seine Frau sprach.

Wie aufs Stichwort knurrte Thad über Funk: »Töte die Schlampe.«

»Wo zum Teufel sind die Mädchen?«, forderte Autumn erneut.

»Auf demselben Weg, den du auch beschritten hast. Sie gehen zu ihren Besitzern.«

»Wer hat sie gekauft?«

»Nein, Autumn, du weißt, dass ich dir das nicht sagen kann. Es gibt Regeln.«

Autumns Hand begann zu zittern, und der eiskalte Schauer, der mich eben noch durchflutet hatte, brannte plötzlich heiß durch meine Adern.

Verdammte Scheiße, ich wünschte, ich könnte ihr das ersparen.

»Richtig, die Regeln. Und du bist bereit zu sterben, um …«

Strotherby verzog die Lippen zu einem Lächeln und lachte leise. »Du wirst mich auf jeden Fall töten. Und ich bettle nicht um mein Leben. Also mach schon, bring es hinter dich. Aber du solltest wissen, dass mein Tod nichts ändern wird. Viele Leute warten nur darauf, meinen Platz einzunehmen. Mein Tod wird bedeutungslos sein, denn mein Imperium wird weiter bestehen.«

»Wir sehen uns in der Hölle«, murmelte Autumn.

Ein lauter Knall hallte durch die Luft. Ich schloss die Augen, als Madeleine Strotherbys Körper zuckte und dann zu Boden sackte.

Verdammte Scheiße.

Autumn hatte ein weiteres Leben beendet. Auch wenn

diese Schlampe das Böse verkörpert hatte, war die Tat ein weiterer Makel auf ihrer Seele.

Autumn wandte sich zu mir um und ich sah die Blutspritzer in ihrem Gesicht. Der gequälte Ausdruck in ihren Augen ließ mich nicht mehr los. Bis sie ihre Waffe einsteckte und mein Blick auf ihren Bizeps fiel.

»Verdammte …«

»Weißt du«, brummte sie, »ich habe es wirklich langsam satt, mit einer Klinge malträtiert zu werden.«

Sie packte das Messer, zog es aus ihrem Arm und ließ es auf den schmutzigen Boden fallen.

»Das muss genäht werden«, murmelte Kyle und ging auf sie zu.

Max und Brooks betraten den Raum, doch ich achtete nicht auf sie. Ich konnte den Blick nicht von Autumns abwenden. Kyle machte sich umgehend an die Arbeit, zerriss den Ärmel ihres Oberteils und verband ihren Arm. Die ganze Zeit über starrte sie mich an. Also sah ich jedes schmerzvolle Zucken, jedes Stirnrunzeln und die Anspannung in ihrem Gesicht. Aber vor allem sah ich Reue.

Verdammte Reue.

Autumn Pierce hatte ein großes Mundwerk und mimte die knallharte Kriegerin meisterlich. Sie wollte alle glauben machen, sie sei nichts weiter als eine kaltblütige Söldnerin, obwohl sie in Wirklichkeit alles andere als abgebrüht war.

Sie zeigte Reue. Aber kein Bedauern.

Verdammte Scheiße. Es war mir zuwider.

»Fertig«, verkündete Kyle. »Lasst uns verdammt noch mal von hier verschwinden.«

»Wir kommen jetzt raus, Thad«, funkte Max.

»Verstanden.«

Die nächsten zehn Minuten nahm ich nur verschwommen wahr. Wir verließen das Haus. Max und Brooks liefen zu ihrem Wagen, Kyle ging zu Thad, und

Autumn und ich machten uns auf den Weg zu unserer Schrottlaube.

Wir hatten das Fahrzeug fast erreicht, als ich Autumn keuchen hörte.

»Alles in Ordnung?«, fragte ich.

»Ja. Es geht mir gut.«

»Sag Bescheid, wenn wir langsamer gehen sollen.«

»Es geht mir gut«, blaffte sie.

Ich blieb stehen und wandte mich ihr zu. Es ging ihr nicht gut. Abgesehen von der Anspannung in ihrer Stimme war ihr deutlich anzusehen, dass sie starke Schmerzen hatte. Der Beweis dafür strömte über ihre Wangen.

»Baby …«

»Nicht«, murrte sie und lief los.

Mir blieb nichts anderes übrig, als ihr zu folgen. Sie erreichte vor mir den Wagen und wollte gerade die Tür öffnen, als ich ihr Einhalt gebot.

»Ich will dir wenigstens etwas gegen die Schmerzen geben.«

»Nein. Ich muss einen klaren Kopf behalten.«

»Ich kann …«

»Ich sagte Nein, Declan. Ich will keine Drogen. Falls etwas passiert, muss ich in der Lage sein, mich selbst zu schützen.«

Natürlich, weil ich sie nicht beschützen konnte.

Ich ließ dennoch von ihr ab. Sie nahm auf der Beifahrerseite Platz, während ich mich ans Steuer setzte. Ich drehte den Zündschlüssel, und beim zweiten Versuch sprang die Rostlaube an.

Zwei Minuten später befanden wir uns auf dem Weg zum Flugplatz. Thad und Kyle fuhren voraus, Max und Brooks blieben in der Mitte und ich bildete das Schlusslicht.

Autumn hatte ihren Helm bereits abgenommen und kämpfte mit ihrer Weste. Sie war es nicht gewohnt, die

Ausrüstung zu tragen. Den Lauten nach zu urteilen, die sie von sich gab, war sie froh, sich beides entledigen zu können.

»Wie geht es deinem Hals?«

»Die Wunde blutet nicht mehr. Zumindest kann ich nichts fühlen. Das werte ich als gutes Zeichen.«

»Und dein Arm?«

»Der pocht wie verrückt.«

Das war die ehrlichste Antwort, die ich aus ihrem Mund gehört hatte, seit sie verwundet wurde.

»Sobald wir im Flugzeug sitzen, wird Kyle den Schnitt nähen.«

Für einen Moment herrschte Stille. Dann griff Autumn nach dem Kabel meines Mikrofons, fummelte daran herum und ließ sich wieder in ihren Sitz fallen.

»Du musst kurz rechts ranfahren.«

»Wir sind fast …«

»Sofort, Declan. Du musst rechts ranfahren.«

»Okay. Warum hast du mein Mikrofon ausgeschaltet?«

»Ich will nicht, dass sie davon erfahren.«

»Ich kann nicht einfach anhalten, ohne ihnen Bescheid zu geben. Was ist los?«

»Bitte«, flüsterte sie und ihre Stimme brach. »Du musst nur kurz anhalten.«

Ich schaltete mein Mikrofon wieder ein und teilte den Jungs mit, dass wir eine kurze Pause einlegen würden und sie weiterfahren sollten. Als sie den Grund wissen wollten, log ich und erzählte ihnen, ich müsse pinkeln. Sie glaubten mir zwar kein Wort, aber immerhin war die Diskussion damit beendet.

Kaum hatte ich angehalten, sprang Autumn aus dem Wagen.

Ich stieg ebenfalls aus und sah, wie sie sich vorbeugte, die Hände auf die Knie stützte und sich übergab. Dabei fiel ihr der Pferdeschwanz über die Schulter, und ich zog ihn schnell zurück.

»Geh weg«, keuchte sie und würgte. »Gib mir nur eine Minute.«

»Auf gar keinen Fall.«

Autumn entleerte ihren Mageninhalt am Straßenrand. Als sie endlich fertig war, richtete sie sich auf und schwankte.

»Können wir weiterfahren?«

Sie nickte und ließ sich von mir zum Wagen zurückführen. Sobald sie auf ihrem Sitz saß, kramte ich in meiner Tasche nach einer Flasche Wasser.

»Hier.«

Sie nahm das Wasser entgegen, spülte sich den Mund damit aus und spuckte es dann wenig damenhaft auf den Boden.

Ich zuckte unwillkürlich zusammen, als sie meinem Blick begegnete.

»Bitte erzähle es ihnen nicht.«

»Ich verstehe nicht ganz, was du vor ihnen geheim halten willst. Dass du dich übergeben hast?«, fragte ich.

Tatsächlich würde ich ihr alles versprechen, solange sie mich nicht mit diesem gequälten Ausdruck in den Augen betrachten würde.

»Ja«, zischte sie.

»Du musst dich für gar nichts schämen.«

»Wirklich? Also übergibst du dich auch jedes Mal, wenn du eines von diesen Arschlöchern ins Jenseits …«

Den Rest ihrer Worte hörte ich nicht mehr, denn mir rauschten die Ohren vor Wut.

Jedes Mal.

Jedes. Mal.

Gütiger Gott. Nun hatte *ich* das Gefühl, mich übergeben zu müssen.

Dann wich meine Wut einer unbändigen Entschlossenheit.

Autumn würde dieses Leben hinter sich lassen.

Ihr war schon zu viel genommen worden.

Nun wusste ich es mit absoluter Sicherheit.

Ich würde alles in meiner Macht Stehende tun, um Autumn von diesem Dasein zu befreien.

Einfach alles.

KAPITEL SIEBZEHN

In dem winzigen Haus, das ich in Annapolis gemietet hatte, bekam ich Platzangst.

Mit fünf großen Männern in meinem Wohnzimmer fühlte es sich kleiner an, als es war.

Das Spiel war aus. Sie hatten ohnehin gewusst, dass ich in Maryland lebte, und jetzt wussten sie auch, wo ich genau wohnte.

Es war zum Kotzen.

Da Thad nun Bescheid wusste, würde er es Emmy erzählen, und das bedeutete, dass ich so schnell wie möglich von hier verschwinden musste.

Auf dem Rückweg in die USA hatte ich nicht viele Worte mit den Jungs gewechselt. Aber sie hatten viel geredet. Declan hatte mehrmals mit Tex und Zane telefoniert, und seine Kameraden hatten mit ihren Frauen gesprochen. Thad hatte Emmy ein Dutzend Mal angerufen. Mir war aufgefallen, dass er meinen Namen kein einziges Mal erwähnt hatte, und ich war dankbar dafür. Ich hatte Ash kontaktiert, um ihr mitzuteilen, dass ich mich um Madeleine Strotherby gekümmert hatte und auf weitere Anweisungen wartete.

Mir war die Aufregung in der Stimme meiner Freundin nicht entgangen. Im Gegensatz zu ihr empfand ich nur eine kranke, perverse Befriedigung, gefolgt von lähmenden Gewissensbissen. Ash war aus härterem Holz geschnitzt und hatte ein unerschütterliches Gemüt. Ich war schwach und konnte kaum ertragen, was ich getan hatte.

Wem wollte ich etwas vormachen? Es zerriss mich innerlich. Und jetzt kannte Declan mein Geheimnis. Bisher hatte er es zwar noch niemandem erzählt, aber das hieß nicht, dass er es nicht tun würde. Ich hatte keine Ahnung, warum es mir so wichtig war, aber ich wollte einfach nicht, dass jemand etwas über mich wusste.

Während des Fluges hatten Declan und ich nicht miteinander gesprochen. Er war mir aus dem Weg gegangen. Dafür war ich dankbar, auch wenn es mir tief im Inneren mehr wehtat als die Wunden an Hals und Arm. Letztere hatte Kyle bei der ersten Gelegenheit genäht. Zum Glück waren nur drei Stiche nötig gewesen. Obwohl er mir eine örtliche Betäubung verabreicht hatte, lehnte ich Schmerzmittel weiterhin ab. Nachdem die Wirkung der Salbe nachgelassen hatte, brannte mein Arm wie Feuer. Als Kyle mir dann die Wunde am Hals zuklebte, war ich nur noch ein zitterndes Häufchen Elend. Nicht wegen der Schmerzen, sondern weil ich wusste, wie nahe ich dem Tod gekommen war.

Ich hatte einen großen Fehler begangen, der mir nie wieder unterlaufen würde. Dann hatte ich ungeduldig die Tür aufgerissen, weil ich es leid war, auf einen der Jungs zu warten, und diese Schlampe Madeleine hatte mich überrascht und mir in den Arm gestochen. Eigentlich hatte sie auf mein Gesicht gezielt, doch ich konnte mich noch rechtzeitig wegdrehen.

Die ganze Zeit über hatte Declan nichts gesagt. Er hatte nur dagesessen und mich angestarrt, während er innerlich vor Wut gekocht hatte.

Jetzt standen wir in meinem Wohnzimmer und ich wusste immer noch nicht, was ihn so aufgebracht hatte. Aber ich war zu müde und angespannt, um mir darüber den Kopf zu zerbrechen. Sollte er doch einfach nach Hause gehen und dort vor sich hinbrüten.

Wir haben keine Beziehung, erinnerte ich mich zum tausendsten Mal. *Er ist nicht meine Verantwortung und ich bin nicht seine.* Wir waren nicht mehr als Freunde, die hin und wieder miteinander im Bett landeten.

Mein Gott, bei dem Gedanken wird mir übel.

»Vergiss nicht, morgen den Verband zu wechseln und …«

»Ich werde daran denken, Kyle. Danke für alles. Jetzt fahr nach Hause zu Anaya.«

»Du bist gar nicht so verkehrt, Autumn.« Kyle nickte mir zu und ging zur Tür.

»Ich komme mit.« Max begegnete meinem Blick und ich wappnete mich. »Nur damit du es weißt, ich mag dich auch.«

Wow, warum verspüre ich plötzlich so ein warmes, wohliges Gefühl? Der große, böse Max Brown mochte mich. *Wer hätte das gedacht?*

»Du bist mein Fahrer, Arschloch«, rief Brooks Max hinterher. »Bis dann, Süße. Du hast dich gut geschlagen.«

Und im nächsten Moment waren Max, Brooks und Kyle verschwunden.

Drei erledigt, zwei weitere stehen noch aus.

Die beiden, denen ich mich nicht stellen wollte.

Aus unterschiedlichen Gründen, aber ich schreckte vor beiden gleichermaßen zurück.

»Ich muss Emmy bei Zane abholen«, begann Thad und ich hielt den Atem an. *Spuck es schon aus.* »Ich muss mich bei dir entschuldigen.«

»Wie bitte?«

»Ja, ich habe mich wie ein Arschloch verhalten. Ich habe

eine Heidenangst um meine Frau. Wenn sie das Baby verliert
…«

»Das wird sie nicht.«

»Es sieht nicht gut aus …«

»Sie wird es nicht verlieren, Thad. Daran musst du
glauben.«

Thad atmete tief durch. Ich sah, wie seine Nasenflügel
bebten, bevor er kurz nickte.

»Diese Liebe, die Emmy für dich empfindet, ist einzigar-
tig«, sagte ich und bemühte mich um einen ruhigen Tonfall.
»Ich habe so etwas noch nie erlebt. Nicht einmal als Kind bei
meinen Eltern, obwohl sie sich sehr liebten und ihre Zuneigung offen zeigten. Aber was Emmy für dich empfindet, ist
so rein und geht so tief, dass sie es nie aufhalten könnte. Es
ist tief in ihrer Seele verankert. Und es tut mir so leid, dass
ich dir das genommen habe.«

»Es ist nicht deine Schuld, es war nie deine Schuld.«

»Das ist Blödsinn, und das wissen wir beide. Emmy hat
dich verlassen, um nach mir zu suchen. Sie hat sich von dir
ferngehalten, weil sie versucht hat, mich zu heilen. Ich habe
dir zehn Jahre deines Lebens genommen, und das wird mir
bis in alle Ewigkeit leidtun.«

Die Miene meines Schwagers versteinerte sich. Er wurde
nicht gern daran erinnert, was er verloren hatte, aber das
änderte nichts an der Tatsache, dass er es hatte entbehren
müssen.

»Wie wäre es damit? Ich nehme deine Entschuldigung an,
falls du meine annimmst.«

Ich wartete darauf, dass er noch etwas sagte, vielleicht ein
weiteres *Falls* anfügte oder eine Forderung stellte.

Aber das tat er nicht.

»Abgemacht«, stimmte ich zu.

»Gut.«

Thad ging zur Tür und ich blieb fassungslos mitten in

meinem Wohnzimmer stehen. Das war alles? Wollte er mich gar nicht dazu drängen, mit Emerson zu reden? Keine Diskussion. Nichts. Einfach nur *gut*?

»Hey, warte.« Thad blieb stehen, drehte sich zu mir um und begegnete meinem Blick. »Lässt du mich wissen … äh … lässt du mich wissen, wie es ihr geht?«

»Ja. Ich halte dich auf dem Laufenden.«

»Danke«, flüsterte ich.

Er musterte mich kurz, dann warf er einen Blick über meine Schulter.

Keiner der beiden Männer sagte ein Wort, aber die Atmosphäre im Raum änderte sich schlagartig. Die Luft schien elektrisch geladen zu sein. Ich hatte plötzlich ein flaues Gefühl im Magen und mein Herzschlag beschleunigte sich.

Was auch immer Thad und Declan im Stillen kommunizierten, es raubte mir den Atem.

Declan musste gehen. Und zwar sofort.

Etwas hatte sich verändert, ich spürte es bis in die Knochen.

Es umhüllte mich auf unangenehme Weise.

Thad verließ ohne ein weiteres Wort das Haus und ich drehte mich zu Declan um.

»Du solltest gehen.«

Er sagte nichts.

»Geh nach Hause, Dec. Du siehst müde aus.«

Nichts.

»Im Ernst. Geh einfach.«

Stille.

In meinem Kopf schrillten sämtliche Alarmglocken. Die Instinkte, die mich in Afghanistan im Stich gelassen hatten, warnten mich vor einer drohenden Gefahr. Ich musste hier weg. Ich musste Declan Crenshaw so schnell wie möglich entkommen.

Im nächsten Moment kniff er die Augen zu schmalen

Schlitzen zusammen. Ich fragte mich, ob er die Angst riechen konnte, die ich ausstrahlte. Er war wie ein Hai, der von meiner Furcht angezogen wurde wie von Blut im Wasser. Dann begann er im übertragenen Sinne, mich zu umkreisen, indem er mich durchdringend anstarrte. Da wusste ich mit Sicherheit, dass ich die Angst nicht nur ausstrahlte, sondern dass sie wie ein Sturzbach aus mir herausströmte.

Declan musste verschwinden.

Ich wusste, dass Declan mich nicht körperlich verletzen würde, aber er war in der Lage, mich emotional zu vernichten. Und je länger er mich anstarrte, desto mehr spürte ich, dass er sich darauf vorbereitete, mich in Stücke zu reißen.

»Du musst etwas gegen die Schmerzen nehmen«, sagte er.

»Wie bitte?«

Damit hatte ich nicht gerechnet. Unbändige Erleichterung durchflutete mich. Wir würden nicht darüber sprechen, was in Afghanistan passiert war.

Leider war diese Erleichterung nur von kurzer Dauer.

»Eine Schmerztablette, Autumn. Du solltest eine nehmen.«

»Ich nehme keine Schmerzmittel.«

»Warum nicht? Ich beobachte schon seit Stunden, wie du vor Schmerzen das Gesicht verziehst, also versuche erst gar nicht, es abzustreiten. Es ist offensichtlich, Autumn. Nimm ein verdammtes Schmerzmittel.«

Er irrte sich. Ich hatte nicht einfach nur Schmerzen, ich litt Höllenqualen.

Aber ich wollte trotzdem keine verdammte Tablette nehmen.

»Das geht dich nichts an, Declan. Ich bin müde. Geh nach Hause.«

»Warum nicht?«

»Geh nach Hause.«

»Herrgott noch mal!«, schrie er. »Ich werde nirgend-wohin gehen, wenn du mir nicht erklärst, warum du lieber die Schmerzen erträgst ...«

»Ich will nicht unter Drogen stehen«, blaffte ich.

»Bab...«

»Halt die Klappe. Du wolltest es wissen. Jetzt hast du es. Immer wenn mein Verstand vernebelt ist und ich die Kontrolle verliere, widerfahren mir schreckliche Dinge. Also halte ich lieber die Schmerzen aus und weiß, was mit mir passiert, als unter Drogen zu stehen und machtlos zu sein.«

»Und du traust mir nicht zu, auf dich aufpassen zu können.« Seine raue Stimme hallte in meinem kleinen Wohnzimmer wider und traf mich mit der Wucht eines Güterzuges.

»Wie bitte?«

»Du glaubst, ich kann dich nicht beschützen?«

Die Frage kam völlig unerwartet. Ich konnte den Blick nicht von seinen Augen abwenden, in denen ein Sturm zu toben schien.

»Wovon redest du?«

»Vergiss es.« Mit diesen Worten stapfte er zur Tür. Endlich kam er meiner Bitte nach, doch nun konnte ich ihn nicht gehen lassen.

»Kommt gar nicht infrage. Du hast damit angefangen, jetzt bring es auch zu Ende.«

Was zum Teufel rede ich da?

Ich wollte, dass er verschwand, und hatte keine Lust, mit ihm über irgendetwas zu reden. Aber in seinem Gesicht zeichnete sich ein solcher Schmerz ab, dass ich das Gefühl hatte, er würde mir das Herz zerquetschen.

»Du willst, dass ich gehe, also gehe ich, Autumn. Ich brauche diesen Mist nicht.«

»Und was ist dieser Mist? Meinst du den großen Haufen, den du mir vor die Füße geworfen hast, als du von mir verlangt hast, eine blöde Schmerztablette zu nehmen? Oder meinst du, dass du mich so lange bedrängst, bis ich endlich aus der Haut fahre und zugebe, warum ich keine Schmerzmittel schlucken will? Damit bringst du mich nur dazu, dir zu gestehen, wie schwach ich bin. Ich habe keine Kontrolle über das, was mir widerfahren ist, und ich lasse immer noch zu, dass es mein Leben beeinflusst.«

Inzwischen keuchte ich heftig. Ich spürte, wie meine Brust sich hob und senkte, was mich noch mehr in Rage brachte. Warum ging dieser Mann mir so sehr unter die Haut? Warum kümmerte es mich, was ich in seinen Augen sah?

Es ging mich nichts an.

»Nein, Baby, ich rede von der Tatsache, dass du mir das Leben schwer machst.«

Was zum Teufel?

»Und wie mache *ich* dir das Leben schwer?«

Plötzlich schien Declan sich zu verwandeln. Direkt vor meinen Augen verschwand der starke, schroffe Krieger und an seine Stelle trat ein wildes Tier.

Ein mächtiges, wunderschönes Biest.

Eine entfesselte Bestie.

Mit beiden Händen packte er sein Haar und zog daran, während in seine Augen ein wilder, beängstigender Ausdruck trat. Er spannte jeden Muskel an, während er am ganzen Leib bebte.

Oh Scheiße.

»Ich kann das nicht«, fauchte er. »Ich will es nicht fühlen. Ich darf das nicht wollen.«

Mit seinen Augen zog er mich in seinen Bann. Ich wusste, ich sollte wegsehen, aber ich tat es nicht. Im nächsten Moment riss er mir die Seele aus dem Leib und zerfetzte mich in tausend Stücke.

»Du bist nicht sie«, brüllte er.

Mir gefror das Blut in den Adern.

Ein unerträglicher Schmerz durchfuhr mich, durchbohrte mein Fleisch und erfüllte mein ganzes Wesen mit einem so starken Gift, dass ich zurücktaumelte.

»Du hast kein Recht, diese Gefühle in mir zu wecken und mein Verlangen nach dir zu schüren. Kein verdammtes Recht …« Danach sagte er kein Wort mehr, aber sein animalisches Knurren hallte noch immer durch den Raum. Und ich floh vor der Bestie, die er geworden war.

Weit kam ich jedoch nicht. Das Haus war nicht groß genug, um den Lauten zu entkommen, die weiterhin aus meinem Zimmer drangen. Selbst wenn ich weit genug hätte fliehen können, ich würde niemals die Qualen und das Leid vergessen.

Du bist nicht sie.

Nein, ich war nicht *sie*.

Ich würde seiner wunderschönen Frau niemals das Wasser reichen können.

Ich würde nie sein Kind austragen.

Ich würde nie irgendjemandes Ehefrau und Mutter sein.

Ich war wie ein Geschwür, das ausgemerzt werden musste.

KAPITEL ACHTZEHN

Was zum Teufel ist nur los mit mir?

Autumn.

Das war los.

Verdammte Scheiße.

Ich hatte völlig die Beherrschung verloren und unendlichen Mist gebaut.

Ich schleppte mich gerade noch ins Wohnzimmer, bevor meine Beine nachgaben. Ich ließ mich neben Autumn auf die Couch fallen, stützte die Ellbogen auf die Knie und ließ den Kopf hängen.

Vor Scham.

Ich fühlte nichts als Scham.

Was zum Teufel habe ich getan?

Ich wäre gegangen, wenn ich darauf vertraut hätte, dass meine Beine mich getragen hätten. Nein, das war nicht richtig. Ich wäre gegangen, wenn ich ein besserer Mann gewesen wäre. Dann wäre ich durch die Tür getreten und hätte nie zurückgeblickt. Aber ich konnte es nicht tun. Allein der Gedanke lähmte mich. In meinem Inneren herrschte ein einziges Durcheinander, ich konnte nicht mehr klar denken und mein Herz war schwarz wie die Nacht. Aber das Band, das mich an Autumn fesselte, war so stark, dass ich es einfach nicht durchtrennen konnte.

Diese Frau hatte beängstigende Gefühle in mir geweckt, die mich völlig überrascht hatten.

»Scheiße.«

Erbarmungsloser Schmerz durchdrang meinen Verstand und schnürte mir die Kehle zu. Juliana, Violet, Autumn. Sie alle verschwammen miteinander, bis ich keine Luft mehr bekam.

Was habe ich getan?

Was zum Teufel hatte ich getan? Ich hätte mich nie mit Autumn einlassen dürfen. Aber nicht der Sex war das Problem, sondern ihre Augen. Diese ausdruckslosen, stumpfen, leblosen grünen Augen. Ich hätte nie in sie hineinblicken dürfen. Es war mein Ruin gewesen. Ich hatte sowohl den grausamen, grenzenlosen Schmerz als auch die Schönheit, die sich dahinter verbarg, gesehen.

Eine verwandte Seele.

In dem Moment, in dem sie mich mit ihrem Blick fixiert hatte, war ich verloren gewesen. Wie eine Hexe hatte sie mich mit einem Zauber belegt und ließ nicht zu, dass ich ihn brach. Er war wie ein Fluch, der uns zusammenschweißte. Das Schlimmste daran war, dass ich ihn mit offenen Armen willkommen hieß. Ich wollte und brauchte diese Verbindung. Je mehr ich mich danach sehnte, desto schlechter fühlte ich mich. Und diese Gefühle gingen über Schuld und Selbsthass hinaus. Nichtsdestotrotz war Autumn meine Zuflucht geworden. Mein Heiligtum, in das ich mich zurückziehen konnte.

Nur in ihrer Gegenwart fühlte ich mich sicher.

Mit einer Hand raufte ich mir die Haare, ließ sie dann an meinen Nacken gleiten und drückte zu. Wenn ich mich selbst hätte erwürgen können, hätte ich es getan.

Ich habe alles vermasselt.

»Declan?«

Ich sah auf und begegnete Autumns Blick. Ihr Gesicht war gerötet und sie schien am Boden zerstört.

Das war meine Schuld.

Ich betrachtete den weißen Verband an ihrem Arm, dann musterte ich ihren Hals. Bevor ich mich gegen die aufwallende Erinnerung wehren konnte, verwandelte Autumn sich vor meinen Augen in Juliana. Ihr blondes Haar wurde braun, ihre athletische Statur wirkte plötzlich kurvig. Statt des Schnitts war ihr Hals von Einschusslöchern übersät. Ich hatte sie beide nicht beschützen können. Ich war zu spät gekommen.

Ich hörte, wie Autumn meinen Namen rief, aber ich sah nur meine Frau vor mir. Sie lag in meinen Armen und hielt Violet fest, während sie ihren letzten Atemzug tat. Meine Hände waren verschmiert mit ihrem Blut. Wie oft hatte ich diesen Moment durchlebt? Unzählige Male. Ich hatte mich gezwungen, mich daran zu erinnern. Aber nicht, wenn ich mit Autumn zusammen war. Sie war meine Zuflucht. *Es ist so falsch.*

»Declan!«

Ich blinzelte mehrere Male und sah wieder Autumn vor mir. Ich war so in Gedanken versunken gewesen, dass ich gar nicht bemerkt hatte, wie sie vor mir auf die Knie gefallen war.

»Dec«, flüsterte sie.

In ihrer Stimme schwangen so viel Schmerz, Trauer und Leid mit.

Das war meine Schuld.

Mit beiden Händen umfasste sie mein Gesicht und ich versteifte mich.

Bitte fass mich nicht an.

Zärtlich strich sie mit ihren Daumen über meine Lippen.

Und zum ersten Mal sah ich die wahre Autumn vor mir. Nicht einmal, als ich sie unter der Dusche geküsst hatte, hatte sie mir alles von sich gegeben. Aber jetzt hatte sie sich vor mir entblößt und mir ihr wahres Wesen gezeigt. Sie war schön und gebrochen zugleich.

Versehrte Perfektion.

Autumn runzelte die Stirn und strich mir mit den Daumen über die Wangen. Da spürte ich die Feuchtigkeit und mir wurde bewusst, was sie tat. Sie wischte mir die Tränen aus dem Gesicht. Ich war ein erwachsener Mann, der wie ein kleines Kind weinte. Aber ich konnte nichts dagegen tun. Ich konnte die Säure nicht länger in mir brodeln lassen. Ich schuldete ihr nichts, und gleichzeitig schuldete ich ihr alles. Dank ihr hatte ich ein paar Stunden durchatmen und meinem Albtraum entfliehen können. Sie war die Einzige, die mein Leiden beenden konnte, wenn auch nur vorübergehend.

»Wenn du bleibst, nehme ich die Schmerztablette.« Sie ließ ihre Hände sinken. Ich kam nicht dazu, etwas zu erwidern, denn im nächsten Moment stand sie auf und zog mich mit sich. »Ich vertraue dir, Declan. Ich weiß, du würdest nie zulassen, dass mir etwas zustößt.«

Und damit machte Autumn mir ein weiteres Geschenk, das ich nicht verdient hatte, vor allem nachdem ich sie so schlecht behandelt hatte.

»Autumn …«

»Du hast recht. Ich habe Schmerzen und sollte etwas dagegen nehmen. Außerdem brauchen wir beide Schlaf. Ich werde die Tablette schlucken, solange du bei mir bleibst.«

Da ich keinen Ton herausbrachte, nickte ich zustimmend und folgte ihr in ihr Zimmer. Sie nahm die beiden Tabletten, die Kyle ihr gegeben hatte. Dann schlug sie wortlos die Decke zurück und kroch ins Bett. Sie sah zu mir auf und bedachte mich mit einem erwartungsvollen Blick.

In den letzten Monaten hatte ich viel Zeit in ihrem Bett verbracht, aber nie, um zu schlafen. Ich spürte ein unangenehmes Ziehen in meinem Unterleib, als ich sie anstarrte. Ich stellte mir vor, wie sie auf allen vieren vor mir kniete, die Beine weit gespreizt, den Oberkörper auf die Matratze gepresst, während ich ihre Hüfte packte und sie von hinten fickte. In meinen Ohren dröhnten ihre ekstatischen Schreie, ihr Keuchen und ihr Flehen nach mehr. Aber obwohl ich meinen Schwanz oft in ihr vergraben hatte, hatte ich sie nie zärtlich berührt. Sie hatte mehr verdient als einen harten Fick, sie brauchte jemanden, der ihr half, den Schmerz zu überwinden und zu heilen. Jemanden, der ihr Güte und Liebe entgegenbrachte, bis sie alles hinter sich lassen konnte.

»Dec?«, rief sie mit einem flehenden Unterton in der Stimme.

»Ich verspreche dir, dass ich hierbleiben werde, aber ich denke, ich sollte auf der Couch schlafen.«

Statt ihre Schutzmauern um sich zu errichten, trat zu meiner Überraschung ein sanfter Ausdruck in ihre Augen.

»Ein letztes Mal. Oder besser gesagt, nur dieses eine Mal bleib bei mir hier in meinem Bett. Ich habe vergessen, wie es ist zu träumen. In zehn Jahren habe ich nur einmal tief genug geschlafen, um zu träumen. Das war in Afghanistan, als du neben mir gelegen hast. Ich weiß, dass es viel verlangt ist. Ich werde dich nicht anfassen. Aber bitte, tu mir diesen letzten Gefallen. Danach werde ich nie wieder etwas von dir verlangen.«

Die Worte kamen einem Abschied gleich.

Ich hätte mich freuen sollen, dass sie verstand, was vor sich ging, doch stattdessen fühlte ich nur eine lähmende Angst, wie ich sie noch nie in meinem Leben empfunden hatte. Nicht einmal, als Juliana in meinen Armen ihren letzten Atemzug tat. An jenem Tag starb nur ein Teil von mir. Der Teil, der meiner Tochter gehörte, würde nie heilen.

Dieser Teil meines Herzens war für immer mit ihr begraben worden. Als Violet starb, fühlte ich etwas viel Schrecklicheres als Angst. In diesem Moment entwich mir ein Atemzug, den ich nie wieder würde tun können.

Ich wusste, dass der Abschied von Autumn mich umbringen würde. Was sagte das über mich aus? Sie würde mich verlassen und ein viel größeres Stück für sich beanspruchen, obwohl jeder Teil Juliana zugestanden hätte. Ich hätte Autumn nichts mehr geben dürfen. Alles hätte meiner Frau gehören sollen.

Und diese Wahrheit lastete am schwersten auf mir. Sie war kaum zu ertragen. Seit dem Tag, an dem ich Autumn zum ersten Mal begegnete und ihr in die Augen sah, erstickte ich Tag für Tag an einer anderen Art von Schuld. Autumn berührte mich mit einer Intensität, die ich nie zuvor empfunden hatte. Was ich auch tat, ich konnte mich nicht dagegen wehren. Ich konnte mich einfach nicht davon abhalten, mich in sie zu verlieben.

Der Abschied von Autumn würde mich in die Knie zwingen. Sie besaß alles von mir. Und ich würde sie gehen lassen.

Ich würde sie in die Freiheit entlassen, damit sie ein Leben ohne mich führen konnte.

Aber erst morgen.

Heute Nacht würde ich ihr das Einzige geben, was ich ihr zu geben hatte: friedliche Träume.

Ich zog meine Stiefel und Socken aus, behielt aber den Rest meiner Kleidung an, löschte das Licht und legte mich zu ihr ins Bett.

Ich hörte Autumn erleichtert aufatmen, aber sie sagte nichts. Sie berührte mich nicht, sah mich nicht an, drehte sich nicht einmal zu mir um. Dank der Schmerzmittel schlief sie schnell ein.

Und ich schloss endlich die Augen, als die Sonne bereits über dem Horizont auftauchte.

KAPITEL NEUNZEHN

Pass auf dich auf.

Vier Worte, auf ein Stück Papier gekritzelt. Mehr hatte ich Declan nicht hinterlassen, bevor ich mich aus dem Staub gemacht hatte. Ich hätte so viel mehr sagen können, aber wenn ich es versucht hätte, hätte ich die Nerven verloren. Dann hätte ich über mein Vorhaben nachgedacht und es mir anders überlegt.

Aber ich musste es tun, um unser beider willen.

Wir waren schon zu weit gegangen. Hätten wir an dieser Verbindung festgehalten, wäre sie in etwas Hässliches umgeschlagen. Ich war nicht Juliana, und er war kein Ritter in glänzender Rüstung. Aber ich brauchte keinen Ritter, sondern einen Psychiater. Ich wusste, wer er war, und vor allem wusste ich, wer ich war. Und doch hatte ich mir erlaubt, von einem normalen Leben mit ihm zu träumen.

Darauf konnte ich nicht einmal hoffen.

Zumindest hatte ich mir das während der letzten Woche immer wieder eingeredet.

Ich beobachtete, wie mein Vater sein Büro verließ und zu seinem Wagen ging. Ich hoffte, dass er direkt nach Hause fahren würde, denn ich wollte es hinter mich bringen und endlich weiterziehen.

Eine Stunde später brach ich in das kleine Haus meines Vaters ein. Einbruch konnte man es eigentlich nicht nennen, denn er hatte weder die Hintertür abgeschlossen noch eine Alarmanlage. Kaum war ich drin, wurde mir klar warum. Hier gab es nichts von Wert.

Als ich noch ein Kind war, gehörte meine Familie der Mittelschicht, sogar der oberen Mittelschicht an. Meine Schwester und ich brauchten zwar ein Stipendium, um das College zu besuchen, und wir arbeiteten, um die Versicherung und das Benzin für unseren Wagen zu bezahlen, aber Mom und Dad hatten nie finanzielle Probleme. Wir lebten nicht im Luxus, aber wir wohnten in einem schönen Haus. Ich wusste, dass mein Vater jetzt der alleinige Eigentümer der Versicherungsgesellschaft war, die er früher zusammen mit Stanley James besessen hatte. Er hätte sich also sicher etwas Besseres als diese Bruchbude leisten können.

Ich wusste auch, dass er meiner Mutter bei der Scheidung alles hinterlassen hatte, aber er verdiente gut. Deshalb war ich überrascht, dass er in dieser Gegend, in diesem Haus, fast ohne Möbel lebte und eine alte Rostlaube fuhr.

Plötzlich stand er vor mir. Er hatte die Kleidung gewechselt und kam gerade ins Wohnzimmer. Als er mich erblickte, blieb er wie angewurzelt stehen.

Seine Verwirrung schlug schnell in Trauer um, dann sackte er zu Boden.

Er blickte mit tränennassen Augen zu mir auf und brachte mit erstickter Stimme meinen Namen über die Lippen.

Er klang so gebrochen. So voller Schmerz.

»Dad«, erwiderte ich.

Er schloss die Augen. Ich war mir nicht sicher, ob mein Anblick oder meine Stimme für die neue Welle des

Schmerzes verantwortlich war, die ihn überrollte. Vielleicht beides. Ich wusste, dass ich schrecklich aussah, ich konnte es fühlen.

Ich hatte die alte Autumn gefunden. Die Frau, die ich geworden war, um meine Taten zu verdrängen. In mir wohnte eine Kälte, die nötig war, um mein Leben ertragen und überleben zu können.

Ich war kein Mensch, sondern ein Tier. Das wenige Gute, das ich noch in mir trug, hatte ich Declan geschenkt, es gehörte ihm. Ich war nur noch eine Erinnerung meiner selbst.

»Es tut mir leid«, weinte mein Vater. »Es tut mir so verdammt leid.«

»Wusstest du es?«

Justin Pierce war ein großer Mann, daher dauerte es einen Moment, bis er sich vom Boden hochgekämpft hatte. Schweigend ging er zur Couch.

Mir schlug das Herz bis zum Hals, als er sich hinsetzte und die gleiche Haltung einnahm wie Declan am Vortag. Er stützte die Ellbogen auf die Knie, während ihm Tränen über das Gesicht liefen. Aber während mein Vater mich nicht aus den Augen ließ, hatte Declan den Kopf hängen lassen. Der große, starke Declan Crenshaw war am Boden zerstört gewesen. Ich wollte gar nicht daran denken. Es war unerträglich zu wissen, dass seine Trauer so erdrückend war. Für einen so starken Mann wie Declan musste sie eine Tonne wiegen.

»Ich wusste, dass er spielsüchtig war«, begann mein Vater. »Ich habe ihm ein paarmal aus der Patsche geholfen. Zuerst waren es ein paar Hundert Dollar, dann ein paar Tausend. Als er sich das letzte Mal Geld leihen wollte, habe ich abgelehnt. Ich war es nicht nur leid, von meinem Geschäftspartner um Geld gebeten zu werden, ich hatte auch keines. Verdammt, nicht einmal die Firma besaß die Summe, die er brauchte, um seine Schulden zu begleichen. Und nein, ich wusste weder, bei wem er Schulden hatte, noch, dass er dich entführt hatte. Ich hätte dich beschützt. Dich und Emerson. Hätte ich etwas geahnt, hätte ich euch alle eingepackt und wäre mit meiner Familie verschwunden.«

Ich glaubte ihm. Er hatte uns geliebt. Meine Mutter war sein Ein und Alles gewesen. Seine Mädchen. So hatte er uns drei immer genannt.

»Wie hast du es herausgefunden?«

»Eines Tages, nachdem du aus dem Krankenhaus entlassen worden warst, erwähnte ich ein bevorstehendes Geschäftstreffen, und als Stanleys Name fiel, stand dir das Entsetzen ins Gesicht geschrieben. Ich wartete eine Woche und erwähnte seinen Namen noch einmal in deinem Beisein. Du hast heftig gezittert und warst nicht imstande, dich wieder unter Kontrolle zu bringen. Dann bist du nach oben gegangen. Da wusste ich es.

Zumindest glaubte ich, es zu wissen. Als du nicht reden wolltest, begann ich zu graben. Ich engagierte einen Privatdetektiv, aber der kam nicht sehr weit. Also heuerte ich einen anderen an und noch einen, bis ich endlich einen fand, der die richtigen Verbindungen hatte und mir die Antworten gab, die ich brauchte.«

»Hieß dieser Mann zufällig Tex?«

»Nein. Aber er kam aus der Nähe, aus Colorado. Ein guter Mann. Er fand alle Informationen, die ich brauchte, und das sehr schnell.«

»Wie heißt er?«

»Das werde ich dir nicht sagen, Autumn. Alles andere erzähle ich dir. Aber er muss anonym bleiben, um seinen Job ausüben zu können. Er hat viel für mich getan, also schulde ich ihm Loyalität.«

»Mehr Loyalität als deiner Tochter?«

»Was seine Identität betrifft, ja. Alles andere werde ich dir verraten.«

»Du hattest also die Bestätigung, die du brauchtest, und hast Stanley getötet.«

Das war keine Frage. Ich wusste, dass mein Vater seinen Geschäftspartner ins Jenseits befördert hatte, weil ich ihn dabei beobachtet hatte. Der Mann hatte mich entführt und verkauft, um seine Spielschulden zu begleichen. Es war einfach unfassbar, dass mein unbeschwertes Leben ein jähes Ende gefunden hatte, nur weil irgendein Arschloch nicht richtig Poker spielen konnte.

»Ja, ich habe ihn getötet.«

»Und seine Frau?«

»Sie wusste Bescheid und hat ihn gedeckt.«

Das hatte ich nicht gewusst. *Das ist interessant.*

»Ich habe sein Haus niedergebrannt«, verkündete ich. »Ich habe dich beobachtet. Du hast keine Handschuhe getragen und warst unvorsichtig. Also habe ich das Haus angezündet. Danach habe ich seine Bankkonten leer geräumt und mich aus dem Staub gemacht.«

Mein Vater wandte den Blick ab. Die Tatsache, dass er es immer noch nicht ertragen konnte, mich anzusehen, schmerzte.

»Sieh mich an«, forderte ich. Er begegnete meinem Blick.

In seinen Augen spiegelte sich Abscheu wider.

»Ich weiß, dass du den Anblick nicht ertragen kannst …«

»Sag das nie wieder!«, schrie mein Vater und sprang auf. »Mein Gott, hast du das gedacht? Denkst du das etwa immer noch?« Ihm entfuhr ein herzzerreißendes Schluchzen. »Autumn, das alles ist meine Schuld. Ich habe dir das angetan. Ich habe diesen Mann in unser Leben gebracht. Und dann habe ich zugelassen, dass er das Leben meiner Tochter zerstört hat. Jedes Mal wenn ich dich ansah, zerriss es mir das Herz, weil ich wusste, was ich getan hatte. Ich bin an allem schuld. Ich habe alles ruiniert, verdammt noch mal.«

Es war seltsam. Seit neun Jahren hatte ich meinen Vater nicht gesehen, und nun stand er vor mir und war einerseits gealtert und hatte sich andererseits überhaupt nicht verändert, und mir fiel vor allem auf, dass er gerade geflucht hatte. Ich versuchte vergeblich, mich daran zu erinnern, je ein Schimpfwort aus seinem Mund gehört zu haben.

Aber das behielt ich für mich. »Ich habe dich gebraucht«, sagte ich stattdessen.

»Und ich habe dich enttäuscht.«

Ich spürte, wie das Geständnis meines Vaters mich durchflutete und etwas von dem Eis brach, das ich um mein Herz gelegt hatte.

»Ich habe dich gebraucht«, wiederholte ich.

»Ich weiß, mein kleines Mädchen, und ich habe dich enttäuscht.«

Wieder traf er mich mitten ins Herz.

»Ich habe meinen Dad gebraucht!«

Meine Beine begannen zu zittern und die Mauern, die ich um mich errichtet hatte, bröckelten. Ich glaubte meine Schutzwälle verstärkt zu haben, nachdem ich Declan verlassen hatte, doch ich hatte mich geirrt.

»Es tut mir leid, Autumn. Es tut mir so verdammt leid, dass ich nicht stärker war. Ich war schwach. So verdammt schwach. Ich wusste, dass meine Tochter mich brauchte, und war trotzdem nicht imstande, mich meinem eigenen Versagen zu stellen. Ich brachte nicht die Kraft auf, ein besserer Mann und ein besserer Vater zu sein. Ich habe dich, deine Schwester und deine Mutter im Stich gelassen. Und du hast für die Fehler, die ich begangen habe, bezahlt. Meinetwegen hast du alles verloren, und ich weiß nicht, wie ich mich je dafür entschuldigen kann.«

»Ich brauchte …«

Ich kam nicht dazu, den Satz zu beenden. Plötzlich stand ich nicht mehr. Ich erinnerte mich nicht mehr daran, wie mein Vater mich auffing, doch im nächsten Moment saßen wir auf dem schäbigen Teppich. Doch das alles war nicht von Bedeutung, denn zum ersten Mal seit über zehn Jahren lag ich in den Armen meines Vater.

Und alles zerbrach.

Einfach alles.

Nachdem ich gerettet worden war, hatte ich meinen Vater gebraucht. Ich wollte seine starken Arme um mich spüren und seine tröstenden Worte hören. Er hätte mich halten müssen und mir sagen sollen, dass alles gut werden würde. Doch stattdessen hatte er mich verstoßen. Er hatte mich nicht einmal angesehen.

»Ich hasse dich«, flüsterte ich.

»Ich weiß, Schatz.«

»Es tat so weh, dass du mich nicht berühren wolltest. Ich war so schmutzig. Ich wollte nur, dass du …«

Ich wusste nicht, was ich wollte, was ich von ihm erwartet hatte. Aber ich hatte ihn gebraucht.

»Ich war so schwach. Es war schrecklich, mein kleines Mädchen mit all den Blutergüssen zu sehen und zu wissen, was sie durchgemacht hatte. Das war alles meine Schuld. Ich fürchtete mich davor, dich in den Arm zu nehmen. Ich hatte solche Angst, dass ich alles noch schlimmer machen würde, wenn ich dich umarme. Die Ärzte hatten uns darauf aufmerksam gemacht, dass du eine posttraumatische Belastungsstörung davontragen würdest. Sie sagten, es sei möglich, dass du nie wieder von uns berührt werden willst. Ich hätte nicht auf sie hören dürfen. Ich hätte meine Zweifel überwinden und meine Tochter in die Arme schließen sollen. Aber ich konnte es nicht, und das ist allein meine Schuld. Und hör mir gut zu, du warst nie schmutzig. Was diese Männer dir angetan haben, war nicht deine Schuld.«

»Deine auch nicht«, räumte ich ein.

Das war die Wahrheit. Jahrelang hatte ich meinem Vater die Schuld gegeben, doch ich wusste, dass er nicht für mein Leid verantwortlich war. Ich war so tief verletzt, dass ich alle gehasst hatte und jemandem die Schuld an meiner Misere hatte geben müssen. Leider hatte meine Familie die volle Wucht meines Zorns zu spüren bekommen. Ich hatte ihnen schreckliche Dinge an den Kopf geworfen.

Ich ließ mich in die Arme meines Vaters sinken. Es tat gut, ihn die Last tragen zu lassen, wenn auch nur für ein paar Minuten. Ich konnte sie nicht mehr allein stemmen. Ich konnte kaum noch atmen und wollte es auch nicht mehr. Ich wollte einfach nur, dass das alles ein Ende hatte.

Die Haustür wurde geöffnet. Mein Vater drehte sich mit mir in seinen Armen um, um mich mit seinem Körper abzuschirmen.

Er beschützte mich.

Es war geradezu lächerlich.

Aber ich lachte nicht, ich nahm es einfach hin und ließ es über mich ergehen. Bis ich hörte, wie jemand nach Luft schnappte. Dann folgte ein schmerzerfüllter Schrei.

Meine Mutter.

Verflucht.

»Meggy, was tust du hier?«

Mein Vater festigte den Griff um mich und ich vergrub mein Gesicht an seinem Nacken, als könnte ich mich verstecken. Wenn ich als Kind meinen Daddy gebraucht hatte, hatte ich mich unzählige Male auf diese Weise an ihn geschmiegt.

»Gehst du deshalb nicht mehr ans Telefon?«, rief meine Mutter. »War Autumn die ganze Zeit über hier?«

»Nein, Meggy, sie ist gerade erst gekommen. Ich würde dir unser Mädchen nicht vorenthalten.«

»Autumn?« Es war eine Qual, die Stimme meiner Mutter zu hören. Ich hatte ganz vergessen, wie sie klang.

Ich war nicht in der Lage zu sprechen, deshalb nickte ich nur.

»Darf ich … kann ich …«, stammelte meine Mutter.

»Meggy, Liebling, setz dich«, bot mein Vater ihr an und ich biss mir auf die Unterlippe.

Ich war gekommen, um ihm … Scheiße, ich wusste nicht, warum ich gekommen war. Um ihm zu sagen, dass ich ihn hasste? Dass ich ihm verziehen hatte? Dass ich wusste, dass er Stanley getötet hatte? Um ihn zu bitten, mir zu helfen? Um eine Erklärung zu verlangen, warum er mir den Rücken gekehrt hatte? Ich hatte keine Ahnung, warum ich den ganzen Weg auf mich genommen hatte. Ich wusste nur, dass ich es hatte tun müssen. Andernfalls wäre ich gestorben.

Ich hatte alles verloren. Meine Unschuld. Mein Herz. Meine Seele. Meine Zukunft. Declan. Emmy. Meine Eltern. Meine Nichte oder meinen Neffen. Einfach alles.

Was sollte ich jetzt tun?

KAPITEL ZWANZIG

»Hast du auch nur ein Wort von dem mitbekommen, was ich gesagt habe?«, blaffte Zane.

»Nein«, antwortete ich aufrichtig.

Ich hatte nichts mehr gehört, seit Zane sein Gespräch mit Tex beendet hatte. Alle Teams – Red, Gold und Blue – waren im Konferenzraum versammelt. Sechzehn Agenten, einschließlich Garrett, drängten sich auf engstem Raum, was bedeutete, dass es kaum genügend Sauerstoff gab. Aber für mich machte das keinen Unterschied, denn es war gut zwei Wochen her, seit ich das letzte Mal hatte durchatmen können, ohne in Rage zu geraten.

»Es ist nicht deine ...«

»Ach, wirklich? Ich war dort. Und weißt du, was ich getan habe? Ich habe meinem Team befohlen, so schnell wie möglich zu verschwinden, damit wir nicht in die Sache hineingezogen werden. Sie waren buchstäblich auf der anderen Straßenseite. Wir hätten das verhindern können. Dann wären nicht zwei Gefreite ums Leben gekommen und Leutnant Avery Nelson wäre nicht vermisst.«

»Du hattest einen Auftrag, den du auf meinen Befehl hin

ausführen musstest«, erwiderte Zane wütend. »Du bist nicht der Einzige in diesem Raum, dem der Verlust nahegeht, Declan. Aber du konntest nicht wissen, was passieren würde. Und wenn du eingegriffen hättest, wärt ihr alle tot. Dem Bericht zufolge haben über fünfzig Aufständische den Konvoi überfallen. Ihr wart zu sechst, aber nur fünf von euch hatten die nötige Ausbildung. Es sind nur deshalb nicht mehr Menschen ums Leben gekommen, weil sich niemand gewehrt hat.«

Zane konnte nichts sagen, was mich auf andere Gedanken gebracht hätte. Leutnant Nelson wurde von einer bekannten Terroristengruppe gefangen gehalten. Tex hatte Zanes Angebot abgelehnt, uns oder das Blue Team nach Afghanistan zu schicken, um Rocco, Gumby, Ace, Bubba, Phantom und Rex bei der Suche nach dem Leutnant zu unterstützen. Das brachte mich noch mehr in Rage.

»Dec, du weißt, dass Z recht hat«, warf Thad ein. »Wir waren nur zu sechst, und wir waren uns alle einig. Ich will nicht verharmlosen, was Leutnant Nelson zugestoßen ist, aber wir hatten eine Mission von höchster Priorität. Strotherby musste ausgeschaltet werden.«

Ich biss aus unterschiedlichen Gründen die Zähne zusammen. Einer davon war, dass zwar niemand direkt über Autumn mit mir gesprochen hatte, aber alle hatten Seitenhiebe ausgeteilt. Alle waren neugierig, ohne jedoch Fragen zu stellen. Alle umgingen das Thema und gaben mir zu verstehen, dass sie wussten, dass etwas nicht stimmte, aber keiner von ihnen fragte nach ihr.

Dies war Thads letzter Versuch, mich daran zu erinnern, dass wir zwar zu sechst in Afghanistan gewesen waren, aber nur fünf von uns saßen jetzt in diesem Raum und sprachen über unseren nächsten Schritt.

»Ashaki ist abgetaucht.« Zane lenkte das Gespräch wieder in die richtigen Bahnen.

»Ich mag sie immer noch nicht«, warf Jasmin ein.

»Autumn hat sich für sie verbürgt«, erwiderte Max und schockierte mich mit den Worten zutiefst. »Sie vertraut Ash.«

»Seit wann vertraust du irgendjemandem?«, wollte Brooks wissen.

Max war von Grund auf misstrauisch, sein Argwohn war legendär. Zumindest, bis Eva in sein Leben getreten war. Offenbar bewirkte die Frau Wunder.

»Seit ich fünf Frauen der Lüge bezichtigt habe, und mich jedes Mal geirrt habe.«

»Fünf?«, hakte ich nach.

Ich wusste nur von vier – Tatiana, Anaya, Emerson und Eva.

»Ich vertraue Autumn. Wenn sie sagt, dass Ash seriös ist, dann glaube ich ihr.«

Ich biss die Zähne noch fester zusammen, Thad hustete und Zane brummte: »Meine Güte.«

»Wir alle haben unsere Gründe, warum wir unseren Beruf ausüben und uns beim Militär verpflichtet haben«, begann Max. »Und Autumn hat ihre Gründe für das, was sie tut. Ich respektiere diese Gründe und schätze ihre Aufrichtigkeit.«

Wir mussten das Thema wechseln. Allein der Klang ihres Namens rieb mich innerlich auf. Ich war krank vor Sorge um sie. Wo zum Teufel war sie? Warum hatte sie sich aus dem Haus geschlichen, ohne mir auch nur ein »Verpiss dich« an den Kopf zu werfen? Warum bereitete ihr Verschwinden mir körperliche Schmerzen? Warum konnte ich nicht aufhören, an sie zu denken?

»Tom hat ein Einsatzkommando zusammengestellt«, verkündete Zane und riss mich aus meinen Gedanken. »Die Wahlen stehen vor der Tür und er will die Sache vom Tisch haben, bevor er aus dem Amt scheidet.«

»Ich habe mich gestern mit dem Präsidenten und Kline Mathias getroffen. Er weiß Bescheid und hält sich bereit«, fügte Colin hinzu.

Der Präsident, Tom Anderson, war Colins Schwiegervater. Er war zudem einer der engsten Freunde von Zane Lewis. Auch Jasmin Parker hatte familiäre Verbindungen zu dem Präsidenten der Vereinigten Staaten – Tom war ihr Onkel, was bedeutete, dass Colins Frau Erin und Jasmin Cousinen waren. Es war einfach verwirrend. Aber mit dem Präsidenten der Vereinigten Staaten befreundet zu sein hatte seine Vorteile. Und da sich Toms zweite Amtszeit dem Ende zuneigte, konnte ich verstehen, dass er Omni zerschlagen wollte, bevor er die Kontrolle verlor.

Glücklicherweise informierte Tom die Öffentlichkeit, als ein Geheimdienstprogramm namens Angel aufgedeckt wurde, mit dem Millionen von Amerikanern ausspioniert worden waren. Als er die Verwicklung des Vizepräsidenten aufdeckte, trat dieser zurück und zog erfreulicherweise auch seine Kandidatur für das Weiße Haus zurück – der Mann war eine Schlange. Nachdem die Aufregung sich gelegt hatte, ernannte Tom seinen Außenminister, um die Vakanz zu füllen. Trent Graham war ein guter Mann, und den Umfragen zufolge würde er die Wahl gewinnen.

»Kline Mathias, der Direktor des U.S. Marshals Service?«, wollte Brooks wissen.

»Ja. Tom und er kennen sich schon lange. Er vertraut Kline und wollte die CIA aus der Operation heraushalten.«

Ich kannte Kline nicht persönlich, aber ich hatte viel Gutes über ihn gehört. Es war von Vorteil, dass Tom die CIA nicht einbezog. In der Vergangenheit hatte es in der Behörde zu viele undichte Stellen gegeben, und bis diese Lecks gestopft waren, war Kline wahrscheinlich die beste Wahl.

»Es gibt nicht mehr viel zu tun. Jetzt müssen wir nur

noch etwas aufräumen, dann liegt das alles bald hinter uns«, bemerkte Jaxon.

»Was ist mit Emilio Ruiz?«, wollte ich wissen.

»Der ist weg«, sagte Zane.

»Weg? Etwa tot?«

»Nein. Er und seine Familie haben sich an einen unbekannten Ort zurückgezogen. Das war Toms Entscheidung.«

Emilio Ruiz war bis zum Hals in Omni verstrickt gewesen, bis die Organisation, der er die Treue geschworen hatte, versuchte, seine Tochter zu entführen. Dann wandte Ruiz sich gegen sie. Wer auch immer behauptete, es gäbe so etwas wie Ganovenehre, irrte sich. Dieser menschliche Abschaum kannte keine Ehre. Der Dollar war weitaus mächtiger als die Loyalität.

»Bleibt noch Harry Landry«, presste Brooks mit erstickter Stimme hervor. Sein Tonfall machte deutlich, wie sehr er den Mann hasste.

Landry hatte nicht nur Brooks' Frau hintergangen, sondern war obendrein ein erfolgreicher Menschenhändler gewesen.

Demnach war Zanes Antwort nicht überraschend. »Weg. Eben doch tot.«

Ich lehnte mich in meinem Stuhl zurück und versuchte vergeblich, mich zu entspannen. Es war zwecklos. Im Moment glaubte ich nicht daran, jemals wieder ein Gefühl von Frieden empfinden zu können. Seit Autumn gegangen war, wurde die Enge in meiner Brust von Tag zu Tag schmerzhafter. Ich ließ den Blick durch den Raum schweifen und spürte, wie die Last mich zu erdrücken drohte. Ich gehörte nicht hierher. Natürlich war ich Zane unendlich dankbar, dass er mich eingestellt hatte, nachdem ich die CIA verlassen hatte. Er hatte mir die Möglichkeit gegeben, meiner Schwester nahe zu sein, obwohl ich leider immer noch keine wirkliche Verbindung zu ihr aufgebaut hatte.

Aber mir wurde mit absoluter Klarheit bewusst, dass ich nicht hierher gehörte.

Ich war von guten Menschen umgeben, denen ich nicht das Wasser reichen konnte. Meine Kameraden hatten die Frau fürs Leben gefunden und nicht gezögert, sie an sich zu binden. Auch mir war dieses Glück einmal beschieden gewesen, aber ich hatte alles verloren. Und je länger ich in der Nähe meiner Freunde war, desto größer wurde der Schmerz.

Ich musste gehen.

Es war Zeit, mich zu verabschieden.

»Owen«, rief Zane. »Hast du schon mehr von Natasha erfahren?«

Ich warf einen Blick auf Owen, dessen Gesichtsausdruck Bände sprach. Natasha weigerte sich zu reden. Das war nicht überraschend, sie hatte kaum ein Wort gesagt, seit sie aus Novaks Klauen gerettet worden war. Der Kerl hatte Eva entführt, um sie als Pilotin einzusetzen. Sie sollte sowohl seine Drogen als auch die Frau, die er gekauft hatte, transportieren. Diese Frau war Natasha. Allerdings bezweifelte ich, dass das ihr richtiger Name war.

»Sie schweigt wie ein Grab. Sie will mir nicht einmal verraten, wie alt sie ist«, antwortete Owen. »Ich habe Tex ihre Zahnbürste geschickt. Eigentlich hatte ich gehofft, dass sie sich mir öffnet, aber wir können nicht länger warten.«

»Wenn du sie in einen sicheren Unterschlupf bringen willst …«

»Nein. Bei mir ist sie gut aufgehoben«, fiel Owen unserem Chef ins Wort.

Interessant. Natasha lebte bei Owen. Ja, es war Zeit für mich, mich aus dem Staub zu machen. In der Luft lag so viel Liebe, dass ich kaum atmen konnte.

»Versuche weiter, etwas aus ihr herauszubekommen«, sagte Zane. »Gabe, Mathias wird sich bei dir melden, falls er etwas braucht.«

»Verstanden. Wir halten uns bereit«, antwortete Myles, der Leiter des Blue Teams. »Dec und sein Team hatten den ganzen Spaß und haben uns die Aufräumarbeiten überlassen. Wie wäre es, wenn wir das nächste Mal den Spieß umdrehen?«

Gelächter hallte durch den Raum, aber ich stimmte nicht mit ein.

»Also gut. Dann sind wir hier fertig«, sagte Zane. »Jaxon, Thad und Dec, mit euch würde ich gern noch ein Wörtchen reden.«

Obwohl Zanes Worte wie eine höfliche Bitte klangen, waren sie in Wirklichkeit ein Befehl.

Verfluchter Mist.

Die restlichen Männer sowie Jasmin verließen den Raum. Während ich wartete, versuchte ich, mich zu beruhigen, indem ich bis zehn zählte. Als das nicht half, meinen Zorn zu besänftigen, zählte ich weiter bis dreißig. Schließlich gab ich auf und musste mir eingestehen, dass nichts meine Wut stillen konnte.

»Dec ...«

»Fang gar nicht erst an.«

Zane lehnte sich unbeeindruckt zurück.

Arschloch.

»Ich habe dir viel Zeit gegeben«, fuhr er fort. »Wahrscheinlich zu viel.«

»Und sie? Warum sind sie hier?«, fragte ich und deutete auf Jaxon und Thad.

»Weil sie deine Brüder sind. Du bist mit ihnen enger verbunden als mit den Männern, die gerade gegangen sind. Jaxon ist der Ehemann deiner Schwester. Und Thad ist der Schwager deiner Frau.«

Ich musste all meine Selbstbeherrschung zusammennehmen, um Zane nicht zu erwürgen.

»Sie ist nicht meine Frau«, zischte ich.

»Wer weiß noch Bescheid?«, fragte Zane, der meine Bemerkung einfach ignorierte.

»Worüber?«

»Über Juliana.«

Die Luft im Raum schien plötzlich dünner zu werden und mir verschwamm die Sicht vor Augen. »Wage es nicht …«

»Wer weiß es?«, forderte Zane.

»Kyle und Max.«

»Wer ist Juliana?« Thads Frage brannte so heiß durch mich hindurch, dass ich glaubte, explodieren zu müssen.

»Meine Frau.«

Thad stieß ein wütendes Knurren aus und ich begegnete seinem Blick. Ich wartete, während er die Augen zu schmalen Schlitzen verengte. Dann fiel der Groschen und in Thads Augen trat das Mitleid, das ich nicht wollte.

»Sie atmet noch«, flüsterte Thad, als ihm die Worte in den Sinn kamen, die ich einst in seinem Beisein geäußert hatte. »Wie ist es passiert?«

Ich war nach wie vor wütend auf Zane, doch nun durchdrang der Schmerz mein ganzes Wesen.

»Eine Schießerei auf der Party zum ersten Geburtstag meiner Tochter.«

Ich hörte, wie beide Männer nach Luft schnappten. Sie atmeten so tief ein, dass ich schon glaubte, sie würden den ganzen Sauerstoff aus dem Raum saugen.

»Wo ist …«

»Tot. Juliana hielt Violet im Arm, als vier Kugeln ihre Brust durchbohrten«, platzte ich mit ausdrucksloser Stimme heraus.

Es war schrecklich, ich klang so gefühllos. Aber ich war so wütend, mir war alles egal. Sie hätten mich alle in Ruhe lassen sollen.

Ich war wie betäubt. Das war genau das, was ich brauchte. Ich wollte einen Zustand erreichen, in dem mir nichts mehr wehtun konnte, in dem nichts mehr meine Schutzmauern durchbrechen konnte. Ich war weich geworden und hatte meine Kameraden an mich herangelassen. Keiner von ihnen kannte die ganze Geschichte, aber jeder von ihnen hatte einen Teil von mir. Ich hätte es besser wissen müssen und mich weiter abschotten sollen.

»Wenn du etwas zu sagen hast, dann spuck es aus, Jaxon«, forderte ich ihn auf, als er mich weiterhin anstarrte.

»Bruder, du kannst das nicht wissen, weil du deine Schwester immer auf Distanz gehalten hast. Aber sie hat magische Kräfte, Declan. Du wirst von unvorstellbaren Qualen zerfressen. Ich verstehe, warum du dich verschlossen und es für dich behalten hast. Aber du musst es Violet erzählen. Sie hat es verdient, es zu hören. Du hast deine Tochter verloren, sie hat ihre Nichte verloren. Ihre Namensvetterin. Wenn du dich ihr öffnest, wird sie dir helfen, über diesen Schmerz hinwegzukommen. Das schwöre ich dir. Sie wird sich den Arsch aufreißen, wie wir alle.«

»Ich will nicht, dass sie sich für irgendetwas den Arsch aufreißt.« Bei den Worten schlug ich mit den Händen auf die Tischplatte. Es war mir egal, dass ich die Beherrschung verloren hatte. »Ich will, dass sie weiterhin glücklich ist und das Leben mit ihrer Familie genießt.«

»Verdammt noch mal, Declan. Du *gehörst* zur Familie. Du bist ihr Zwillingsbruder. Darf sie nicht auch das Leben mit dir genießen? Darf sie nicht sehen, wie ihr Bruder seinen Neffen im Arm hält? Violet will nur, dass ihre Familie glücklich ist, und du bist ein Teil davon.«

Es herrschte Stille, und der Schraubstock, der sich um mein Herz geschlossen hatte, zerschmetterte schließlich das Organ. Ich konnte meine Gefühle nicht länger unterdrücken. Alles drängte an die Oberfläche. Autumns Ablehnung. Juliana und Violet.

»Ich kann das nicht. Ich dachte, ich könnte es. Ich dachte,

ich hätte alles im Griff, aber das habe ich nicht. Das hatte ich nie. Ich habe es versaut. Ich hätte nie zurückkommen sollen.«

»Was genau bringt dich so sehr um den Verstand?«, fragte Thad.

»Die bessere Frage ist, was macht mich nicht wahnsinnig?«

»Dann verrate es mir, eins nach dem anderen«, erwiderte Zane.

Verdammter Mistkerl. Das war seine Schuld. Er hätte Juliana und Violet nie erwähnen sollen.

Mir drehte sich der Magen um, wenn ich nur daran dachte zuzugeben, was für ein Mann ich war.

»Wir können dir auf jeden Fall helfen.«

»Ach? Glaubst du wirklich?« Ich machte mir nicht die Mühe, den sarkastischen Tonfall zu unterdrücken.

»Ich weiß es, Bruder.«

»Ich habe mich monatelang regelmäßig mit Autumn getroffen«, verkündete ich, obwohl er das bereits wusste. »Ich bin ein Arschloch, denn ich ging jeden verdammten Abend zu ihr und fickte sie, um meine Probleme zu begraben. Ausgerechnet die Frau, die nichts als Güte, Sanftheit und Reinheit verdient hat. Trotzdem nahm ich mir immer mehr. Sie ist die Einzige, die mich versteht. Nur bei ihr habe ich ein Gefühl von Frieden empfunden.«

»Hast du jemals daran gedacht, dass du ihr auch Frieden gegeben hast?«, erwiderte Zane. »Dass du vielleicht genau das bist, was sie braucht? Wäre es nicht möglich, dass ihr beide euch gleicht? Jeder von euch schleppt eine unendlich schwere Last mit sich herum und tut sein Bestes, um gegen die inneren Dämonen anzukämpfen. Vielleicht hat sie auch etwas von dir bekommen.« Zane hielt kurz inne. »Ich will nicht unverschämt sein, Declan, aber Autumn ist nicht die erste …«

»Ich denke nicht an Juliana«, platzte ich heraus. »Scheiße!« Ich drückte meine Handballen gegen die Stirn. »Autumn ist die einzige Frau, die meine Vergangenheit je ausblenden konnte. Wenn ich mit ihr zusammen bin, denke ich nicht an Juliana. Mein Gott, im Grunde denke ich kaum noch an sie. Das ist doch völlig verkorkst. Wenn ich nachts die Augen schließe, sehe ich Autumn vor mir. Ich kann mich kaum noch daran erinnern, wie Juliana aussieht. Ich bin ein Arschloch, weil ich meine Frau einfach ersetzt habe.«

»Du musst sie loslassen«, sagte Thad mit sanfter Stimme. Am liebsten hätte ich ihm meine Faust ins Gesicht gerammt.

Verdammt, das tat weh.

»Das habe ich. Sie ist gegangen und ich habe ihre Entscheidung respek…«

»Ich spreche nicht von Autumn. Du musst Juliana loslassen.«

Mir stockte der Atem, mein Herz setzte einen Schlag aus und ich spannte sämtliche Muskeln an.

»Sie ist fort, Bruder. Aber du kannst dieses Leben wieder führen.«

»Das ist unmöglich.«

»Sie atmet noch«, drängte er. »Autumn ist am Leben und sie hat dir den Verstand geraubt. Wenn das kein Zeichen ist. Du hast mir selbst gesagt, dass du dich nach einem solchen Leben sehnst. Hast du das schon vergessen? Du willst eine Frau, die zu Hause auf dich wartet. Das ist deine Chance. Ergreife sie.«

»Wir sprechen hier nicht von dir und Emmy.«

»Nein. Wir sprechen von dir und Autumn. Sie braucht dich genauso sehr wie du sie. Lass die Vergangenheit ruhen und ergreife die Chance auf dein Glück. Ergreife sie, Declan. Du bist der einzige Mann, der ihre Wunden heilen kann, und das weißt du.«

Weiß ich das?

Ich wusste nur, dass ich mich mit jeder Faser meines

Wesens nach Autumn sehnte. Es bereitete mir körperliche Schmerzen, nicht mit ihr zusammen zu sein. Alles in mir flehte mich an, sie zu finden. Vor allem meine Seele konnte nicht ohne sie sein.

»Ich muss gehen«, sagte ich.

Niemand versuchte, mich aufzuhalten, als ich aufsprang, durch die Tür trat und das Gebäude verließ.

Und bevor ich überhaupt begriff, wohin ich fuhr, parkte ich meinen Wagen vor Autumns Haus. Sie war nicht da. Tatsächlich war sie seit zwei Wochen nicht mehr hier gewesen. Das wusste ich, weil ich ein Weichei war und jede Nacht allein in ihrem Bett geschlafen hatte.

Was zum Teufel soll ich jetzt tun?

KAPITEL EINUNDZWANZIG

Unangenehm.

Ein passenderes Wort fiel mir nicht ein, um die letzte Woche zu beschreiben. Wahrscheinlich war es besser, als mich wie das wütende, verbitterte Miststück zu verhalten, das ich noch bei meiner Ankunft hier gewesen war.

Meine Mutter redete und redete und redete. Das tat sie immer, wenn sie nervös war. Aber ich hatte den Eindruck, dass sie einfach alles sagen wollte, was sie konnte, bevor ich für weitere neun Jahre verschwand.

Mein Vater war ein schweigsamer Beobachter. Er sprach, wenn er direkt angesprochen wurde, aber sonst sagte er nichts. Doch von der Minute, in der er morgens aufwachte, bis zu dem Moment, in dem er abends schlafen ging, ließ er mich nicht aus den Augen.

Mom hatte Dad und mich in ihr Haus eingeladen, in dem wir früher alle zusammen gelebt hatten. Ich lehnte sofort ab. Ich wollte dieses Haus nie wieder betreten. Also schlief Mom im Bett meines Vaters, ich im Gästezimmer und er auf der Couch.

Sie waren schon seit Jahren geschieden, aber ich meinte

mich zu erinnern, dass Emmy mir erzählt hatte, sie würden sich wieder annähern. Die Körpersprache meines Vaters deutete jedoch nicht auf eine Versöhnung hin, und meine Mutter führte einen Eiertanz auf.

Unangenehm.

Ich war mir sicher, dass sie wissen wollten, wo ich die letzten neun Jahre gewesen war. Aber niemand fragte mich danach. Meine Nerven lagen blank. Und ich vermisste Declan mehr, als ich für möglich gehalten hatte.

Am liebsten hätte ich meine Wut wie ein kleines Kind einfach herausgeschrien. Aber ich war eine dreißigjährige Frau, der so etwas nicht gut zu Gesicht gestanden hätte.

»Autumn, Schatz …«

»Mom«, zischte ich, und sie wich einen Schritt zurück.

Verdammt.

Unwillkürlich raufte ich mir das Haar.

»Es tut mir leid, Mom, ich wollte dich nicht so anblaffen.«

Ihr traten Tränen in die Augen. »Ich rede zu viel. Ich weiß. Ich bin nur …«

»Frag mich einfach, was du wissen willst«, schlug ich vor.

»Ist es so offensichtlich?«

»Du bist meine Mutter. Ob ich dich neun Minuten, neun Stunden oder neun Jahre nicht mehr gesehen habe, so etwas vergesse ich nicht. Ich weiß, dass du wild drauflos plapperst, wenn du nervös bist.«

»Sie hat dich durchschaut, Meggy«, sagte mein Vater und reichte mir eine Dose Limonade.

Ich hätte lieber einen Schnaps getrunken. Zumindest glaubte ich das. Ich war noch nie betrunken, also konnte ich es nicht mit Sicherheit wissen, aber ich brauchte etwas, um meine Nerven zu beruhigen.

»Bist du glücklich?«, fragte meine Mutter.

»Wie bitte?«

»Das möchte ich wissen.«

»Nein«, antwortete ich aufrichtig und meine Mutter brach zusammen.

Mein Vater zog sie in seine Arme und hielt sie fest, während sie weinte.

Scheiße. Wie sollte ich das nur wieder in Ordnung bringen?

»Ihr werdet Großeltern. Emerson und Thad bekommen ein Baby.«

Meine Mutter schnappte nach Luft, sagte aber nichts.

»Thad ist ein guter Kerl. Er liebt sie abgöttisch und ist so aufgeregt.«

Wieder Stille.

Scheiße.

»Sie ist glücklich. Wirklich glücklich.«

Immer noch nichts.

»Ich habe gerade etwas Zeit mit Thad verbracht ...«

»Hör auf, Schatz«, befahl mein Vater. »Wir freuen uns für deine Schwester, aber wir reden nicht über sie, sondern über dich. Nur weil Emmy glücklich ist, sind wir nicht weniger am Boden zerstört. Wir haben zwei Töchter. Zwei wunderschöne, kluge Mädchen. Die eine ist nicht wichtiger als die andere. Ich weiß, dass du uns mit den guten Nachrichten aufmuntern willst, aber das ändert nichts an der Tatsache, dass du unglücklich bist.«

»Ich wollte nur ...«

»Ich weiß, was du damit bezwecken wolltest. Das hast du schon immer getan. Seit du ein kleines Mädchen warst, hast du Emmys Erfolge immer mehr gefeiert als deine eigenen. Aber wir lieben euch beide. Hast du mit Emmy gesprochen?«

»Nein.«

»Warum nicht?«

Der prüfende Blick machte mich nervös und ich fing an, von einem Fuß auf den anderen zu treten. Da wusste ich, dass er es wusste.

»Warum nicht, Autumn?«, drängte er.

»Weil ich ein schlechtes Gewissen habe. Ich habe unsere Familie auseinandergerissen. Emmy hat Thad verloren. Ihr beide habt einander verloren. Und meine Schwester hat ihre Eltern verloren.«

»Und was hast du verloren?«

Ich starrte meinen Vater an und war unfähig, den Kloß in meinem Hals hinunterzuschlucken.

»Alles«, flüsterte ich.

»Nein, Schatz, das hast du nicht. Du hast nichts verloren. Dir wurde etwas genommen. Aber nicht alles. Wir haben hier auf dich gewartet. Aber das wusstest du, nicht wahr? Sonst wärst du nicht zurückgekommen, als du uns gebraucht hast.«

Scheiße.

»Die Schuld, die du trägst, hast du nicht auf dich geladen. Emerson hat ihre eigenen Entscheidungen getroffen. Ich war nicht in der Lage, mit meiner Trauer zu leben, also habe ich deine Mutter von mir gestoßen. Und deine Mutter hat auf ihre Weise reagiert. Die Einzige, die keine Wahl hatte, warst du. Das wurde dir genommen. Und dann wurde dir immer mehr genommen.« Mein Vater seufzte und drückte meine Mutter an sich. »Deine Mutter und ich, wir wussten, dass du weglaufen würdest, und wir haben uns darüber gestritten. Ich wollte dich einweisen lassen, aber deine Mutter war dagegen. Dann hast du dich aus dem Staub gemacht und wieder habe ich deiner Mutter zu Unrecht die Schuld gegeben. Das ist mein Versagen. Diese Fehler habe ich begangen.«

Das Eingeständnis meines Vaters verblüffte mich. Ich hatte keine Ahnung, dass er mich einweisen lassen wollte. Aber wenn er es getan hätte, hätte ich es als eine weitere Ablehnung empfunden und nicht als einen Versuch, mir zu helfen.

»Emerson liebt dich«, sagte meine Mutter. »Als ihr beide

Kinder wart, habe ich euch manchmal zusammen beobachtet und mein Herz ist vor Glück geplatzt. Hin und wieder war ich aber auch eifersüchtig, weil ihr euch so nahestandet und mich nicht brauchtet. Ihr hattet einander, und das hat euch genügt. Es ist wirklich albern, eine Mutter sollte nicht neidisch auf ihre Babys sein. Aber du hast Emmy und Daddy verehrt. Sie waren dein Augenstern.«

»Ich habe dich geliebt«, korrigierte ich.

»Ich weiß, mein Schatz. Ich will mich nicht in Selbstmitleid ergehen, ich weiß, dass du mich geliebt hast. Aber deinen Daddy hast du vergöttert. Und deine Schwester war deine Heldin. Ich bin dankbar, dass du das in den ersten neunzehn Jahren deines Lebens hattest. Und heute kann ich nur beten, dass du es wiederfindest. Mit deinem Vater, mit deiner Schwester, mit mir, mit Freunden, mit einem Mann, vielleicht eines Tages mit deinen eigenen Kindern. Ich möchte, dass du diese Liebe fühlst.«

»Das habe ich nicht verdient.«

»Natürlich hast du das.«

»Wenn ihr mich kennen würdet. Wenn ihr die Frau kennen würdet, zu der ich geworden bin. Wenn ihr wüsstet, was ich getan habe, würdet ihr nicht so denken.«

»Unmöglich«, warf mein Vater ein. »Ich kenne meine Tochter.«

»Das tust du nicht, Dad. Ich habe mich in eine kaltherzige …«

»Hör auf«, knurrte er, und ich versteifte mich augenblicklich. »Du kannst nichts getan haben, was mich glauben lässt, dass du nicht das Beste verdienst.«

In diesem Moment riss der letzte Faden, mit dem ich noch an meiner geistigen Gesundheit festgehalten hatte. Ich hätte nicht zurückkommen sollen. Ich hätte die Vergangenheit ruhen lassen sollen, auch wenn meine Eltern sich weiterhin gefragt hätten, wo ich war und wie es mir ging.

Das wäre das Richtige gewesen. Jetzt fühlte ich nur noch Wut.

Bevor ich um mich schlagen konnte, klopfte es an der Tür.

Automatisch griff ich nach meiner Waffe, dann wandte ich mich meinem Vater zu. »Erwartest du Besuch?«

»Nein.«

»Bring Mom ins Schlafzimmer.«

»Autumn …«

»Sofort, Dad.«

Ich ging zur Tür, wartete, bis mein Vater mit meiner Mutter im Flur verschwunden war, dann öffnete ich langsam die Tür.

»Du wirst nachlässig. Ich hätte eigentlich erwartet, in den Lauf deiner Neun-Millimeter zu blicken, die du so liebst.«

»Was tust du hier?«

»Überraschung«, rief Ash mit einem Lächeln.

»Überraschung? Wie hast du mich gefunden?«

»Willst du mich nicht reinlassen, damit ich deine Eltern kennenlernen kann? Oder lässt du mich den ganzen Tag auf der Veranda stehen?«

Ich hatte meine Spuren zwar nicht unbedingt verwischt, aber ich hatte dafür gesorgt, dass man mich nicht so leicht in meiner Heimatstadt aufspüren konnte.

»Ich lasse dich rein, nachdem du mir erzählt hast, wie du mich gefunden hast.«

»Beth«, antwortete Ash.

»Aha.«

Ich trat zur Seite, während ich mir überlegte, welche Geschichte ich meinen Eltern auftischen konnte. Zugleich bemühte ich mich, nicht wütend zu werden, weil Beth mich verraten hatte. Leider gelang mir weder das eine noch das andere, bevor mein Vater ohne meine Mutter zurückkam.

»Mr. Pierce«, sagte Ash zur Begrüßung. »Es ist mir ein

Vergnügen, Sie kennenzulernen. Ich bin Ashaki Maloof, eine Freundin von Autumn.«

Mein Vater starrte mich an, worauf ich ihm ein flüchtiges Lächeln schenkte und nickte. »Mom kann rauskommen. Ash ist eine gute Freundin von mir.«

Zwei Sekunden später tauchte meine Mutter auf, was bedeutete, dass sie nicht im Schlafzimmer gewartet hatte. Wäre ich nicht so verwirrt gewesen, hätte ich mich darüber geärgert.

»Mrs. Pierce. Es freut mich auch, Sie kennenzulernen.«

»Ashaki, richtig?«, fragte meine Mutter und Ash verzog die Lippen zu einem Lächeln. »Das ist aber ein schöner Name.«

»Woher kennen Sie Autumn?«, wollte mein Vater wissen.

»Wir arbeiten zusammen.«

Was zum Teufel hat sie vor?

»Das ist ja großartig. Wo arbeiten Sie?« Meine Mutter blickte zwischen Ash und mir hin und her, während ich verzweifelt versuchte, mir eine Lügengeschichte zusammenzuspinnen.

Aber wieder einmal war Ash schneller. »Bei der CIA.«

»Sie meinen die Central Intelligence Agency? Diese CIA?«, keuchte meine Mutter und stupste Ash mit der Schulter an.

»Mom, ich arbeite nicht …«

»Autumn ist in beratender Funktion tätig. Aber genau diese CIA meine ich. Wir arbeiten schon seit Jahren zusammen. Ihre Tochter war für mich von unschätzbarem Wert. Sie hat unzählige Frauen vor den Qualen bewahrt, die sie selbst durchlitten hat. Ihr Ausscheiden aus der Behörde wird ein großer Verlust für mich sein.«

»Wie bitte?« Ich wandte mich Ash zu.

»Deshalb bin ich hier, meine liebe Freundin. Ich will dir

sagen, dass es Zeit für dich ist weiterzuziehen. Du hast deinen Teil beigetragen, jetzt musst du dein Leben leben.«

»Wir sollten unter vier Augen darüber sprechen«, zischte ich.

»Nein, du darfst dich nicht mehr verstecken. Deine Eltern sollten wissen, wie viel Gutes du getan hast. Denn wenn du in Zukunft daran erinnert werden musst, dann können sie es dir erzählen. Autumn hat fast siebenhundert Frauen und Mädchen aus den Fängen von Menschenhändlern gerettet. Dafür hat sie sich in große Gefahr begeben, Opfer gebracht und Dinge getan, für die sie sich schämt. Aber ich kann Ihnen versichern, dass ich den größten Respekt vor dem Mut Ihrer Tochter habe.«

Ashaki sah mich an, ergriff meine Hände und zog mich zu sich. »Sei glücklich, Autumn. Lass die Vergangenheit ruhen. Lass alles hinter dir. Finde Declan. Oh, und du bist gefeuert. Wenn du Beth anrufst, wird sie dir nicht helfen, weil ich ihr bereits alles erklärt habe. Ich habe mir sogar die Freiheit genommen, alle Verbindungen zu deinen Kontakten zu kappen und die Nachricht zu verbreiten, dass du unter dem Schutz von Declan Crenshaw stehst. Zur Sicherheit habe ich auch den Namen Zane Lewis fallen lassen. Niemand ist dumm genug, sich mit einem dieser Männer anzulegen.«

»Ich kann es nicht fassen«, rief ich wütend.

»Eines Tages wirst du mir danken.«

»Darauf würde ich nicht wetten.«

Mir schwirrte der Kopf. Meine Freundin hatte mich hintergangen. Und ich hatte den Jungs versichert, dass sie vertrauenswürdig sei. Sie hatte mich nach Strich und Faden verarscht.

»Barny Pollaski hat meine Familie getötet«, sagte Ash.

»Warum hast du mir das nicht erzählt?«

»Weil ich nicht zugeben wollte, dass ich mich ihm nicht stellen konnte. Ich war zu schwach, es selbst zu tun. Also habe ich dich auf ihn angesetzt. Ich habe dich nicht belogen. Schließlich hast du die Mädchen gesehen, die du an jenem Tag gerettet hast. Ich habe dir nur verschwiegen, dass er meine Mutter entführt hat. Alle drei sind durch seine Hand gestorben. Dank dir haben sie jetzt den Frieden gefunden, den ich ihnen nicht geben konnte. Aber jetzt, meine liebe Freundin, gebe ich dir den Frieden, den du verdienst. Geh und finde Declan und lass alles andere hinter dir.«

»Ash, es ist nicht …«

»Die Gefühle, die dieser Mann für dich empfindet, sind gewaltiger, als du dir vorstellen kannst. Er ist unsterblich in dich verliebt. Andernfalls wäre ich nicht hier. Vertrau mir. Lass los und sei frei.«

»Und du? Wann wirst du frei sein?«, fragte ich sarkastisch.

»Wenn ich meinen Declan finde. Dann werde ich all dem den Rücken kehren und nie wieder zurückblicken.«

Verdammt.

Ash löste sich von mir und wandte sich meinen Eltern zu. »Es war mir ein Vergnügen, Sie kennenzulernen.«

Meine Mutter würdigte Ash keines Blickes, sie blinzelte nicht einmal. Stattdessen starrte sie mich nur an, während mein Vater Ashaki zur Tür begleitete.

»Nun? Worauf warten wir noch?«, schnaubte meine Mutter. »Wo finden wir diesen Declan?«

»Meggy«, warnte mein Vater sie.

»Justin, entweder du findest auf der Stelle diesen Mann und bringst mich zu ihm, oder ich mache mich allein auf die Suche. Unser Mädchen hat jemanden gefunden, der sie über alles liebt, und ich will ihn kennenlernen. Danach bringst du mich zu Emerson.«

»Meggy, Liebes, wir haben versprochen …«

»Ja, ich weiß, was wir versprochen haben. Wir haben versprochen, einander zu lieben, zu ehren und zu schätzen,

bis dass der Tod uns scheidet. Wir haben einander versprochen, gemeinsam eine Familie zu gründen. Wir haben einander versprochen, gute Eltern zu sein. So wie ich das sehe, haben wir sämtliche Versprechen gebrochen. Und ich werde nicht hier stehen und zulassen, dass es so weitergeht. Unsere Mädchen brauchen uns, wir bringen diese Familie wieder zusammen. Es ist zu viel Zeit verloren gegangen.«
Meine Mutter warf mir einen Blick zu, den ich seit meiner Kindheit nicht mehr gesehen hatte. »Autumn Anne, geh und pack deine Sachen.«

Was zum Teufel ist hier los?

»Mom ...«

»Sofort.«

»Weißt du ...«

»Ich weiß, dass ich nach deiner Rettung alles falsch gemacht habe. Ich habe es vermasselt. Und jetzt werde ich es wieder in Ordnung bringen. Diese Familie ist auseinandergefallen und ich setze sie wieder zusammen. Hol deine Sachen, wir fahren in zehn Minuten los.«

Sie will diese Familie wieder zusammensetzen?

War das möglich?

Emerson glaubte daran.

Mom offensichtlich auch.

Ich sah meinen Vater an, der mir ein Lächeln schenkte.

»Deine Mom hat recht, mein Schatz. Es ist Zeit, dass wir alle unseren Weg nach Hause finden.«

Nach Hause. Nach all den Jahren klang das einfach wunderbar.

KAPITEL ZWEIUNDZWANZIG

Ich ließ den Blick durch Thads und Emmys Garten schweifen und zählte die Minuten, bis ich mich verabschieden und gehen konnte.

Ich war froh, dass Emerson bereits in der vierzehnten Schwangerschaftswoche war und der Arzt Entwarnung gegeben hatte. Er war zuversichtlich, dass sie ein gesundes Kind zur Welt bringen würde. Sie erfreute sich bester Gesundheit, doch Thad ging kein Risiko ein. Er hatte zwar einer Einweihungs-/Babyparty zugestimmt, aber er ließ Emmy kein einziges Mal aus ihrem Stuhl aufstehen.

Ich hätte über sein überfürsorgliches Verhalten gelacht, wenn ich nicht innerlich gestorben wäre. Jeder Tag war ein Kampf. Tag für Tag trug ich eine Schlacht mit mir aus. Mindestens fünfzig Mal am Tag griff ich zum Telefon, weil ich Autumns Stimme hören musste, aber ich brachte es nicht über mich, sie anzurufen. Ich wollte Garrett bitten, sie zu suchen, aber ich hatte Angst, dass ich sie mir über die Schulter werfen und mit ihr davonlaufen würde, sollte ich sie finden.

Achtzehn Tage waren eine lange Zeit ohne die Frau, die meine Seele nährte und mir das Atmen ermöglichte.

Ich sehnte mich nach ihr.

Ich brauchte sie so sehr, dass ich an nichts anderes denken konnte.

Warum suchst du dann nicht nach ihr, du verdammter Idiot?

»Hallo.« Als ich die Stimme meiner Schwester hörte, ballte ich die Hände zu Fäusten. »Darf ich mich zu dir setzen?«

Sie hielt ihren Sohn im Arm und deutete mit einem Nicken auf den Stuhl mir gegenüber.

Eine Woge von Emotionen überkam mich, und ich musste mich räuspern, bevor ich antworten konnte: »Ja, setz dich. Wie geht es dir?«

»Ich bin erschöpft. Ich würde ja fragen, wie es dir geht, aber das steht dir ins Gesicht geschrieben.«

Da ich darauf keine Antwort hatte, schwieg ich und betrachtete meine Schwester. Obwohl Violet erschöpft war, wirkte sie glücklich. Jedes Mal wenn ich sie ansah, versetzte der Anblick mir einen Schlag in die Magengrube. Wir waren Zwillinge, die früh voneinander getrennt wurden und in unterschiedlichen Familien aufgewachsen waren.

»Er hat unsere Augen geerbt«, sagte sie und ich schnappte nach Luft.

Unwillkürlich rieb ich mir mit einer Hand über die Brust, um den Schmerz zu vertreiben. Violet hatte auch unsere Augen gehabt.

»Dec?«

»Ja?«

»Willst du ihn halten?«

Verdammt, ja.

»Nicht doch, er schläft.«

Violets Unterlippe begann zu beben und erinnerte mich daran, dass ich als Bruder versagt hatte.

Bevor ich noch etwas sagen konnte, hörte ich plötzlich aufgeregte Stimmen hinter mir und war dankbar für die Ablenkung.

In meiner Eile, mich dem Anblick meiner Schwester zu entziehen, bedachte ich nicht, dass die Alternative schlimmer sein könnte als Violets Tränen.

Doch das war sie.

Ich hatte mich noch nicht umgedreht, da durchfuhr mich ein Schauer.

Ich stand auf und drehte mich um. Emerson umarmte gerade eine ältere Frau. Neben ihr stand ein Mann, der die Lippen zu einem gequälten Lächeln verzogen hatte. Thad ging mit verhaltener Miene auf sie zu und reichte dem Mann die Hand.

Ich konnte nicht hören, was sie sagten, aber ich sah, wie Thad nickte und lächelte.

Während ich ihre Gesichtszüge beobachtete, wurde mir klar, dass es sich bei dem älteren Paar um Emersons und Autumns Eltern handeln musste. Bevor ich mich eines Besseren besinnen konnte, durchquerte ich bereits den Garten und suchte nach Autumn.

»Ich kann nicht glauben, dass ihr hier seid«, hörte ich Emerson sagen.

»Autumn hat uns die freudige Nachricht erzählt«, sagte die Frau und ich blieb wie angewurzelt stehen.

Autumn hatte mit ihren Eltern gesprochen? Ich ließ den Blick erneut über den Garten schweifen, in der Hoffnung, dass sie ebenfalls hier war.

»Sie müssen Declan sein«, sagte der Mann und ich zuckte zusammen. »Ich bin Justin Pierce, der Vater von Autumn und Emerson.«

Der Mann streckte mir eine Hand entgegen. Ich wollte nicht unhöflich sein, aber ich wollte die Sache unbedingt hinter mich bringen, damit ich mich auf die Suche nach

Autumn begeben konnte. Ich ergriff seine Hand und schüttelte sie.

»Declan Crenshaw.«

»Ashaki hatte recht«, sagte die Frau, und plötzlich herrschte eine elektrisierende Spannung in der Luft.

Ich wollte sie um eine Erklärung bitten, doch Thad kam mir zuvor. »Du hast mit Ashaki Maloof gesprochen?«

»Ja. Sie kam gestern vorbei, um mit Autumn zu reden. Sie ist wirklich eine nette Frau.«

»Geht es Autumn gut? Wo ist sie? Ist sie mit Ashaki weggegangen?«

Das Herz schlug mir bis zum Hals. Wenn Ashaki Autumn sogar bei ihren Eltern zu Hause aufgesucht hatte, um unter vier Augen mit ihr zu sprechen, dann konnten sie inzwischen überall auf der Welt sein. Sie würde sich wieder auf eigene Faust auf die Jagd begeben. Ich würde Garrett und Tex auf sie ansetzen. Sie würden Autumn aufspüren. Ich musste sie finden. Sie sollte nicht allein …

»Autumn geht es gut«, antwortete Justin. Mehr sagte er jedoch nicht.

»Ich bin Magdalene Pierce, aber alle nennen mich Meggy«, stellte ihre Mutter sich vor.

»Es freut mich, Sie kennenzulernen, Ma'am. Wo ist Autumn?«

Trotz meiner schlechten Manieren lächelte die Frau.

»Sie ist nicht mit ihrer Freundin weggegangen. Tatsächlich hat Ashaki sie gefeuert.« Meggys Lächeln wurde noch breiter, als sie sich Emerson zuwandte. »Hätten wir geahnt, dass du hier eine Party feierst, hätten wir vorher angerufen.«

Justin starrte mich an, doch im nächsten Moment warf er einen Blick über meine Schulter, als ich spürte, wie jemand hinter mich trat.

»Hallo, ich bin Violet, Declans Schwester.«

Sie wechselten ein paar Worte miteinander. Dann hörte ich Emersons ersticktes Schluchzen, gefolgt von Thads tiefem Grollen, als er seine Frau tröstete. Meine Kameraden kamen näher und ihre Stimmen drangen an mein Ohr.

Aber ich schenkte ihnen keine Beachtung. Ich konzentrierte mich darauf, die aufwallende Wut in meinem Inneren zu unterdrücken. Aber es war zu spät. Mir verschwamm die Sicht vor Augen und meine Ungeduld wuchs, bis ich glaubte, explodieren zu müssen.

»Wo ist Autumn?«, knurrte ich.

»Ashaki hatte recht«, wiederholte Meggy lächelnd.

Justin starrte mich weiterhin an, als sei ich ein Käfer, den es zu zerquetschen galt.

Das reicht jetzt.

Ich zog mein Handy aus der Tasche, um Garrett anzurufen, als der Mann endlich antwortete. »Sie wollte uns Zeit geben, damit wir mit Emerson allein reden können, und ist zu sich nach Hause gefahren. Sie …«

Den Rest seiner Worte hörte ich nicht mehr, denn ich lief bereits quer durch den Garten.

Die zehnminütige Fahrt nahm ich nur verschwommen wahr. Ich erinnerte mich nicht daran, wie ich ihr Haus betreten hatte. Ich wurde mir erst wieder meiner Umgebung bewusst, als ich sie in der Küche vorfand. Sie starrte auf das schmutzige Geschirr, das ich dort zurückgelassen hatte.

Doch sie spürte meine Anwesenheit in dem Moment, in dem ich den Raum betrat. Während sie die Schultern nach vorn gebeugt hatte, versteifte sie sich am ganzen Körper.

»Du hast hier gewohnt?«

»Ich musste mich dir nahe fühlen«, antwortete ich.

»Warum?«

»Weil ich ohne dich nicht atmen kann.«

Sie ließ den Kopf hängen und schüttelte ihn.

»Was tun wir hier nur, Declan? Wir beide sind völlig verkorkst. Zwei gebrochene Menschen, die so viele Dämonen in sich tragen, dass sie kaum dagegen ankämpfen können.«

Sie hatte nicht unrecht. Wir beide litten unter den Dämonen in unserem Inneren. Uns beide plagte ein unerträglicher Schmerz, mit dem keiner von uns umzugehen wusste.

»Als ich Juliana und Violet verlor, glaubte ich, mein Leben sei vorbei. Verdammt, ich wünschte mir sogar, dass es ein Ende hatte.«

Autumn schwankte und hielt sich an der Anrichte fest.

Ich wollte zu ihr gehen, sie in meine Arme ziehen und bei ihr den Trost suchen, den nur sie mir spenden konnte. Aber sie hatte mehr verdient. Ich konnte nicht noch mehr nehmen, ohne ihr im Gegenzug etwas zu geben.

»Jahrelang war ich innerlich tot. Ich fühlte nichts mehr. Nein, das stimmt nicht. Ich erlitt schreckliche, unerträgliche Schmerzen, die in mir den Wunsch weckten, mir das Herz aus der Brust zu reißen. Währenddessen sah ich, wie meine Schwester sich verliebte, heiratete und eine Familie gründete. Auch meine Kameraden fanden ihr Glück. Und jedes Mal starb ein Teil von mir, weil ich dieses erfüllte Leben nie wieder haben würde. Ich war mir sicher, dass ich für den Rest meiner Tage nur Trauer und Schmerz empfinden würde.

Dann kamst du in mein Leben. Und als ich dir zum ersten Mal in die Augen blickte, spürte ich es. Ich erkannte mich selbst darin. Mein Spiegelbild. Es brach mir das Herz, dass du diesen unerträglichen Schmerz am eigenen Leib erfahren musstest. Ich wollte dich davon erlösen. Dann warst du so schnell verschwunden, wie du gekommen warst, und ich habe dich nicht zurückgehalten. Ich habe dich gehen lassen, weil ich wusste, dass du es tun musstest. Du warst noch nicht fertig mit dem Weglaufen, und ich war noch nicht fertig damit, mich selbst zu quälen.«

»Ich bin nicht sie.« Als Autumn die Worte wiederholte, die ich ihr an den Kopf geworfen hatte, zuckte ich zusammen. Ich war so ein Idiot gewesen.

»Das weiß ich. Aber ich habe mich völlig falsch ausgedrückt. Ich war ganz durcheinander. In meinem Kopf drehte sich alles und ich konnte meine Gedanken nicht mehr ordnen.«

»Was wolltest du eigentlich damit sagen?«

Ich war es nicht gewohnt, dass Autumn ihre Verletzlichkeit so offen zeigte, und es raubte mir den Atem. Als sie sich zu mir umdrehte, konnte ich nicht einmal mehr schlucken. Es wäre weniger schmerzhaft gewesen, eine Glasscherbe zu kauen.

Gütiger Himmel, sie war so schön.

Sie hatte mehr verdient als meine befleckte Seele. Aber ich würde sie auf keinen Fall aufgeben.

Wir würden einen Weg zueinander finden müssen.

Etwas anderes kam nicht infrage.

»Scheiße.« Ich schob die Hände in die Hosentaschen, um mir nicht die Haare mit den Wurzeln auszureißen.

»Dec …«

»Nein, Autumn. Lass es mich erklären. Es tut mir leid, ich klinge wahrscheinlich wie ein Arschloch, aber ich muss es dir ehrlich sagen. Wenn ich mit dir zusammen bin, denke ich nicht an Juliana, an den Verlust und den Schmerz. Manchmal vergehen ganze Tage, ohne dass die Erinnerung an sie mich heimsucht. Dann habe ich ein schlechtes Gewissen. Schließlich habe ich sie geliebt und sollte sie nicht vergessen. Aber unsere Beziehung war anders, so einfach und unbeschwert. Ich war damals ein anderer Mensch. Und heute mache ich mir Vorwürfe wegen der Gefühle, die ich für dich hege. Ich habe Juliana nie so sehr gebraucht, dass ich nicht atmen konnte oder das Gefühl hatte, aus der Haut fahren zu müssen, wenn sie nicht bei mir war. Es bringt mich noch um den Verstand. Sie war die Mutter meines Kindes. Hätte ich nicht dasselbe für sie empfinden sollen?«

»Diese Frage kann ich dir nicht beantworten, Declan. Ich war noch nie verliebt und hatte nie einen Mann, der mich liebte. Aber du klingst ganz sicher nicht wie ein Arschloch, wenn du mir erzählst, dass du deine Frau geliebt hast. Im Gegenteil, es ist wunderschön. Es spricht nur für dich, dass du in der Lage bist, so tiefe Gefühle zu empfinden.«

Ich war noch nie verliebt.

Verdammt, die Worte zerreißen mich innerlich.

Wir standen schweigend da und starrten einander an. Uns trennten nur wenige Meter voneinander, doch sie fühlten sich an wie Kilometer. Wie eine abgrundtiefe Kluft voller Qualen. Ich konnte es keine Sekunde länger ertragen.

Weder die physische noch die emotionale Distanz.

Ich wollte auf sie zugehen, doch sie hielt abwehrend die Hände in die Höhe.

»Ich kann das nicht.«

»Was meinst du?«

»Das hier.«

»Und was ist *das hier*?«

»Wir.«

»Also gibt es ein Wir?«

Autumn runzelte die Stirn. »Ich weiß es nicht.«

Ich ignorierte den panischen Ausdruck in ihrem Gesicht und setzte mich wieder in Bewegung.

»Sag mir, was du denkst.«

»Was meinst du?«

»Sag mir einfach, was dir durch den Kopf geht.«

»Ich weiß nicht …«

»Doch, du weißt es. Du weißt, was du sagen willst und was du fühlst. Du weißt, warum du zurückgekommen bist. Sag mir, was du auf dem Herzen hast, Baby.«

Ihre Panik verwandelte sich in Angst, doch ich drängte sie weiter.

»Komm schon, Baby, sei stark. Meine Frau und meine Tochter sind in meinen Armen gestorben. Damit muss ich leben, Autumn. Ich spüre noch, wie ich sie festhielt, als sie verbluteten und ihren letzten Atemzug taten. Ich konnte sie nicht retten, und deshalb wollte ich dich nicht an mich heranlassen. Weil ich zu viel Angst hatte, dich auch im Stich zu lassen. Ich habe Angst, sie zu vergessen und sie nicht mehr zu lieben, wenn ich mir erlaube, mich in dich zu verlieben.«

Verdammte Scheiße. Es tat weh, das zuzugeben.

Diese Befürchtung legte sich wie ein schweres Gewicht um meinen Hals und drohte mich zu erwürgen. Wie konnte ich Autumn lieben, wenn ich Juliana ewige Liebe geschworen hatte?

»Lass es raus, Autumn. Sag mir …«

»Ich habe Angst, dass ich nie mehr als dieses bemitleidenswerte Opfer sein werde. Eine gebrochene, völlig verkorkste Frau. Ich habe schreckliche Angst, etwas zu empfinden, weil ich im Grunde nur Schmerz kenne. Und versuche nicht, mir weiszumachen, dass ich kein Opfer bin. Nur weil ich die Tortur überlebt habe, bedeutet das nicht, dass ich sie nicht durchlitten habe.«

Gütiger Himmel, die Tränen in ihren Augen trafen mich mitten ins Herz.

»Dann sei kein Opfer.«

»Sicher. Und wie soll ich das anstellen?«

Du musst sie loslassen.

»Lass es los.«

»Ich bin, wer ich bin. Daran kann ich nichts ändern.«

»Gott sei Dank, Baby. Du musst gar nichts an dir ändern.«

Du musst sie loslassen.

Ich musste immer wieder an Thads Worte denken. Im Geiste spielte ich unser Gespräch noch einmal durch. Ich war in der Vergangenheit verhaftet. Bevor Autumn in mein Leben getreten war, hatte ich sie nie hinter mir lassen wollen, weil es für mich nichts anderes gegeben hatte, an dem ich mich hätte festhalten können. Aber wenn ich mir diese Chance nicht entgehen lassen wollte, musste ich eine Entscheidung treffen.

»Wage den Sprung!« Ich umfasste ihr Gesicht mit beiden Händen und sie versteifte sich sofort. »Lass die Vergangenheit ruhen und beschreite mit mir einen Weg in die Zukunft.«

»Und wohin gehen wir?«, flüsterte sie.

»Wohin wir wollen.«

»Und wenn ich durchbrennen will?«

»Dann brennen wir durch.«

»Ist das dein Ernst?«

Ein Funkeln trat in ihre Augen und zum ersten Mal spiegelte sich kein Schmerz darin wider. Vielmehr schimmerte in ihnen ein Anflug von Hoffnung.

»Ich werde dir durch die flammenden Abgründe der Hölle folgen, solange wir es gemeinsam tun. Wir werden immer weiter gehen, bis du gefunden hast, was du brauchst. Ich für meinen Teil habe bereits gefunden, wonach ich gesucht habe. Also spielt es keine Rolle, ob wir hierbleiben oder verschwinden, ob wir irgendwo am Strand sitzen oder in einer Hütte wohnen. Solange du bei mir bist, habe ich, was ich brauche.«

»Du klingst wie Dr. Seuss.« Autumn verzog die Lippen zu einem Lächeln. Es war das aufrichtigste, das ich je bei ihr gesehen hatte.

Leider verblasste es im nächsten Moment, als ich sagte: »Lauf nie wieder vor mir weg.« Eine Sache musste ich noch loswerden. »Ich habe dir Zeit für dich gegeben, weil ich mir selbst noch über einiges klar werden musste. Aber wenn du noch einmal versuchst, dich klammheimlich aus dem Staub zu machen, dann werde ich dich aufspüren, Autumn. Ich meine es ernst, ich werde dich finden.«

»Hast du denn alles geklärt?«

»Ja, Baby, das habe ich. Ich lasse die Vergangenheit ebenfalls los. Es ist an der Zeit, dass ich sie in Frieden ruhen lasse und aufhöre, die Erinnerung an sie durch den Dreck zu ziehen. Juliana hat etwas Besseres verdient, sie war eine gute Frau und eine gute Mutter.«

Ich atmete tief durch, und zum ersten Mal seit ihrem Tod war es nicht annähernd so schmerzhaft.

»Und Violet?«, flüsterte sie. »Wirst du mir von ihr erzählen? Von ihnen beiden?«

Ich verspürte einen dumpfen Schmerz in meiner Brust und schloss die Augen.

»Nicht sofort«, fügte Autumn hastig hinzu. »Irgendwann. Wirst du mir dann von ihnen erzählen? Loslassen bedeutet nicht, dass du sie vergessen musst.«

Verdammt, das fühlte sich gut an. Aber in Autumns Fall wünschte ich mir, dass sie alles vergaß. Ich hoffte, sie würde die Erinnerung an das, was ihr widerfahren war, letztlich begraben können.

»Ja, Baby, irgendwann.«

»Küss mich.«

Ihre Stimme klang so zaghaft und bezaubernd. Ich musste mich erst einmal an den Gedanken gewöhnen, dass Autumn auch schüchtern und bezaubernd sein konnte. Zu wissen, dass sie sich mir öffnete und ihre Seele vor mir entblößte, schnürte mir die Brust zu – aber keineswegs auf schmerzhafte Weise.

»Nimm dir, was du willst, Baby, ich gehöre dir.«

Wieder funkelten ihre hübschen grünen Augen. Und nun konnte ich mir eingestehen, dass ich keinen Tag mehr verstreichen lassen wollte, ohne in sie zu blicken.

Verdammt, ja, es waren ihre Augen – sie sprachen Bände.

Und in diesem Moment waren sie voller Hoffnung.

KAPITEL DREIUNDZWANZIG

Mein Herz hämmerte wild in meiner Brust, und zum ersten Mal seit über zehn Jahren war ich nicht von einer inneren Leere erfüllt.

Zum ersten Mal hatte ich nicht den Wunsch, allein zu sein.

Wie wäre es, wenn ich ihm vertraute? Und zwar voll und ganz?

Er hatte in meinem Haus gewohnt, weil er mir nahe sein wollte.

Er würde mir durch die flammenden Abgründe der Hölle folgen.

Er ließ die Vergangenheit hinter sich.

Vor drei Wochen schien er noch entschlossen, in der Vergangenheit verhaftet zu bleiben. Ich hatte ihn verstanden. Es war einfacher, sich im Kreis zu drehen, als sich der Realität zu stellen.

»Was hat dich dazu gebracht, deine Meinung zu ändern?«

»Worüber?«

»Dass du plötzlich loslassen und nach vorn blicken willst?«

»Ich dachte, du wolltest mich küssen?«

Ja, das wollte ich, aber plötzlich bekam ich es wieder mit der Angst zu tun. Ich hatte Declan belogen, als ich sagte, dass ich noch nie jemanden geliebt hatte. Da ich das Gefühl noch nie für einen Mann empfunden hatte, konnte ich es nicht mit hundertprozentiger Sicherheit wissen, aber ich war mir fast sicher, dass ich Declan liebte. Wenn ich nicht mit ihm zusammen war, verspürte ich ein schmerzhaftes Stechen in meinem Inneren. Ich liebte sowohl seine sanfte als auch seine raue Seite. Dabei drängte sich mir ein weiterer Gedanke auf.

»Ich kann nicht …«

»Autumn.«

»Hör auf, mich anzublaffen«, blaffte ich, und er verzog die Lippen zu einem Grinsen. *Was auch immer.* »Und unterbrich mich nicht ständig. Was ist mit Sex?«

Declan kniff die Augen zu dünnen Schlitzen zusammen und spannte sich an. »Was ist damit?«

Plötzlich war mir das Thema peinlich und ich ruderte zurück. Ich wollte nicht mehr über Sex reden.

»Vergiss es.«

»Sei stark, Baby, sag einfach, was du auf dem Herzen hast. Was ist mit Sex?«

»Wir können nicht wie ein normales Paar miteinander schlafen.«

»Was ist denn schon normal?«

Ich brauchte Abstand und stemmte die Hände gegen seine Brust, aber er weigerte sich, seinen Griff zu lockern. Panik überkam mich. Wieder einmal veränderte sich Declans ganze Haltung, und die Wachsamkeit, die er beim Thema Sex gezeigt hatte, wich Verärgerung. Meine Angst steigerte sich augenblicklich.

»Lass mich los.«

Mist. Ich klang so schwach, es war schrecklich.

»Glaubst du, ich würde dir wehtun?«

Ich hörte seine Frage kaum und konnte nur noch daran denken, dass ich in der Falle saß. Mein Unbehagen steigerte sich ins Unermessliche. Es würde nicht mehr lange dauern und ich würde versuchen, mich mit Gewalt seinem Griff zu entziehen. Ich musste ihn dazu bringen, von mir abzulassen.

»Dec ...«

»Antworte mir. Beruhige dich und konzentriere dich auf diesen Moment. Denkst du, ich würde dir jemals wehtun?«

»Ich kann nicht. Bitte lass mich los.«

»Baby«, sagte er mit sanfter Stimme, ließ eine Hand an meinen Nacken wandern und drückte ihn behutsam. »Berühre mich.«

»Wie bitte?«

»Leg deine Hände an meine Brust. Berühre mich.«

Declan mochte es normalerweise nicht, wenn ich ihn berührte. Hin und wieder hatte es Momente gegeben, in denen er es zugelassen hatte, aber im Allgemeinen war es ihm unangenehm. Und genau da lag doch das Problem im Hinblick auf den Sex. Ich konnte es nicht ertragen, wenn er auf mir lag und er wollte nicht berührt werden.

»Fühle es einfach, Baby.«

Ich musste daran denken, wie er mich zum ersten Mal aufgefordert hatte, etwas zu fühlen. Er hatte mich zum ersten Mal geküsst. Es war der erste Kuss meines Lebens gewesen.

Offenbar reagierte ich für Declans Empfinden nicht schnell genug, denn er ergriff meine Hand und presste sie an seine Brust.

Muskulös, stark, warm.

Das war Declan. Er war mein Prüfstein. Vor unserer Reise nach Afghanistan hatte ich ihn nur ansehen müssen, wenn ich mit meinen Gedanken abgeschweift war, und er hatte mich jedes Mal in die Gegenwart zurückgeholt.

Er wollte, dass ich stark war? Und ihm erzählte, was mir

auf dem Herzen lag? Sollte ich ihm sagen, was mich lähmte? Also schön. Ich würde ihm alles verraten. All die hässlichen Details und die Dinge, die mir genommen wurden.

»Als Kind stand ich meinem Vater sehr nahe. Ich liebte meine Mutter und meine Schwester, aber ich war Daddys kleines Mädchen. Als ich dreizehn war, fragte mich ein Junge, ob ich mit ihm ausgehen wolle. Mein Vater ging mit mir Eis essen. Nur er und ich. Damals erlaubte er mir, zu der Verabredung zu gehen. Er sagte, es sei meine erste von vielen, und jeder Junge würde mir etwas anderes beibringen. Zum Beispiel Selbstachtung und Selbstvertrauen. Er sagte, meine Zeit und meine Zuneigung seien ein Geschenk, das ein Junge sich erst verdienen müsse. Und um meine Zuneigung zu gewinnen, müsse er sich noch mehr anstrengen. Er sagte, dass ich mich einem Jungen nicht einfach hingeben dürfe, weil mein Körper etwas sei, das man schätzen müsse. Denn es gäbe nur ein erstes Mal. Danach würde ich noch viele erste Male erleben, aber auch das seien Geschenke. Und wenn ich eines Tages den Einen finden würde, dann würde er alles tun, um sich diese Geschenke zu verdienen. Er würde sie wertschätzen und in Ehren halten.

Heute weiß ich, dass er seine dreizehnjährige Tochter in erster Linie davon abhalten wollte, sexuell aktiv zu werden. Aber ich habe seine Worte nie vergessen. Ich bin mit dem Jungen ausgegangen und habe seine Hand gehalten. Danach hatte ich viele Verabredungen. Aber mit dem ersten Mal habe ich gewartet. Ich wollte mich nicht für die Ehe aufsparen, aber ich wollte einen Mann finden, der mich auch noch respektiert, nachdem ich ihm dieses Geschenk gemacht hatte. Und in meiner Fantasie malte ich mir vielleicht aus, dass ich es ebenfalls wertschätzen würde. Je älter ich wurde, desto schwieriger wurde es, diesen Mann zu finden. Nur wenige Jungs in der Oberstufe und Studenten im ersten Semester geben sich mit Händchenhalten zufrieden. Die meisten wollen wenigstens einen Kuss, ein bisschen rumfummeln oder sich einen runterholen lassen. Aber ich habe nie nachgegeben. Sobald ein Junge zu zudringlich wurde und meine selbst gesetzten Grenzen nicht respektierte, habe ich Schluss gemacht. Um ehrlich zu sein, waren sie darüber nicht einmal traurig. Sie wollten Sex und in ihren Augen habe ich sie nur an der Nase herumgeführt.«

Ich hielt inne und atmete tief durch.

Jetzt kommt der schwierige Teil.

»Als ich entführt wurde, war ich in jeder Hinsicht Jungfrau. Meine erste sexuelle Erfahrung wurde mir aufgezwungen, meine Jungfräulichkeit gekauft. Die Worte meines Vaters hallten in meinem Kopf wider, als ein Mann mittleren Alters mir auf die abscheulichste Weise mein wertvollstes Geschenk nahm. Ich hatte noch nie normalen Sex. Bisher habe ich mich nur einem Mann aus freien Stücken hingegeben, und dieser Mann bist du. Aber ich wurde von zu vielen genommen, um sie zu zählen. Deshalb weiß ich nicht, wie ich auf normale Weise mit dir schlafen soll. Ich weiß nicht, ob ich es jemals ertragen werde, dich auf mir zu haben oder ...«

»Baby«, krächzte Declan mit emotionsgeschwängerter Stimme.

»Ich kann einfach nicht ...«

»Autumn, Baby, bitte hör auf.«

Ich löste den Blick von der Falte in seinem T-Shirt, die ich die ganze Zeit über angestarrt hatte, und sah zu ihm auf.

In seinen Augen lag ein entschlossener und fürsorglicher Ausdruck. Seine Iriden schimmerten eher rot als braun, und doch sanft.

»Wir werden einfach einen Schritt nach dem anderen gehen, einverstanden?«

»Aber du bist ein Mann ...«

Ich verstummte und biss mir auf die Unterlippe, als Declan ein tiefes Grollen entfuhr.

»Ganz richtig, ich *bin* ein Mann. Aber kein Tier. Ich kann meine Triebe kontrollieren. Vertraue darauf, dass ich uns zu unserem Ziel bringen werde. Ich werde dir nicht wehtun, dass verspreche ich dir. Ich werde nichts von dir verlangen, was du mir nicht geben willst. Und im Gegenzug werde ich all die Geschenke, die du mir machst, wertschätzen. Ich werde all deine ersten Male in Ehren halten.«

Damit brach ich endgültig zusammen. Ich konnte meinen Kopf nicht mehr aufrecht halten und presste mein Gesicht an seine Brust. Declan schlang seine Arme um mich und ließ mich weinen, bis meine Tränen versiegten. Eine lange Zeit standen wir eng umschlungen da. Irgendwann begannen meine Beine zu zittern. Ich schmiegte mich noch enger an ihn und er hielt mich fest.

»Ich habe eine Heidenangst«, murmelte ich an seiner Brust.

»Ich auch. Aber ich habe größere Angst, dich zu verlieren. Der Gedanke, du könntest aus meinem Leben verschwinden, erschreckt mich zu Tode. Ich habe eine Menge in mir aufgestaut, was ich erst noch verarbeiten muss, Autumn.«

»Wirst du zulassen, dass ich dir dabei helfe?«

»Auf jeden Fall. Das hier wird nur funktionieren, wenn wir beide offen über alles reden. Ich muss darauf vertrauen können, dass du stark genug bist, um mit mir zusammen zu sein, und du musst darauf vertrauen können, dass ich dir helfen werde zu heilen.«

Verdammt, das fühlte sich gut an. Ich brauchte das. Es tat gut zu wissen, dass er mir zutraute, stark genug zu sein. Das bedeutete, dass ich mich zusammenreißen sollte, statt wie ein Baby zu heulen.

»Ich bin stark, Declan, du kannst mir vertrauen.«

»Allerdings, das bist du.«

Die Entschlossenheit in seiner Stimme jagte mir einen

Schauer über den Rücken. Er war überzeugt davon, dass ich stark war.

Unwillkürlich musste ich lächeln und konnte gar nicht mehr aufhören. Es war mir völlig egal, wie albern ich dabei aussah.

»Du bist die schönste Frau, die ich je gesehen habe. Absolut umwerfend und verdammt sexy. Aber die Tatsache, dass du trotz allem, was du durchgemacht hast, hier in der Küche stehen und mich mit diesem wunderschönen Lächeln beglücken kannst, macht mich sprachlos. Es gibt keine Worte, um zu beschreiben, wie atemberaubend du bist. Besser als eine kühle Brise an einem sonnigen Tag. Du bist mein Zufluchtsort, mein Heiligtum, mein sicherer Hafen. Wir sind ein herrlich verkorkstes Paar, Baby. Gemeinsam werden wir unsere Zukunft gestalten. Wohin der Weg uns auch führt, solange ich bei dir bin, bin ich zu Hause.«

»Du solltest solche Dinge nicht zu mir sagen, wenn du nicht willst, dass ich in dein Hemd schluchze, Declan.«

»Weine, so viel du willst, Autumn. Ich werde nie aufhören, dich wissen zu lassen, wie viel du mir bedeutest.«

Es tat so gut, das zu hören.

Um nicht wieder in Tränen auszubrechen, presste ich die Lippen zusammen. Als ich mich soweit beruhigt hatte, sagte ich: »Du bist ebenfalls wunderschön. Als Erstes sind mir deine Augen aufgefallen. Sie leuchteten damals rot, während das Blut dir den Hals hinunterrann. Du sahst aus wie ein wildes Tier oder ein Wikinger auf Raubzug. Und da wir nun ehrlich zueinander sind, kann ich dir auch sagen, dass du der attraktivste Mann warst, den ich je gesehen hatte. Aber es waren vor allem deine Augen, die mich förmlich anzogen. Ich sah etwas in ihnen …«

»Eine verwandte Seele«, beendete Declan den Satz und mir stockte der Atem.

»Ja, meine Seele hat deine erkannt.«

»Mir ging es genauso, Autumn. Seit dem Moment unserer ersten Begegnung verging kein Tag, an dem ich dich nicht in meiner Brust gespürt habe.«

Ich stand kurz davor, wieder in Tränen auszubrechen. Declans Aufrichtigkeit war kaum zu ertragen.

»Küss mich«, flüsterte ich.

Dec ließ sich nicht zweimal bitten. Er beugte sich vor und strich mit seinen Lippen federleicht über die meinen. Er bat um Einlass. Ich öffnete den Mund und spürte, wie er seine Zunge über meine gleiten ließ.

Ich tauchte ein in ein Meer von Empfindungen, die ich noch nie zuvor erlebt hatte. Als er mich das erste Mal küsste, hatte ich zu viel Angst, um es zu genießen. Aber diesmal genoss ich jede Liebkosung. Ein ungeahntes Verlangen wallte in mir auf, anders als die Lust, die ich früher für ihn empfunden hatte. Besser, größer, stärker. Liebe und Lust vermischten sich, und die Kombination war berauschend. Mit einem einzigen Kuss machte er mich zur Gläubigen.

Gemeinsam konnten Declan und ich alles erreichen.

Wir konnten überall hingehen, alles tun und alles sein, was wir wollten – solange wir zusammen waren.

Weitere Mauern begannen zu bröckeln und Wärme drang durch die Ritzen.

Und genau in diesem Moment, als Declans Zunge mit meiner tanzte, schwor ich ihm dasselbe. Ich würde seine Mauern durchbrechen, in seine Festung eindringen und ihn von seiner Vergangenheit befreien.

Er glaubte an mich.

Ich würde ihn nicht enttäuschen. Ich würde *mich selbst* nicht enttäuschen.

Dies war unsere Chance.

Und ich würde stark sein.

KAPITEL VIERUNDZWANZIG

Mein Gott.

Sie war atemberaubend.

Autumn schmiegte ihren geschmeidigen Körper noch enger an mich. Ich musste den Drang unterdrücken, sie nicht voller Leidenschaft zu verschlingen. Mein Schwanz war hart und schmerzte bereits, während sie begierige Laute von sich gab, die mein Verlangen nur noch steigerten.

Ich verlangsamte meine Bewegungen, liebkoste sie genüsslich und zog mich schließlich zurück. Sie gab ein protestierendes Maunzen von sich, das mir ein Lächeln aufs Gesicht zauberte.

Mein Mädchen küsste gern. Darüber war ich heilfroh, denn ich hatte vor, sie so oft wie möglich zu küssen.

»Wo sind deine Eltern untergebracht?«

Sie blinzelte und runzelte verwirrt die Stirn. »Warum reden wir über meine Eltern?«

Verdammt, ja, sie küsste gern.

»Weil ich vermeiden will, dass sie plötzlich hier hereinplatzen und uns beim Knutschen erwischen. Ich habe nur ein paar Worte mit deinem Vater gewechselt, bevor ich gegangen bin, aber ich glaube nicht, dass ich den besten ersten Eindruck hinterlassen habe. Da ich lange genug leben will, um eine Beziehung mit dir einzugehen, in der du für den Rest meines Lebens neben mir aufwachst, sollte ich mich vielleicht bemühen, deinem Vater keinen Grund zu geben, mich umzubringen.«

Autumn zog belustigt die Mundwinkel nach oben. Plötzlich geschah ein Wunder und ihr sexy Grinsen wich einem Lächeln kindlicher Unschuld. Der Anblick weckte in mir den Wunsch, sie sofort wieder zu küssen.

Ich wartete darauf, dass die Schuldgefühle mich übermannten, mir die Kehle zuschnürten und meinen Magen mit giftiger Säure füllten. Aber es geschah nichts. Ich fühlte die Leichtigkeit so deutlich, dass meine Beine begannen zu zittern.

Mein Gott.

Ich hatte diese Last so lange mit mir herumgetragen, dass ich gar nicht mehr gespürt hatte, wie schwer sie war.

»Ich weiß es nicht«, antwortete sie. »Mom hat ihren Plan, die Familie wieder zusammenzubringen, nicht wirklich ausgearbeitet. Sie hat einfach angefangen, mich herumzukommandieren, und mir befohlen, meine Sachen zu packen. Dann hat sie von meinem Dad verlangt, uns nach Maryland zu bringen.«

»Wo ist dein Mietwagen?«

»Den haben ich zurückgebracht. Wir sind hierhergeflogen. Ashaki tauchte plötzlich auf und sagte einige Dinge, die meine Mutter irgendwie … ich weiß nicht … aus ihrer Starre erwachen ließen. Ich bin mir nicht sicher, wie ich es nennen soll, aber das letzte Mal war meine Mutter sie selbst, bevor ich entführt wurde. Dad sah es auch, denn er tat, was er immer tat, und erfüllte ihr den Wunsch.«

»Was ist das für ein Plan, die Familie wieder zusammenzubringen?«

Autumn seufzte und ließ den Blick durch die Küche schweifen. »Können wir vielleicht zuerst etwas essen, dann erzähle ich dir alles?«

Ich musterte sie eindringlich und sah keine Anzeichen dafür, dass sie sich in ihr Schneckenhaus zurückziehen wollte. Sie wich der Frage zwar aus, aber nach allem, was wir besprochen hatten, brauchte sie wahrscheinlich eine Pause.

»Eine Sache noch, bevor wir uns um das Essen kümmern. Was hat Ashaki zu deiner Mutter gesagt, das deine Mom veranlasst hat, ihr beizupflichten?«

Autumn legte den Kopf schief und runzelte die Stirn. »Ich weiß nicht, wovon du sprichst.«

»Als ich deine Mutter traf, sagte sie, Ashaki habe recht. Dabei hat sie gelächelt«, erklärte ich.

Sofort liefen Autumns Wangen rot an, und ich war wie hypnotisiert.

Verdammt, sie war niedlich.

Aber ich musste wissen, was Ash gesagt hatte.

»Autumn?«

»Meinen Eltern hat sie erzählt, ich sei bei der CIA in beratender Funktion tätig gewesen. Dann sagte sie mir, dass ich gefeuert sei, dass sie die Verbindungen zu meinen Kontakten gekappt habe und dass ich unter deinem Schutz stehe. Anschließend forderte sie mich auf, dich zu finden und glücklich zu sein. Oh, und sie hat mir mitgeteilt, dass Barny Pollaski der Mann ist, der ihre Familie getötet hat.«

Das klang alles fantastisch, vor allem weil sie allen erzählt hatte, dass Autumn unter meinem Schutz stand. Was automatisch bedeutete, dass sie auch von Zane und allen anderen Mitgliedern von Z Corps beschützt wurde.

Aber das erklärte nicht, warum Autumns Wangen plötzlich errötet waren und warum Meggy der Meinung war, Ashaki hätte recht.

»Was hat sie noch gesagt?«

»Dass du unsterblich in mich verliebt bist«, platzte sie heraus.

Ich versteifte mich augenblicklich.

Was zum Teufel?

»Wie bitte?«

Autumn zuckte zusammen und flüsterte: »Mir ist klar, dass sie keine Ahnung hat, wovon sie redet.«

»Nein, Baby, es ist mir scheißegal, was sie denkt oder was sie allen erzählt hat. Aber mich interessiert, *wie* sie auf die Idee gekommen ist. Hast du ihr von uns erzählt? Glaub mir, es würde mich überhaupt nicht stören, ich muss es nur wissen.«

»Nein. Ich habe es niemandem erzählt.«

»Verdammt.«

»Was ist los?«

»Baby, sie muss irgendwie zu dem Schluss gekommen sein. Und das ist nur möglich, wenn sie uns beobachtet hat. Was die Frage aufwirft, *warum* sie uns nachspioniert hat.«

Mir schossen sofort hundert verschiedene Szenarien durch den Kopf.

Zane sagte, Ashaki sei untergetaucht, aber das war erst vor Kurzem gewesen. Es erklärte zwar, warum sie plötzlich in Iowa aufgetaucht war, aber nicht, was sie zuvor in Annapolis wollte.

»Ich muss Zane anrufen.«

»Sie würde mir nie wehtun. Und dir genauso wenig«, versicherte Autumn mir. Ich wollte ihr glauben, aber ich konnte es nicht.

Ich zog mein Handy aus der Gesäßtasche und rief widerwillig meinen Chef an.

»Jemand sollte schon am Verbluten sein, wenn er mich an einem Sonntag stört«, meldete Zane sich.

»Ashaki Maloof hat mich im Visier. Ich gebe es nur ungern zu, aber ich hatte keine Ahnung. Wir müssen reden.«

»Hast du gerade gesagt, dass diese Frau dich beschattet hat und du es nicht gemerkt hast?«

»Ja.« Auf meine Antwort folgte Gelächter am anderen Ende der Leitung. »Ich sehe nicht, was daran so lustig sein soll, Z.«

»Das wundert mich nicht. Du hast dich so sehr in Autumn Pierce verloren, dass du nicht einmal bemerkt hast, wie dir jemand nachspioniert.« Zane lachte erneut und ich wurde wütend.

»Zane ...«

»Schon gut, schon gut. Wie wäre es damit? Die ganze Zeit hast du mir die Ohren vollgejammert über die Probleme von Thad, Kyle und Brooks. Über Max hast du dich nicht allzu oft beschwert. Ich will damit sagen, dass du allen einen Strich durch die Rechnung gemacht hast, indem du deine Probleme im Stillen gelöst hast. Keiner deiner Männer hatte die Chance, sich für deine dummen Sprüche zu rächen. Also werde ich ihnen erzählen, dass der Aufklärungsspezialist und Marine nicht bemerkt hat, wie er von einer CIA-Agentin beschattet wurde. Unbezahlbar. Wir treffen uns in zwanzig Minuten im Büro.«

»Ich bringe Autumn mit.«

»Und ich bringe die Snacks.«

Und mit diesen Worten legte das Arschloch auf.

Dann musste ich unwillkürlich lächeln.

Ich hatte vielleicht nicht bemerkt, dass Ashaki mir gefolgt war, aber Z hatte recht. Ich hatte mich mit meinen Problemen größtenteils im Stillen auseinandergesetzt und hatte mich nur einen Tag lang vor meinem Team bloßstellen müssen.

»Lass uns gehen, Baby, wir müssen ins Büro.«

»Du willst, dass ich mitkomme?«

Ich schüttelte den Kopf. »Teamwork, Autumn. Wir sind ein Team. Du gehst dahin, wo ich hingehe.«

»Aber Zane …«

»Er ist ein Weichei. Bei hübschen Mädchen wird er schwach.«

Das war gelogen. Wenn er mich hören könnte, würde ich wahrscheinlich mit einem Einschussloch im Bauch enden.

»Das ist nicht wahr.«

»Du hast recht, er ist kein Weichei, sondern ein sarkastisches Arschloch. Aber er würde für dich eine Kugel abfangen.«

»Er kennt mich nicht einmal.«

»Baby, du gehörst mir. Und du bist Thads Schwägerin. Er muss dich nicht kennen.«

»Das ist doch verrückt.«

»Wirklich? Du kennst Thad auch nicht sonderlich gut. Aber du weißt, dass deine Schwester ihn liebt. Und ich weiß zufällig, dass das für dich Grund genug ist, um ihn um jeden Preis zu beschützen. Nur damit deine Schwester nicht das verliert, was sie liebt.«

Autumn wandte den Blick ab und schaute sich um, nur um mir nicht in die Augen sehen zu müssen. Ich hatte recht. Sie konnte mir viel darüber erzählen, dass sie mit ihrer Schwester nichts zu tun haben wollte, aber sie würde sich für Emmy ebenfalls in die Schusslinie werfen. Und zwar, ohne zu zögern. Deshalb war ich mir nicht sicher, warum sie jetzt so aufgebracht wirkte.

»Woran denkst du, Baby?«

»Ich gehöre dir?«

Jahrelang hatte ich alles in meiner Macht Stehende getan, um niemanden an mich heranzulassen. Ich hatte jede Emotion unterdrückt, die auch nur ansatzweise etwas mit Glück, Aufrichtigkeit oder Familie zu tun hatte. Diese Gefühle waren nichts für mich, also ernährte ich mich nur von Schuld und Einsamkeit. Letztere sog ich förmlich in mich auf, vor allem wenn meine Schwester in der Nähe war.

Wie zum Teufel sollte ich meine Verschlossenheit begraben und mich ihr öffnen?

»Ja, Autumn, du gehörst mir.« Und da wir uns gegenseitig unser Herz ausgeschüttet hatten, beschloss ich, ihr noch mehr zu geben. »Ich bin nicht glücklich darüber, dass deine Freundin mich verfolgt hat. Und noch weniger darüber, dass ich sie nicht bemerkt habe. Irgendetwas daran gefällt mir überhaupt nicht. Aber als sie mich beobachtet hat, hat sie offensichtlich genau hingesehen. Mit ihrer Einschätzung liegt sie nicht falsch, Autumn. Auch wenn ich die Worte noch nicht aussprechen kann, sollst du wissen, dass ich etwas für dich empfinde, was ich noch nie zuvor gefühlt habe. Und das bringt mich ganz durcheinander. Ich muss das alles erst verarbeiten und mich damit abfinden. In der Zwischenzeit kann ich dir versichern, dass du mir sehr viel bedeutest und ich tiefe Gefühle für dich hege, die mich förmlich verzehren. Bleiben wir also erst einmal dabei, dass du mir gehörst. Und das heißt auch, dass ich dir gehöre.«

»Magst du Tacos?«

Sie wechselte so abrupt das Thema, dass ich zusammenzuckte und meine Nackenmuskeln sich verkrampften.

»Äh ... sicher.«

»Ich habe nicht nachgesehen, aber wenn du seit meiner Abreise nicht im Supermarkt warst, müssen wir auf dem Heimweg einen Zwischenstopp einlegen, damit ich die nötigen Zutaten besorgen kann.«

»Nein, ich war nicht einkaufen.«

Sie nickte und durchquerte den Raum, um ihren Rucksack zu holen. Ich überlegte, ob ich es einfach dabei belassen sollte. Immerhin hatten wir gerade über tiefe Gefühle gesprochen, da war es ganz natürlich, dass sie das Thema auf etwas Alltägliches lenken wollte. Vor allem da ich wusste, was uns bevorstand. Aber ich konnte es einfach nicht ignorieren, wenn ich doch deutlich sehen konnte, dass etwas sie bedrückte.

»Baby?«

»Hm?«

»Ist alles in Ordnung?«

»Du kannst das besser als ich.«

»Was kann ich besser?«

»Dieses Gerede über Gefühle. Ich muss mich erst einmal daran gewöhnen, dass du mir nicht mehr nur einsilbige Antworten gibst und vor dich hin knurrst. Dieser blumige und offenherzige Declan ist neu für mich, und ich weiß noch nicht recht, wie ich mit ihm umgehen soll.«

»Blumig? Mich hat noch nie jemand blumig oder offen-herzig genannt. Du bist wahrscheinlich die einzige Frau auf der ganzen Welt, die das, was ich gerade gesagt habe, als blumig empfindet.«

»Das mag stimmen. Ich bin auch eine Frau, die noch nie einen Mann hatte, der sie auf eine so wunderbare Weise für sich beansprucht hat.«

Meine Güte.

»Baby …«

»Nach allem, was ich durchgemacht habe, hätte ich nie geglaubt, je einem Mann gehören zu wollen.« Sie hielt einen Moment inne und biss sich auf die Unterlippe. Inzwischen wusste ich, dass sie das immer tat, wenn sie all ihren Mut zusammennahm. Und sie sprach jedes Mal aus, was ihr auf dem Herzen lag, also wartete ich, bis sie fortfuhr. »Ich brauche diese Worte nicht, Dec. Worte sind bedeutungslos. Eigentlich will ich sie gar nicht hören. Ich will nur dich, wie auch immer du dich einbringen kannst. Im Moment weiß ich nur, dass ich gerade drei Wochen ohne dich verbracht und dich schmerzlich vermisst habe. Ich bin bereit, mit dir durchs Feuer zu gehen. Aber ich warne dich, Declan, es kann gut sein, dass ich hin und wieder kriechen muss.«

Heiliger Strohsack.

Ihre Worte trafen mich gleichermaßen in die Magengrube wie auch ins Herz. Ein Schmerz breitete sich in mir aus, der so wunderbar war, dass ich mich nicht dagegen wehren konnte, bis ich schließlich ganz erfüllt war von der Schönheit, die sie mir geschenkt hatte.

»Und sie sagt, ich kann es besser«, murmelte ich. »Baby, wir werden laufen, gehen oder kriechen. Es wird Zeiten geben, in denen ich dich trage, und Zeiten, in denen du mich tragen musst. Ich bin Manns genug zuzugeben, dass ich noch nicht mit mir im Reinen bin und dass meine Probleme manchmal schwer auf mir lasten. Aber ich weiß auch, dass du stark bist und damit umgehen kannst. Wir sind ein Team, Autumn. Wir werden daran arbeiten, bis wir wissen, wie wir dem anderen geben können, was er braucht. Wenn wir das schaffen, werden wir das Paradies finden.«

Und da war sie wieder, die Hoffnung. Doch diesmal leuchtete sie nicht nur in ihren Augen, sondern umhüllte ihr ganzes Wesen. Der Anblick war so überwältigend schön, dass ich sogar sterben würde, um ihn zu bewahren.

KAPITEL FÜNFUNDZWANZIG

Mit Declan an meiner Seite hatte ich bereits drei Sicherheitskontrollen passiert. Gerade stand er vor einem Netzhautscanner, um die Türen des Fahrstuhls zu öffnen.

»Wenn ich die Antwort nicht schon wüsste, würde ich fragen, ob Zane paranoid ist.«

Declan lachte leise und richtete sich auf. Als die Metalltüren aufglitten, schob er mich sanft in die Kabine.

»Allerdings habe ich keine Ahnung, ober er nur versucht, seine Feinde abzuwehren oder ob er auch verhindern will, dass seine Geheimnisse nach draußen dringen.«

»Beides«, antwortete Dec. »Nach dem letzten Stand ist ein Kopfgeld von zehn Millionen Dollar auf Zane ausgesetzt.«

»Im Ernst?«

»Ja.«

Ich wusste nicht, was ich darauf erwidern sollte, also sagte ich nichts. Zudem machte ich mir Sorgen über Ash. Sie beantwortete meine Anrufe nicht. Als sie mich »gefeuert« hatte, hatte sie sicher nicht damit gemeint, dass sie auch unsere Freundschaft beenden wollte. Bisher war ich noch nicht allzu beunruhigt, denn ich hatte nur zweimal versucht, sie zu erreichen. Und manchmal dauerte es Tage, bis sie sich bei mir meldete, je nachdem, wo sie war oder was sie gerade tat.

Nichtsdestotrotz machte ich mir Gedanken, weil Declan ein ungutes Gefühl hatte. Außerdem gefiel es mir nicht, dass sie mich beobachtet hatte. Ich hatte zwar nichts zu verbergen, aber wir waren Freunde. Sie hätte auch einfach vorbeikommen können. Langsam begann ich, Declans Sichtweise zu verstehen. Irgendetwas stimmte nicht, und das behagte mir ganz und gar nicht.

Ash war mir viele Jahre lang eine gute Freundin und Mentorin gewesen. Ich war zwar wütend, weil sie Beth kontaktiert hatte – verdammt, warum hatte ich nicht früher daran gedacht, mich mir *ihr* in Verbindung zu setzen?

»Ich muss Beth anrufen«, verkündete ich. »Sie weiß vielleicht, wie ich Ash erreichen kann.«

»Wer ist Beth?«

»Beth ist eine Informationsvermittlerin«, erklärte ich.

»Eine Informationsvermittlerin?«

»Man könnte sagen, sie ist mein Tex. Wenn ich Informationen brauche, habe ich ein paar Leute, an die ich mich wenden kann, aber sie ist die Beste und meine erste Anlaufstelle. Ash hat uns miteinander bekannt gemacht.«

Als wir unser Ziel erreichten und die Türen aufglitten, begegnete Declan meinem Blick und lächelte.

»Du hast deinen eigenen Tex, hm?«, fragte er und führte mich in einen großen Raum. Ich blieb abrupt stehen.

Heilige Scheiße. Das Reich von Zane Lewis war beeindruckend. Graue Wände, blitzendes Chrom, ein Labyrinth von Kabinen, in dessen Mitte sich ein großer verglaster Raum mit getönten Scheiben befand.

»Was ist in diesem Raum?«, fragte ich.

»Die Kommandozentrale«, antwortete Declan mit einem

leisen Lachen. Offenbar war ihm der staunende Unterton in meiner Stimme nicht entgangen.

Schließlich bekam ich nicht jeden Tag einen Einblick in eine Einrichtung, die es mit der NASA aufnehmen kann.

»Dies ist Garretts Bereich. Er ist unser betriebseigener Geheimdienstspezialist.«

»Ihr habt also euren eigenen Tex«, bemerkte ich.

»Das ist richtig. Garrett übernimmt den Großteil der Arbeit, aber wenn wir zusätzliche Hilfe brauchen, rufen wir Tex an.«

Das war sicher angenehm. Ich musste häufig lange warten, bis Beth mir Informationen liefern konnte, je nachdem, woran sie gerade arbeitete.

»Komm schon, die Jungs warten im Konferenzraum auf uns.«

Plötzlich begannen meine Handflächen zu schwitzen und mein Herzschlag beschleunigte sich. Declan war nicht der Typ Mann, der aus dem Nähkästchen plauderte, aber Brooks, Kyle, Max und Thad wussten alle, dass ich mich aus dem Staub gemacht hatte. Zum ersten Mal in meinem Leben machte ich mir Sorgen darüber, was andere von mir dachten.

Vor allem Thad.

Er hatte mir zwei Nachrichten geschickt, nachdem ich Reißaus genommen hatte. Beide Male, um mich über Emmys Schwangerschaft auf dem Laufenden zu halten. Gott sei Dank ging es ihr gut. Ich hatte Thads Erleichterung förmlich zwischen den Zeilen lesen können. Er hatte weder Declan noch mein Verschwinden erwähnt, noch hatte er mich gedrängt, mich mit Emerson zu treffen, oder mich gefragt, wo ich war oder wie es mir ging.

Er hatte mir lediglich Informationen geliefert.

Zu dem Zeitpunkt hatte ich das zu schätzen gewusst. Jetzt schämte ich mich. Ich war eine Zicke.

Ich hatte es geschafft, alle von mir wegzustoßen, und

wusste nicht, wie ich das wieder in Ordnung bringen sollte. Allerdings war ich mir nicht einmal sicher, ob ich es versuchen sollte oder ob ich überhaupt dazu bereit war.

Ich stieß einen tiefen Seufzer aus, als mir klar wurde, dass ich mich wieder einmal selbst belog. Offensichtlich war mein Verhalten ein Hilfeschrei, sonst hätte ich meinen Vater nicht besucht. Das bedeutete, dass ich bereit war, etwas von dem, was ich zerbrochen hatte, wieder zusammenzufügen.

Ich wusste nur nicht wie.

»Ich stehe hinter dir. Niemand wird dich zwingen, mit Emmy zu reden.« Declan hatte meinen Seufzer offenbar missverstanden.

Obwohl er nicht gänzlich falschlag. Und es fühlte sich gut an, dass er hinter mir stand. Aber es war an der Zeit, reinen Tisch zu machen und mich zu öffnen.

»Ich weiß nicht, wie ich Emmy gegenübertreten soll«, gestand ich, und Declans Hand in meiner zuckte. »Ich weiß nicht, wie ich mich bei Thad für mein Verhalten entschuldigen soll. Ich habe Angst, dass er mir nicht verzeihen wird und dass die Kluft, die ich zwischen uns geschaffen habe, immer existieren wird.«

Declan blieb vor einer geschlossenen Tür stehen und wandte sich mir zu. »Sag ihm, was du mir gerade gesagt hast.«

»Wie bitte?«

»Du hast dich bereits entschuldigt, aber wenn du das Gefühl hast, dass du ihm noch eine Erklärung schuldig bist, dann wiederhole einfach, was du gerade gesagt hast.«

»Ich habe mich ihm gegenüber wie eine Zicke verhalten.« Declan wusste, wovon ich sprach, denn er war dabei gewesen. Ganz zu schweigen davon, dass er meine Launen am eigenen Leib hatte erfahren müssen. Gerade er hatte unter meinen Gemeinheiten gelitten. »Und da wir gerade beim

Thema sind. Es tut mir leid, dass ich dir gegenüber so ein Miststück war.«

»Ein Miststück?«, fragte er lächelnd.

»Ja, es ist schlimmer als eine Zicke, aber nicht ganz so schlimm wie das F-Wort.«

»Das F-Wort?«

Declans Lächeln wich einem belustigten Grinsen. Nicht zum ersten Mal fiel mir auf, wie sexy er war.

»Ja, du weißt schon, wovon ich rede.«

»Du meinst Fotze?«

Ich rümpfte die Nase. »Ja, dieses Wort meine ich.«

»Gefällt dir das Wort Fotze etwa nicht?«

»Äh, nein.«

Es gefiel mir ganz und gar nicht. Obwohl es unterschiedliche Bedeutungen haben konnte, mochte ich keine davon.

»Aha.« Declan lachte erneut.

»Es ist erniedrigend«, beharrte ich.

»Aha«, wiederholte er.

»Ich habe doch recht. Es ist vulgär.«

In diesem Moment wurde die Tür geöffnet und wir drehten uns um.

Zane Lewis.

Nur weil ich den Mann noch nie persönlich getroffen hatte, hieß das nicht, dass ich nicht wusste, wer er war. Sein Ruf eilte ihm voraus. Sowohl wegen seines guten Aussehens als auch wegen seiner Fähigkeiten. Letztere bezogen sich auf sein Geschick im Kampf, doch da ich ihm nun von Angesicht zu Angesicht gegenüberstand, fragte ich mich, ob nicht vielleicht etwas anderes damit gemeint war. Ich wusste, dass er verheiratet war und einen Sohn hatte. Ich selbst glaubte nicht, je Kinder zu wollen, aber ich hätte wetten können, dass seine Frau ihm ein ganzes Bataillon Nachwuchs schenken würde, sollte er sie darum bitten.

»Veranstaltet ihr eine Tagung im Flur?«, brach Zane das Schweigen.

»Wir haben über das F-Wort gesprochen und wie erniedrigend es ist«, platzte ich heraus.

»Wie war das?« Zane legte den Kopf schief und bedachte mich mit einem seltsamen Blick.

»Sie wissen schon …«

»Ich weiß, was das F-Wort ist«, erwiderte er. »Und da wir schon über schmutzige Wörter diskutieren, können wir uns die Förmlichkeiten auch sparen.«

»Einverstanden. Aber dann weißt du auch, dass das Wort vulgär und erniedrigend ist«, erklärte ich.

»Herrgott.«

»Bitte? Bist du etwa anderer Meinung?«

»Ja, Autumn, ich bin anderer Meinung. Im richtigen Kontext ist es ganz und gar nicht erniedrigend, sondern verdammt sexy.«

Ich hätte niemals angenommen, dass das F-Wort je in einem sinnlichen Kontext Verwendung finden konnte, aber als ich Zanes Grinsen sah, fragte ich mich, ob er die Wahrheit sagte. Am liebsten hätte ich Declan gebeten, es auszuprobieren, um zu sehen, ob er recht hatte.

»Vielleicht kannst du davon absehen, meiner Frau zu erklären, wie man das Wort Fotze richtig verwendet«, warf Declan ein, woraufhin Zane in schallendes Gelächter ausbrach.

Er lachte ausgelassen und hielt sich dabei auch den Bauch. Schließlich kamen zwei Grübchen an seinen Wangen zum Vorschein.

»Heiliger Strohsack, er hat Grübchen.«

»Autumn«, knurrte Declan.

»Was ist denn?«, keuchte ich. »Du kannst nicht erwarten, dass ich so etwas ignoriere.«

»Kann ich dann zumindest erwarten, dass du ihn nicht unverhohlen anhimmelst, während ich direkt neben dir stehe?«, knurrte Dec.

»Ich habe ihn nicht angehimmelt. Ich habe es nur bemerkt. Außerdem kann es dir egal sein. Schließlich gehe ich mit dir nach Hause.«

Die Bemerkung brachte Zane nur noch mehr zum Lachen.

»Großartig, können wir jetzt zur Sache kommen?«, fragte Declan.

Er wartete nicht auf eine Antwort, sondern drängte sich einfach an Zane vorbei. Mir fiel auf, dass Zane genauso groß war wie alle anderen. Er war auch breitschultrig, obwohl Declan etwas kräftiger war als Zane.

»Deinetwegen ist er ziemlich reizbar«, bemerkte Zane und ich versteifte mich.

»Nein, das ist nicht wahr.«

»Ich bitte dich, er war kurz davor, mir den Kopf abzureißen.«

»Das stimmt nicht.«

»Du gehst mir schon jetzt gehörig auf die Nerven, also erzähl mir bitte nicht, dass du obendrein zu den blinden Hühnern gehörst, die nicht sehen, was direkt vor ihnen liegt.«

»Erstens mögen Frauen es nicht, als Hühner bezeichnet zu werden. Und zum Zweiten bin ich ganz sicher nicht blind. Es geht dich zwar nichts an, aber ich kann deutlich sehen, was vor mir liegt.«

»Es gibt viele Arten von Frauen, Autumn. Eine gute Frau weiß, wann sie ihr Glück gefunden hat, und bemüht sich, es zu schützen. Eine Frau, die es gefunden hat, aber Spielchen spielt und deshalb am Ende mit leeren Händen dasteht, ist ein dummes Huhn. Ich weiß, dass du klug genug bist, den

Unterschied zu erkennen, denn du hast gerade zugegeben, dass du dein Glück gefunden hast. Und offensichtlich tust du alles, was in deiner Macht steht, um es zu bewahren.«

Es schmeichelte mir, dass er mich in einem so positiven Licht sah.

»Übrigens bin ich keine Nervensäge.«

»Nein, du gehst nur *mir* auf die Nerven.«

»Ich verstehe nicht wie.«

»Das wirst du schon noch.« Mit dieser merkwürdigen Bemerkung wandte er sich ab.

Ich folgte ihm in den Konferenzraum, in dem das ganze Team versammelt war. Alle Augen waren auf mich gerichtet.

Großartig.

»Tut mir leid, dass ich so eine Zicke war.« Vier Männer blinzelten mich an, während Declan die Lippen zu einem Lächeln verzog. »Ich habe das Gefühl, dass ich mich ständig bei euch entschuldige, obwohl ihr alle nett zu mir seid. Es ist nicht fair, dass ich euch eure Freundlichkeit vergelte, indem ich mich wie ein Miststück aufführe.«

»Hast du deine Probleme geregelt?«, fragte Max.

»Äh, nein. Ich habe einen ganzen Berg an Problemen, dass es fast ein Jahrzehnt dauern könnte, sie alle zu regeln. Aber ich arbeite an meiner Einstellung und bemühe mich, nicht ständig um mich zu schlagen.«

Das Gelächter der Männer erfüllte den Raum, aber ich konnte den Blick nicht von Declan lösen. Vor allem genoss ich es, seinem leisen Lachen zu lauschen. Ich versuchte, mich zu entsinnen, ob ich ihn je hatte aus vollem Halse lachen hören, aber ich glaubte nicht. Dann bemühte ich mich, an das letzte Mal zurückzudenken, als ich mir vor Lachen den Bauch halten musste. Aber auch daran konnte ich mich nicht erinnern.

Meine Güte, wir gaben wirklich ein trauriges Paar ab.

Ich starrte Declan an und beschloss in diesem Moment, dass ich es mir zur Lebensaufgabe machen würde, ihn zum Lachen zu bringen.

»Woran denkst du?«, fragte Declan.

»Wir müssen mehr lachen.«

Im Raum wurde es totenstill. In der Luft lag eine elektrisierende Spannung, sodass sich mir die Nackenhaare sträubten.

»Mein Gott«, murmelte Zane und wandte sich mit steinerner Miene Declan zu. »Ich meine es ernst, wenn du nicht weißt, was du hast, dann komm nach dieser Besprechung zu mir und ich rücke dir den Kopf zurecht.«

»Das ist nicht nötig«, erwiderte Declan.

Obwohl Zane immer noch Declan anstarrte, hatte Letzterer den Blick nicht von mir abgewandt.

Heiliger Strohsack, in diesen rötlichen Augen loderte ein Inferno, in dem sich nichts als Güte widerspiegelte. Ich wäre imstande gewesen, mich in diesen Augen zu verlieren. Wem zum Teufel machte ich etwas vor? Ich hatte mich bereits darin verloren, und das jagte mir eine Heidenangst ein.

»Lasst uns endlich anfangen, damit ich nach Hause zu meiner Frau zurückkehren kann«, schlug Zane vor. Nein, er forderte es.

»Was hat Ashaki zu dir gesagt, als sie dich in Iowa besucht hat?«, wollte Brooks wissen.

Ich gab ihnen eine kurze Zusammenfassung unserer Unterhaltung, wobei ich ihnen allerdings verschwieg, dass Ashaki behauptet hatte, Declan sei unsterblich in mich verliebt. Stattdessen sagte ich nur, dass sie glaubte, er würde mich mögen.

Als ich fertig war, starrte Max mich eindringlich an. »Und jetzt hast du deine Meinung über sie geändert«, folgerte er.

»Ja. Nachdem Declan seine Bedenken geäußert hat und ich Zeit hatte, darüber nachzudenken, frage ich mich, warum sie mich beschattet hat. Ich würde zu gern wissen, was sie überhaupt in Maryland zu suchen hatte. Wir haben in der Vergangenheit zusammengearbeitet und uns hin und wieder getroffen, wenn wir im Ausland und zufällig in der gleichen Gegend waren. Aber meistens haben wir nur telefoniert. Sie ist nie irgendwo aufgetaucht, nur um mit mir ein Bier zu trinken und zu plaudern. Ich mache mir also Sorgen, weil sie mir gefolgt ist. Aber vor allem will ich wissen, warum sie auch Declan beobachtet hat, obwohl ich niemandem erzählt habe, dass ich mich mit ihm treffe. Ich muss meine Freundin Beth anrufen. Vielleicht kann sie mir helfen.«

Ich zog mein Handy aus der Tasche, scrollte durch meine Kontaktliste und wählte schließlich ihre Nummer, als Zane fragte: »Wer ist Beth?«

»Ich erkläre es dir, nachdem ich sie angerufen habe.«

Ein Klingeln ertönte und ich stellte das Handy auf Lautsprecher.

»Ich habe mich schon gefragt, wann du anrufen würdest«, meldete Beth sich mit dem für sie typischen Singsang in der Stimme.

Beths fröhlicher Tonfall war im Laufe der Jahre einer der wenigen Lichtblicke in meinem Leben gewesen. Sie klang immer optimistisch, selbst wenn wir über die übelsten Mistkerle sprachen.

»Hör zu, du bist auf …«

»Ash hat mich angerufen und mir erzählt, dass du mit Declan Crenshaw zusammen bist.« Sie stieß einen Pfiff aus und fuhr fort, bevor ich sie zum Schweigen bringen konnte. »Ich muss sagen, ich war schockiert. Ich bin ihm nie begegnet, aber ich habe von ihm gehört. Der Kerl ist eine Legende. Er war der Goldjunge der CIA. Sie haben zweifellos geweint, als sie ihn verloren haben. Es geht das Gerücht um, dass er ein ganzes Lager von Aufständischen ausgelöscht und eine Ranger-Einheit gerettet hat.«

Scheiße. Ich begegnete Declans Blick und versuchte es noch einmal. »Beth. Sei still, du bist …«

»Es ist auch allgemein bekannt, dass er niemanden an sich heranlässt. Der Kerl ist nicht nur unterkühlt, sondern eisig. Mädchen, wenn Ash recht hat, dann musst du mir unbedingt erzählen …«

»Du bist auf Lautsprecher und Declan steht direkt neben mir.«

»Scheiße. Warum hast du mir das nicht gleich gesagt?«

»Ich habe es versucht, aber du konntest es kaum erwarten, mir zu erzählen, was Ash gesagt hat, dass du nicht mal Luft geholt hast.«

»Wundert es dich denn, dass ich aufgeregt bin? Immerhin hat die Frau, die als Engel des Todes bekannt ist, sich Mr. Frost geangelt. Ich kenne dich schon sehr lange, Autumn, und hätte nie gedacht, dass ich den Tag erleben würde, an dem du gehst.«

Scheiße.

Alle im Raum starrten mich an. Außer Thad, er lächelte nur. *Verdammt.* Es war mir zuwider, die nächsten Worte auszusprechen, aber ich hatte keine andere Wahl.

»Hat Ash das gesagt?«

»Ja, sie hat angerufen, um mir zu erzählen, dass du mit Declan zusammen bist und die Arbeit niederlegst. Ich muss zugeben, dass diese Neuigkeit mich glücklich macht.«

Verdammt. Das machte es mir nicht leichter.

»Ich lege die Arbeit nicht nieder, Beth. Ich weiß nicht, warum sie dir das erzählt hat.«

»Im Ernst?«

»Im Ernst.«

Dann fasste ich erneut meine Unterhaltung mit Ash

zusammen, wobei ich auch diesmal nichts von Declans Gefühlen für mich erwähnte.

»Basierend auf dem, was ich dir gerade erzählt habe, hast du irgendwelche Informationen für mich?«

»Das wird etwas Zeit brauchen«, erwiderte Beth.

»Wir haben keine Zeit. Langsam mache ich mir wirklich Sorgen. Ich muss wissen, warum sie in Maryland war. Woran arbeitet sie?«

»Du weißt, dass ich dir das nicht sagen kann«, antwortete sie mit gedämpfter Stimme.

»Das verstehe ich. Ich wäre auch nicht erfreut, wenn du jemandem erzählen würdest, was ich tue. Aber ich muss wissen, ob Declan oder das Team in Gefahr ist.«

»Ich … äh … Scheiße. Sie sind nicht in Gefahr. Ich werde ein paar Anrufe tätigen und mich dann wieder bei dir melden.«

»Nur noch eine Frage: Woher wusstest du, dass ich in Iowa war?«

»Das wusste ich nicht, warum?«

»Nur so. Da habe ich wohl etwas missverstanden.«

»Autumn …«

»Ruf deine Kontaktpersonen an und melde dich dann bei mir. Ich weiß deine Hilfe zu schätzen, Beth.«

Bevor sie noch weitere Fragen stellen konnte, beendete ich das Gespräch. Dann wandte ich mich Declan zu.

»Wir haben ein Problem. Ash hat mich belogen. Sie hat mir erzählt, Beth hätte ihr verraten, dass ich in Iowa war.«

»Wir haben ein viel größeres Problem«, brummte Zane. »Das war Elizabeth Turner.«

»Woher weißt du das?«, fragte ich.

»Weil Beth die rechte Hand von Tex ist.«

Scheiße, oh, verdammt. Verfluchter Mist.

»Das wusste ich nicht«, stieß ich hervor.

»Tex wird an die Decke gehen.«

Scheiße, verdammte Scheiße.

Ich hatte schon geahnt, dass Tex und die Jungs sich nahestanden, und wollte ihn nicht verärgern. Der Mann war mehr als nur ein wenig beängstigend, wenn man bedachte, was er mit einem Computer anstellen konnte. Ein Computer, der all meine Geheimnisse enthielt.

Verdammt.

»Baby, er wird nicht wütend auf dich sein. Und was auch immer du denkst, du hast nichts zu befürchten. Tex würde die Informationen niemals an jemanden weiterreichen.«

»Aber …«

»Tex wird weder dir noch Beth böse sein«, warf Zane ein. »Er wird aus der Haut fahren, weil Beth sämtliche Informationen hatte und er nicht. Und er hat eine halbe Ewigkeit gebraucht, um etwas über dich herauszufinden, was bedeutet, dass Beth es gut verborgen hat.«

»Und so wird der Schüler zum Meister«, murmelte Kyle.

»Ich habe dir doch gesagt, dass du mir auf die Nerven gehst.«

»Vielleicht könnten wir Tex das alles einfach verschweigen«, schlug ich vor.

»Ich bitte dich. Was glaubst du wohl, wen Beth anrufen wird? Sie braucht Hilfe und wird Tex kontaktieren. Sie erwägt, gegen das Vertraulichkeitsgebot zu verstoßen. Und im Gegensatz zu dem Schweigegelübde eines Priesters gibt es an ihrer Schweigepflicht nichts zu rütteln. Wenn sie sie bricht, ist sie erledigt, und Tex gleich mit ihr. Wir müssen also Garrett auf den Fall ansetzen. Er muss herausfinden, woran Ash arbeitet.«

Scheiße.

Ich atmete tief durch. Der Gedanke, meine Freundin zu verraten, machte mir sehr zu schaffen, obwohl sie mich belogen hatte. Doppeltes Unrecht ergab noch lange kein Recht, aber ich musste etwas unternehmen, um die anderen zu schützen. Irgendetwas war hier faul. Es stank geradezu zum Himmel. Wir mussten herausfinden, was Ash vorhatte.

»Ashakis richtiger Name ist Amie Shapiro.«

»Scheiße«, rief Declan. »Baby …«

»Der Name wurde gelöscht, als sie das FBI verließ, aber ihre Akte wird unter diesem Namen geführt, einschließlich der Informationen über ihre Familie.«

»Autumn …«

»Ich musste eine Entscheidung treffen. Wir sind ein Team, nicht wahr? Wir alle? Ich muss meinen Kameraden vertrauen und ihnen helfen.«

»Herrgott.« Declan fuhr sich mit seinen langen Fingern durchs Haar. »Danke, Baby.«

Plötzlich stand Thad neben mir, zog mich in seine Arme und drückte mich so fest an sich, dass mir die Luft wegblieb. Panik übermannte mich und der Schweiß trat mir auf die Stirn. Mir verschwamm die Sicht vor Augen und ich blinzelte verzweifelt, um wieder klar sehen zu können.

»Lass sie los«, forderte Declan.

»Bruder …«

»Sofort, Thaddeus.« Mit diesen Worten riss Declan mich aus den Armen meines Schwagers.

»Verdammt, ich habe nicht nachgedacht.«

»Baby, sieh mich an.« Ich blinzelte, dann konnte ich Declan wieder deutlich vor mir sehen. »Alles in Ordnung?«

Es beschämte mich zutiefst, dass die anderen Zeugen meiner Panikattacke wurden, aber zugleich war ich unendlich dankbar, dass Declan sich bemühte, sie zu überspielen. Ich spürte, wie mir die Tränen in die Augen traten.

»Verdammt«, flüsterte ich. »Er hat nur versucht, mich zu umarmen.«

»Er hat dich plötzlich gepackt, Autumn. Er kann von Glück reden, dass du ihm nicht die Eier abgerissen hast.«

»Scheiße, Autumn, tut mir leid. Ich habe nicht nachgedacht. Mein Fehler«, sagte Thad.

Ich schenkte meinem Schwager ein unsicheres Lächeln. »Es ist nicht deine Schuld, dass ich so verkorkst bin.«

»Hör auf damit«, tadelte er. »Lass nicht zu, dass die alte Autumn wieder an die Oberfläche kommt.«

Ich straffte die Schultern und wollte ihm schon eine sarkastische Bemerkung an den Kopf werfen, doch sie erstarb mir auf der Zunge, als Declan meine Hand ergriff und sie an seine Brust presste. Das gleichmäßige Pochen seines Herzschlags besänftigte meinen Zorn.

Lass die alte Autumn ruhen.

Declan musste mich nicht daran erinnern, stark zu sein.

Eine Berührung genügte.

»Ich gerate in Panik, wenn jemand mich festhält«, erklärte ich meinem Schwager. »Wenn ich in meiner Bewegungsfreiheit eingeschränkt oder berührt werde, bekomme ich es mit der Angst zu tun.«

»Es kommt nicht wieder vor«, versicherte er mir.

»Ich will keine Angst mehr haben.« Ich war mir nicht sicher, ob ich die Worte an Declan, Thad oder an beide richtete. Aber sie kamen aus tiefstem Herzen. »Also würde ich es gern noch einmal versuchen. Aber vielleicht könntest du mich diesmal nicht ganz so fest drücken.«

Declan schenkte mir ein strahlendes Lächeln, das mir verriet, wie stolz er auf mich war. Dann trat er zur Seite.

Langsam drehte ich mich zu Thad um. Er ignorierte mein unsicheres Lächeln und umarmte mich sanft.

Er führte seine Lippen an mein Ohr und flüsterte: »Danke.«

»Wofür? Für die Umarmung?«

»Dafür, dass du meiner Emmy ihre Familie zurückgegeben hast.«

Ich zuckte zusammen, blinzelte und rümpfte die Nase, um das Brennen in meinen Augen zu unterdrücken.

Möglicherweise würde ich tatsächlich einen Weg finden, um zu heilen, aber ich war nicht bereit, vor aller Augen zu weinen.

»Gern geschehen.«

Mir brach die Stimme und der Rest meiner Schutzmauern zerbröckelte, aber ich war verdammt stolz auf mich, weil ich es geschafft hatte, keine einzige Träne zu vergießen.

KAPITEL SECHSUNDZWANZIG

»Baby?«

»Ja?«, antwortete Autumn und begegnete meinem Blick, während sie die knusprige Taco-Schale zum Mund führte.

»Die sind fantastisch.«

Mit einem Bissen im Mund verzog sie die Lippen zu einem Lächeln, dann kaute sie und sagte: »Danke. Es hat Jahre gedauert, bis ich das richtige Verhältnis der Gewürze zusammengestellt hatte.«

Autumn hatte keine Gewürzmischung aus der Packung benutzt, um das Fleisch zu würzen, sondern sie hatte neun verschiedene Gewürze gekauft und die Mischung selbst hergestellt. Sie hatte sogar die Maistortillas selbst gebacken. Sie schmeckten herrlich.

Nachdem wir das Büro verlassen hatten, war Autumn sehr schweigsam gewesen. Ich hatte sie nicht bedrängt, denn ich hatte gesehen, wie sie im Büro mit den Tränen gekämpft hatte. Sie hatte den Kampf zwar gewonnen, aber sie war immer noch aufgewühlt gewesen. Als wir den Supermarkt betreten hatten, schien sie sich so weit gefasst zu haben, um ein paar Worte mit mir zu wechseln. Aber ich hatte mich zurückgehalten und weder die Arbeit noch die Familie, die Zukunft, Beth, Tex oder Ashaki angesprochen, während sie gekocht hatte.

»Kochst du gern?«, fragte ich.

Autumn sah mich nachdenklich an und ich hoffte, dass ich mit meiner einfachen Frage die entspannte Stimmung nicht zunichtegemacht hatte.

»Ja, obwohl ich in den letzten Jahren nicht viel gekocht habe. Aber wenn ich mir eine Auszeit genommen habe oder lange genug an einem Ort geblieben bin, um eine Wohnung zu mieten, dann habe ich immer gern gekocht.«

Diese zwei Sätze enthielten eine Menge Informationen und ich war mir nicht sicher, wo ich anfangen sollte, aber Autumn fuhr bereits fort.

»Zu Anfang lebte ich in den USA, zog aber viel umher. Ich lernte, beobachtete und sammelte Informationen darüber, wie diese Männer arbeiteten. Damals hatte ich viel Freizeit und stellte fest, dass das Kochen mich entspannte. Ich kann nicht lange still sitzen, deshalb habe ich nie viel ferngesehen. Abends im Bett lese ich gern, aber ich kann nicht einfach mit einem Buch in der Hand auf der Couch faulenzen. Ich hatte keine Freundinnen, und da ich nichts Besseres mit meiner Zeit anzufangen wusste, brachte ich mir selbst das Kochen bei.

Als ich dann wusste, was ich zu tun hatte, näherte ich mich meiner ersten Zielperson. Von da an war meine ganze Freizeit verplant. Wenn ich nicht bei ihm war, beobachtete ich ihn. Wenn ich ihn nicht beobachtete, schlief ich. Es war immer dasselbe. Dann rief Ash mich an und fragte mich, ob ich bereit sei, weitere Aufträge anzunehmen, und sie vermittelte mir Jobs, die mich ins Ausland führten. Von da an geschah alles wie von selbst. Ich war immer beschäftigt. Ich aß, wenn ich konnte, und nahm mir Zeit zum Schlafen, aber ich hatte keine Zeit, mich zu entspannen oder zu kochen. Ich war völlig in die Arbeit vertieft.«

In Autumns Leben war nicht alles einfach geschehen. Sie hatte hart gearbeitet, um sich die Fähigkeiten anzueignen, die sie brauchte, um in einer Welt zu überleben, von deren Existenz die meisten Menschen nicht einmal wussten. Und die, die es wussten, schauten weg, weil die Gräueltaten so verstörend waren, dass die meisten nicht einmal den Gedanken daran ertragen konnten.

Aber nicht Autumn. Sie wusste es, weil sie es erlebt hatte. Sie hatte es überlebt. Und sie konnte nicht wegsehen, denn das lag nicht in ihrer Natur. Sie konnte sich nicht abwenden und vergessen. Nein, Autumn Pierce hatte genauso hart gekämpft wie ich, wie alle Männer, mit denen ich zusammenarbeitete. Sie hatte sich verausgabt, sich in Gefahr gebracht und ihre Seele besudelt, damit andere nicht die Qualen erleiden mussten, die sie fühlte.

Das war einer der vielen Aspekte, die ich an ihr bewunderte.

Autumn hatte hart gearbeitet.

Sie hatte sich den Arsch aufgerissen.

Sie hatte Leben gerettet.

Und jetzt würde sie Zeit haben, sich zu entspannen. Das hatte sie sich verdient.

Aber ich war klug genug, diesen Gedanken für mich zu behalten.

»Was hat Thad zu dir gesagt?«

Autumn trank einen Schluck Limonade und mir wurde bewusst, wie normal es sich anfühlte, ihr beim Abendessen gegenüberzusitzen. Als ich das letzte Mal allein mit einer Frau gegessen hatte, hatte ich mit Juliana am Tisch gesessen. Ich konnte noch den Duft der *Pão de Queijos* riechen, nachdem sie sie aus dem Ofen geholt hatte. Die Käsebrötchen waren meine

Lieblingsspeise und sie hatte sie häufig zubereitet. Hätte ich gewusst, dass es unser letztes Frühstück sein würde, hätte ich es noch mehr genossen. Ich hätte Violet in ihrem Hochstuhl mehr Aufmerksamkeit geschenkt, mich mehr mit meiner Frau unterhalten und ihren Worten eindringlicher gelauscht. An jenem Morgen hätte ich Tausende von Dingen anders gemacht.

»Declan?«, rief Autumn und ich schreckte auf. »Wo warst du mit deinen Gedanken?«

Vor einem Monat hätte mir diese Frage eine Gänsehaut beschert. Ich hätte geschwiegen und mich augenblicklich in die Festung in meinem Inneren zurückgezogen. Aber wenn ich mit Autumn zusammen sein wollte, konnte ich mich nicht länger verschließen. Dies war einer der Momente, in denen sie stark sein musste, damit ich mir den Kummer von der Seele reden und mit ihr in die Zukunft blicken konnte.

»Ich habe darüber nachgedacht, wie sehr ich es genossen habe, mit dir einkaufen zu gehen. Wie gut es sich anfühlt, eine so alltägliche Tätigkeit mit dir zu teilen. Ich mag es, dir beim Kochen zuzusehen. Du bist dabei so entspannt und hast ein Lächeln auf den Lippen. Dann dachte ich, wie schön es ist, mit dir hier zu sitzen und zu essen. Es ist normal. Und für Menschen wie uns, die sich den Großteil ihres Lebens durch schmutzige Abgründe wühlen, fühlt sich etwas so Normales verdammt gut an. Dann kam mir in den Sinn, wie ich das letzte Mal mit einer Frau gegessen hatte.«

Ich räusperte mich und nahm all meinen Mut zusammen, um Autumn auch den Rest zu erzählen. Als ich ihrem Blick begegnete, lag in ihren Augen ein sanfter, mitfühlender Ausdruck. Aber kein Mitleid, nur Verständnis. Verdammt, das tat gut. Sie wusste, dass ich nicht bemitleidet werden wollte. Aber sie verstand meinen Kummer und verurteilte mich nicht. Ja, sie würde auch den Rest verkraften können.

»Ich dachte an den Morgen von Violets Geburtstag. Juliana backte mein Lieblingsfrühstück, *Pão de Queijo*. Sie holte sie aus dem Ofen und stellte sie auf den Tisch, gab Violet noch etwas mehr Obst und begann aufzuräumen, während ich aß. Sie frühstückte nicht oft, aber wenn ich zu Hause war, bereitete sie für mich etwas zu und leistete mir mit einem frisch gemixten Smoothie Gesellschaft. An jenem Morgen setzte sie sich jedoch nicht an den Tisch, sondern werkelte in der Küche herum. Sie war nervös und befürchtete, sie hatte vielleicht etwas für die Party vergessen. Ich wünschte, sie hätte sich zu mir gesetzt. Ich wünschte, wir hätten noch einmal zusammen frühstücken können. Ich wünschte, ich hätte von ihr verlangt, Violets Party abzusagen. Es gibt so viele Dinge, die ich rückblickend ändern würde, aber ich wünschte wirklich, wir hätten noch etwas miteinander geredet.«

Autumn lächelte traurig und fragte: »Warst du viel unterwegs?«

»Ja. Damals arbeitete ich noch für die CIA. Ich hatte Aufträge in ganz Südamerika. Deshalb lebten wir in Brasilien. Julianas Familie war dort und sie stand ihnen sehr nahe.«

»Es ist schön, dass sie eine Familie hatte, die ihr helfen konnte, während du im Einsatz warst.«

Sofort verspürte ich einen Stich im Herzen und rieb mir unwillkürlich mit einer Hand über die Brust.

»Ich habe ein schlechtes Gewissen, weil ich so oft unterwegs war. Ich habe so viel vom Leben meiner Tochter verpasst.«

Ich war nur ein Jahr lang Vater gewesen. Und von diesen dreihundertfünfundsechzig Tagen war ich einhundertzweiundneunzig in der Weltgeschichte herumgereist. Ich hatte mehr als die Hälfte ihres Lebens verpasst, und diese Zeit würde ich niemals zurückbekommen. So vieles war mir entgangen. Gutenachtgeschichten, Bäder, Tränen, Kichern, Zahnen, Lächeln. So oft hatte ich diese Momente nicht miterlebt. Ich hatte Juliana allein damit gelassen, sich die Nächte um die Ohren zu schlagen, weil sie sich um ein Neugeborenes gekümmert hatte. Aber sie hatte sich nie beschwert. Sie hatte meine Abwesenheit gelassen hingenommen und auf meine Rückkehr gewartet.

»Ich glaube, ich bin neidisch auf Juliana, weil sie mehr Zeit mit Violet hatte als ich. Es zerreißt mich innerlich. Sie sind beide tot und ich werde von Eifersucht geplagt, weil meine Frau mehr am Leben meiner Tochter teilhatte. Ich bin wirklich ein Arschloch.«

»Nein, auf keinen Fall. Du bist ein Vater, der seine Tochter liebt, Declan. Es ist ganz normal, dass du so denkst. Ich werde versuchen, es so behutsam wie möglich auszudrücken, aber wenn sie noch am Leben wären, würdest du den verpassten Stunden auch nachtrauern. Selbst wenn du wüsstest, dass du noch ein ganzes Leben mit ihnen hättest. Du bist ein guter Vater, der keinen Moment mit seiner Tochter verpassen wollte, aber trotzdem arbeiten musste. Es ist keine Schande, für seine Familie zu sorgen und sich nach gemeinsamen Stunden zu sehnen. Vielmehr ist es wunderschön und du solltest deshalb kein schlechtes Gewissen haben.«

»Mein Gott«, murmelte ich und rieb mir erneut über die Brust. Doch der Schmerz war nicht mehr so stark. Autumn hatte die Schuldgefühle, die mein Herz eingeschnürt hatte, etwas gelöst.

»War Juliana eine gute Köchin? Und was sind *Pão de Queijo*?«, fragte Autumn, wobei sie die Worte völlig falsch aussprach.

Ich wusste es zu schätzen, dass sie versuchte, mir bei der Bewältigung meiner Vergangenheit zu helfen, aber ich war mir nicht sicher, ob ich diese Unterhaltung fortsetzen wollte.

»Du musst nicht …«

»Ich weiß, dass ich das nicht tun muss. Ich habe gefragt, weil es mich interessiert und weil die beiden ein Teil von dir sind. Du bringst sie also mit in unsere Beziehung. Aber wenn du noch nicht bereit bist, mit mir über sie zu sprechen, ist das in Ordnung. Wir sind stark und können uns jederzeit unser Herz ausschütten. Wenn du so weit bist, bin ich für dich da.«

Ihre Worte versetzten mir einen Stich ins Herz, der sich jedoch so gut anfühlte, dass ich kaum atmen konnte. Autumn aß weiter und gab mir genau das, was ich brauchte – einen Moment allein mit meinen Gedanken. War ich bereit, ihr alles zu geben? Ja. War ich emotional in der Lage, das alles an einem Tag zu schaffen? Sicher nicht.

Aber ein wenig mehr konnte ich ihr noch erzählen.

»Juliana war eine katastrophale Köchin, aber *Pão de Queijo* ist ein brasilianisches Käsebrötchen und eines der wenigen Dinge, die sie zubereiten konnte. Wenn ich zu Hause war, kochte ich. Und wenn ich unterwegs war, ging sie mit Violet entweder zum Haus ihrer Eltern und aß dort oder machte sich zu Hause etwas Einfaches, wie Müsli oder einen Salat.«

»Dann kannst du also kochen?«, fragte Autumn mit einem Grinsen. »Das bedeutet, dass du die nächste Mahlzeit zubereitest. Natürlich nur, wenn du glaubst, meine Tacos schlagen zu können.«

Meine Güte.

Und wieder gab Autumn mir, was ich brauchte. Sie hörte mir zu, während ich über Juliana und Violet sprach, und ließ mich entscheiden, wie viel ich ihr erzählen wollte. Sie spürte, dass ich ihr im Moment nicht mehr geben konnte, und wechselte mühelos das Thema.

Dann erinnerte ich mich an ein Gespräch, das ich vor nicht allzu langer Zeit mit Max geführt hatte. Er hatte mit seinen Gefühlen für Eva zu kämpfen und bemühte sich nach Kräften, sich nicht in sie und ihre Söhne zu verlieben. Glücklicherweise hatte er den Kampf verloren. Aber er hatte mich auf Autumn angesprochen und mich wütend gemacht. Und je mehr ich darüber nachdachte, was ich zu ihm gesagt hatte, desto klarer wurde mir etwas. Tief in mir hatte ich schon damals geahnt, dass ich mich in Autumn verliebt hatte. Und nachdem sie mir erlaubt hatte, einen Teil meiner Last bei ihr abzuladen, und dann zu einem unbeschwerten Geplänkel übergegangen war, verspürte ich erneut einen Stich im Herzen. Doch diesmal war er nicht schmerzhaft, sondern angenehm.

Sie ist der einzige Mensch, der mich versteht. Ich muss ihr nichts erklären, weil sie es einfach weiß. Sie kann meinen Verlust nachfühlen, ohne dass ich ihr irgendwelche Einzelheiten erzählen muss, und sie kennt die Dämonen, die in mir leben, weil sie sie auch hat. Sie versucht nicht, mich zu heilen oder mit mir darüber zu reden, weil sie genau weiß, dass das, was in mir zerbrochen ist, nie wieder zusammengesetzt werden kann.

Jetzt kannte sie die Details und die Umstände, die für die Dämonen in meinem Inneren verantwortlich waren. Sie verstand sie und versuchte nicht, mich zu heilen. Doch das tat sie. In diesem Moment wurde mir klar, dass ein Aspekt meiner Unterhaltung mit Max nicht der Wahrheit entsprach. Wir würden nicht immer gebrochen sein. Gemeinsam könnten wir die Scherben zusammensetzen. Wir würden die Vergangenheit nicht vergessen, aber wir würden diese Qualen nicht mehr durchleiden müssen.

»Glaub mir, das nächste Mal koche ich und reiße dich vom Hocker.«

Autumn verzog die Lippen zu einem Grinsen, das sich in ein Lachen verwandelte. Und bei Gott, wenn sie lachte, hatte ich das Gefühl, der Himmel hätte seine Tore geöffnet und ein Engel hätte meine Seele berührt.

Verdammt. Wir mussten wirklich mehr lachen.

KAPITEL SIEBENUNDZWANZIG

Ich riss die Augen auf, doch es war stockdunkel. Ich hatte keine Ahnung, was mich geweckt hatte, aber ich war hellwach. Neben mir konnte ich Declans langsame, gleichmäßige Atemzüge hören.

Nach dem Abendessen hatte Dec das Geschirr gespült, denn mein Vater hatte angerufen, um sich nach mir zu erkundigen. Das Gespräch war nicht unangenehm, aber etwas gestelzt. Wir waren beide noch etwas verhalten. Es würde lange dauern, bis sich die Dinge wieder normalisiert hatten – wenn überhaupt. Aber nachdem er sich vergewissert hatte, dass es mir gut ging und Declan bei mir war, teilte er mir mit, dass meine Mutter einen Blick auf Dec geworfen und entschieden hatte, dass er perfekt zu mir passte.

Mein Vater war sich noch nicht so sicher, aber es gefiel ihm, dass Declan so fürsorglich mir gegenüber war. Keiner der beiden Männer hatte mir im Detail erzählt, welche Worte sie bei ihrer Begegnung gewechselt hatten, aber mein Vater konnte nicht ahnen, wie fürsorglich Declan wirklich war. Erstaunlicherweise gefiel es mir, unter seinem Schutz zu stehen. Lange Zeit war ich auf mich allein gestellt und nur für mich selbst verantwortlich gewesen. Aber um ehrlich zu sein, war ich dankbar, diese Last mit jemandem teilen zu können. Es war gut zu wissen, dass Dec für mich da war, wenn ich ihn brauchte.

Dann erzählte mir mein Vater, dass er und meine Mutter in einem Hotel in der Nähe wohnten und mit Thad und Emmy frühstücken würden. Natürlich waren Declan und ich auch eingeladen, aber ich lehnte so vorsichtig wie möglich ab. Mein Vater drängte mich nicht, und Declan verlor kein Wort darüber. Er wusste, dass ich mit meiner Schwester reden musste, aber ich wollte das unter vier Augen tun und war noch nicht so weit. Dennoch willigte ich ein, mich am nächsten Tag mit ihnen zu treffen, und Dad versprach, Emmy alles zu erklären, um ihre Gefühle nicht zu verletzen.

Nun lag ich neben Declan im Bett und starrte an die Decke. Wir berührten uns nicht. Er lag auf seiner Seite, ich auf meiner, und das machte mich fast wahnsinnig. Ich hätte am liebsten laut geschrien.

Wir hatten nicht darüber gesprochen, wir waren einfach ins Bett gegangen. Declan hatte mir einen Kuss gegeben, der ein Meer von Flammen in mir entfacht hatte. Die Liebkosung war nicht ganz so zärtlich gewesen wie die anderen zuvor, aber er hatte sich zweifellos zurückgehalten. Ich hatte seine Anspannung gespürt, ganz zu schweigen davon, dass seine Hände gezittert hatten, als er sie an meine Wangen gelegt hatte.

Es war zum Verrücktwerden.

Der Kuss war wunderbar gewesen.

Doch die Tatsache, dass Declan sich in Selbstbeherrschung übte, brachte mich noch um den Verstand. Ich hasste es, dass er sich nicht an mich schmiegen wollte.

Aber ich wusste nicht, was ich tun sollte.

Ich dachte daran aufzustehen, um auf andere Gedanken zu kommen. Ich würde lieber Toiletten schrubben, als noch länger neben ihm zu liegen, während er doch so weit weg war. Es war die reinste Folter.

»Alles in Ordnung, Baby?« Declans verschlafene Stimme jagte mir einen erregenden Schauer über den Rücken.

»Tut mir leid, ich wollte dich nicht wecken«, flüsterte ich.

»Das ist keine Antwort, Autumn.«

Mist.

»Ja, mir geht es gut.«

Ich spürte eine Bewegung neben mir, dann erhellte sanftes Licht den Raum. Langsam gewöhnten meine Augen sich daran. Ich blinzelte, als Declan sich auf einen Ellbogen stützte und mich anstarrte.

Aber er berührte mich noch immer nicht.

Mein Gott, es war unerträglich.

»Was hat dich geweckt?«

»Ich weiß es nicht. Aber glaub mir, es geht mir gut. Es tut mir leid, wenn ich zu unruhig war.«

Langsam breitete sich ein sanftes Lächeln auf seinem Gesicht aus und ich sog die Luft ein. So verschlafen und entspannt wirkte er noch umwerfender als sonst.

Er beugte sich vor und strich mit seinen Lippen über meine, doch bevor ich reagieren konnte, zog er sich zurück. Das war noch schlimmer.

»Wann immer du bereit bist, Baby. Du musst es nur sagen.«

Wann immer ich bereit bin? Ich bin jetzt bereit.

»Woher wusstest du es?«

»Willst du die Wahrheit hören oder soll ich dir lieber erzählen, dass ich über eine erstaunliche Kombinationsgabe verfüge?«

Ich kniff die Augen zu schmalen Schlitzen zusammen. »Die Wahrheit.«

»Also gut. Als ich dich küsste, wusste ich, dass du

enttäuscht warst, weil ich mich zurückgehalten und dich ins Bett gebracht habe.«

»Und zu dieser Schlussfolgerung bist du durch deine erstaunliche Kombinationsgabe gekommen?«

»Nein, Baby, ich bin darauf gekommen, weil du deinen Unterleib an meinem Oberschenkel gerieben hast. Sowohl meine Kombinationsgabe als auch mein logischer Verstand kamen zum Einsatz, als du aufgewacht bist, dich hin und her gewälzt und um Erleichterung heischend deine Schenkel zusammengepresst hast.«

»Das ist lächerlich. Du lagst auf der anderen Seite des Bettes und hast keine Ahnung …«

Er beugte sich noch weiter vor, bis unsere Nasenspitzen sich fast berührten.

»Autumn, Baby, du hast deine Schenkel zusammengepresst. Aber da ist noch mehr. Ich weiß, dass du dieses erregende Ziehen spürst, denn mein Schwanz pocht gierig, seit wir uns geküsst haben. Was glaubst du, warum ich so weit auf der anderen Seite des Bettes schlafe, dass ich fast von der Matratze rolle?«

Nun, das war gut zu wissen.

»Ich bin bereit.«

Declan schwieg lange und starrte mir in die Augen. Ich wusste nicht, wonach er suchte, aber ich hoffte, dass er es bald finden würde. Er hatte nicht unrecht, ich hatte tatsächlich meine Schenkel zusammengepresst. Und es stimmte, ich war erregt. Ich wollte mehr und wusste nicht, wo das Problem lag. Schließlich hatten wir schon oft miteinander geschlafen und uns gegenseitig in ekstatische Höhen katapultiert.

Oder etwa nicht?

Er hatte mir fantastische Orgasmen beschert. Sie waren geradezu unglaublich gewesen. Und ich wusste auch, wie sehr Declan den Sex mit mir genoss. Er hatte mir nie etwas vorgemacht.

Aber mir war auch klar, dass immer etwas gefehlt hatte. Denn sobald das Hochgefühl verflogen war, folgte die Leere. Für kurze Zeit hatte ich bei Declan vorübergehend Frieden gefunden. Wenn wir zusammen waren, dachte ich an nichts anderes als an ihn und daran, was er mit meinem Körper anstellte. Aber auf das höchste Hoch folgte immer das tiefste Tief. Er war gegangen, und ich war wieder vom Schmerz der Einsamkeit überwältigt worden. Dann hatte ich mich leer und hohl gefühlt. Obwohl ich mehr von ihm wollte, war ich mir sicher gewesen, dass ich es nie bekommen würde.

Ich fragte mich, ob er genauso empfunden hatte.

»Ich werde dich nicht ficken, Baby«, sagte er leise, und ich versteifte mich.

Vielleicht hatte ich mich in allem geirrt.

»Wenn du so weit bist, werde ich dir etwas Neues zeigen, was du noch nie zuvor erlebt hast. Und ich verspreche dir, du wirst es genießen. Aber du musst bereit sein, es zu fühlen. Ich kann dich rein physisch befriedigen, aber du musst auch bereit sein, dich mit mir auf eine emotionale Reise zu begeben. Denn ich werde nicht zulassen, dass du etwas zurückhältst. Das bedeutet, dass du mir vertrauen und dich von mir führen lassen musst.«

Mein Puls beschleunigte sich und meine Handflächen wurden feucht.

»Du willst auf mir liegen«, vermutete ich.

Declan beugte sich noch weiter vor und ich sah nur noch sein schönes Gesicht vor mir. In seiner Miene spiegelte sich Entschlossenheit wider und in seinen Augen lag ein Ausdruck, der durchaus Liebe hätte sein können. Aber er hatte die Lippen zu einer dünnen Linie zusammengepresst und schien sich erneut zurückzuhalten. Es war mir zuwider.

Ich wollte, dass Declan frei und er selbst sein konnte. Genauso wie er es mir ermöglichte, ich selbst zu sein.

»Ich will mit dir Liebe machen. Ohne Grenzen. Ich will jeden Zentimeter deines Körpers nach Belieben erforschen. Währenddessen will ich, dass du mich berührst. Ich will nicht, dass du dich zurückhältst, dich abschottest oder deine Emotionen unterdrückst. Ich will alles, Autumn. Körperliche Nähe, Verlangen, Leidenschaft, Liebe, Lust, alles, was du zu geben hast. Ich will, dass du mich überall spürst. Das Bedürfnis, dir all das zu geben, verzehrt mich. Aber ganz sicher werde ich dich nie wieder einfach nur ficken, während wir beide unsere Gefühle zurückhalten und uns gegenseitig Erleichterung verschaffen, nur um für eine Weile unserer Realität zu entfliehen. Ich sage nicht, dass ich dich nie wieder hart und leidenschaftlich nehmen werde, aber beim nächsten Mal will ich dir alles von mir geben. Ich will keine Barrieren mehr zwischen uns spüren.«

Ich spürte, wie ich feucht wurde und ein lustvolles Kribbeln meinen Unterleib erfasste.

»Und deshalb schläfst du auf der anderen Seite des Bettes und berührst mich nicht?«

Declans Lippen umspielte ein Lächeln. Ich wurde von dem Bedürfnis übermannt, sie zu küssen, und das Kribbeln zwischen meinen Schenkeln schwoll zu einem Pochen an.

»Ja, Autumn, ich bin entschlossen, dir Zeit zu geben, damit du das Tempo vorgeben kannst. Das bedeutet auch, dass ich meinen harten Schwanz nicht an dich schmiege. Also brauchte ich den Abstand.«

»Warum?«

»Baby«, stöhnte er. »Allein der Gedanke tut weh, aber jetzt verstehe ich, wie verkorkst unsere früheren Treffen waren. Ich habe dir so viel vorenthalten. Aber ich kann dir versichern, dass du verdammt sexy bist und dich um meinen Schwanz herum so gut anfühlst, dass ich fünf Sekunden, nachdem ich in dich eingedrungen bin, explodieren will. Du hast einen atemberaubenden Hintern, und deine Brüste sind noch besser, weil du jedes Mal ganz heiß wirst, wenn ich in deine Nippel beiße. Trotzdem habe ich mich die ganze Zeit zurückgehalten, nicht nur emotional. Ich will dich unbedingt schmecken und ich will spüren, wie du an meinem Schwanz kommst, während ich dir in die Augen blicke. Ich will hören, wie du meinen Namen schreist, während ich mich tief in dir vergrabe. Und zwar nicht nur, weil ich dich mit meinem Schaft verwöhnen kann, sondern weil *ich* dich verwöhne. Im Moment bleibe ich auf meiner Seite des Bettes, weil mein Schwanz hart ist, meine Hände zittern und mir das Wasser im Mund zusammenläuft. Sobald du bereit bist, gehöre ich ganz dir. Du kannst mich überall berühren. Aber im Moment respektiere ich deine Privatsphäre.«

Kaum hatte er den Satz beendet, ließ ich meine Hände an seinen Rücken wandern und begann, sie über seine Haut gleiten zu lassen. Declan versteifte sich, und ich spürte, wie seine Muskeln zuckten. Ich fürchtete, etwas falsch gemacht zu haben.

Wortlos hielt er meinen Blick fest und ich beobachtete gebannt, wie er mit sich rang. Dann entspannte er sich allmählich, bis er mich mit einem Nicken gewähren ließ. Sofort streichelte ich ihn wieder. Ich fühlte seine geschmeidige Haut und seine stahlharten Muskeln. Ab und zu stieß ich auf eine Narbe, aber ich sprach ihn nicht darauf an. Ich wusste, woher er sie hatte. Sie waren ein Zeichen seiner Tapferkeit, ein Beweis dafür, dass er die Schrecken des Krieges überlebt hatte. Ich musste sie nicht sehen, um zu wissen, wie wunderschön sie waren.

»Ist das in Ordnung?«, fragte ich.

»Ja, Baby, du kannst mich berühren, wo immer du willst.«

»Wirst du mich auch berühren?«

»Möchtest du das denn?«

Ich nickte und schluckte den Kloß in meinem Hals hinunter. Es war mir zuwider, dass ich ihn überhaupt darum bitten musste.

»Aber bitte halte mich nicht fest. Noch nicht. Alles andere ist mir egal, aber ich muss meine Arme bewegen können.«

»Was auch immer du brauchst, Autumn.«

Was auch immer du brauchst.

Mein Herz schmolz dahin.

Es schmolz buchstäblich dahin. Ich, Autumn Pierce, meines Zeichens ein gefühlloses, hartherziges, gnadenloses Miststück schmolz dahin. Seine Worte bedeuteten mir mehr, als ich für möglich gehalten hätte.

Dann sagte Declan nichts mehr. Er presste seine Lippen auf meine und küsste mich zärtlich. Als ich meine Fingernägel über seinen Rücken gleiten ließ, vertiefte er den Kuss. Ich spürte, dass Dec kurz davor war, sich gehen zu lassen. Also schob ich meine Hände unter den Bund seiner Boxershorts und umfasste seinen nackten Hintern.

Heilige Mutter Gottes, sein praller Hintern bestand nur aus Muskeln.

Schließlich ließ Declan sich endgültig gehen und küsste mich leidenschaftlich. Er saugte meine Zunge in seinen Mund. Es war ein wunderbares Gefühl, das ich ihm ebenfalls bescheren wollte. Also erwiderte ich den Gefallen.

Er stöhnte und schob mir das Oberteil hoch, bis er meinen BH entblößt hatte. Die kühle Luft fühlte sich gut an meiner erhitzten Haut an. Doch im nächsten Moment spürte ich schon wieder seine Hand an meiner Brust, als er seinen Daumen über meinen Nippel kreisen ließ.

Ich erkundete weiter seinen Körper mit meinen Händen, bis ich plötzlich seine Lippen nicht mehr spürte und er sich zurückzog.

»Bist du sicher?«, fragte er.

»Ja.«

»Zieh dich aus.«

Ich blinzelte überrascht.

Noch nie hatte ich so viel Verlangen in seiner Stimme gehört. Neben angespannter Erregung schwang auch ein besitzergreifender Unterton darin mit.

Er hat ganz und gar die Selbstbeherrschung verloren.

Ich liebte es.

Obwohl er sich das Hemd über den Kopf zog und auf mich herabblickte, als wollte er mich auffressen, hatte ich keine Angst vor ihm. Ich war mir sicher, dass er mir niemals wehtun würde, auch wenn er seinen hungrigen Blick über meine nackten Brüste wandern ließ. Ich war auch nicht beunruhigt, als ich meine Shorts und meinen Slip auszog und er keuchend die Augen aufriss.

Er hatte sich das Vertrauen, das ich ihm entgegenbrachte, voll und ganz verdient.

Er würde mir alles geben, was ich brauchte. Das wusste ich mit absoluter Sicherheit.

Er würde mich zu dem Ziel führen, das er vor Augen hatte, und dabei die ganze Zeit über Rücksicht auf mich nehmen.

Und als er sich dann über mich beugte und meinen Bauch mit einer Sanftheit küsste, die im direkten Widerspruch zu dem begierigen Ausdruck in seinen Augen stand, festigte meine Überzeugung sich noch.

Ich schloss die Augen und *fühlte* einfach.

Ich spürte, wie seine Lippen über meinen Bauch glitten und wie seine Fingerspitzen die Seiten meiner Brüste streiften. Das Pochen zwischen meinen Schenkeln wurde immer stärker, während die Hitze seiner Berührung sich in mein Herz brannte. Ich fühlte ihn überall, und trotzdem wollte ich mehr.

Declan ließ seine Zunge um meinen Bauchnabel kreisen und rutschte tiefer. Erregung und Beklommenheit fochten einen Kampf in meinem Inneren aus, während ich versuchte, mich nicht zu verkrampfen. Ich wollte nicht, dass er aufhörte. Verzweifelt wollte ich spüren, wie er mich weiter liebkoste.

»Baby, öffne die Augen«, forderte er mich auf und ich gehorchte. »Ich will, dass du mich ansiehst und die ganze Zeit hier bei mir bist.«

Er ist so verdammt einfühlsam.

Tiefe Zuneigung. Genau das empfand ich in diesem Moment, während ich Declan dabei beobachtete, wie er langsam meine Schenkel spreizte. Dabei starrte er mir direkt in die Augen.

»Du hast die Kontrolle, Autumn. Wenn ich aufhören soll, musst du es nur sagen. Aber egal was passiert, ich will, dass du mich nicht aus den Augen lässt. Selbst wenn ich deinem Blick nicht begegnen kann, will ich, dass du mich ansiehst.«

Ich nickte nur, denn es hatte mir die Sprache verschlagen.

»Ich werde dich schmecken, Baby. Bist du bereit?«

Da ich immer noch keinen Ton herausbrachte, nickte ich erneut.

»Ich will es von dir hören.«

Sofort wurde ich wieder feucht und eine erregende Hitze durchfuhr mich.

»Ich will, dass du mich schmeckst.«

Declan schob eine Hand unter meinen Hintern und hob ihn an. Ich beugte die Knie und stemmte meine Füße in die Matratze. Ohne den Blick von mir zu lösen, senkte er den Kopf ab. Mit der Zunge strich er einmal von meinem Anus bis zu meiner Klitoris und stöhnte.

»Mein Gott«, knurrte er.

Dann wiederholte er die Bewegung mehrmals hintereinander. Schließlich ließ er meinen Hintern wieder auf die Matratze fallen, legte sich einen meiner Schenkel über seine Schulter und begann, mich zu verschlingen.

»Declan«, stöhnte ich, als er mit der Zunge in mich eindrang.

»Mehr?«, knurrte er an meiner Lustperle. Die Vibration sandte eine Woge der Lust durch meinen Körper, während ich versuchte zu ergründen, warum er mir eine so alberne Frage stellte. Dann erinnerte ich mich. Für Declan war diese Frage nicht albern, sondern ein Ausdruck seiner Fürsorge. Er gab mir, was ich brauchte, und ließ mich das Tempo bestimmen.

»Ja, bitte. Mehr.«

Er ließ zwei Finger in meinen Unterleib gleiten und umschloss mit dem Mund sanft meine Klitoris. Dann begann er, mit den Fingern in einem Rhythmus in mich hineinzustoßen, der mich in den Wahnsinn trieb.

»Mehr, Baby«, drängte ich und hob die Hüfte an.

Oh ja, das war besser.

»Leg dein anderes Bein über meine Schulter.«

Kaum hatte ich seiner Aufforderung Folge geleistet, verschlang er meine Lustperle. Ein Schauer der Lust durchfuhr mich. Ich bäumte mich auf und spannte die Schenkel um seinen Kopf an. Gerade wollte ich die Augen schließen, als ich mich daran erinnerte, was Declan von mir verlangt hatte. Also blickte ich auf ihn herab. Ich konnte nur seinen braunen Haarschopf zwischen meinen Beinen sehen, während er mich weiter vernaschte. Der Anblick war so unglaublich sexy, dass ich explodierte. Ich krallte mich in sein Haar und drückte sein Gesicht an mein Geschlecht, während ich von der Welle der Ekstase mitgerissen wurde.

Als die letzte Woge schließlich verebbte, lockerte ich meinen Griff um seine Strähnen. Declan verlangsamte seine Bewegungen und ließ mich sachte wieder zur Erde schweben.

»Gütiger Gott«, wimmerte ich. Ich war überrascht, dass

ich überhaupt in der Lage war zu sprechen. »Das war ... Mir fehlen die Worte. Mein Gott.«

Declan lachte leise, ließ dann seine Zunge noch einmal sanft über mein Geschlecht gleiten und leckte meinen Honig auf.

Verdammt. Das war fast so sexy, wie ihm dabei zuzusehen, wie er mich verschlang.

Er hob den Kopf und begegnete meinem Blick. In seinen Augen lag ein hungriger Ausdruck, doch ich verspürte nicht einmal einen Anflug von Angst.

Das war Declan.

Mein Declan.

Er würde mich ans Ziel bringen.

»Willst du mehr?«, fragte er.

»Ich will alles.«

Ein träges Lächeln umspielte seine glänzenden Lippen. Als er sah, wie ich bei dem Anblick vor Erregung bebte, verwandelte sein Lächeln sich in ein sündhaftes Grinsen und er leckte sich meinen Honig von den Lippen.

»Bist du sicher, dass du bereit bist?«

»Allerdings.«

»Dann hol ein Kondom, Baby.«

Ich konnte ihm hundertprozentig und mit absoluter Sicherheit vertrauen.

Declan würde mich niemals im Stich lassen.

KAPITEL ACHTUNDZWANZIG

Mein Schwanz droht zu explodieren, nur weil ich ein Kondom überstreife.

Meine Güte, ich wusste nicht, was besser war, der Geschmack von Autumns Honig auf meiner Zunge, der Anblick ihrer gespreizten Schenkel oder der Ausdruck in ihren Augen.

Ihre Augen. Verdammt. Es war das Vertrauen in ihren Augen.

Ich beugte mich über sie, wobei ich eine Hand auf der Matratze abstützte. Dabei ließ ich sie nicht aus den Augen.

»Ist es so in Ordnung?«

»Ja.«

Ihre Stimme brach und ich hielt inne. »Du hast die Kontrolle. Wenn ich aufhören soll, musst du es nur sagen. Und wenn du lieber oben liegen willst, gib mir Bescheid.«

»Ich will es genau so.«

»Vertraust du mir?«

»Ja«, antwortete sie, ohne zu zögern und mit fester Stimme.

»Dann lege deine Arme um mich.«

Ich stützte mich auf die Ellbogen und senkte mich behutsam ab. Sie ließ ihre Hände an meine Seiten und schließlich an meinen Rücken gleiten.

Meine Güte.

Das Gefühl war unglaublich.

Langsam strich sie mit den Händen über meinen Rücken, zunächst zögerlich, dann immer forscher.

»Mehr?«, fragte ich.

»Ja.«

Ich legte eine Hand an ihre Hüfte und ließ sie über ihre Rippen nach oben wandern. Vorsichtig streichelte ich ihre Brust und wartete.

»Mehr«, stöhnte sie, woraufhin ich mit dem Daumen ihre Brustwarze umkreiste.

Wenn ich noch bei Verstand gewesen wäre, hätte ich bemerkt, wie sie sich meiner Hand entgegenwölbte, aber ich konnte nicht mehr klar denken. Zu tief war ich in das Gefühl ihrer Hände auf meinem Rücken versunken. So tief, dass ich ihre weiche Haut kaum wahrnahm.

Autumn Pierce hatte von mir Besitz ergriffen.

Und die Erkenntnis, dass ich mir für den Rest meines Lebens nichts anderes wünschte, rief Emotionen in mir wach, die ich lange vergraben hatte. Das Bedürfnis nach Zugehörigkeit, Verzweiflung, Hoffnung, Verheißung. Nie hätte ich geglaubt, dass ich mich nach der Berührung eines anderen Menschen sehnen würde. Ich hätte nie erwartet, mich in der Schönheit dieser Empfindung zu verlieren.

Dieses Gefühl allein war Erfüllung genug. Ich spürte die Verbindung zwischen uns nur durch ihre Hände an meinem Körper. Es wäre mir egal, wenn sie dem Ganzen jetzt ein Ende bereitete und mein Schwanz vor Erregung schmerzte. Es wäre mir egal, wenn ich noch fünfzig Jahre warten müsste, bis sie bereit war. Solange sie bei mir war, brauchte ich nichts anderes. Ich würde alles in meiner Macht

Stehende tun, damit sie an meiner Seite blieb. Für den Rest meines Lebens wollte ich neben ihr einschlafen und wieder aufwachen.

»Declan, mehr«, keuchte sie bedürftig.

So verdammt schön.

Ich beobachtete sie genau, als ich meine Hüfte zwischen ihre Schenkel schob, aber sie starrte mich nur voller Verlangen an.

»Du bist so schön, Baby«, krächzte ich. »So schön, dass es mir den Atem verschlägt.«

»Danke«, erwiderte sie überrascht, und ich hielt inne.

»Ich rasple kein Süßholz, Autumn. Du bist die schönste Frau, die ich je gesehen habe. Noch nie habe ich in so hübsche Augen geblickt. Dein Hintern und deine Brüste sind perfekt, aber Baby, diese Augen. Verdammt, sie bringen mich um den Verstand. Wenn du mich ansiehst und sie dahinschmelzen, werde ich von einem unvergleichlichen Gefühl erfüllt.«

Und in diesem Moment schmolz sie dahin. Ich schob eine Hand zwischen uns und umfasste meinen Schaft, um ihn an ihr Geschlecht zu pressen, während ich die Zähne zusammenbiss.

Langsam, ermahnte ich mich und drückte den Ansatz meines Schwanzes.

»Mehr?«

»Ich will dich in mir spüren.«

Behutsam drang ich in sie ein und zog mich wieder zurück. Mit jedem Stoß vergrub ich mich ein wenig tiefer in ihr. Autumn hob die Hüfte an und stöhnte.

»Schling deine Beine um mich, Baby. Halt dich an mir fest.«

Sie presste ihre Schenkel an meine Seiten und spannte die Arme an, während ihre Iriden sich verdunkelten.

Wunderschön.

Verdammt schön.

»Bei dir fühle ich mich sicher«, flüsterte sie, und mein Herz explodierte.

Gütiger Himmel.

In diesem Moment gab ich ihr noch mehr von mir und stöhnte.

»Du gibst mir das Gefühl, schön zu sein.«

Sie presste ihre Fersen an meinen Hintern und ließ eine Hand über meine Wirbelsäule gleiten, um sie schließlich über meine Schultern bis zu meinem Kopf hinaufwandern zu lassen. Statt die Faust um mein Haar zu ballen, fuhr sie mit ihren Fingern sanft durch meine Strähnen. Ich beugte mich vor und leckte über ihre Unterlippe, woraufhin sie ihren Mund für mich öffnete.

Meine Güte.

Ich küsste sie leidenschaftlich, während ich mit kontrollierten Stößen weiter in sie eindrang. In meinem Inneren tobte ein Krieg der Gefühle. Mein Blut strömte heiß durch meine Adern, mein Herz pochte wild in meiner Brust und mein Verlangen nach ihr wuchs stetig weiter. Ich sehnte mich nach dieser emotionalen Verbindung mit ihr, die ich bis in meine Seele fühlte.

Sie begann, am ganzen Leib zu zittern, und drängte mich mit jedem Stoß, mich noch tiefer in ihr zu vergraben. Dann spannte sie ihre Schenkel um mich an.

Perfekt.

Ich zog den Kopf zurück, denn ich musste ihr in die Augen blicken. Langsam drang ich bis zum Anschlag in sie ein und versuchte, noch tiefer in sie hineinzustoßen.

»Declan.«

Verflucht. Ich liebte den Klang meines Namens aus ihrem Mund, aber wenn darin obendrein ein begieriger Unterton mitschwang, war er Musik in meinen Ohren.

»Danke, dass du mich beschützt. Danke, dass du mir

dieses Geschenk machst.«

Ich hatte mich geirrt. Diese Worte waren noch besser als mein Name auf ihren Lippen. So viel besser, dass mir der Atem stockte.

»Du bringst mich noch um, Baby«, raunte ich.

Trotz der überwältigenden Emotionen, die in mir tobten, stieß ich so sanft wie möglich in sie. Ich ignorierte das Gefühl ihrer Weiblichkeit, die meinen Schaft fest umschloss, und versuchte, nicht daran zu denken, wie heiß, feucht und geschmeidig sie war.

»Schneller, Dec.«

Verdammte Scheiße.

»Langsam, Baby, ich will das Geschenk, das du mir machst, in Ehren halten.«

»Du machst mir ein Geschenk«, korrigierte sie.

»Du irrst dich. Ich könnte dir nichts bieten, was von größerer Bedeutung wäre als das, was du mir gerade zuteilwerden lässt. Du gibst mir deinen Körper, dein Vertrauen, deine Gefühle. Einfach alles von dir. Fühle einfach mit mir.«

»Mehr«, stöhnte sie.

»Baby ...«

»Ich will mehr von dir spüren, Dec. Überall. Nur dich.«

Mein Gott.

Ich senkte mich weiter ab, woraufhin sie ihre Arme noch fester um mich schlang. Sie streichelte meinen Rücken und fuhr mit ihren Fingernägeln über meine Haut. Schmerz und Lust vermengten sich, während Autumn mir direkt in die Augen starrte. Sie hielt nicht inne, sondern erforschte mit gleichmäßigen Bewegungen meinen Körper.

Am liebsten hätte ich vor Glück laut aufgeheult. Ich wollte nur noch in der Schönheit schwelgen, die sie mir zum Geschenk machte. Ihr war so viel genommen worden, und doch fand sie die Kraft, um mir alles von sich zu geben.

Um es uns zu geben.

So wunderschön.

»Ich brauche mehr«, flüsterte sie, und ich erfüllte ihr den Wunsch, indem ich mit kraftvolleren Stößen in sie eindrang. »Ja.«

Ich ergriff ihre Hand, verschränkte unsere Finger miteinander und führte sie zu meinem Mund, um sanft ihre Fingerknöchel zu küssen. Dann legte ich unsere ineinander verwobenen Hände neben ihrem Kopf auf die Matratze.

»Ist das in Ordnung?«

»Ja«, stöhnte sie und bäumte sich auf.

Ich betrachtete ihr Gesicht und sog den Anblick förmlich in mich auf. Ihre geröteten Wangen, ihr leicht geöffneter Mund. Sinnliche Laute entwichen ihrer Kehle. Mittlerweile pochte mein Schwanz so heftig, dass ich es nicht länger ignorieren konnte.

»Willst du noch mehr?«

»Ja. Ich komme gleich.«

»Gott sei Dank«, knurrte ich und stieß in sie hinein.

Autumn keuchte im Rhythmus meiner Stöße. Ihr Unterleib begann zu zucken, während unser Stöhnen den Raum erfüllte.

»So gut, Baby«, hauchte sie, und meine Brust verengte sich.

»Ich werde dich noch härter nehmen«, warnte ich sie.

Sie drückte meine Hand und hob ihre Hüfte an, um meinen Stößen entgegenzukommen. Ich verlor völlig die Kontrolle. Sie hatte sich mir hingegeben und war ganz in unserer Verbindung aufgegangen. Und dabei hatte sie mich voll und ganz in Besitz genommen.

»So verdammt schön«, stöhnte ich. »Alles an dir, Baby. Die Art, wie du dich an mir festhältst. Deine Muschi, die meinen Schwanz umklammert. So verdammt feucht. Deine Hände an meiner Haut. Dein Gesicht. Deine wunderschönen Augen. Verdammt, Autumn, ich will mich immer tiefer in dir vergraben und mich in dir verlieren. Ich spüre dich überall. Es ist unglaublich, ich kann nicht genug von dir bekommen.«

»Declan«, stöhnte sie. Im nächsten Moment spannte sie sämtliche Muskeln an. Ich biss die Zähne zusammen, als sie auf den Gipfel der Lust aufflog und ihr Unterleib um meinen Schwanz zu pulsieren begann.

»So verdammt gut, Baby.«

Mit Wucht stieß ich bis zum Anschlag in sie hinein, dann verharrte ich in ihr. Am liebsten hätte ich sie verschlungen und wäre mit ihr verschmolzen, doch ich hätte mich unmöglich noch tiefer in ihr vergraben können. Ich presste meine Lippen auf ihre und stöhnte in ihren Mund, als ich von der Woge der Ekstase mitgerissen wurde und mich in ihr ergoss.

Verdammte Scheiße.

Unsere Zungen vollführten einen sinnlichen Tanz, während Autumn lustvoll stöhnte. Als das Beben verebbte und ich meinen Körper wieder unter Kontrolle hatte, zog ich langsam die Hüfte zurück, um dann mit trägen Bewegungen wieder in sie hineinzustoßen. Ich wollte noch eine Weile mit ihr verbunden bleiben.

Schließlich zog ich den Kopf zurück. »Sieh mich an«, forderte ich.

»Ich bin bei dir«, keuchte sie.

Sie hatte keine Ahnung, wie recht sie damit hatte.

»Ja, Baby, das bist du.«

Sie hob den Kopf und presste ihre Lippen an meine Kehle.

»Danke«, flüsterte sie.

Sie liebkoste meinen Hals, während ich mit meinem Gewicht auf ihrer Brust lag. Auch damit machte sie mir ein Geschenk, denn sie befand sich in einer verletzlichen Position.

Ich wartete darauf, dass das schlechte Gewissen mich übermannte, doch es geschah nichts. Meine Frau hatte ihre

Arme um mich geschlungen und fühlte sich bei mir sicher und umsorgt. Und einmal in meinem elenden Leben empfand ich ausnahmsweise inneren Frieden.

Es war kaum zu ertragen. Ich presste mein Gesicht an ihren Hals, woraufhin ihr Kopf auf das Kissen fiel. Dann legte ich mich mit meinem ganzen Gewicht auf sie.

Mit Haut und Haaren.

Sie spannte die Schenkel an und drückte mich an sich. Meine Finger waren noch immer mit ihren verschränkt und begannen zu kribbeln.

Verbunden.

Der Gedanke schnürte mir die Kehle zu. Mein Herz pochte heftig und meine Seele heilte ein wenig mehr.

Ich hob den Kopf und murmelte: »Ich muss das Kondom loswerden, Baby.«

»Ich hasse diese Dinger«, brummte sie mit einem gleichermaßen angewiderten und durch und durch glücklichen Ausdruck im Gesicht.

Autumn hatte sich noch nie über Kondome beschwert, und in meinen Augen waren sie ein notwendiges Übel.

Allerdings musste ich mir eingestehen, dass ich von nun an keine Barriere zwischen uns spüren wollte. Doch diese Entscheidung lag nicht bei mir.

»Wenn du bereit bist, werden wir sie nicht mehr benutzen.«

»Warum sagst du das immer wieder? Immerhin solltest du ebenfalls bereit sein.«

»Ich bin bereit, wenn du es bist.«

Ungläubig verengte sie die Augen. »Wie ist das möglich?«

»Ich weiß es nicht. Aber es ist einfach so. Und jetzt lass mich los, Baby, ich muss dieses Ding wegwerfen.«

Sie betrachtete mich mit einem durchdringenden Blick, dann löste sie ihren Griff um mich.

Ich ging ins Badezimmer, entledigte mich des Kondoms

und kehrte ins Schlafzimmer zurück. Autumn hatte die Bettdecke zurechtgerückt und sich auf ihre Seite gelegt. Sie war nach wie vor nackt.

»Willst du dir etwas anziehen, Baby?«

»Äh … ich habe noch nie ohne …«

»In Ordnung, ich hole deine Sachen.«

»Nein«, platzte sie heraus und ich richtete mich auf. »Wenn du kein Problem damit hast, würde ich es gern versuchen.«

»Autumn, Baby, ich weiß wirklich nicht, ob ich es ertragen kann, wenn du dich nackt an mich kuschelst.«

Sie kniff die Augen zu dünnen Schlitzen zusammen und beäugte mich argwöhnisch. Der Anblick war absolut bezaubernd. Dabei drängte sich mir der Gedanke auf, dass ich Autumn zuvor niemals als bezaubernd bezeichnet hätte. Als kompetent, geschickt, tödlich und verdammt sexy, aber niemals als entzückend oder bezaubernd. Doch im Moment sah sie absolut entzückend aus. Und keineswegs verlegen, obwohl sie ihre entblößten Brüste zur Schau stellte.

»Machst du Scherze?«

»Ja, ich scherze nur, Autumn.«

Sie ließ ihren Blick tiefer wandern und fragte mit geröteten Wangen: »Bist du schon wieder bereit?«

Ich war mir nicht sicher, ob es an dem schockierten Unterton oder dem staunenden Tonfall lag, oder ob sie tatsächlich entsetzt war, aber ich musste unwillkürlich lachen.

»Dein Schwanz ist hart und wippt auf und ab, Declan«, sagte sie tadelnd, was mich noch mehr belustigte.

»Meine Güte, hör auf zu lachen. Du wirst das arme Ding noch verletzen.«

Nun konnte ich nicht mehr an mich halten. Ich brüllte und bebte vor Lachen, ohne mich darum zu scheren, dass mein Schwanz dabei heftig zuckte.

»Wenn du ihn kaputt machst und wir keinen Sex mehr haben können, werde ich wütend.«

Sie schien es ernst zu meinen, doch ich konnte einfach nicht aufhören zu lachen.

Mein Gott, wie lange war es her, seit ich das letzte Mal so ausgelassen gelacht hatte, dass meine Augen tränten?

Verflucht, ja, wir mussten mehr lachen. Ob nackt oder bekleidet war völlig egal. Es fühlte sich verdammt gut an.

KAPITEL NEUNUNDZWANZIG

Das Klingeln eines Telefons weckte mich. Ich öffnete die Augen und sah, wie Declan nach etwas auf dem Nachttisch griff. Dann bemerkte ich, dass der Tag angebrochen war und mein Kopf immer noch auf seiner Brust lag. Dort hatte er ihn letzte Nacht gebettet, nachdem sein Lachen endlich verebbt war.

Bei dem Gedanken an seinen Schwanz, der dabei auf und ab gewippt war, musste ich lächeln. Der Anblick war wunderbar gewesen. Declan in seiner ganzen Pracht, der ausgelassen lachte, während sein großer Schwanz zuckte.

Ja, ich würde es mir zur Mission machen, Declan zum Lachen zu bringen. Vorzugsweise nackt, aber ich würde es auch tun, wenn er bekleidet war.

Der Gedanke ließ mich innehalten. *Meine neue Mission.* Bedeutete das, dass ich bereit war, meine alte aufzugeben? Wäre ich imstande, beides zu tun? Wäre ein gemeinsames Leben möglich, wenn er seine Aufträge ausführte und ich meiner nächsten Zielperson hinterherjagte? Und dann würden wir uns treffen, wenn wir beide zufällig Zeit hatten? Wie sollte das funktionieren?

»Baby, hast du gehört, was ich gesagt habe?«

»Nein.«

Zu meiner Enttäuschung rollte Declan mich von seiner Brust und blickte auf mich herab.

»Wo warst du gerade mit deinen Gedanken?«

Nun, ich konnte es ihm auch genauso gut erzählen.

»Wie soll das funktionieren?«

»Ich habe keine Ahnung, wovon du sprichst. Wie soll was funktionieren?«

»Du und ich? Du bist häufig unterwegs und mir mangelt es nicht an Zielpersonen. Also, wie soll das funktionieren? Wir sehen uns zwischendurch, wenn es gerade passt?«

Scheiße, warum schmerzt der Gedanke so sehr?

Decs Miene war plötzlich wie versteinert und ein unnachgiebiger Ausdruck trat in seine rötlichen Augen. »Wie wäre es, wenn wir später darüber reden? Das war Zane. Tex hat angerufen, er will, dass wir uns alle im Büro versammeln.« Ich verspürte einen Stich im Herzen und zuckte zusammen. »Das schließt dich mit ein. Und vergiss nicht, Tex wird nicht wütend auf dich sein.«

Er hatte mich missverstanden, ich machte mir keine Sorgen um Tex.

»Kommt Thad auch?«

»Ja.«

»Verdammt. Er und Emmy wollten mit meinen Eltern zusammen frühstücken.«

Declan verzog die Lippen zu einem Grinsen. Seine Miene veränderte sich so plötzlich, dass ich ihn verblüfft anstarrte.

»Es sollte nicht lange dauern. Vielleicht können sie ihr Frühstück um ein paar Stunden verschieben.«

Ich brachte keinen Ton heraus, so gebannt war ich von seinem Lächeln. Deshalb nickte ich nur zustimmend.

»Du sorgst dich um sie«, flüsterte er.

Ich blinzelte langsam und nahm all meinen Mut zusammen. Schließlich sprach ich mit Dec. Ich vertraute ihm. Ich musste mich nicht mehr hinter der Fassade der knallharten Kriegerin verstecken und konnte ihm mein wahres Ich zeigen. Und ich konnte ihm Dinge eingestehen, die ich sonst niemandem erzählt hätte. Er würde meine Geheimnisse hüten, aber vor allem würde er sie verstehen.

Also öffnete ich die Augen und blickte in sein schönes Gesicht. »Ja, ich sorge mich um sie. Meine Schwester bekommt ein Baby. Sie braucht ihre Familie, insbesondere ihre Mom. Ich will sichergehen, dass sie all die Unterstützung hat, die sie braucht. Außerdem sollen meine Eltern ihr Enkelkind kennenlernen und auch Thad besser kennenlernen. Sie sind gute Eltern. Wir sind nur … vom Weg abgekommen. Unsere Familie wurde zerstört, aber es ist an der Zeit, sie wieder zusammenzusetzen.«

»Und wo stehst du bei dieser Familienzusammenführung?«

»Mein Vater hat Stanley James getötet.«

»Wie bitte?«

Ich atmete tief durch und wandte den Blick nicht von Dec ab, während ich ihm erklärte, was Stanley und seiner Frau wirklich zugestoßen war.

Als ich fertig war, wirkte Declan nicht im Geringsten bekümmert. Er sah mich nur mit ausdrucksloser Miene an.

»Du beschützt die anderen«, murmelte er.

»Wie bitte?«

»Du hast deinen Vater beschützt.«

»Nun ja, er war schlampig und hat keine Handschuhe getragen. Seine Fingerabdrücke waren im ganzen Haus verteilt. Auch wenn er Stanleys Partner war, hätte die Polizei ihn sicher verhört und mein Vater hätte alles ausgeplaudert.«

»Du hast Emerson beschützt.«

»Natürlich, sie ist meine Schwester. Sie war der Sache nicht gewachsen. Zugegeben, sie ist klug und hat ihre Rolle gut gespielt, aber sie hat es nicht über sich gebracht, *alle* Männer, die sie ins Visier genommen hatte, auszuschalten. Sie hat zu viele dieser Kerle am Leben gelassen. Irgendwann wäre ihr Spielchen aufgeflogen. Jemand musste sie da rausholen.«

»Du sorgst dich um sie«, wiederholte er. »Du hast die Menschen, die du liebst, nach besten Kräften beschützt. Du warst verloren, allein und tief verletzt, aber du hast nie aufgehört, dich um sie zu sorgen.« Er hielt lange inne, doch ich schwieg. »Also, wo stehst *du* bei dieser Familienzusammenführung?«

Scheiße.

»Ich weiß es nicht.«

»Gibst du deinem Vater die Schuld für das, was dir passiert ist?«

Scheiße, Scheiße, Scheiße.

»Zu Anfang, nach meiner Rettung, ja. Aber heute nicht mehr. Und von dem Schmerz, den ich all die Jahre mit mir herumgetragen habe, habe ich mich befreit, als ich mit ihm gesprochen habe.«

»Was hält dich dann noch zurück?«

»Emerson«, flüsterte ich. »Ihr habe ich das meiste genommen.«

»Die Entscheidung liegt bei dir. Aber hör mir gut zu. Emerson gibt dir keine Schuld. Für nichts. Für gar nichts, Baby. Ich kann nicht behaupten, dass ich sie so gut kenne wie der Rest des Teams, aber ich weiß, sie wünscht sich, dass du wieder ein Teil ihres Lebens wirst. Sie hat nach dir gesucht …«

»Genau da liegt das Problem. Wie soll ich ihr in die Augen blicken, wenn ich all die Jahre wusste, dass sie nach mir gesucht hat? Ich wusste, wo sie war und was sie tat. Häufig hielten wir uns sogar im selben Raum auf und ich habe mich vor ihr versteckt. Sie hat ihr Leben vergeudet, weil sie nach etwas gesucht hat, das nicht verloren war. Jahrelang hat sie meinetwegen auf ein Leben mit Thad verzichten müssen.«

Ein schmerzhafter Ausdruck huschte über Declans Gesicht und er runzelte die Stirn.

»Ich kann nachvollziehen, warum du dir Vorwürfe machst.« Declan strich mir die Haare von der Schulter, hielt eine Strähne fest und begann, sie um seinen Finger zu wickeln. Es war ein schönes Gefühl. Ich war so versunken darin, dass ich fast überhört hätte, wie er murmelte: »Ich wusste von Violet und habe mich ihr nicht genähert.«

Es dauerte einen Moment, bis mir klar wurde, dass er von seiner Zwillingsschwester Violet und nicht von seiner Tochter sprach.

»Wirklich?«

»Ich habe sie gefunden, bevor ich mich bei den Marines verpflichtete. Für die Papiere brauchte ich meine Geburtsurkunde. Die Identität meiner leiblichen Eltern war geheim, aber ich fand heraus, dass ich eine Zwillingsschwester hatte. Also begab ich mich auf die Suche nach ihr. An dem Tag, an dem ich sie besuchen wollte, stand ich auf der anderen Straßenseite und beobachtete sie. Sie feierte gerade ihren Schulabschluss und sah so glücklich aus. Und dieses Glück wollte ich ihr nicht verderben. Ich war völlig verkorkst und wollte nicht, dass sie mich so sieht. Im Gegensatz zu ihr hatte ich kein behütetes Leben. Nach dem Tod unserer Eltern wurde Violet sofort von den Meyers adoptiert, während ich von einer Pflegefamilie zur nächsten weitergereicht wurde. Zwischendurch lebte ich in Heimen. Ich wollte nicht, dass sie davon erfuhr. Sie strahlte wie die Sonne. Ich war nichts weiter als ein Raufbold, dessen einzige Option es war, zur Armee zu gehen. Andernfalls wäre ich unter einer Brücke, im Gefängnis oder als Ganove auf der Straße gelandet. Sie wohnte in einer guten Gegend und hatte eine glänzende Zukunft vor sich. Also hielt ich mich von ihr fern.

Als ich sie beim nächsten Mal sah, arbeitete sie für die CIA. Ich saß ihr gegenüber, als sie mich interviewte, um meinen Undercover-Einsatz zu bewilligen. Sie hatte immer noch ein sonniges Lächeln im Gesicht. Und ich war nichts weiter als ein hochqualifizierter Auftragskiller der Regierung mit mehr Narben auf meiner Seele, als ich zählen konnte. Meine Frau und meine Tochter waren tot, und ich wollte mit meiner Schwester nichts zu tun haben. Ich wollte sie nicht kennenlernen und mich soweit wie möglich von ihr und allem, was sie repräsentierte, fernhalten.«

Declan verzog das Gesicht zu einer wütenden Grimasse, während seine Brust sich heftig hob und senkte. Ich hatte keine Ahnung, wie ich ihm hätte helfen können, wie ich seinen Schmerz lindern sollte. Liebend gern hätte ich alles davon in mich aufgenommen, wenn ich ihm damit denselben inneren Frieden hätte bescheren können, den er mir gegeben hatte.

Ich zog seine Hand aus meinen Haaren und verschränkte seine Finger mit meinen, um sie festzuhalten, während ich ihn im Stillen anflehte fortzufahren.

Und das tat er.

»Obwohl ich ihr den Rücken gekehrt hatte, beschützte sie mich. Sie war bereit, ihr Leben aufzugeben, um meine Tarnung aufrechtzuerhalten. Verdammt, wie kann ich das je wiedergutmachen? Sie hat ihren Eid für mich gebrochen. Sie hätte sterben können. Und wenn Jaxon und Zane nicht gewesen wären, wäre sie jetzt tot. Trotz allem halte ich sie auf Distanz. Ich weigere mich, sie an mich heranzulassen, weil ich immer noch dieser verkorkste achtzehnjährige Junge bin, der das Gute in ihr nicht trüben will. Dabei weiß ich jedoch, dass es sie innerlich zerreißt. Ich kann also deine

Beweggründe nachvollziehen und verstehe, warum du noch mit dir haderst, was Emerson betrifft. Es bleibt dir überlassen, was du tun willst, aber wie auch immer du dich entscheidest, ich stehe hinter dir.«

Declan starrte mich mit zusammengebissenen Zähnen an. Die Stelle direkt unter seinem rechten Auge zuckte und seine Iriden leuchteten feuerrot. Mittlerweile wusste ich, dass sie immer diese Farbe annahmen, wenn er wütend war. Declan war zwar nie wirklich glücklich, aber wenn er entspannt war, schimmerten sie eher braun als rot. Doch im Moment hatte er einen unnachgiebigen Ausdruck in den Augen, der mir zuwider war. Ich wusste einfach nicht, was ich tun konnte, um ihm zu helfen.

»Dec ...«

»Wir müssen los, die anderen warten schon auf uns«, fiel er mir ins Wort.

»Vielleicht können wir ...«

»Nicht jetzt.« Sein Tonfall duldete keinen Widerspruch, trotz allem klang seine Stimme seltsam sanft.

Er riss mir zwar nicht den Kopf ab, aber er gab mir deutlich zu verstehen, dass dieses Gespräch hiermit beendet war. Ich ließ ihn gewähren, denn so konnte ich mir in Ruhe überlegen, wie ich ihm helfen konnte. Im Grunde musste ich nicht lange darüber nachdenken, denn ich wusste, was ich zu tun hatte. Ich hatte nur zu viel Angst davor.

Als Kind hatte mein Vater immer einen guten Rat für Emmy und mich. Er hatte sich stets Zeit genommen, um seinen Töchtern eine wichtige Lektion zu erteilen. Eine davon lautete: Geh mit gutem Beispiel voran. Nur ein willensschwacher Mensch lebte nach dem Motto: Tu, was ich sage. Eigentlich sollte es lauten: Tu, was ich tue.

Bevor ich Declan denselben Rat geben konnte, sollte ich besser bereit sein, ihn zu befolgen. Da ich mir noch nicht sicher war, ob ich mich Emmy würde stellen können, sollte ich im Hinblick auf Violet also besser den Mund halten. Nichtsdestotrotz wünschte ich mir, er würde mit ihr reden. Zwar würde er mir niemals beipflichten, aber er brauchte sie vielleicht mehr als sie ihn. Im Gegensatz zu Declan war sie in einem stabilen Umfeld bei einer liebevollen Familie aufgewachsen. Er brauchte sie, und ich würde dafür sorgen, dass er sich ihr öffnete. Sobald ich den Mut aufgebracht hatte, mit Emmy ins Reine zu kommen.

»In Ordnung«, stimmte ich zu und er blinzelte. Ich ignorierte seinen überraschten Gesichtsausdruck und fügte hinzu: »Habe ich Zeit zum Duschen oder soll ich mir die Haare zu einem Pferdeschwanz zusammenbinden und mich beeilen?«

Er blinzelte erneut und stieß dann ein gequältes »Scheiße« hervor.

»Nun? Duschen oder beeilen?«

»Einfach so. Verdammte Scheiße.«

Ich erwiderte nichts, weil er mir weder eine Frage gestellt hatte noch eine Bestätigung brauchte. Es mochte ihn überraschen, aber er hatte mich gebeten, das Thema fallen zu lassen, und genau das hatte ich getan. Das war das Mindeste, was ich für ihn tun konnte, nachdem er mir den gleichen Respekt entgegengebracht hatte.

»Brauchst du lange, um dich fertig zu machen?«

Das war nun tatsächlich eine Frage, die in meinen Augen allerdings idiotisch war. Er wusste, dass ich nicht die Art von Frau war, die eine Stunde im Bad trödelte.

»Also, dann springst du unter die Dusche und ich koche Kaffee.«

Ich war enttäuscht. Viel lieber wäre es mir gewesen, wenn er mit mir gemeinsam geduscht hätte. Bei dem Gedanken zuckte meine Hand in seiner, woraufhin er mir einen fragenden Blick zuwarf. Aber ich hatte keine Lust zu erörtern, wie ich von einer in sich verschlossenen Zicke mit stahlverstärkten Schutzmauern zu einer Frau geworden war, die sich nach Intimität sehnte. Genauer gesagt verzehrte ich mich nach Declans Berührung.

Da hol mich doch der Teufel.

»Ich bin in ein paar Minuten fertig«, verkündete ich.

»Alles in Ordnung?«

»Alles bestens.«

Declan glaubte mir zwar kein Wort, aber er erwies mir denselben Gefallen, den ich auch ihm erwiesen hatte, und ließ es dabei bewenden. Er beugte sich vor, führte seinen Mund ganz dicht an meinen und sagte: »Du weißt, dass du die Einzige bist, nicht wahr?«

»Was meinst du?«, flüsterte ich.

»Du bist die Einzige, die stark genug ist, die Trümmer, Fragmente und Reste, die mir von mir selbst geblieben sind, zusammenzuflicken. Ich werde nie wieder so vollkommen sein wie normale Menschen, es werden immer ein paar Bruchstücke von mir fehlen. Aber du hast mir gezeigt, dass diese fehlenden Stücke keine schwarzen Löcher sein müssen. Ich kann um sie trauern und sie vermissen, und nun bin ich in der Lage, sie als Teil von mir anzuerkennen, und kann nach vorn blicken. Niemand außer dir kann das für mich tun, Autumn. Nur du, Baby. Nur du.«

Dann drückte er mir einen Kuss auf die Lippen und verließ den Raum.

Ich eilte unter die Dusche und ließ seine Worte auf mich wirken. Sie drangen tief in mich ein und erfüllten mein ganzes Wesen. Ich würde sie nie vergessen. Und während das Wasser die Tränen von meinem Gesicht wusch, nahm eine weitere Mission Gestalt an: Gemeinsam würden Dec und ich ein Meisterwerk schaffen. Wir würden ein abstraktes, chaotisches Kunstwerk sein, mit zusammengeschweißten Trümmern, Fragmenten und scharfen Kanten.

Aber es würde atemberaubend sein.

Gemeinsam würden wir lachen und Kunst schaffen.

Das machte ich mir zu meiner neuen Lebensaufgabe.

KAPITEL DREISSIG

Wie versprochen hatte Autumn in weniger als zehn Minuten geduscht und sich angezogen und war bereit zum Aufbruch. Während sie sich einen Thermobecher mit Kaffee für unterwegs zubereitete, machte ich mich ebenfalls fertig. Als ich zurückkam, wartete sie an der Tür und reichte mir mit einem sexy Grinsen einen pinkfarbenen Becher.

Ich nahm ihn entgegen und öffnete ihr die Tür. Als ihr heiseres Lachen durch die Luft hallte, beschloss ich, für den Rest meines Lebens aus einem rosa Becher zu trinken, wenn ich sie damit belustigen konnte.

Verdammt, ich war ganz ihrer Meinung, was das Lachen anging.

Auf dem Weg ins Büro unterhielten wir uns über dies und das. Es fühlte sich fast normal an. Wir überlegten uns, was wir heute zu Abend essen sollten, und ich beschloss, sie in ein Restaurant in der Innenstadt von Annapolis auszuführen. Ihre Antwort lautete: »Von mir aus gern.«

Unkompliziert.

Normal.

Und so wunderbar, dass ich mir den Arsch aufreißen

würde, damit wir uns auch weiterhin so ausgelassen miteinander unterhalten konnten.

Meine Freude wurde nur getrübt, weil ich nicht aufhören konnte, über ihre Frage zu unseren Jobs nachzudenken. Häufig wurde von mir verlangt, von einer Sekunde auf die andere das Land zu verlassen. Sie hatte ihre eigene Mission. Ich hatte die Berichte über sie gelesen und wusste, dass sie einen langen Atem hatte und ihre Zielpersonen oft monatelang beschattete. Sie sammelte Informationen, legte sich einen Plan zurecht und schlug dann zu. Das bedeutete, dass sie vielleicht monatelang unterwegs war, während ich wochenlang nicht zu Hause sein würde. Ich wollte nicht so lange von ihr getrennt sein, aber noch viel weniger wollte ich, dass sie um die Welt reiste und Menschen ins Jenseits beförderte. Vielleicht war es selbstsüchtig von mir, aber sie hatte schon genug durchgemacht. Sie hatte Leben gerettet, aber auch genommen, und so etwas prägte einen Menschen.

Mir war sehr wohl bewusst, dass jeder Mensch nur eine begrenzte Anzahl an schwarzen Flecken auf seiner Seele verkraften konnte, bevor er innerlich zerrüttete, bis nichts mehr von ihm übrig war.

Ich hatte diesen Punkt schon fast erreicht. Und ich wollte vermeiden, dass Autumn ihm ebenso nahe kam wie ich.

Aber darüber würden wir ein andermal sprechen. Heute Abend wollte ich mit meiner Frau ausgehen und mit ihr einen Anflug von Normalität genießen.

Wir fuhren gerade im Aufzug nach oben, als sie fragte: »Gehört Zane das ganze Gebäude?«

»Ja. Das Untergeschoss wird als Waffenkammer genutzt, im Erdgeschoss ist der Empfang, im ersten Stock sind die Büros und im zweiten Stock befindet sich Zanes Büro. Ivys Büro liegt direkt daneben und Lincs Büro ist ebenfalls dort angesiedelt. Im dritten Stock haben wir unsere Ausrüstung. Und auf dem Dach ist ein Hubschrauberlandeplatz.«

Autumn stieß einen leisen Pfiff aus. »Ich habe Gerüchte darüber gehört, was Zane seinen Kunden in Rechnung stellt und warum er so viel verlangen kann. Er versagt nie. Aber dieses Gebäude und die Ausstattung, die ich gestern gesehen habe, sind einfach … wow.«

Zane Lewis war stinkreich. Autumn hatte recht. Zum einen verlangte Z ein Vermögen für seine Dienste, zum anderen waren seine Rechnungen nicht ohne Grund so hoch. Er versagte nie. Aber das hatte er unter anderem seinem Personal zu verdanken. Er beschäftigte nur die Besten und bezahlte uns auch entsprechend.

»Wenn ich dir ein Geheimnis verrate, versprichst du, es für dich zu behalten?«

Autumn sah mich mit einem Lächeln im Gesicht an. Ich liebte diesen Anblick und genoss es zunehmend, sie zu necken.

Ich konnte mich nicht erinnern, jemals eine Frau aufgezogen zu haben. Nicht einmal als Junge hatte ich die Mädchen gefoppt.

»Sollen wir dabei unsere kleinen Finger ineinander haken? Wir könnten uns auch in den Finger stechen und einen Blutschwur leisten.«

Verdammt, ich liebte dieses Geplänkel.

»Männer geben keine Versprechen, indem sie ihre kleinen Finger ineinander verhaken.«

»Ach wirklich?«

»Nein. Wir geben unser Wort. Und ein echter Mann weiß, dass sein Wort etwas gilt.«

»Dann gebe ich dir mein Wort, Declan. Natürlich nur, wenn dieses Machogehabe auch auf Frauen übertragbar ist.«

Ich verzog die Lippen zu einem Lächeln und fragte: »Dieses Machogehabe?«

»Durch deine Adern rauscht mehr Testosteron als durch zehn normale Männer. Wenn man alle anderen

Männer in Betracht zieht, die sich in diesem Gebäude befinden, ist das das reinste Machoparadies. Ich bin überrascht, dass ihr nicht alle Bärenfelle tragt, mit nacktem Oberkörper herumlauft und Keulen schwingt. Aber nur so nebenbei. Falls ihr das eines Tages ausprobieren wollt, denkt bitte daran, mir eine Einladung zu schicken.«

Die Bemerkung mit dem Bärenfell war amüsant, ganz im Gegensatz zu ihrem Wunsch, meine Kameraden mit nackter Brust zu sehen.

»Verrätst du mir nun dieses Geheimnis, bevor die Türen sich öffnen?«

»Nur wenn du deinen Wunsch, mein Team halb nackt zu sehen, zurücknimmst.«

»Oh, ich verstehe, wir sind an dem Punkt angekommen, an dem wir Dinge zurücknehmen müssen. Wie damals in der Mittelstufe.«

Ich hatte nicht die geringste Ahnung, wovon sie sprach. Als ich zur Schule ging, war ich ein Arschloch, das fast täglich nachsitzen musste.

»Es geht um die Zerschlagung von Omni. Zane hat die ganze Operation aus eigener Tasche bezahlt. Er konnte keine einzige Stunde abrechnen. Der Präsident bat ihn um einen persönlichen Gefallen und Zane hat uns mit dem Fall beauftragt.«

»Ist das dein Ernst?«

»Allerdings.«

Autumn begegnete meinem Blick. Ich hoffte inständig, dass die Türen sich öffneten, bevor sie die richtigen Schlüsse ziehen konnte. Sie war schlau. Ich wusste, dass sie die Puzzleteile zusammensetzen würde.

»Lass mich raten. Da Zane keine Rechnungen gestellt hat, habt ihr alle schwarz gearbeitet.«

Ja, sie war wirklich viel zu schlau.

Die Türen öffneten sich und ich führte sie aus der Kabine. Ich war dankbar, dass Max auf uns wartete.

»Du wirst langsam nachlässig, Crenshaw. Du bist der Letzte.«

Das war neu. Normalerweise war ich derjenige, der die Jungs dafür kritisierte, dass sie zu spät kamen, wenn Zane eine Besprechung einberief.

Und jetzt verstand ich warum.

Bevor ich ihm eine sarkastische Bemerkung an den Kopf werfen konnte, hörte ich Zane brüllen: »Schwingt eure Ärsche hier rein!«

»Du hast Seine Königliche Hoheit gehört«, sagte ich und wandte mich dem Konferenzraum zu.

»Irgendwie hast du dich verändert«, murmelte Max.

»Das habe ich gehört, du Idiot, also wenn du nicht herausfinden willst, wie meine Krone sich in deinem Arsch anfühlt, dann wirst du dich beeilen.«

»Da ist aber jemand schlecht gelaunt«, rief ich zurück.

»Natürlich bin ich schlecht gelaunt. Ich habe mir die Nacht mit einer Nervensäge um die Ohren geschlagen, statt neben meiner Frau im Bett zu liegen.«

Blödsinn. Zane war immer schlecht gelaunt, ob er nun neben seiner Frau lag oder nicht.

Wir betraten den Konferenzraum. Brooks, Thad und Kyle saßen bereits am Tisch, während Zane auf und ab ging.

Er begegnete meinem Blick und kniff die Augen zu dünnen Schlitzen zusammen.

»Was stimmt nicht mit dir?«

»Mit mir ist alles in Ordnung. Was stimmt nicht mit dir?«

Zane starrte mich weiter an. Schließlich verzog er die Lippen zu einem breiten Grinsen, das sogar seine Grübchen zum Vorschein brachte. Ich stöhnte auf und erstarrte, als ich Autumn kichern hörte. Ich begegnete ihrem Blick und sah, wie sie vor Glück strahlte.

Gütiger Gott. Normalerweise neige ich nicht zu blumigen Worten oder poetischen Ergüssen. Aber Autumns Gesicht strahlte so hell, offen und frei, dass es mir den Atem raubte.

»Ich habe es dir ja gesagt«, lachte Zane. »Ich wusste, dass ein zartes Mauerblümchen nichts für dich ist. Und so wie du aussiehst, hast du den Sprung endlich gewagt. Ich wette, du bist tief gefallen, aber verdammt weich gelandet.«

»Verflucht«, murmelte ich. »Ivy lässt dich weich werden.«

»Ich habe es schon einmal gesagt und sage es gern ein zweites Mal: Das Letzte, was diese Frau mich werden lässt, ist weich. Im Gegenteil, dank ihr bin ich ein glücklicher Mann. Jeden Tag wache ich auf und weiß, dass ich sie nicht verdient habe, aber ich bin verflucht dankbar. Jeden Abend schlafe ich neben ihr ein und weiß, dass ich etwas richtig gemacht habe – ich habe den Sprung gewagt. Ich sehe, du hast unseren Rat befolgt und deine Probleme in den Griff bekommen. Ich gebe dir noch einen Rat. Wenn die nächste Tür sich öffnet, schnapp dir deine Frau und tritt mit ihr hindurch.«

»Fick dich.«

»Nein danke, Bruder. Aber ich werde den Kopf deiner Frau aus der Schlinge ziehen, also lass uns loslegen.«

»Warum ist mein Kopf in der Schlinge?«, fragte Autumn.

Ich hörte Thads leises Lachen und wandte mich ihm zu. Er starrte Autumn mit einem Lächeln im Gesicht an.

»Tex will mit dir reden.«

»Das verstehe ich, aber ich habe keine Ahnung, warum er wütend auf mich ist.«

»Das ist er nicht, aber es scheint, als hättest du deiner Freundin Beth etwas vorenthalten. Um sie musst du dir Sorgen machen.«

Bevor Autumn etwas erwidern konnte, klingelte Zanes Handy. Er tippte auf das Display, gab seinen lächerlich langen Sicherheitscode ein – er war der Einzige von uns, dessen Gerät verschlüsselt war – und nahm schließlich den Anruf entgegen.

»Tex. Du bist auf Lautsprecher. Das Team ist hier.«

»Und Autumn?«, wollte Tex wissen.

Ich spürte, wie sie sich neben mir versteifte. Ohne nachzudenken, legte ich einen Arm um sie und zog sie an mich. Sie überraschte mich, als sie die Geste erwiderte und ihren Arm um meinen Rücken schlang.

»Ja, sie ist auch hier.«

»Gut. Ich habe Beth in der Leitung.«

Im Raum wurde es still und Autumn blieb wie erstarrt neben mir stehen.

»Autumn?«, rief Beth.

»Hey, Beth, hör zu. Ich hatte keine Ahnung, dass du mit Tex zusammenarbeitest …«

»Das ist mir bewusst«, fiel Beth ihr ins Wort. »Ich habe ihn nicht zur Sprache gebracht und ich weiß, dass er meinen Namen nicht erwähnt hat. Meistens kommt es uns zugute, dass unsere Klienten nichts von dem anderen wissen. Zudem arbeiten wir nicht immer zusammen an einem Fall. Das traf auch auf dich zu. Hätte ich gewusst, dass er Recherchen über dich anstellt, hätte ich ihm viel Zeit ersparen können. Zu seinem Leidwesen war er ein guter Lehrer und hat mir beigebracht, Informationen tief zu vergraben. Aber mach dir keine Gedanken. Tex und ich haben darüber gesprochen und ein neues System entwickelt. Und darum geht es bei diesem Anruf. Jetzt, da das vom Tisch ist, muss ich dir sagen, dass mir etwas Sorgen bereitet.«

»Und das wäre?«

»Ashaki.«

»Scheiße«, murmelte Autumn.

Ein dumpfes Dröhnen hallte in meinem Kopf wider und meine Muskeln verkrampften sich. Wenn Autumn in Gefahr war, würde ich sie einsperren und mich auf die Jagd begeben.

»Scheiße trifft es ziemlich gut. Ich wusste nicht, dass ihr richtiger Name Amie Shapiro ist. Glücklicherweise hast du es den anderen erzählt. Nachdem Zane diese Information an Tex übermittelt hatte, haben wir sie überprüft. Die Geschichte, die sie dir über Barny Pollaski erzählt hat, stimmte größtenteils, aber sie hat ein paar Details ausgelassen.«

Plötzlich schlug die Stimmung im Raum um, wobei die Veränderung vor allem von Autumn ausging.

»Und diese Details wären?«, fragte Autumn aufgebracht.

»Pollaski war kein Fremder. Ashs Vater hat ihm dabei geholfen, sein Geld zu waschen. Und bevor du fragst, ihre Mutter wusste davon und war ebenfalls daran beteiligt«, erklärte Tex.

»Diese Information ist mir entgangen, als ich sie überprüft habe.«

Autumn schien enttäuscht von sich selbst zu sein. Obendrein klang sie zutiefst verletzt, weil ihre Freundin sie hintergangen hatte.

»Weil sie verhindern wollte, dass du etwas darüber herausfindest, Autumn«, erwiderte Beth. »Sie hat dir ihren richtigen Namen gegeben, damit du auf die Informationen stößt, die sie preisgeben wollte. Schließlich solltest du eine Verbündete in ihr sehen. Aber sie brauchte dich auch, also hat sie deine Komplizin gespielt und deine Freundschaft ausgenutzt.«

»Ich bin … äh … ich weiß nicht, was zum Teufel ich bin«, zischte Autumn. »Sie hat mich angelogen.«

Plötzlich ertönte ein lautes Klopfen an der Tür und Garrett stürmte in den Raum. Sein wütender Blick fiel auf Zane und die Stimmung schlug erneut um. Jetzt lag eine nervöse Spannung in der Luft. Brooks, Thad, Kyle und Max standen auf.

»Natasha ist verschwunden«, verkündete Garrett.

»Ich kann ihre Uhr zurückverfolgen«, sagte Tex.

»Nicht nötig. Das habe ich bereits versucht. Ich bekomme kein Signal mehr. Die letzten Koordinaten, die übermittelt wurden, kamen von der Seven River Bridge.«

»Schick mir ein Bild von ihr, dann überprüfe ich die Verkehrskameras in der Gegend«, warf Beth ein.

»Wir haben größere Probleme. Als Owen anrief, um mir zu sagen, dass Natasha weg ist, habe ich die Aufnahmen seiner Überwachungskameras gesichtet. Darauf ist eine Frau zu sehen. Ich bin mir nicht hundertprozentig sicher, denn sie trägt einen Hut, hat das Gesicht abgewandt und hält sich im Schatten, aber ihr Profil erinnert mich an …«

»Ashaki«, beendete Autumn den Satz.

»Haben wir schon herausgefunden, warum Maloof überhaupt in Annapolis war?«, bellte Zane.

»Wir graben noch«, antwortete Tex.

»Sie hat mich nicht kontaktiert, um mir mitzuteilen, dass sie nach Maryland reist«, fügte Beth hinzu.

»Ash hat nicht Declan beobachtet, sondern Natasha«, folgerte Autumn. »Wer ist diese Frau?«

»Wir haben sie zusammen mit Eva in Alaska gerettet. Sie hat keinen Wohnsitz und will ihren Nachnamen nicht preisgeben. Und sie will uns auch nicht verraten, woher sie kommt. Wir wissen nur, dass sie ein Opfer von Menschenhändlern war.«

»Wenn sie ein Opfer ist, wird Ash ihr nichts antun«, erklärte Autumn und entspannte sich.

»Bist du dir da sicher?«, fragte Max. »Jetzt, da du weißt, dass sie dich hintergangen hat?«

»Nein.« Autumn wurde blass und schloss die Augen. »Ich bin mir überhaupt nicht mehr sicher.«

Verfluchte Scheiße.

»Wo ist das Blue Team?«, blaffte Zane.

»Auf dem Weg hierher.«

»Was ist mit Natashas DNA?«

»Wir warten noch auf die Ergebnisse«, sagte Garrett. Zane warf ihm einen Blick zu, mit dem er die Eier eines Mannes zum Schrumpfen hätte bringen können.

»Das ist eine einzige Katastrophe«, murrte Zane.

»Tex, hast du Informationen über Natasha?«, wollte Beth wissen.

»Wir kümmern uns darum. Ich melde mich wieder.« Tex beendete das Gespräch und Zane sah sich im Raum um.

»Ich will, dass diese Frau gefunden wird«, knurrte Zane.

»Weißt du, wo Ashaki sich normalerweise aufhält, wenn sie in Baltimore ist?«, wollte Thad wissen.

»Nein. Aber sie lässt sich bei ihren Recherchen gern Zeit, also müsst ihr nach einem Ort suchen, an dem sie länger verweilen kann. In der Vergangenheit hat sie immer wieder Neubauten gefunden, die noch nicht bewohnt waren, oder verlassene Lagerhäuser und Bürogebäude. Die Unterkunft ist ihr egal, solange sie in Ruhe alle nötigen Informationen sammeln kann, bevor sie ihre Zielperson ausschaltet.«

»Verdammte Scheiße!«

Autumn zuckte zusammen. Wir drehten uns beide der Tür zu, in der Owen stand.

»Bruder«, warnte Max.

»Der Silberstreif am Horizont ist, dass wir noch etwas Zeit haben, wenn die Schlampe spielen will.«

Autumn reagierte gar nicht darauf, dass Zane Ashaki eine Schlampe genannt hatte. Das überraschte mich nicht. Ganz im Gegensatz zu dem, was Owen zu sagen hatte.

»Es gibt keinen verdammten Silberstreif am Horizont. Ich habe Nat versprochen, sie zu beschützen, und sie wurde aus meinem verdammten Wohnzimmer entführt. Ich will, dass Nat gefunden und diese Frau ein für alle Mal zur Strecke gebracht wird.«

Auch darauf erwiderte Autumn nichts. Zumindest nicht

verbal. Aber als sie ihren Arm an meinem Rücken anspannte, wusste ich, dass sie mit sich haderte. Einerseits fiel es ihr schwer zu glauben, dass ihre vermeintliche Freundin einer unschuldigen Frau etwas antun würde. Andererseits hatte sich ihr Verrat wie ein Stachel tief in Autumns Fleisch gebohrt. Tief im Inneren wusste sie, dass Ashaki zu so einer Tat fähig wäre.

Das Ganze war wirklich eine einzige Katastrophe.

KAPITEL EINUNDDREISSIG

»Bring Autumn in den Keller und rüste sie aus«, befahl Zane, woraufhin Declan sich augenblicklich versteifte.

»Z ...«

»Komm nicht auf die Idee, mich auszuschließen, Declan«, blaffte ich.

Er begegnete meinem Blick und starrte mich mit einem wütenden, unnachgiebigen Ausdruck an.

»Du bist ...«

Ich löste mich von ihm, straffte die Schultern und wappnete mich innerlich für eine Auseinandersetzung.

»Ich vertraue dir, Declan. Und jetzt musst du mir vertrauen. Ich komme mit.«

»Es ist nicht so, dass ich dir nicht zutraue, auf dich selbst aufzupassen. Aber du kennst Maloof persönlich. Es ist sehr wahrscheinlich, dass sie nicht lebend davonkommt.«

Verdammt, das tat weh. Es fiel mir schwer, mich damit abzufinden, dass die Ash, die ich kannte, vielleicht nicht die Freundin und Vertraute war, für die ich sie gehalten hatte. Sie hatte mich in einem bedeutenden Punkt belogen, und ich fragte mich, was sie mir sonst noch verschwiegen hatte.

Und wenn Natasha wirklich das Opfer von Menschenhändlern war, für das sie alle hielten, warum sollte Ash sie dann entführen?

Es ergab keinen Sinn. Ich hatte bezeugt, wie sie unzähligen Männern und Frauen geholfen und sie aus Schiffscontainern befreit hatte. Der emotionale Tribut, den diese Aktionen von ihr gefordert hatten, war ihr deutlich anzusehen gewesen. Einen solchen Schmerz konnte man nicht vortäuschen.

»Genau das meine ich, Baby. Du zögerst. Deshalb will ich, dass du hierbleibst.«

Würde ich zögern, sie auszuschalten? Wahrscheinlich. Irgendwo tief in meinem Inneren hatte ich immer noch ein Gewissen.

»Ich muss es tun und ich bitte dich, mich nicht außen vor zu lassen. Wir wissen beide, dass Zane sich auf deine Seite schlagen wird, wenn du deshalb aus der Haut fährst. Dann werdet ihr mich in Sicherheit bringen und einsperren, bis du zurückkommst. Bitte lass das nicht zu. Zum einen sind wir ein Team. Ich muss dir den Rücken freihalten, also lass mich meinen Job machen.«

Okay, es war nicht gerade die feine Art, die Kameraden-Karte auszuspielen, die Declan zuvor auch bei mir benutzt hatte. Im Grunde war das emotionale Erpressung, aber ich hatte deshalb kein schlechtes Gewissen. Ich hatte es ernst gemeint, als ich sagte, dass ich helfen wollte. Ich musste Declan den Rücken freihalten.

»Thad«, brüllte Declan.

»Meine Güte, schrei nicht so, ich bin hier.«

»Bring sie in den Keller«, befahl er meinem Schwager und wandte sich mir zu. »Glaub ja nicht, dass ich nicht weiß, was du gerade abgezogen hast. Und ich warne dich, wenn wir im Einsatz sind, bin ich der Chef. Punktum. Du befolgst meine Anweisungen.«

»Weißt du, ich muss schon sagen, du bist ziemlich sexy, wenn du herrisch wirst. Aber sei *gewarnt*, Großer. Im Einsatz bist du vielleicht der Chef, aber solltest du versuchen, mich herumzukommandieren, wenn ich nicht bewaffnet bin und eine kugelsichere Weste trage, dann wirst du feststellen, dass ich nicht nur belle, sondern auch beiße.«

Declans rötliche Augen blitzten auf. Dann kniff er sie zu schmalen Schlitzen zusammen.

»Weißt du, ich überlege gerade, ob ein zartes Mauerblümchen vielleicht doch keine so schlechte Idee ist.«

»Von wegen. Du wüsstest doch gar nicht, was du mit einer solchen Frau anfangen solltest. Sie würde dich zu Tode langweilen. Außerdem muss jemand dein herrisches Gehabe im Zaum halten. Du kannst von Glück reden, dass ich starrsinniger bin als du.«

Mit diesen Worten ging ich zur Tür hinaus und musste lächeln, als die Männer schallend anfingen zu lachen. Alle bis auf einen. Er stand etwas abseits, hatte die Arme vor der Brust verschränkt und schien vor Wut zu kochen.

Wer auch immer diese Natasha war, sie bedeutete ihm etwas.

Thad und ich waren im Aufzug auf dem Weg in den Keller, als er sich mir zuwandte und mir ein Lächeln schenkte. Bevor ich entführt wurde, hatte ich Bilder von Thad gesehen und sogar einmal mit ihm per Video-Chat gesprochen, als er noch mit Emmy zusammenlebte. Er war schon damals ein gut aussehender Mann gewesen, doch im Laufe der Jahre hatte er sich eine raue Schale angeeignet, die aus dem niedlichen Kerl einen knallharten Krieger gemacht hatte. Ich verstand durchaus, warum meine Schwester sich zu ihm hingezogen fühlte, insbesondere in diesem Moment, in dem er mich mit entspannter Miene, einem sanften Ausdruck in den Augen und einem strahlenden Lächeln anblickte.

Er erweckte den Eindruck, als würde er ein bedeutendes Geheimnis hüten, das er nur mit Emmy teilte. Und ich kannte meine Schwester, sie hatte eine Schwäche für ein schönes Lächeln. Ganz sicher würde sie alles für ihn tun, wenn er sie so ansah.

»Du hast ihn um den kleinen Finger gewickelt«, bemerkte Thad mit einem leisen Lachen.

Ich musste nicht erst fragen, auf wen das *ihn* sich bezog, ich wusste, dass er von Declan sprach. Aber der Gedanke, dass irgendjemand Declan um irgendetwas wickeln könnte, war absurd.

»Wohl kaum.«

»Doch, das hast du. Und es ist schön zu sehen. Dec gibt nicht viel von sich preis, das war schon immer so. Bisher hat er uns immer nur Bruchstücke mitgeteilt. Ich wusste, dass etwas Schreckliches passiert war, aber bis vor Kurzem hatte ich keine Ahnung, wie verheerend seine Vergangenheit tatsächlich ist. Rückblickend hätte ich ihm so manches nicht an den Kopf werfen sollen, als wir in Afghanistan waren. Ich habe ein schlechtes Gewissen, weil ich mich wie ein Arsch verhalten habe.«

»Das musst du nicht. Was Declan passiert ist, ist mehr als tragisch. Es gibt nichts Schlimmeres, als sein Kind und seinen Partner zu verlieren. Der Schmerz ist unerträglich. Aber manchmal braucht man einen Freund, der einen wach rüttelt, damit man die Augen öffnet und sich umsieht. Ich glaube, Declan hat sich endlich entschieden, die Augen zu öffnen. Wir beide haben uns umgesehen und festgestellt, dass wir von Menschen umgeben sind, die sich um uns sorgen. Allerdings ist es für uns beide immer noch schwer, das zu akzeptieren, also musst du ihm ab und zu einen Schubs geben. Aber habe Verständnis, wenn er zurück-schubst.«

»Du passt perfekt zu ihm. Zugegeben, am Anfang war ich

mir nicht sicher, ob eure Verbindung eine gute Idee ist. Ihr beide …«

»Seid total verkorkst«, beendete ich den Satz für ihn.

Thad schnaubte und lächelte. »So weit würde ich nicht gehen.«

»Entspann dich, Schwager.« Ich stupste ihn spielerisch mit der Schulter an. »Bei ihm kann ich mich fallen lassen und ich selbst sein.«

»Wirklich?«

»Er weiß, dass ich gebrochen bin, und versucht nicht, mich zu heilen. Und doch tut er genau das. Es ist furchterregend und aufregend zugleich. Ich habe Angst, dass ich alles vermasseln werde, aber tief im Inneren weiß ich auch, dass er das nicht zulassen würde. Er sagt, dass ich die Einzige bin, die stark genug ist, sein zerbrochenes Ich wieder zusammenzusetzen. Dasselbe tut er für mich. Und dafür brauchte ich ihn. Nicht Mom, Dad, Emmy oder dich.«

»Das verstehen wir. Und vielleicht wirst du eines Tages verstehen, dass du bei uns auch einfach du selbst sein kannst.«

»Ich bin auf dem richtigen Weg, Thad. Es wird nur eine Weile dauern.«

Thad beugte sich vor und drückte mir einen Kuss auf den Kopf.

Ich ließ ihn gewähren.

Und ich war verdammt stolz auf mich.

* * *

ZEHN MINUTEN SPÄTER WAR ICH BIS AN DIE ZÄHNE bewaffnet und startbereit. Es hatte etwas länger gedauert als nötig, denn zuerst hatte ich noch die Scharfschützengewehre bewundert. Zugegeben, ich war kein Waffennarr. Pistolen und Gewehre waren für mich nur Werkzeuge, die ich bei meiner Arbeit benutzte. Aber die ausgestellten Schmuckstücke waren überaus beeindruckend, zumal ich wusste, dass jedes dieser Gewehre eine Sonderanfertigung war. Zane Lewis war nicht nur reich, er hatte Geld wie Heu.

»Brooks ist nach oben gegangen, um dir eine Weste und den Rest deiner Ausrüstung zu holen. Genügt dir deine Jeans oder willst du eine Cargohose?«, wollte Thad auf dem Weg nach oben wissen.

»Die Jeans reicht mir«, versicherte ich ihm.

»Wir werden die Sache sicher schnell über die Bühne bringen.«

»Machst du dir Sorgen um mich?«, neckte ich ihn. Thad starrte mich mit seinen braunen Augen an und runzelte die Stirn. »Ich weiß, was ich tue.« Sein Stirnrunzeln vertiefte sich und ich seufzte. »Im Ernst. Es wird alles gut gehen.«

Er warf einen Blick auf die heilende Wunde an meiner Kehle und murmelte: »Natürlich.«

Meine Güte. Ist der empfindlich.

»Wurdest du jemals bei einem Einsatz verletzt?«

Stille. Das war offensichtlich ein Ja.

»Und hat dich das davon abgehalten, dich wieder in die Schlacht zu stürzen? Haben deine Kameraden dich verhätschelt und dich gebeten, die nächste Mission auszusitzen?«

»Niemand verhätschelt dich. Ich mache mir nur Sorgen.«

»Und das weiß ich zu schätzen. Aber es geht mir gut. Glaub mir, ich weiß, was ich tue. Außerdem haltet ihr mir alle den Rücken frei.«

Die Aufzugtüren öffneten sich und ich trat aus der Kabine. Hier herrschte das reinste Chaos.

Brooks kam vorbei und warf mir eine Weste zu. Ich schnappte sie mir, bevor sie zu Boden fiel. Dann bemerkte ich, dass sich noch weitere Männer im Büro versammelt hatten.

»Das ist das Blue Team. Gabe, Owen, Kevin und Myles«, erklärte Thad.

Mein Blick fiel auf Owen. Er schien nicht weniger wütend als noch vor ein paar Minuten. Tatsächlich wirkte er noch aufgebrachter als zuvor.

»Was ist los?«, wollte Thad von Dec wissen, als dieser auf uns zukam. »Gibt es etwas Neues?«

»Garrett hat den Wagen aufgespürt. Er fährt über die Francis Scott Key Bridge in nördlicher Richtung.«

»Dundalk?«, fragte Thad, wobei ich nicht verstand, was er meinte.

»Zweifelhaft. Falls sie Abgeschiedenheit sucht, wird sie sie dort nicht finden.«

»Sparrows Point«, erwiderte Thad.

»Das würde ich auch vermuten, aber wir sollten erst abwarten, welche Abfahrt sie nimmt.«

»Was ist Sparrows Point?«

»Ein großes Industriegebiet. Es gehörte einst Bethlehem Steel. Mittlerweile hat Amazon dort ein Vertriebszentrum«, erklärte Dec.

»Das ist viel zu geschäftig. In einem Vertriebszentrum wird rund um die Uhr gearbeitet und Lkws fahren rein und raus. Was gibt es dort sonst noch, was etwas mehr Privatsphäre bietet?«

»Auf der Südseite befinden sich eine Zementfabrik und ein Kohlekraftwerk. Wenn sie bis nach Dienstschluss wartet, hätte sie genügend Privatsphäre«, fügte Thad hinzu.

»Bis dahin sind es noch Stunden«, bemerkte ich und reichte Declan mein Sturmgewehr mit Schalldämpfer. Er nahm es entgegen, und ich zog die schwere kugelsichere Weste an. Dann senkte ich die Stimme, damit Owen mich nicht hören konnte, und fügte hinzu: »Ash hat einen langen Atem, wenn es darum geht, Informationen aus jemandem herauszupressen. Aber normalerweise kann sie es kaum erwarten, damit anzufangen. Sie würde nicht den ganzen Tag mit dieser Frau herumfahren.«

Ein ungutes Gefühl beschlich mich. Wie war es möglich, jemanden so gut zu kennen und gleichzeitig nichts über ihn zu wissen? Ich konnte immer noch nicht fassen, dass meine Freundin mich belogen hatte. Warum hatte sie mir nicht einfach erzählt, dass ihr Vater mit Pollaski Geschäfte gemacht hatte? Das machte das, was ihrer Mutter passiert war, nicht weniger schrecklich. Irgendetwas war mir entgangen. Genau wie Tex und Beth.

»Wir übersehen etwas«, sprach ich meine Bedenken laut aus.

»Gut möglich«, sagte Declan, »aber wir müssen jetzt los und reden auf dem Weg darüber.«

Zane kam auf uns zu, gefolgt von Owen und den anderen drei Männern.

»Gold, ihr übernehmt die Führung.« Zane begegnete Declans Blick. »Ich habe den Bürgermeister von Baltimore County angerufen und ihm erklärt, dass wir in der Gegend eine Übung durchführen. Das heißt, ihr habt einen gewissen Spielraum. Aber wir sind hier nicht im Wilden Westen, und ich will mir nicht die Nacht um die Ohren schlagen, um euch aus dem Gefängnis zu holen.« Dann wandte Zane sich an Owen. »Und du solltest deine Gefühle im Zaum halten. Du hast unter der Dusche gestanden, verdammt noch mal. Es war nicht deine Schuld. Dir ist nichts entgangen, weil es keine Hinweise gab und niemand eine Drohung geschickt hat.« Schließlich sah Zane mich an und verengte die Augen zu schmalen Schlitzen. »Bleib am Leben und pass auf, dass du nicht verletzt wirst. Du solltest dir nicht einmal einen verdammten Kratzer zuziehen. Du bist ohnehin schon eine Nervensäge. Wenn dir etwas passiert, wird Declan durchdrehen und Thad wird aus der Haut fahren. Und dann muss ich mich auch noch mit Emerson, Violet und Jaxon herumschlagen. Darauf habe ich keine Lust.«

»Deine Sorge um mich ist wirklich rührend«, entgegnete ich schnippisch, woraufhin Zane ein Kurren und Brooks ein lachendes Schnauben ausstieß.

»Herrgott. Du bist wirklich eine Nervensäge«, brummte Zane und ging davon.

»Man sollte nicht von sich auf andere schließen«, rief ich ihm hinterher.

»Können wir jetzt gehen?«, blaffte Owen.

Ich blickte zu dem Mann auf und wäre beinahe zusammengezuckt. In seinen Augen lagen unverhohlener Schmerz, blanke Angst und rasende Wut. Natasha lag Owen sehr am Herzen.

»Wir werden sie finden«, sagte ich mit sanfter Stimme.

»Sicher. Aber wird sie dann noch am Leben sein?«

Das war eine Frage, die ich nicht beantworten wollte.

Um es mit Zanes Worten zu sagen, Owen sah bereits aus, als sei er wahnsinnig geworden. Zudem war er ein Hüne und schien ohnehin keine Antwort zu erwarten.

Ashaki sollte besser eine gute Erklärung dafür haben, warum sie Natasha entführt hatte. Und zwar eine *verdammt* gute. Andernfalls würde sie diese Sache nicht überleben.

Ich war mir nicht sicher, was ich bei dem Gedanken fühlte. Doch in diesem Moment stellte ich alles infrage, was mich zu diesem Moment geführt hatte. Jede Tat. Jede Entscheidung. Das Vertrauen, das ich in jemanden gesetzt hatte, der mir eindeutig nicht vertraut hatte. Und die Wahrheit war, dass ich genug von diesem Leben hatte.

KAPITEL ZWEIUNDDREISSIG

Zu sechst waren wir in einem der Firmen-Geländewagen eingepfercht. Owen und sein Team folgten uns in einem anderen Fahrzeug. Wir waren kaum aus der Tiefgarage herausgefahren, als Thad sich in seinem Sitz umdrehte und sich Autumn zuwandte.

»Erklär mir, was wir deiner Meinung nach übersehen.«

»Ash ist normalerweise nicht so nachlässig. Sie war beim FBI und dann bei der CIA, was bedeutet, dass sie genau weiß, wie sie die Verkehrskameras umfahren kann. In diesem Fall ist ihr nicht einfach ein Anfängerfehler unterlaufen, sie war schlichtweg unvorsichtig. Das ist völlig untypisch für sie, denn sie plant immer alles bis ins kleinste Detail. Sie hat mir beigebracht, methodisch vorzugehen. Aber irgendetwas hat sie aufgewühlt. Ich glaube, bei dieser Sache geht es für sie um etwas Persönliches.«

»Etwas Persönliches?«, hakte Thad nach.

Autumn ignorierte seine Frage und fuhr fort: »Wenn Ash ihre Informationen nicht von Beth bekommt, dann erhält sie sie von Shepherd. Ich hätte früher daran denken sollen, ihn zu kontaktieren. Beth hat starke Moral- und Wertvorstellungen, sie würde sich nie in die Grauzone begeben, in die wir manchmal abgleiten müssen. Shep liebt diese Grauzone. Er hilft Ash liebend gern und will nicht wissen, was sie mit den von ihm gelieferten Informationen anstellt. Wenn Ash also Informationen über Natasha bräuchte und wüsste, dass Beth Skrupel hätte, würde sie sich an Shep wenden. Ash hat ein Opfer von Menschenhandel aufgespürt, beobachtet und schließlich entführt. Wenn sie wüsste, dass Beth sie nicht unterstützen würde, geht es bei der Sache sicher um etwas Persönliches.«

»Das ist ziemlich weit hergeholt«, bemerkte Brooks. »Wir kennen nicht einmal Natashas wahre Identität. Owen ist emotional viel zu sehr in die Sache verwickelt, ihm könnte etwas entgangen sein. Sie ist vielleicht nicht so unschuldig, wie er glauben will.«

»Warum wird ein Mensch plötzlich leichtsinnig? Was macht ihn impulsiv? Warum vergisst er, was er in der Ausbildung gelernt hat, und handelt aus dem Bauch heraus?«, fragte Autumn.

»Weil seine Mission persönlich ist«, antwortete ich. »Autumn hat recht. Maloof ist uns seit Bahrain einen Schritt voraus gewesen. Sie ist schlau, gut ausgebildet und würde ihre Mission nicht vermasseln, indem sie von einer Verkehrskamera erfasst wird.«

»Wer zum Teufel ist diese Natasha?«, fragte Max. »Warum ist sie für Maloof von Bedeutung? Kannst du mit diesem Shepherd Kontakt aufnehmen?«

»Ich kann es versuchen, aber Shep hat einen Hang zum Drama. Bevor er zurückruft, muss man erst eine Reihe von E-Mails und Tests durchlaufen. Das kann Tage dauern. Er bezeichnet sich selbst gern als Red Hat Hacker. Aber in Wirklichkeit geht es ihm ums Geld. Er verlangt fünfmal so viel wie Beth. Meistens ist das ganze Drama den Aufwand nicht wert. Aber Ash nimmt seine Dienste häufig in Anspruch.«

»Ich habe keine Ahnung, was ein Red Hat Hacker ist, und offen gestanden ist es mir egal. Schick ihm eine E-Mail und warte, ob er anruft«, sagte Max.

»Thad, ruf Tex an«, befahl ich.

»Das werde ich, wenn du aufhörst, dich wie ein Verrückter durch den Verkehr zu schlängeln, und ich den Haltegriff loslassen kann, um mein Handy aus der Tasche zu ziehen«, murrte Thad neben mir.

Ich warf einen Blick auf den Tacho. »Ich fahre kaum schneller als hundertvierzig Stundenkilometer. Hör auf zu meckern und ruf Tex an.«

Statt meinen Befehl zu befolgen, reckte Thad den Hals und drehte sich zu Autumn um. »Ich gebe dir einen guten Rat. Lass Declan niemals fahren. Das hier ist noch gar nichts. Wenn er es eilig hat, rast er wie der Henker.«

Dann richtete Thad den Blick wieder nach vorn und tat endlich, worum ich ihn gebeten hatte. Er rief Tex an.

»Zane hat sich bei mir gemeldet«, sagte Tex zur Begrüßung. »Er hat mich wissen lassen, dass ihr unterwegs seid.«

»Das ist richtig«, bestätigte ich. »Hör mal, Autumn hat einen Typen namens Shepherd erwähnt. Kennst du ihn?«

»Ja, er ist ein übler Bursche, der sich für eine Art digitalen Aktivisten hält und Viren in die Computer anderer Hacker einschleust, nachdem er ihre Daten gestohlen und verkauft hat. Ein Black Hat, der vorgibt, ein Red Hat zu sein. Der Kerl ist ein Arschloch.«

Da war wieder dieser Begriff. Red Hat. Aber es war mir scheißegal, wie der Kerl sich nannte.

»Maloof benutzt ihn«, sagte Autumn.

»Scheiße.«

»Glaubst du, *du* kannst dich in *seinen* Computer hacken

und herausfinden, welche Informationen er Maloof gegeben hat?«, fragte Autumn, bevor ich es tun konnte.

»Ich kann mir Zugang zu seinem System verschaffen. Es wird eine Weile dauern, aber ich werde nichts finden. Daten werden nicht auf einem Computer gespeichert, der mit dem Netzwerk verbunden ist. Das bedeutet, dass ich stundenlang seine Suchanfragen zurückverfolgen muss. Es ist nicht so einfach wie das Kopieren einer Datei. Der Kerl ist zwar ein Arschloch, aber er ist nicht dumm. Wie siehst du das, Autumn?«

Autumn erzählte ihm von ihrem Verdacht und Tex pflichtete ihr bei.

»Natasha ist definitiv der Schlüssel. Ihre Fingerabdrücke waren nicht im System. Damals habe ich dem nicht viel Bedeutung beigemessen. Doch da Maloof in die Sache verwickelt ist, denke ich, dass sie Sheperd damit beauftragt hat, ihre Identität zu löschen. Das bedeutet wiederum, dass die Überprüfung ihrer DNA auch nichts ergeben wird.«

»Wie ist das verdammt noch mal möglich?«, fragte Kyle.

»Es ist einfacher, als du denkst. Ihr glaubt doch nicht, dass jemand auf etwas stoßen würde, wenn er eure Fingerabdrücke oder DNA überprüfen würde. Garrett hat alles geregelt.«

»Wir brauchen noch zwanzig Minuten«, sagte ich.

»Und ich kann euch nicht weiterhelfen«, erwiderte Tex.

Das ist das erste Mal.

»Ich bekomme gerade noch einen Anruf, Tex. Wir melden uns wieder«, sagte Thad und schaltete auf die andere Leitung um. »Gibt es etwas Neues?«

»Maloof hat die Ausfahrt 43 genommen. Sie fährt in Richtung Werft«, berichtete Garrett.

»Ausfahrt 43 von der 695, richtig?«, fragte Autumn.

»Ja. Nach der Ausfahrt ist sie rechts abgebogen.«

»Okay, dann fährt sie also in Richtung des Fed Ex Gebäudes?«, fragte Autumn, die offensichtlich eine Karte auf ihrem Handy geöffnet hatte. »Ich sehe einen Ort namens Tom Point. Dort stehen drei Gebäude, in einem davon wird sie sein. Ich vermute, das riesige Gelände, auf dem die ganzen Fahrzeuge stehen, gehört einem Automobilimporteur. Wenn sie fertig ist, wird sie eines davon stehlen, falls sie kein Fahrzeug in der Nähe findet. Auf keinen Fall wird sie mit dem Wagen wegfahren, mit dem sie gekommen ist.«

»Woher weißt du das?«, fragte Garrett.

»Weil ich es genauso machen würde. Und Ash hat mir das meiste von dem beigebracht, was ich weiß. Das Google-Bild, das ich mir gerade ansehe, wurde an einem Werktag aufgenommen. Vor jedem Geschäft sind Fahrzeuge geparkt, bis auf diesen Tom Point. Sie wird sich nicht weiter vorwagen, denn dort gibt es ein Sicherheitstor. Das bedeutet auch einen Kontrollposten, und den wird sie vermeiden wollen. Die Gebäude sind weit genug von der Fed Ex Halle entfernt, sodass sie von deren Kameras nicht erfasst werden wird. Aber sie ist nahe genug, um ein Fahrzeug zu stehlen. Gleich daneben befindet sich ein Wald, durch den sie problemlos verschwinden könnte. Zweifellos hat sie die Gegend bereits ausgekundschaftet. Vielleicht hat sie dort sogar einen Wagen versteckt. Ich hätte es getan. Sie hatte genügend Zeit, um alles zu planen. Es macht mehr Sinn, ein Fahrzeug bereitzustellen, als ein Risiko einzugehen und eines zu stehlen.«

»Ich überprüfe das. Vielleicht kann ich irgendwo einen Wagen ausmachen. Ich melde mich wieder bei euch.«

Garrett beendete das Gespräch. Keiner sagte ein Wort, bis Autumn die Karte etwas eindringlicher studiert hatte.

»Google Maps ist zwar nützlich, aber besser wären Echtzeitdaten, um ganz sicherzugehen. Nichtsdestotrotz tippe ich nach wie vor auf Tom Point. Ich würde meinen Fluchtwagen auf dem U-Bahn-Parkplatz abstellen. Zwar wird dieser wahrscheinlich kameraüberwacht, aber der Wagen wäre dort sicher und ich wüsste, dass er nicht abgeschleppt werden würde. Außerdem liegt der Parkplatz noch vor dem Sicherheitstor. Er ist gut erreichbar, man kommt schnell rein und raus, in der Nähe befindet sich eine Autobahn und in etwa dreißig Kilometern Entfernung ein Privatflughafen.«

Die anderen schwiegen, und mein Magen verkrampfte sich, als ich die Aufregung in Autumns Stimme hörte.

Nein, keine Aufregung, sondern vielmehr Enthusiasmus und Leidenschaft. Sie war gut in ihrem Job. Leider bestand ihre Arbeit darin, Menschenhändler zu beschatten und sie ins Jenseits zu befördern. Wir alle spielten ein tödliches Spiel und wussten, dass das Blatt sich von einem Moment auf den anderen wenden konnte. Dann landete man selbst unter der Erde.

Ich wollte nicht, dass Autumn unter der Erde landete. Und ich wollte, dass sie nie wieder jemanden beschattete und ins Jenseits beförderte. Ich wollte sie irgendwo in Sicherheit wissen, wo nichts und niemand ihr etwas anhaben konnte.

Aber im Moment klang sie so glücklich.

Ich musste wieder an ihre Frage denken, die sie mir vorhin gestellt hatte, und spürte ein Brennen in der Brust.

Ich hatte keine Ahnung, wie ich mit dem Wissen leben sollte, dass sie sich auf die Jagd nach dem Abschaum der Menschheit begab.

Herrgott. Allein der Gedanke tat weh.

Ich wollte, dass sie dieses Dasein hinter sich ließ.

Verdammt, ich wollte es selbst hinter mir lassen.

* * *

»Autumn hatte recht«, erklärte Garrett über Funk. »Myles hat den Wagen, den Maloof auf dem Parkplatz der U-Bahn-Station abgestellt hat, bereits lahmgelegt.«

»Verstanden.« Ich ließ den Blick über das Gelände von

Tom Point schweifen. Wir waren noch etwa fünfzig Meter von unserem Ziel entfernt.

Vor uns lagen drei fensterlose Gebäude aus Betonblöcken, alle unterschiedlich groß. Das kleinste hatte die Größe eines Badehauses, das größte die eines kleinen Wohnhauses. Garrett war es nicht gelungen, Baupläne der Gebäude zu finden, sodass wir blind hineingehen mussten. Wir wussten nur, dass das Gelände der Zementfabrik gehörte. Wahrscheinlich handelte es sich um Lagerhallen.

Wir hatten die Gegend kurz erkundet, doch das hatte uns nicht wirklich weitergebracht. Wir wussten nach wie vor so gut wie nichts. Allerdings hatten wir nirgendwo eine Überwachungskamera oder ein Fenster entdeckt, sodass wir uns außerhalb der Gebäude unbemerkt bewegen konnten. Dafür war ich dankbar, denn es gab weit und breit keinen Ort, an dem wir uns hätten verstecken können. Die Umgebung war absolut kahl.

»Team drei in Position«, meldete Brooks. Ich blickte in die Richtung, in die er und Thad verschwunden waren.

»Team zwei bereit«, ertönte auch Kyles Stimme. Bei ihm waren Max und Gabe.

Ich hatte ein ungutes Gefühl. Vielleicht lag es an der Operation an sich oder an der Tatsache, dass unsere Zielperson eine vermeintliche Freundin von Autumn war. Möglicherweise hatte es auch etwas mit Owen zu tun. Seinetwegen hatte ich ernsthafte Bedenken. Der Mann war ein nervliches Wrack.

»Kevin hat sich am Ausgang positioniert. Sie wird auf keinen Fall mit dem Wagen von hier wegfahren«, erklärte Garrett. »Es kann losgehen, macht euch bereit. Nehmt sie, wenn möglich, fest. Wir würden sie gern befragen.«

Garretts Bitte entlockte Owen ein wütendes Knurren, und meine Bedenken verwandelten sich in Zweifel.

»Reiß dich zusammen, Bruder«, warnte ich ihn.

Ich warf einen Blick auf Owen zu meiner Linken und mir wurde flau im Magen. Ich kannte diesen Blick, ich hatte ihn auf Thads Gesicht gesehen, als Emmy entführt wurde, ich hatte ihn auf Max' Gesicht gesehen, als Eva nach Alaska verschleppt wurde, und ich hatte ihn auf Kyles Gesicht gesehen, als Anaya mit Tatiana auf der Flucht war, während sie einen äußerst gefährlichen Mann gefesselt auf dem Rücksitz transportiert hatten. Ich hatte die Angst gespürt, als meine Schwester nach Brasilien gebracht und fast getötet wurde. Und schließlich hatte ich sie geschmeckt, als meine Frau und meine Tochter in meinen Armen starben.

In diesem Moment wusste ich, dass ich so nicht weitermachen konnte. Die Säure hatte sich durch meine Magenwand gefressen. Wenn ich diesem Leben nicht den Rücken kehrte, würde bald nichts mehr von mir übrig sein.

Dann wäre ich nur noch ein Haufen Asche.

Ich war bereits auf halbem Weg in mein Verderben.

Ich hatte genug geblutet.

Keinen Tag länger würde ich es ertragen, dieses Gift zu spüren, wie es in meinen Körper und in meine Seele sickerte. Ich hatte meinem Land gedient und meine Schuldigkeit getan. Ich hatte geblutet und Schweiß und Tränen vergossen.

Ich musterte meinen Bruder. Er sah aus, als würde er gleich den Verstand verlieren. Und in diesem Moment erinnerte ich mich an den bitteren Geschmack und mir wurde klar, dass ich nichts würde sagen können, um ihn greifbar zu machen.

»Tu, was du tun musst, Owen. Ich bitte dich nur, Autumn eine Chance zu geben, sie zum Aufgeben zu überreden. Maloof muss sich für ihre Taten verantworten, aber die Sache ist vielleicht viel komplizierter, als wir denken. Darüber hinaus werde ich dir nicht im Wege stehen. Aber eines solltest du bedenken. Wenn das hier vorbei ist, wird Natasha dich brauchen. Du solltest dich also zusammenreißen, wenn du am Ende deine Frau mit nach Hause nehmen und dich um sie kümmern willst.«

Neben mir schnappte Autumn hörbar nach Luft, doch ich wandte den Blick nicht von Owen ab. Ich kannte ihn nicht sonderlich gut, aber soweit ich wusste, war er ein guter Kerl. Er war ein paar Jahre älter als ich und hatte seinem Land ehrenvoll gedient. Ich wusste auch, dass Natasha ihm etwas bedeutete, also würde er das Richtige tun.

Ein lauter Schrei durchdrang meine Gedanken und damit gehörte Plan A der Vergangenheit an. Für Finesse und das Überraschungsmoment blieb keine Zeit mehr.

»Hast du …«, begann Gabe.

»Los«, fiel ich ihm ins Wort.

Wir pirschten uns an das Gebäude heran. Owen ging neben mir, und ich konnte Autumns Schritte direkt hinter mir hören.

Als wir die kurze Strecke bis zur Tür zurückgelegt hatten, hatte ich alles außer der Mission verdrängt und wartete darauf, dass Autumn uns einholte. Einen Augenblick später spürte ich ihre zierliche Hand an meiner Schulter.

Ich begegnete Owens Blick, nickte ihm kurz zu und öffnete die Tür. Ein Schmerzensschrei drang an unsere Ohren.

Verdammt.

Owen stürmte durch die Tür. Er war bewaffnet, wütend und aufgebracht. Gar nicht gut. Ich folgte ihm und sah mich um. Wir befanden uns in einem offenen Raum ohne Türen. Außer Ashaki Maloof und Natasha war niemand zu sehen.

»Lass sie in Ruhe und tritt verdammt noch mal zurück«, blaffte Owen und richtete seine Waffe auf Maloof.

Sie gehorchte nicht.

»Ich werde dich nicht noch einmal bitten, du Schlampe.«

Neben mir hörte ich, wie Autumn zischte, und ich kämpfte gegen den Drang an, sie zurück durch die Tür zu stoßen. Aber nicht, weil Ashaki Maloof ihre Waffe gezogen hatte, sondern weil Natasha entweder mit einem Seil oder mit Handschellen an einen Stuhl gefesselt war und ihr Gesicht übel zugerichtet war.

»Was zum Teufel tust du da, Ash?«, schrie Autumn.

»Das geht dich nichts an. Dreh dich um, nimm deine Bulldoggen mit und verschwinde.«

Owen stieß einen drohenden Laut aus und seine ohnehin schon angespannte Stimmung schlug in unverhohlene Feindseligkeit um.

Wieder haderte ich mit mir. Dann tobte ein Krieg in meinem Inneren, als Autumn sich zwischen Owen und mich stellte, um sich Maloof zu nähern.

Keine der beiden Frauen schien sich von den Waffen im Raum beeindrucken zu lassen, von denen drei auf Ashaki gerichtet waren.

Autumn hatte zwei Minuten Zeit, um Maloof zur Vernunft zu bringen. Wenn sie die Frau bis dahin nicht beruhigt hatte, würden wir sie ausschalten. Und nachdem ich gesehen hatte, was sie Natasha angetan hatte, würde es mir nicht einmal leidtun.

»Was tust du da, Ash?«, versuchte Autumn es erneut. »Ich erkenne dich kaum wieder. Das sieht dir nicht ähnlich. Du verletzt keine unschuldigen Frauen.«

»Unschuldig? Sarah ist alles andere als unschuldig«, knurrte Ashaki.

Sarah?

»Amie, ich wusste es nicht«, wimmerte Natasha.

»Halt verdammt noch mal die Klappe. Du wusstest es. Wie konntest du es nicht wissen?«

»Wer ist Sarah?«

Ashaki stieß ein bösartiges Lachen aus, bei dem ich eine Gänsehaut bekam und mein Magen sich verkrampfte.

Ich warf Owen einen Blick zu. Er vibrierte nicht mehr vor Wut, sondern war zu einer Statue erstarrt.

Verdammte Scheiße.

»Diese Schlampe hier ist Sarah. Sarah Pollaski.«

Oh, verdammt.

»Pollaski?«, flüsterte Autumn.

»Jetzt verstehst du es«, fauchte Maloof. »Sie ist nicht ganz so unschuldig, nicht wahr? Ich wollte das hier nicht tun. Ich hatte einen Plan. Und zwar einen guten. Dann kam dieser Kerl«, sie deutete mit ihrer Waffe auf Owen, »und hat alles versaut.«

Die zwei Minuten, die ich Autumn gegeben hatte, um Maloof zur Vernunft zu bringen, verstrichen in Windeseile. Die Luft war von einer elektrisierenden Spannung durchzogen. Es war an der Zeit, diesen Mist zu beenden.

»Von welchem Plan redest du?«, fragte Autumn. »Was ist mit deinem Plan, deinen Declan zu finden und das alles hinter dir zu lassen? Was ist mit all den Jahren, in denen wir zusammengearbeitet haben? Wir haben so viel Gutes getan.«

Ashaki Maloof bedachte Autumn mit einem eiskalten, leeren Blick. In diesem Moment wusste ich, was ihr Plan gewesen war.

Und er würde Autumn das Herz brechen.

Verdammter Mist.

KAPITEL DREIUNDDREISSIG

Mein Herz hämmerte in meiner Brust, meine verschwitzten Hände zitterten und ich betete, dass ich meine Waffe nicht fallen ließ.

Ash musste mir nicht erzählen, was sie getan hatte. Ich wusste es, aber ich wollte es von ihr hören.

Ich brauchte die Bestätigung, dass der Mensch, dem ich vertraut hatte, nicht der war, für den ich ihn gehalten hatte.

»Ich wusste es nicht«, wiederholte Natasha.

Nein, nicht Natasha, Sarah Pollaski.

Was zum Teufel?

»Lüg mich nicht an. Du wusstest es. Du hast mit ihm in diesem Haus zusammengelebt.«

»Amie, glaub mir. Ich schwöre es, ich hatte keine Ahnung. Wusstest du denn, dass deine Eltern für ihn gearbeitet haben?«

»Halt die Klappe.«

Interessant. Ash hatte es nicht gewusst.

»Sie ist auch nur ein Opfer. Genau wie du und ich«, sagte ich in dem verzweifelten Versuch, zu ihr durchzudringen.

»Ihr Vater hat meine Familie getötet«, schrie Ash.

Ash drehte sich langsam wieder Natasha zu. Mir schlug das Herz bis zum Hals, meine Ohren rauschten und meine Brust schmerzte.

Sie schmerzte spürbar.

Ich wusste, wie das Bedürfnis nach Rache schmeckte. Über Jahre hinweg war es meine treibende Kraft gewesen. Es hatte mein ganzes Wesen vereinnahmt und mich verzehrt.

Es war ein beschissenes Gefühl.

»Du machst einen Fehler, Ash. Das weißt du.«

»Wirklich? Weiß ich das? Sie war meine Freundin!«, kreischte sie.

Oh, verdammt.

»So wie du meine Freundin warst und mich angelogen hast?«, fragte ich.

»Ich habe nicht gelogen, ich habe dir nur nicht alles erzählt.«

»Sicher. Ich verstehe den Unterschied. Aber du solltest eines wissen. Niemand hier wird zulassen, dass du sie tötest.«

»Und wer wird mich aufhalten?«

»Ich. Ich werde dich aufhalten. Es wäre falsch, sie zu töten, und tief im Inneren weißt du das. Ich kenne dich …«

»Du kennst mich überhaupt nicht.«

Scheiße, das tat weh.

»Wirklich nicht? Dann war also *alles*, was du mir im Laufe der Jahre erzählt hast, eine Lüge? Hast du mir nur Schwachsinn aufgetischt? Willst du mir das damit sagen? Und alles, was du im Haus meines Vaters zu mir gesagt hast, war ebenfalls gelogen?«

»Ja«, zischte sie. »Auf mich wartet kein Declan. Mein Leben ist leer. Und das habe ich nur dieser Schlampe zu verdanken.«

Und im nächsten Moment geriet meine Welt aus den

Fugen. Ashaki hob ihre Waffe an. Doch bevor sie damit auf Natasha zielen konnte, ertönten drei Schüsse.

Sie wurde von drei Kugeln getroffen.

Und meine Freundin Ashaki Maloof brach auf dem Zementboden zusammen.

Ich war wie betäubt.

Einfach nur betäubt.

Ich nahm Natashas Schrei kaum wahr und sah nur verschwommen, wie Owen auf sie zustürmte. Declan sagte etwas neben mir, doch ich konnte ihn nur gedämpft hören.

Ich blickte von meiner Freundin zu Owen, der vor der weinenden Natasha kniete. Er streckte eine zitternde Hand nach ihr aus, doch sie wich zurück.

Plötzlich war der Raum voller Männer. Stimmen hallten um mich herum wider und jemand, wahrscheinlich Declan, legte eine Hand an meinen Unterarm und drückte ihn hinunter, sodass ich meine Waffe senkte.

Die Waffe, mit der ich auf meine Freundin geschossen hatte.

Sie wurde mir aus den Fingern gerissen. In diesem Augenblick schoss mir der Gedanke durch den Kopf, dass ich nie wieder so ein Ding in der Hand halten wollte.

Ich wollte dieses verdammte Leben nicht mehr führen.

Ich wollte weder Schießpulver noch den kupfernen Geruch von Blut riechen müssen. Und ich wollte kein Blut mehr sehen müssen.

Zu viel.

Es war alles zu viel.

Ich hatte zu viel getan und zu viel gesehen. Mein Herz schmerzte zu sehr. Meine Seele war zu schwarz.

Was hatte ich getan?

Warum hatte ich dieses Leben gewählt?

Aus Rache.

Genau wie Ash. Und jetzt lag sie leblos in einer Blutlache,

die immer größer wurde. Sie sagte, ihr Leben sei leer gewesen, und ich glaubte ihr. Jahrelang war es mir nicht anders ergangen. Mein Dasein hatte nur aus Rache und Vergeltung bestanden. Ich hatte nicht in erster Linie Männer, Frauen und Kinder befreit. Ihre Rettung war nur ein Nebeneffekt gewesen. Im Grunde hatte ich nur so viele Menschenhändler wie möglich töten wollen. Ich hatte sie ermorden wollen.

Ich war nicht besser als Ash.

»Baby?«

Ich hörte Declans Stimme, konnte aber nicht antworten, weil mir die Galle hochkam. Ich wusste, was passieren würde. Dasselbe, was jedes Mal passierte, wenn ein Mensch durch meine Hand starb.

Ich musste mich übergeben.

Und wieder einmal bewies Declan mir, dass er zu perfekt, zu aufmerksam und zu gut für jemanden wie mich war. Er führte mich aus dem überfüllten Raum und blieb erst stehen, als er mich um die Ecke des Gebäudes gebracht hatte, wo die anderen mich nicht sehen konnten.

Ich hielt mich nicht damit auf, einen reinigenden Atemzug zu nehmen, sondern ließ mich von dem fauligen Geschmack durchdringen, bis ich keine andere Wahl hatte, als ihn aus mir herauszuwürgen.

Während Declan eine Hand um meinen Bizeps geschlungen hatte, beugte ich mich vor und erbrach mich. Ich schämte mich nicht, ich war nicht imstande, etwas vor ihm zu verbergen. Und ich wollte es auch nicht. Er musste sehen, worauf er sich eingelassen hatte. Das war ich. Ich hatte eine große Klappe, aber in Wirklichkeit war ich schwach.

Ich konnte so nicht weitermachen.

»Ich kann nicht«, keuchte ich, würgte und spuckte.

»Ich bin für dich da, Baby. Lass einfach alles raus.«

Ja, das war er. Er war immer für mich da.

»Danke«, murmelte Dec. Ich warf einen Blick zur Seite und sah Max, der mit steinerner Miene und einer Flasche Wasser in der Hand neben uns stand. Er kochte vor Wut.

Zum Glück sagte er kein Wort und stapfte davon. Oh ja, er war *stinksauer*.

»Spül dir den Mund aus.« Declan reichte mir die aufgeschraubte Flasche und ich tat wie geheißen.

Als ich fertig war, hob Declan mich hoch, legte mich wie ein Feuerwehrmann auf seine Schultern und trug mich zum Wagen. Normalerweise hätte ich mich gewehrt und von ihm verlangt, mich abzusetzen, aber in diesem Moment war ich dankbar, dass er sich um mich kümmerte. Ich wollte nur Declan, solange er bei mir bleiben wollte.

* * *

Ich saß auf Declans Schoß auf dem Beifahrersitz des Suburban. Die Tür war geöffnet und Declan gab keinen Ton von sich. Bis zwei schwarze Geländewagen gefolgt von einem Dutzend Polizeifahrzeugen mit hoher Geschwindigkeit auf den Parkplatz fuhren.

»Soll ich …«

»Nein.« Declans Antwort überraschte mich, aber ich erwiderte nichts.

Im Grunde gab es nichts zu sagen.

Zane kam mit einem besorgten Gesichtsausdruck auf uns zu. »Alles in Ordnung?«

»Verdammt, nein«, antwortete Declan, und Zane nickte.

»Jemand verletzt?«

»Nein.«

»Ich schicke jemanden vorbei, der eure Aussagen aufnimmt. Danach bringst du sie nach Hause.«

Mit diesen Worten ging Zane davon und wir verfielen wieder in Schweigen.

Ich wünschte, ich könnte in diesen betäubten Zustand zurückkehren, doch ich war viel zu aufgewühlt. Ich wusste nicht, wie ich Declans Schweigen deuten sollte, aber ich war zu feige, ihn um eine Erklärung zu bitten. Mich beschlich der Gedanke, dass er seine Meinung geändert haben könnte, doch ich würde seine Zurückweisung nicht ertragen können. Also saß ich still da, bis ein Mann im Anzug kam, um uns zu befragen.

Während Declan seine Aussage machte, stand er weder auf, noch schob er mich von seinem Schoß, noch lockerte er seinen Griff um mich. Er beschränkte sich darauf, den Tathergang emotionslos und mit klaren, überlegten Worten zusammenzufassen. Ich folgte seinem Beispiel und beantwortete die Fragen des Detectives. Der Mann wollte gar nicht wissen, ob ich eine Lizenz für die Waffe hatte, woher ich Ashaki kannte oder wie ich zufällig in eine Geiselnahme in einem leer stehenden Gebäude geraten war. Nachdem er alles notiert hatte, bat er uns nicht, in der Nähe zu bleiben, falls er weitere Fragen hätte. Er nannte weder mir noch Declan seinen Namen, noch gab er uns seine Visitenkarte. Er nickte uns nur zu und ging davon.

Ich war viel zu aufgewühlt, um mir darüber den Kopf zu zerbrechen.

Declan drückte mir einen Kuss auf die Schläfe, stieg mit mir im Arm aus dem Wagen, setzte mich zurück in den Sitz, schnallte mich an und schloss die Tür.

Das war alles.

Wortlos fuhren wir zu meinem Haus.

Zehn Minuten bevor wir dort ankamen, zog er sein Handy aus der Tasche und brach endlich das ohrenbetäubende Schweigen.

»Emerson?« Es folgte eine Pause. »Ja, hier ist Declan. Thad geht es gut. Aber ich möchte dich bitten, dich mit mir bei Autumn zu Hause zu treffen. Komm allein.« Wieder hielt

Declan inne, dann gab er ihr meine Adresse und beendete das Gespräch.

Mittlerweile hatte meine innere Unruhe sich ins Unermessliche gesteigert.

»Es ist mir egal, ob ihr euch gegenübersitzt und euch anstarrt. Du musst kein einziges Wort mit ihr wechseln. Aber ich muss noch etwas erledigen und ich möchte, dass Emerson bei dir ist und auf dich aufpasst, während ich weg bin. Wenn du sie nicht sehen willst, geh in dein Zimmer. Wenn du versuchst, ihr zu entkommen, dich rauszuschleichen oder wegzulaufen, dann werde ich dich finden, das schwöre ich bei allem, was mir heilig ist. Und ich werde verdammt wütend sein. Ich bin nicht länger als zwei Stunden weg. Wenn ich zurückkomme, reden wir. Bis dahin musst du stark sein.«

»Ich werde nicht weglaufen«, erwiderte ich mit schriller Stimme.

»Gut.«

»Emmy muss nicht herkommen.«

Declan fuhr von der Schnellstraße ab und hielt an einer roten Ampel.

»Vertrau mir. Du brauchst sie. Das ist deine Chance. Sei mutig und ergreife sie, Autumn. Denn nach dem heutigen Tag wirst du vielleicht keine weitere bekommen.«

»Was soll das heißen?«

»Wir reden darüber, wenn ich zurück bin.«

»Dec ...«

»Vertrau mir. Mehr musst du nicht tun, Baby. Vertraue darauf, dass ich das Richtige für uns beide tun werde.«

Ich soll ihm vertrauen?

Ich habe dem *Vertrauen* gerade eine Kugel in den Kopf gejagt.

Ich habe es getötet.

Ich war mir nicht sicher, ob ich jemals wieder die Kraft

haben würde, irgendetwas oder irgendjemandem zu vertrauen. Nicht völlig, nicht blind, nicht nach allem, was Ash getan hatte.

»Der letzte Mensch, dem ich vertraut habe, hat mich belogen, eine Frau entführt, sie verprügelt und versucht, sie zu töten. Ich bin mir nicht sicher …«

»Wage es niemals, mich mit ihr zu vergleichen«, entgegnete er mit donnernder Stimme. Ich hätte schwören können, dass die Scheiben bebten.

Declan schnaufte und mein Unbehagen wuchs. Mit jedem Atemzug verkrampfte mein Magen sich ein wenig mehr.

»Durchforste deine Erinnerung und sag mir, ob ich jemals etwas getan habe, was dein Vertrauen in mich erschüttert hätte.«

Das hatte er nicht, aber Ash genauso wenig.

Ich hatte ihr vertraut. Ich hatte den Jungs versichert, dass ich ihr sogar mein Leben anvertrauen würde, und ich hatte mich in ihr getäuscht.

»Vor allem will ich, dass du in dich gehst und dich daran erinnerst, wie du dich gefühlt hast, als du dich mir hingegeben hast. Du hast mir dein Vertrauen geschenkt, so wie ich dir meins geschenkt habe. Erinnere dich. Du hättest dich mir nie hingegeben, wenn du mir nicht vertraut hättest. Ich bin nicht sie. Ich verberge nichts vor dir. Im Gegenteil, ich habe dir alles von mir gegeben, jede Faser meines Seins. Und jetzt musst du mir auch weiterhin vertrauen, damit ich dir noch mehr geben kann. Glaub mir. Ich weiß, was wir beide brauchen.«

Declan fuhr weiter zu meinem Haus und ich tat, worum er mich gebeten hatte – ich erinnerte mich.

Er hatte mir alles gegeben.

Er hatte mir sich selbst geschenkt, er hatte mir Teile von mir selbst zurückgegeben, er hatte mir inneren Frieden beschert und er hatte mir Liebe und Fürsorge zuteilwerden lassen.

»Ich vertraue dir«, murmelte ich, als er in meine Einfahrt fuhr.

Mein Blick fiel auf die Veranda, auf der meine Schwester stand. Mir stockte der Atem.

Es war an der Zeit, mich meiner Vergangenheit zu stellen.

Und darauf zu vertrauen, dass Declan wusste, was er tat.

KAPITEL VIERUNDDREISSIG

Jaxon öffnete die Tür und trat zur Seite, um mich wortlos hereinzubitten.

»Sie ist im Wohnzimmer«, sagte er. »Soll ich mitkommen, oder möchtest du mit ihr allein sein?«

Ich blieb stehen und sah meinen Schwager an. Er war ein guter Mann, ein guter Ehemann und ein guter Vater. Er verkörperte alles, was ich nicht war. Ich hatte nicht angerufen, um mich anzukündigen, also konnte ich auch *aufmerksam* und *scharfsinnig* zu der langen Liste seiner Vorzüge hinzufügen.

Er würde sich gut um meine Schwester kümmern.

»Du solltest dabei sein.«

»Sicher«, murmelte er, und ich folgte ihm ins Wohnzimmer.

Violet saß auf der Couch und wiegte meinen Neffen Mason im Arm. Ich betrachtete sein flauschiges braunes Haar und hatte das Gefühl, mein Herz könnte jeden Moment explodieren.

»Declan? Ist alles in Ordnung?«, fragte Violet in besorgtem Tonfall.

Verfluchte Scheiße.

Ich konnte das nicht tun.

»Vi, Baby, ich werde Mason in sein Bettchen bringen.«
Jaxon ging zu Violet und sie riss verängstigt die Augen auf.

»Wenn es euch nichts ausmacht«, begann ich und musste
mich räuspern, »würde ich ihn zuerst gern halten.«

Das Schluchzen, das meiner Schwester entfuhr, traf mich
mitten ins Herz.

Das hatte ich ihr angetan.

Mit meiner Selbstsucht und dem Wunsch, mich vor allen
zu verschließen, hatte ich meiner Zwillingsschwester unsäg-
liches Leid zugefügt.

Ich war ein Arschloch.

Bevor ich es mir anders überlegen und wie ein feiger
Waschlappen die Flucht ergreifen konnte, legte Jaxon mir
meinen schlafenden Neffen in die Arme. Er war so leicht und
fühlte sich zugleich so schwer an.

Verdammt. Ich hatte dieses Gefühl ganz vergessen.

Jaxon umfasste mit einer Hand meinen Bizeps, als ich ins
Schwanken geriet.

Ich setzte mich auf einen Stuhl, während ich mich fragte,
wie ich ein Gespräch beginnen sollte, das ich nie hatte
führen wollen.

Mason regte sich in meinen Armen und ich blickte in sein
pausbäckiges Gesicht. Violet hatte ebensolche Pausbacken
gehabt. Volle Wangen und einen Schmollmund, Julianas
Teint und meine Augen.

Sie war perfekt gewesen.

Sie hatte ihre winzigen Finger um meine geschlungen.
Mit ihrem Lächeln hatte sie meine Welt erstrahlen lassen.
Und mit ihrem Lachen hatte sie mich alles andere vergessen
lassen – den Tod meiner Eltern, die schrecklichen Pflegefa-
milien, in denen ich aufgewachsen war, den Verlust meiner
Schwester und den Tod und die Zerstörung, die mich umga-

ben. Einfach alles. Solange Violet in meinen Armen gelegen hatte, war meine Welt in Ordnung gewesen.

Dann waren sie und Juliana plötzlich nicht mehr da, und ich hatte das Gefühl, dass meine Welt für immer aus den Fugen geraten war.

Bis Autumn in mein Leben trat.

»Meine Tochter Violet hatte auch solche Pausbacken«, krächzte ich. Ich hörte, wie meine Schwester erneut schluchzte, wagte es aber nicht, den Blick von Mason abzuwenden. »Ich dachte immer, sie sähe ihrer Mutter ähnlich. Aber wenn ich Mason so betrachte, wird mir klar, dass sie viel mehr von mir hatte, als ich dachte. Sie hatte unsere Augen und auch unser Temperament. Wenn sie lächelte und glücklich war, tanzte das Braun in ihren Iriden, aber wenn sie frustriert war, schimmerten sie genauso rot wie unsere. Sie war das Wunderbarste, was ich je in meinem Leben geschaffen hatte.

In dem Moment, in dem ich sie zum ersten Mal im Arm hielt, wurde mir bewusst, was mir mein ganzes Leben lang gefehlt hatte.« Ich atmete tief durch und bemühte mich, meine Emotionen unter Kontrolle zu halten. »Ich liebte Violets Mutter und ich glaube, dass unsere Eltern uns geliebt haben, bevor sie starben. Aber ich hatte nie zuvor eine derart seelentiefe Liebe empfunden, bis ich meine Tochter ansah, ihr Gewicht in meinen Armen spürte und ihren Duft in mich aufsog. In jenem Augenblick verstand ich, warum Menschen Kriege führen. Ich wusste, dass ich alles tun würde, um sie zu beschützen.«

Mir war klar, dass ich den Kampf gegen die überwältigenden Emotionen verloren hatte. Mit einem Kloß im Hals blickte ich zu meiner Schwester auf. Sie saß neben ihrem Mann, der seine Arme um sie geschlungen hatte. Ja, er würde gut für sie sorgen.

Mir stiegen Tränen in die Augen und ich machte mir nicht die Mühe, sie zu verbergen.

Meine Tochter hatte meinen Schmerz, meinen Kummer und meine Trauer verdient. Ich würde sie ihr nicht mehr vorenthalten.

»Wo ist Violet jetzt, Declan?«, fragte meine Schwester und wappnete sich sichtlich.

»Hier.« Ich legte meine freie Hand auf mein Herz.

»Nein«, weinte Violet. »Nein, nein, nein.«

Jaxon drückte sie fest an sich und sie schmiegte ihr Gesicht an seine Brust. Vor Kummer bebte sie am ganzen Körper. Sie litt um meinetwillen, um ihrer Nichte willen, die sie verloren hatte, und um ihrer selbst willen.

»Was ist passiert?«

»Wie sie gestorben sind, ist nicht von Bedeutung«, sagte ich. »Wichtig ist nur, dass du weißt, dass sie gelebt haben. Ich war verheiratet. Ich lernte Juliana während eines Einsatzes in Brasilien kennen. Wir verliebten uns, sie wurde schwanger und wir heirateten. Dann bekamen wir eine wunderschöne Tochter. Und genau ein Jahr lang war mein Leben perfekt. Ich hatte alles, was ein Mann sich wünschen konnte. Eine hübsche und liebevolle Frau und meine Violet. Ich hätte dir von Beginn an erzählen sollen, dass du eine Nichte hattest. Mein Mädchen hätte nie ein Geheimnis sein dürfen. Ich habe sie geliebt, ich habe *sie beide* geliebt.

Juliana war eine gute Frau. Unsere Beziehung war kein Fehler oder etwas, wofür ich mich schämte. Aber ich konnte weder an sie noch an Violet denken, ohne dass es mir das Herz zerriss. Ich habe noch etwas von meiner Tochter, und das möchte ich dir geben.«

Ich stand auf und drückte meinem Neffen einen Kuss auf den Kopf. Jaxon löste sich von Violet, stand auf und reichte ihr eine Hand, um sie auf die Füße zu ziehen. Nachdem ich

Mason seinem Vater überreicht hatte, griff ich in meine Gesäßtasche und holte mein Portemonnaie heraus.

Das Foto war alt und verblasst und nach all den Jahren abgenutzt.

Meine Schwester kam auf mich zu und nahm das Geschenk entgegen. Sie warf einen Blick darauf und schnappte nach Luft.

Sie betrachtete meine wunderschöne Violet.

»Das kann ich nicht …«

»Ich trage sie in meinem Herzen. Ihr Bild ist in mein Gedächtnis eingebrannt. Und ich sehe sie in meinen Träumen. Behalte es. Damit du auch etwas von meinem Mädchen, von deiner Nichte, deiner Namensvetterin hast.«

Meine Schwester hob den Kopf und begegnete meinem Blick. Ungehindert strömten ihr die Tränen über die Wangen, und mit jeder einzelnen fügten sich weitere Teile meines Herzens wieder zusammen.

Das Versteckspiel hatte ein Ende.

Ich wollte die Menschen, die mir wichtig waren, nicht mehr ausgrenzen.

»Sie sieht uns so ähnlich. Genau wie Mason. Sie ist wunderschön, Dec.«

Ich schloss die Augen. Meine Schwester hatte recht. Meine Tochter war wunderschön und ich hätte sie nie von ihrer Tante fernhalten dürfen.

»Ich muss dir noch etwas sagen. Es tut mir leid …«

»Du musst gar nichts sagen.«

»Doch, das muss ich, Schwester.«

Violet lehnte sich zurück und ich fragte mich, ob ich sie je so genannt hatte.

Verdammt, ich war wirklich ein Arschloch gewesen.

»Ich liebe dich. Das hätte ich dir schon vor langer Zeit sagen sollen. Ich hätte damals die Straße überqueren, dich in meine Arme ziehen und dir sagen sollen, wer ich bin. Ich habe eine Million Fehler gemacht und es tut mir leid. Du musst wissen, dass ich mich von jetzt an nicht mehr verstecken werde, egal wo ich bin. Ich werde niemals wieder jemanden ausschließen. Ich laufe nicht davon.«

»Aber du gehst«, flüsterte sie.

»Du musst mir vertrauen, Vi. Ich tue, was ich tun muss, um zu heilen. Ich will nach vorn blicken, die Vergangenheit hinter mir lassen und mein Glück finden.«

»Autumn«, hauchte sie.

»Autumn«, bestätigte ich.

Ich warf einen Blick auf Jaxon und nickte ihm zu, woraufhin er einen Schritt auf seine Frau zutrat.

»Darf ich dich zum Abschied …«

Ich ließ sie nicht ausreden. Stattdessen ergriff ich ihre Hand und zog sie an mich. Zum ersten Mal, seit ich denken konnte, umarmte ich meine Schwester.

Verdammt, Jaxon hatte recht gehabt. Seit Jahren erzählte er mir, dass meine Schwester magische Kräfte besaß.

Er hatte nicht unrecht, aber sie waren nicht magisch, sondern voller Liebe. Das alles hätte ich schon vor langer Zeit haben können, aber ich war zu feige gewesen, um die Straße zu überqueren.

»Ich liebe dich, Dec.«

»Ich liebe dich auch, Schwesterherz.«

»Versprich mir, dass du in Kontakt bleibst.«

Violet war genauso intelligent wie ihr Ehemann.

»Ja, Liebes. Ich verspreche dir, dass ich mich bald bei dir melde.«

»Ich will dich gar nicht mehr loslassen«, murmelte sie und schlang ihre Arme noch fester um mich.

Verflucht. Das fühlte sich wunderbar an.

* * *

»Wann?«, fragte Zane zur Begrüßung, als ich sein Büro betrat.

Gerade erst war er in die Zentrale zurückgekehrt, nachdem er alles im Hinblick auf Maloof geregelt hatte. Er hatte sich noch nicht einmal in seinem Stuhl niedergelassen, als ich hereingeplatzt war.

»Sofort.«

»Verdammt«, zischte er. »Brauchst du irgendetwas?«

»Nein. Ich habe alles, was ich brauche.«

Für einen Moment starrte Zane mich nur an. Seine blauen Augen flammten auf, dann senkte er den Kopf, drehte mir den Rücken zu und trat an das deckenhohe Fenster.

Ich wusste, dass er auf die Kuppel der Kapelle der Marineakademie blickte, denn ich war oft genug in seinem Büro gewesen und hatte die Aussicht genossen. Aber vor allem kannte ich Zane. Wenn er etwas auf dem Herzen hatte, starrte er häufig aus dem Fenster, um seine Gedanken zu ordnen.

Nach dem Gespräch mit meiner Schwester fühlte sich das hier an wie ein Spaziergang. Der Knoten in meiner Brust hatte sich gelöst und der Schmerz war nur noch ein dumpfes Pochen. Meine Schultern waren leichter, mein Herz war freier und meine Seele heilte bereits.

Aus diesem Grund wappnete ich mich nicht, doch mein Fehler wurde mir sofort bewusst, als Zane sich zu mir umdrehte.

»Ich sage dir das nur einmal. Blicke niemals zurück, Bruder. Du und deine Frau, ihr schaut ab jetzt immer nur nach vorn. Falls dich je Zweifel überkommen, ruf mich an. Wenn du je irgendetwas brauchst, dann melde dich bei mir. Und komm nicht auf die Idee, ein schlechtes Gewissen zu haben wegen dem, was du tust.«

»Danke, Z. Das bedeutet mir viel.«

»Gut. Dann versprich mir, dass du zum Hörer greifst,

wenn du je an einen Punkt kommst, an dem du einen Tritt in den Hintern brauchst.«

»Versprochen«, antwortete ich mit einem Lächeln.

»In Ordnung. Und jetzt verschwinde verdammt noch mal aus meinem Büro.«

»Die Jungs …«

»Um die kümmere ich mich.«

»Das weiß ich zu schätzen.« Ich stand wie angewurzelt da und starrte den Mann an, der mir eine Chance gegeben hatte, als ich nichts hatte. Er hatte mir nicht nur einen Job, sondern auch seine Freundschaft angeboten. Er hatte mir ein Team und einen Sinn im Leben gegeben und währenddessen hatte er mich stillschweigend unterstützt. »Du kannst dir gar nicht vorstellen, wie viel mir deine Freundschaft bedeutet. Das Angebot beruht auf Gegenseitigkeit. Wenn du mich brauchst, ruf mich an. Selbst wenn du dich nur unterhalten willst. Ich werde dir gegenüber bis zu meinem letzten Atemzug loyal sein, Bruder. Ich hoffe, das weißt du.«

»Willst du mich jetzt auch noch küssen?«, scherzte Zane, wobei er ein Räuspern allerdings nicht unterdrücken konnte.

»Man sieht sich, Chef.«

»Auf jeden Fall. Und jetzt verschwinde. Sei glücklich und so weiter.«

»Alles klar.«

Ich streckte ihm meine Hand entgegen, doch er packte mich, legte einen Arm um mich und klopfte mir auf den Rücken. Bevor er sich von mir löste, murmelte er in einem für ihn untypischen Tonfall: »Ich freue mich für dich, Declan.«

Mit diesen Worten ließ er mich abrupt los und wandte sich wieder dem Fenster zu.

Und ich verließ sein Büro.

Ich hatte eine Zukunft, die ich beginnen musste.

KAPITEL FÜNFUNDDREISSIG

Es war eine Stunde her, seit Declan gegangen war. Die Zeit zog sich unangenehm in die Länge. Ich hatte geduscht, das Bett gemacht, Kleidungsstücke vom Schlafzimmerboden aufgehoben, in meiner Küche herumgewerkelt und so ziemlich alles getan, um das Wohnzimmer zu meiden, in dem meine Schwester saß.

Ich wusste nicht, was ich von ihrer Anwesenheit halten sollte. Sie hatte Declans seltsame Bitte nicht infrage gestellt und war einfach gekommen. Dann hatte sie zugestimmt, bis zu Declans Rückkehr zu bleiben, wobei dieser ihr nicht gesagt hatte, wie lange er unterwegs sein würde. Sie hatte sich auf die Couch gesetzt und seitdem nicht versucht, mich anzusprechen.

Scheiß drauf.

Scheiß auf alles.

Ich musste mich zusammenreißen, das Pflaster mit einem Ruck entfernen, in den sauren Apfel beißen ... Während ich in meiner Küche stand und nach weiteren Formulierungen suchte, wurde mir bewusst, dass ich nur versuchte, Zeit zu schinden. Ich war ein Hasenfuß, ein Feigling, ein Angsthase.

Als Kind hatte ich die Bedeutung des Begriffs »feige« nie verstanden. Mein Vater hatte ihn benutzt, um eine Figur in einem Film zu beschreiben, die vor der Gefahr davonlief. Emerson stellte keine Gefahr für mich da, sie verkörperte den Schmerz, vor dem ich so lange davongelaufen war, dass ich gar nicht mehr wusste, wie ich mich ihm stellen sollte. Also ja, ich war die feige Protagonistin in einem Drama, das ich selbst geschaffen hatte.

Verdammt.

Ich warf den Lappen in die Spüle und wischte mir die Hände an meiner Jeans ab. Bevor ich es mir anders überlegen konnte, ging ich ins Wohnzimmer. Ich blieb wie angewurzelt stehen, als Emerson zu mir aufsah und meinem Blick begegnete.

Es war nicht das erste Mal, dass sie mir in die Augen blickte, seit sie mich in Guyana gesehen hatte. Sie hatte mich unverhohlen angestarrt, als ich an ihrer Rettung in Mexiko beteiligt war und als ich beobachtet hatte, wie sie Thad heiratete. Aber es war das erste Mal, dass ich mir erlaubte, sie zu sehen.

Sie wirklich zu *sehen*.

Und was ich sah, traf mich bis ins Mark. Es ließ mein Herz bluten.

»Ashaki Maloof hat mich verraten«, platzte ich heraus.

Emmy blinzelte.

»Weißt du, wer Natasha ist? Das Mädchen, das in Alaska gerettet wurde?«, fragte ich.

Meine Schwester nickte.

»Ashaki hat sie ebenfalls verraten. Aber ihr hat sie viel übler mitgespielt als mir. Da die Jungs nun wissen, dass Natashas richtiger Name Sarah ist, werden sie anfangen zu graben. Und sie werden herausfinden, dass Ashaki dafür verantwortlich ist, dass Sarah an einen Sexhändlerring verkauft wurde. Ich habe keine Ahnung, ob Ashaki sie gekauft oder entführt hatte, aber um sich zu rächen, wollte sie Sarah in den Tiefen der Unterwelt verschwinden lassen.«

»Wie bitte?«, hauchte Emmy.

»Neun Jahre lang habe ich ihr vertraut. Sie nahm mich unter ihre Fittiche und gab mir einen Sinn im Leben, als ich nichts als Leere fühlte. Sie half mir und ich legte mein Vertrauen in sie. Ich habe sie sogar in Schutz genommen, als die Jungs an ihr zweifelten. Doch es stellte sich heraus, dass alles eine einzige Lüge war. Statt nach Gerechtigkeit strebte sie nach Rache.«

Emerson bemühte sich um eine ausdruckslose Miene. Sie saß aufrecht auf der Couch und hatte die Hände fest in ihrem Schoß verschränkt.

»Genau wie wir«, flüsterte sie.

Die Worte trafen mich mit einer solchen Wucht mitten ins Herz, dass ich unwillkürlich einen Schritt zurückwich.

Ich konnte mich selbst belügen, in den Spiegel schauen und mir einreden, dass ich den richtigen Weg beschritten hatte, auf dem ich das Leben anderer Menschen gerettet hatte. Aber in Wahrheit waren meine Absichten nie derart rein gewesen. Mir war es in erster Linie um Vergeltung gegangen.

»Du hättest niemals …«

Ich kam nicht dazu, den Satz zu beenden, denn Emerson sprang auf, hob eine Hand und zeigte wütend mit dem Finger auf mich.

»Du hast kein Recht, mir zu sagen, was ich hätte tun oder lassen sollen. Ich werde nie nachvollziehen können, was du durchgemacht hast. Ich werde nie mit den Erinnerungen leben müssen, die dich quälen. Aber du weißt auch nicht, wie es ist, in meiner Haut zu stecken. Du wirst nie verstehen, wie es ist, mit ansehen zu müssen, wie deine Schwester, deine beste Freundin, der Mensch, den du von ganzem Herzen liebst …« Mit wutverzerrtem Gesicht hielt Emerson abrupt inne, bevor sie zischte: »Stirbt. Du warst wie eine Untote, ein Zombie. Jeden Tag eiterte es in dir und ich sah zu, wie es dich von innen auffraß. Es tötete dich langsam. Dann warst du verschwunden und ich hatte ein schlechtes Gewissen, weil ich erleichtert war. Ich war dankbar, dass ich nicht mehr mit ansehen musste, wie meine Schwester starb.« Emerson war so aufgebracht, dass sie die letzten Worte schrie. Ich war wie erstarrt und brachte keinen Ton heraus.

»Wenn du glaubst, ich bereue meine Taten, dann liegst du falsch«, fuhr Emmy fort. »Du denkst, du warst verloren und allein? Nun, du warst nicht die Einzige, Schwester. Mir ging es genauso. Also wage es nicht, mir zu erzählen, was ich hätte tun und lassen sollen.«

Also schön. Nun, in Ordnung. »Du hast recht. Es steht mir nicht zu.«

Emerson blinzelte, dann entspannten sich ihre Schultern ein wenig.

»Darf ich mich zumindest bei dir entschuldigen?«, fragte ich.

»Auf keinen Fall. Du hast nichts getan, wofür du dich entschuldigen müsstest.«

»Ich habe dich gedrängt …«

»Nein, Autumn, ich habe dich gedrängt. Ich habe erwartet, dass du in dem Tempo heilst, das ich für richtig hielt. In meiner Fantasie habe ich mir ausgemalt, wie du mich siehst und plötzlich alles besser wird. Das war egoistisch, und es tut mir leid. Aber ich hoffe, du weißt, dass ich es nur getan habe, weil ich dich liebe.«

»Das weiß ich«, murmelte ich. »Ich werde nie normal sein.«

»Normal? Was zum Teufel ist schon normal? Du bist am Leben und atmest wieder, nur darauf kommt es an.«

Ich atmete wieder.

»Denkst du, wir könnten das alles hinter uns lassen und nach vorn blicken?«, fragte ich.

Emmy straffte erneut die Schultern und kniff die Augen zu schmalen Schlitzen zusammen. »Musst du das wirklich fragen?«

Vor zehn Jahren hätte ich ihr die Frage nicht gestellt. Emmy und ich hätten einen Streit einfach begraben. Aber hier ging es nicht um eine einfache Auseinandersetzung, sondern um zehn Jahre voller Schmerz. Meinetwegen hatte meine Schwester einen Weg eingeschlagen, den sie niemals hätte beschreiten dürfen. Und sie hatte Jahre ihres Lebens vergeudet, die sie mit ihrem Liebsten hätte verbringen sollen.

Also ja, ich musste die Frage stellen. Nichtsdestotrotz gab ich ihr die Antwort, die sie hören wollte. »Nein, ich muss nicht fragen.«

Wir standen uns auf entgegengesetzten Seiten des Raumes gegenüber und starrten einander nur an.

Es war bizarr.

Es war seltsam.

Und es war wunderbar.

»Mir gefällt dein Haar. Es ist länger als früher«, sagte sie mit einem Lächeln.

»Und deins ist heller«, erwiderte ich.

»Ich bin im Begriff, mein Studium zu absolvieren, um Lehrerin zu werden«, fuhr sie fort.

»Das ist großartig. Willst du immer noch Grundschüler unterrichten?«

»Ja.«

»Du wirst eine großartige Lehrerin sein.«

»Ich bin schwanger.« Emmy strahlte und ich erwiderte ihr Lächeln.

»Das habe ich gehört. Bekomme ich eine Nichte oder einen Neffen?«

Dann hörte ich mit Entsetzen, wie Emerson ein lautes Schluchzen entfuhr.

Mist.

Ich durchquerte das Wohnzimmer und je näher ich ihr kam, desto panischer wurde ich.

»Was ist los?«

Meine Schwester antwortete nicht, sondern schlang ihre Arme um mich, legte ihr Kinn auf meine Schulter und drückte mich so fest sie konnte. Ich hatte schon Angst, dass sie mir ein paar Rippen brechen würde. Eine Weile standen wir so da, während sie am ganzen Körper zitterte. Schließlich erwiderte ich ihre Umarmung ebenso heftig, wobei ich darauf achtete, ihr keine Knochen zu brechen. Schließlich war sie schwanger.

»Was ist los, Emmy? Thad hat gesagt, dass das Baby gesund ist.«

»Ich wollte … ich wollte nicht …«, stammelte sie und stieß den Atem aus. »Ich bin überglücklich. Wir sind beide so aufgeregt. Aber als ich erfuhr, dass ich schwanger bin, hatte ich das dringende Bedürfnis, es dir zu erzählen.«

Verdammte Scheiße.

»Und Mom und Dad.«

Verdammt, auch diese Kluft hatte ich geschaffen.

»Danke, dass du sie zu uns zurückgebracht hast.«

»Das war alles Moms Verdienst. Du kennst sie. Wenn sie sich etwas in den Kopf gesetzt hat, ist sie nicht mehr zu bremsen. Sie sagte, sie wolle die Familie wieder zusammenbringen, schnippte mit den Fingern, und schon war Dad zur Stelle.«

»Stell dein Licht nicht unter den Scheffel. Wenn du nicht zu Dad gegangen wärst, wäre Mom nicht hierhergekommen. Sie hat sich die ganze Zeit zurückgehalten, bis du ihr das Zeichen gegeben hast. Wir haben alle Fehler gemacht. Nachdem du gerettet wurdest, dachten sie, sie würden dir helfen, aber sie taten das Falsche. Obendrein hat Dad mir erzählt, was wirklich mit Stanley James passiert ist.«

Mist. Ich wünschte wirklich, er hätte es ihr nicht gestanden.

»Emmy …«

»Wir reden nicht über die Vergangenheit, ich dachte nur, du solltest es wissen. Ab jetzt blicken wir nur noch nach vorn.«

Sie klang wie Declan.

»Richtig. Nur nach vorn.«

»Mom und Dad sind glücklich.«

»Ich weiß nicht«, erwiderte ich mit sanfter Stimme. »Als ich bei Dad zu Hause war, schien ihre Beziehung nicht sehr innig. Mom hat es nicht direkt angesprochen, aber es klang fast so, als hätte er ihre Anrufe ignoriert.«

»Das hat er. Sie wollte, dass er zurück zu ihr ins Haus zieht, aber er hatte ein ungutes Gefühl bei dem Gedanken, wieder dort zu wohnen. Du weißt schon, wegen all der schlechten Erinnerungen. Wahrscheinlich ist er in Panik geraten und wusste nicht, wie er es ihr sagen sollte. Also hat er sie einfach gemieden.«

Ich verstand meinen Vater vollkommen. Ich wollte nie wieder einen Fuß in mein Elternhaus setzen.

»Woher weißt du das alles?«

»Mom und Dad hatten in meinem Garten eine Auseinandersetzung. Thad hat versucht, mich wegzuziehen, aber ich blieb an der Tür stehen und lauschte.«

»Du bist so neugierig.«

»Komm mir nicht so. Wenn du dabei gewesen wärst, hättest du dich neben mich gestellt und ebenfalls die Ohren gespitzt.«

Damit hatte sie recht. Als Kinder hatten wir uns oft heimlich angeschlichen, um unsere Eltern zu belauschen, wenn sie sich darüber unterhielten, was sie uns zum Geburtstag oder zu Weihnachten schenken sollten. Wir konnten gar nicht mehr aufhören zu kichern, weil wir uns fühlten wie Geheimagenten.

»Also schön. Ich hätte auch gelauscht. Und jetzt ist wieder alles in Ordnung zwischen ihnen?«

»Ja, Mom hat zugestimmt, das Haus zu verkaufen. Sie überlegen, sich ein Haus in Maryland zuzulegen.«

Mir lief ein wohliger Schauer über den Rücken und mein Herz schwoll an. Ich freute mich so für sie. Für Emmy und das Baby.

Familie. Genau das brauchte meine Schwester.

»Also, du und Declan.« Emmy löste sich aus der Umarmung und zog den Kopf zurück. »Als ich ihm zum ersten Mal begegnete, hatte ich richtiggehend Angst vor ihm.«

Das konnte ich mir gut vorstellen.

»Möchtest du etwas trinken?«, fragte ich.

»Nicht doch. Komm nicht auf die Idee, mir auszuweichen. Ich will alles über dich und Declan wissen.«

Das hatte ich ganz vergessen. Emmy war eine Klatschbase. Sie würde zwar nie die Geheimnisse ausplaudern, die man ihr anvertraute, aber sie erfuhr gern sämtliche pikante Details.

»Ich werde dir alles erzählen. Aber zuerst will ich wissen, ob du irgendetwas brauchst.«

»Ich bin schwanger«, blaffte sie.

»Herzlichen Glückwunsch. Also, brauchst du etwas?«

»Ich will damit sagen, dass ich schwanger bin, nicht krank. Behandle mich nicht genauso wie Thad. Er treibt mich noch in den Wahnsinn.«

»Herrgott, Emmy, ich habe nur gefragt, ob du etwas zu trinken möchtest. Oder hast du vielleicht Hunger? Ich habe dir nicht angeboten, dir Trauben zu füttern, während ich mir fünf zusätzliche Arme wachsen lasse, damit ich dir Luft zufächeln und deine Füße massieren kann.«

Wieder verengte sie die Augen zu schmalen Schlitzen und runzelte die Stirn. »Klugscheißerin.«

»Sehr witzig.«

»Also gut. Ich hätte gern ein Wasser. Und ich bin am Verhungern. Hast du Chips? Oder vielleicht eine Tüte Goldfischli?«

»Meine Güte«, stieß ich hervor und trat zurück. »Natürlich habe ich Goldfischli. Was wäre ich für ein Mensch, wenn ich keine Goldfischli im Haus hätte?«

»Keine Ahnung.« Emmy zuckte mit den Schultern. »Ein verrückter.«

Und in dem Moment wurde mir klar, dass ich zum ersten Mal seit fast einem Jahrzehnt wieder mit meiner Schwester frotzelte. Mir stiegen Tränen in die Augen und meine Lunge brannte.

»Ich habe dich so sehr vermisst«, krächzte ich. »Jeden Tag habe ich dich vermisst, Emmy.«

Und als meine Beine nachgaben, war meine große Schwester zur Stelle, um mich aufzufangen.

KAPITEL SECHSUNDDREISSIG

Nachdem ich den Firmenwagen gegen meinen Pick-up getauscht hatte, fuhr ich in die Einfahrt vor Autumns Haus und stellte den Motor ab. Einen Moment lang saß ich nur da und überlegte, was ich sagen sollte. Mein Blick fiel auf die Eingangstür und meine Sorge wuchs.

Ich hatte Autumn gezwungen, sich mit Emerson zu treffen.

Das war ein hinterhältiger, aber notwendiger Schachzug gewesen.

Autumn brauchte ihre Schwester und ich würde dafür sorgen, dass sie für den Rest ihres Lebens alles hatte, was sie benötigte.

Ich war viele Jahre lang wütend auf das Universum gewesen, weil das Schicksal mir derart übel mitgespielt hatte.

Ich hatte Jahre bei den Marines gedient und dort die Bedeutung von Kameradschaft gelernt. Meine Brüder und ich wurden unserer Masken beraubt und hatten unsere Fassaden fallen lassen. Wir waren einfach nur Marines. Gesellschaftlicher Status, Rasse und Religion hatten keine Rolle gespielt. Uns blieb keine Wahl. Entweder wir verließen uns auf unsere Kameraden oder wir fanden den Tod. Und plötzlich war es nicht mehr von Bedeutung, dass ich ein Waisenkind war, denn ich war ein Marine. Ich hatte Brüder.

Die Erinnerungen waren zwar nie verblasst, aber der Groll in meinem Inneren hatte sich gelegt.

Und dann war ich für eine Weile glücklich. Überglücklich sogar. Ich hatte das Paradies auf Erden gefunden. Wenig später hatte ich es verloren und fühlte nichts als Schmerz. Und ich hatte zugelassen, dass der Kummer mich übermannte und mein Leben bestimmte.

Ich bereute vieles in meinem Leben, aber meine Frau und meine Tochter gehörten sicher nicht dazu. Genauso wenig wie die Tatsache, dass ich sie nun endlich zur ewigen Ruhe gebettet hatte. Ich hatte sie einzig und allein mit mir herumgetragen, um mich selbst zu quälen. Es war an der Zeit, dass ich ihnen ihren Frieden gab und sie in mein Herz schloss, statt sie als Waffe zu benutzen.

Und nun saß ich in Autumns Einfahrt und hatte keine Ahnung, was mich im Haus erwartete. Doch ich wusste, dass ich sie liebte. Ich liebte nicht einfach nur die Vorstellung, eine Frau gefunden zu haben, mit der ich mein Leben verbringen und mein Bett teilen konnte. Nein, ich liebte *sie* – und zwar über alles. Und ich empfand nicht einmal einen Anflug von Schuld.

Mit diesem Gedanken stieg ich aus meinem Wagen und machte mich auf den Weg ins Haus. Ich atmete noch einmal tief durch und öffnete die Tür. Kaum war ich über die Schwelle getreten, machte mein Herz einen Satz.

Ja, es hüpfte geradezu vor Freude. Es war lächerlich, ich war ein erwachsener Mann, und doch schlug es wild in meiner Brust, als ich meine Frau auf der Couch sitzen sah. Sie hatte die Beine unter sich angezogen und sich an ihre Schwester gelehnt.

Beide Frauen sahen zu mir auf.

Und schenkten mir ein Lächeln.

Meine Güte.

»Hey«, sagte Emmy zur Begrüßung.

Obwohl es unhöflich war, würdigte ich sie keines Blickes. Zu sehr war ich von Autumns Lächeln eingenommen. Ich hatte es noch nie derart strahlend und sorglos erlebt.

Und plötzlich stellte ich meine Pläne infrage.

»Alles in Ordnung?«, fragte Autumn und ihr Lächeln erstarb.

Verdammt, nein.

»Lass uns durchbrennen«, platzte es aus mir heraus.

»Wie bitte?« Sie zog ihre Beine unter ihrem Körper hervor und setzte sich auf.

»Lass uns zusammen Reißaus nehmen«, sagte ich und schloss die Tür.

»Ich verstehe nicht.«

»Als du hierher zurückgekehrt bist, hast du mich gefragt, ob ich mit dir durchbrennen würde. Lass es uns tun. Wir machen uns einfach aus dem Staub und fahren irgendwohin an einen ruhigen Ort. Mir ist egal wohin. Nur du und ich. Wir lassen alles hinter uns. Die Einsätze, die Missionen, die vermissten Frauen, die Kämpfe, das Blutvergießen und den Schmerz. Einfach alles.«

Autumn stand auf und Emerson folgte ihrem Beispiel.

»Ist das dein Ernst?«

»Ich war bei Violet und habe ihr gesagt, was ich ihr sagen musste. Danach war ich bei Zane und habe gekündigt. Es ist mein voller Ernst, noch nie in meinem Leben war ich mir einer Sache so sicher. Ich kann diesen Job nicht mehr ausüben. Aber vor allem kann ich nicht länger mit ansehen, wie du ihn machst. Ich ertrage es nicht zu sehen, wie du mehr von dir gibst, als du hast. Ein kluger Mann weiß, wann es Zeit ist, zurückzutreten und einem fähigeren Mann seinen

Platz zu überlassen. Ich bin erschöpft und stark genug, das zuzugeben.«

Autumn sagte kein Wort.

»Stehe mir zur Seite, Baby, und ich schwöre dir, ich werde dir zur Seite stehen. Schluss mit all dem Mist. Du verdienst Schönheit. Komm mit mir und lass mich dir geben, was du brauchst.«

Mein Herz hämmerte viel heftiger in meiner Brust, als ich je für möglich gehalten hätte, während ich auf Autumns Antwort wartete. Wir starrten einander an. Sie durchbohrte mich förmlich mit einem Blick aus ihren wunderschönen grünen, glänzenden Augen und ihr Gesicht war gerötet.

Dann stürzte Autumn plötzlich auf mich zu. Ich hatte nur den Bruchteil einer Sekunde, um mich zu wappnen, bevor sie mit mir zusammenprallte und die Arme um mich schlang.

»Was muss ich tun?«

»Du wirst also mit mir kommen und das alles hinter dir lassen?«

»Ja.«

»Dann pack eine Tasche und lass uns losfahren.«

»Jetzt sofort?«

»Jetzt sofort.«

Autumn ließ die Arme sinken und drehte den Kopf, um ihre Schwester zu betrachten. Ich folgte ihrem Blick und war nicht überrascht zu sehen, dass Emerson ein breites Lächeln im Gesicht hatte.

»Geh schon.«

»Ich laufe nicht vor dir weg«, erklärte Autumn. »Auch nicht vor Mom und Dad.«

»Das weiß ich. Du läufst endlich auf das zu, was du schon die ganze Zeit über hättest haben sollen. Jetzt beeil dich und geh packen. Ich werde mit Mom und Dad reden.«

Autumn verharrte einen Moment, dann nickte sie und wandte sich wieder mir zu.

»Ich brauche nur ein paar Minuten, ich habe nicht viele Sachen.«

Aus Erfahrung wusste ich, dass sie die Wahrheit sagte. Ich würde nur einen kurzen Augenblick mit Emerson allein haben, bevor sie zurückkam. Als Autumn aus dem Zimmer eilte, kam ich also gleich zur Sache.

»Ich bringe sie zurück, wenn das Baby geboren ist.«

»Ich weiß.«

»Wir bleiben in Kontakt.«

»Ich weiß.«

»Richte Thad aus …«

Verdammt, was soll sie Thad von mir ausrichten?

»Ich muss ihm gar nichts ausrichten – er versteht es«, sagte Emerson. »Aber ich will dir noch etwas sagen: Danke.«

»Du musst mir für nichts danken.«

»Doch. Du hast meine Schwester gerettet. Du hast sie nach Hause gebracht. Auch wenn du jetzt mit ihr durchbrennst, hast du sie uns zurückgebracht, und das werde ich dir nie vergelten können. Sie hat mir erzählt, du hättest gesagt, dass sie diejenige sein musste, die dich heilt. Ich hoffe, du weißt, dass du auch derjenige für Autumn sein musstest. Niemand sonst hätte sie heilen können. Das hat sie für dich aufgespart. Wo auch immer ihr hingeht, ich hoffe, dass ihr beide glücklich sein und Frieden finden werdet.«

»Ich habe ihn bereits gefunden.«

Emerson schenkte mir ein strahlendes Lächeln, von dem ich wusste, wie sehr es Thad um den Verstand brachte. Ich verstand, warum das so war. Emmy war voller Sonnenschein und Glück. Ihre Schwester war voller Mondlicht und Schönheit.

»Gut.«

»Ich bin bereit.« Autumn kam mit energischen Schritten zurück ins Zimmer und zog einen großen Koffer hinter sich her. Ihren Rucksack hatte sie sich über die Schulter geschlungen.

Sie kam zu mir, woraufhin ich ihr den Rucksack abnahm und den Griff ihres Koffers packte.

»Ich lasse euch einen Moment allein.«

Langsam streckte Emerson eine Hand nach mir aus und legte sie an meine Wange.

»Pass auf meine Schwester auf, Declan Crenshaw.«

»Du hast mein Wort.«

Ich verließ das Haus und verstaute ihr Gepäck auf der Ladefläche neben meinen Taschen, dann lehnte ich mich an den Wagen und wartete. Und wartete. Ich wartete noch eine Weile, wobei ich etwas Neues über Autumn lernte. Sie konnte in weniger als zehn Minuten duschen und sich fertig machen. In weniger als fünf Minuten konnte sie ihr ganzes Leben in einen Koffer und einen Rucksack packen, aber es dauerte eine verdammte Ewigkeit, bis sie sich von ihrer Schwester verabschiedet hatte.

Ich musste unwillkürlich lächeln.

Gerade als ich dachte, ich müsste zurück ins Haus gehen und die beiden voneinander loseisen, kam Autumn heraus, schloss die Tür und kam auf mich zu.

»Was ist mit Emmy?«

»Thad kommt mit Dad, um sie abzuholen.«

»Gute Idee.«

»Bist du bereit?«

Autumn antwortete nicht, sondern verzog die Lippen zu einem Lächeln. Es war dasselbe breite, strahlende Lächeln, das sie ihrer Schwester geschenkt hatte.

Ja, sie war bereit.

Ich half ihr beim Einsteigen, ging um die Vorderseite des Wagens herum, setzte mich auf den Fahrersitz und startete den Motor. Als ich am Ende der Straße an einem Stoppschild hielt, wandte ich mich ihr zu und fragte: »Wohin soll es gehen?«

»Wie wäre es, wir fahren in Richtung Westen?«

»Dann also Westen.«

Ich bog links ab in Richtung der Route 50, um durch Washington, D. C. zu fahren und dann die Route 66 zu nehmen, um unsere Reise nach Westen anzutreten.

»Ich liebe dich, Autumn.«

Ich hörte, wie sie nach Luft schnappte. Dann drehte sie sich mir zu, legte eine Hand an meinen Nacken und drückte ihn.

»Ich liebe dich auch, Dec.«

Mein Gott.

Das war ein unglaubliches Gefühl.

So gut, dass ich mich von diesem wunderbaren Brennen verzehren ließ.

Und damit fuhren wir nach Westen.

KAPITEL SIEBENUNDDREISSIG

ZANE

Zwei Monate später – Maryland

»Ich weiß es zu schätzen, dass Sie sich die Zeit nehmen, mich zu treffen, Mr. Lewis.«

»Bitte nennen Sie mich Zane und herzlichen Glückwunsch zu Ihrer gewonnenen Wahl.«

»Danke.«

Ich warf einen Blick auf den zukünftigen Präsidenten und wandte mich dann Tom zu. Wie üblich hatte er mich nicht über den Zweck dieses Treffens informiert.

»Also, was kann ich für Sie tun, Mr. Graham?«

»Trent reicht völlig«, korrigierte er.

Ich blickte zwischen ihm und Tom hin und her und fragte mich, was zum Teufel hier los war. Ich hatte zwar für Graham gestimmt, nachdem der Vizepräsident seine Kandidatur für das Weiße Haus zurückziehen musste, aber ich kannte den Mann nicht. Tom hatte Graham im Wahlkampf unterstützt, und ich hatte eine dicke Akte über ihn, aber in meinem Geschäft bedeutete das einen feuchten Dreck. Der zukünftige Präsident musste sich erst noch beweisen.

»Was kann ich für dich tun, Sir?«

Toms tiefes, grollendes Lachen hallte durch mein Büro, und ich musterte den Mann mit zusammengekniffenen Augen.

Der alte Mistkerl würde mir fehlen. Er hatte erklärt, dass er am Tag nach der Amtseinführung mit seiner Frau nach Texas zurückkehren würde. Ich konnte es ihm nicht verübeln. Die letzten acht Jahre waren nicht leicht gewesen.

»Ich habe dir doch gesagt, dass er ein dickköpfiges Arschloch ist«, bemerkte Tom. »Außerdem ist er ziemlich herrisch. Aber du wirst keinen besseren Mann finden. Er wird dir den Rücken freihalten.«

Graham schenkte Tom ein Lächeln und wandte sich dann wieder mir zu. »Ich wollte mit Ihnen über Ihre Zukunft sprechen.«

Was zum Teufel?

»Mit der Politik bin ich vertraut, ich bin schon lange in Washington. Daher weiß ich, dass gute Männer rar sind. Vertrauen ist noch schwerer zu finden und Loyalität fast unmöglich. Tom hat mir versichert, dass Sie und Ihr Team alle drei Eigenschaften in sich vereinen. Ich brauche gute Männer um mich herum. Gerald hat gekündigt. Er zieht nach Texas, um weiter als Toms Leibwächter zu arbeiten. Ein Freund von mir wird seine Stelle einnehmen. Er heißt Lucas Grant und ist ein ehemaliger SEAL.«

»Ich weiß Toms … Lob zu schätzen. Und ich habe Verständnis für Ihre Situation. Aber ich bin mir nicht sicher, ob ich Ihnen helfen kann.«

»Zane …«, begann Tom.

»Ich verstehe«, fiel Graham ihm ins Wort. »Es wird zweifellos eine Weile dauern, bis Sie bereit sind, mir Ihr Vertrauen und Ihre Loyalität entgegenzubringen. Das muss ich mir erst verdienen. Aber ich freue mich darauf, genau das zu tun.«

Verdammte Scheiße.

Aus dem Augenwinkel sah ich, wie Tom mich finster anstarrte.

Dann fasste ich einen Entschluss.

»Darf ich offen sein?«

»Das wäre mir recht, ja.«

»Ich kenne Sie nicht und ich mag es nicht, mit Leuten zusammenzuarbeiten, die ich nicht kenne. Vor allem nicht, wenn ich dabei meinen Arsch riskiere. Nichtsdestotrotz werde ich mich mit Grant treffen und Sie meinem Team vorstellen. Jetzt zu dem Teil, bei dem ich ganz offen bin: Wenn Sie meine Männer hintergehen, sind Sie erledigt. Ich lasse mich nicht in politische Spielchen verwickeln, und ich mache nicht für andere die Drecksarbeit, nur weil Sie Ihren Arsch retten wollen und sich wie ein Weichei aus dem Staub machen.«

»Verstanden.« Ein Lächeln umspielte Grahams Lippen.

»Und ich schwöre bei allem, was mir heilig ist, rufen Sie mich ja nicht an, falls Ihre Tochter ihren Leibwächtern davonläuft, weil sie plötzlich frei sein und nicht in einem goldenen Käfig leben will. Das habe ich schon hinter mir. Nichts für ungut, aber ich habe Bilder von Ihrer Tochter gesehen, und sie ist ein heißer Feger. Einmal hat mir gereicht. Colin kann froh sein, dass er seine Eier noch hat.«

»In Ordnung. Ich kann Ihnen versichern, dass meine Tochter kein Interesse an Ihren Männern hat. Sie sind nicht ihr Typ.«

»Im Ernst?«

»Ich bin zwar Politiker, aber wie Sie spiele ich keine Spielchen. Die Sexualität meiner Tochter ist ihre Privatsache und geht die Öffentlichkeit nichts an. Vor allem will ich nicht, dass meine Partei daraus Kapital schlägt.«

»Ich würde fast sagen, ich mag Sie«, erklärte ich, woraufhin Tom leise lachte.

»Dann ist das ein guter Anfang«, erwiderte Graham. »Ich melde mich wieder, um ein Treffen mit dem Team zu arrangieren.«

»Je eher, desto besser.«

»Gibt es sonst noch etwas, das ich wissen sollte?«

»Es gibt immer etwas, was Sie wissen sollten. Da Strotherby tot ist, haben wir Omni zerschlagen. Aber die Einsatzgruppe, die Tom ins Leben gerufen hat, sollte ein Auge auf sie haben, damit niemand versucht, das Imperium wiederaufzubauen. Timor-Leste ist ein Pulverfass und die Rebellen sind auf dem Vormarsch. Die Russen liefern die Waffen, und das sicher nicht aus reiner Nächstenliebe. Die Australier sind wahrscheinlich nicht sonderlich glücklich darüber, dass die Russen auf einer Insel gegenüber von ihnen eine Hochburg errichten.«

»Es ist immer noch schwer zu glauben, dass Madeleine Strotherby hinter dem größten Menschenhandelsring der Welt steckte«, bemerkte Graham.

»Mich überrascht nichts mehr«, erwiderte ich. »Die Verderbtheit der Menschen kennt keine Grenzen.«

»Sie sind ein Zyniker?«

»Ein Realist.«

Graham reichte mir die Hand und warf mir einen prüfenden Blick zu.

»Ich würde fast sagen, ich mag Sie auch, Zane Lewis. Ich freue mich schon auf unsere Zusammenarbeit.«

»Zwar kann ich nicht behaupten, glücklich darüber zu sein, dass Tom aus dem Weißen Haus scheidet, aber ich freue mich, dass Sie seinen Platz einnehmen.«

»Das weiß ich zu schätzen. Dann kann ich davon ausgehen, dass Sie für mich gestimmt haben?«

»Nun, diesem Mistkerl Winston habe ich meine Stimme sicher nicht gegeben.«

Graham drückte meine Hand noch fester und bebte vor Lachen. Als Tom ebenfalls in schallendes Gelächter ausbrach, verspürte ich ein Brennen in der Brust.

Ich würde den alten Mistkerl vermissen.

* * *

OWEN

Ich ignorierte die Männer, die aus Zanes Büro kamen und die Treppe hinuntergingen, und las den Bericht, den Garrett mir per E-Mail geschickt hatte.

Sarah Pollaski.

Ihren richtigen Namen hatte ich schon vor Monaten erfahren, aber ich konnte mich immer noch nicht daran gewöhnen. Für mich war sie Natasha – und würde es immer bleiben. Aber so hieß sie nicht. Sie hieß Sarah.

Sarah Jane Pollaski, Tochter von Barny Pollaski, Nichte von Wilco Pollaski.

Je mehr Einzelheiten ich erfuhr, desto wütender wurde ich. All diese Informationen hätten direkt von ihr kommen müssen. Die Frau lebte seit Monaten in meinem Haus, aber sie vertraute mir nicht und gab nichts von sich preis.

»Ist das Garretts Bericht?«, fragte Myles und ich sah zu meinem Teamleiter auf.

»Ja.«

»Die Sache ist beschissen«, bemerkte er.

»Das ist eine Untertreibung.«

Es war die Untertreibung des Jahrhunderts.

Nats Leben las sich wie die Sondersendung einer Doku-serie über wahre Verbrechen.

Alles begann in einer millionenschweren Sandsteinvilla in East Lincoln Park. Hinter der handgeschnitzten Eingangstür und den Bleiglasfenstern wohnte das pure Böse ...

»Ich nehme an, sie hat dir nichts davon selbst erzählt?«, fragte Myles und riss mich aus meinen Gedanken.

»Nein. Bevor Maloof sie entführte, fing Nat an, sich mir gegenüber zu öffnen, aber jetzt stehen wir wieder am Anfang.«

Mir entging nicht, wie mein Freund die Zähne zusam-menbiss, als ich Sarah Nat nannte. Meine Kameraden benutzten inzwischen ihren richtigen Namen, aber ich hasste ihn. Er passte einfach nicht zu meinem Bild von der Frau, die wir in Alaska gerettet hatten.

»Bruder, du musst ...«

»Was? Soll ich sie rausschmeißen? Soll ich ihr sagen, dass sie gehen muss? Was soll ich tun, Myles? Sie hat kein Zuhause, und ihr einziger Verwandter ist Wilco Pollaski, der amtierende König von Chicagos Untergrund-Muschi-Verleih. Du hast den gleichen Bericht gelesen wie ich. Der Kerl betreibt einen Escortservice mit Edelnutten. Auf seiner Gehaltsliste stehen Polizisten und hochrangige Kommunal-beamte, und er hat Verbindungen zum Büro des Bürgermeis-ters. Glaubst du nicht, dass jedes dieser Arschlöcher Wilcos Service in Anspruch nimmt? Wenn ich sie auf die Straße setze, hat sie nichts mehr. Und dann muss sie wieder zu ihm zurück. Wilco hat bereits bewiesen, dass er nicht nur ein Mistkerl ist, sondern auch ein krankes Arschloch, das sein eigenes Fleisch und Blut an Ashaki Maloof verkauft hat, obwohl er wusste, dass sie Nat das Leben zur Hölle machen würde. Was uns zu der Frage führt, warum zum Teufel sollte er so etwas tun? Was hat Nat getan, um ihn derart gegen sich aufzubringen? Was weiß sie, was ihren Onkel dazu veranlasst hat, sie einfach zu veräußern? Und warum hat er sie nicht einfach getötet?«

So viele unbeantwortete Fragen, auf die Nat Antworten hatte. Aber sie weigerte sich, sie mir zu geben.

»Nein, Owen, ich schlage nicht vor, dass du sie auf die Straße setzt. Ich denke nur, dass du die Situation vielleicht nicht mehr objektiv beurteilen kannst. Sie kann bei mir wohnen.«

»Auf keinen Fall.«

Mein Gefühlsausbruch führte dazu, dass Myles die Augen zu schmalen Schlitzen zusammenkniff.

»Genau deshalb sollte sie nicht bei dir wohnen.«

Er hatte nicht unrecht, ich war nicht mehr objektiv. Natasha bedeutete mir bereits zu viel. Aber sie würde nirgendwo hingehen.

»Und du glaubst, sie wird sich dir auf magische Weise öffnen, wenn wir sie bei dir einquartieren?«

»Nein. Ich glaube, sie wird sich verschließen. Aber ich mache mir keine Sorgen um Sarah, sondern um dich. Ich glaube, ein bisschen Abstand von ihr würde dir guttun, damit du wieder einen klaren Blick auf die Situation bekommst.«

Damit lag Myles auch nicht falsch. Nat beherrschte meine Gedanken, und ich hatte jeden Sinn für die Realität verloren. Ich lebte mit einer Frau zusammen, die ich kaum kannte. Ich ging abends zu Bett und wachte morgens mit einer Fremden unter meinem Dach auf, aber der Gedanke, sie nicht mehr bei mir zu haben, drehte mir den Magen um. Sie war kein Puzzle, das ich zusammensetzen wollte. Vielmehr hatte ich das Gefühl, dass sie die Teile verkörperte, die mir selbst fehlten.

Die Natasha, die ich kannte, war zurückhaltend, rücksichtsvoll, eine großartige Köchin und charmant. Aber unter dieser reservierten und schüchternen Fassade brodelte etwas anderes. Ich hatte das Kühne und Wilde in ihr aufblitzen sehen, das ausbrechen wollte. Ich hatte es gespürt und förmlich auf der Zunge geschmeckt.

Mein Handy klingelte und ich warf einen Blick auf das Display. Als ich Nats Namen sah, nahm ich das Gespräch sofort an.

»Hallo«, sagte ich zur Begrüßung.

»Er hat mich gefunden«, flüsterte sie und ich versteifte mich augenblicklich.

»Wer hat dich gefunden?«

»Mein Onkel.«

Ich sprang von meinem Stuhl auf, schnappte mir meinen Schlüssel und machte mich auf den Weg zum Aufzug.

»Ist er im Haus?«

»Nein. Ich habe die Post geholt und einen Umschlag mit meinem Namen gefunden. Er wurde in Chicago aufgegeben.«

»Sind die Türen verschlossen? Ist die Alarmanlage eingeschaltet?«

»Ja«, antwortete sie immer noch mit gedämpfter Stimme.

»Wo bist du?«

»In deinem Schlafzimmer.«

Mein Gott. Warum bringt das Wissen, dass sie sich in mein Schlafzimmer zurückgezogen hat, um Schutz zu suchen, mein Blut in Wallung?

Ich drückte auf den Knopf für den Aufzug und spürte, wie meine Brust zu brennen begann.

»Rühr dich nicht von der Stelle. Ich bin in zehn Minuten da.«

»Danke, Owen.«

Nein, das war es, was mein Blut in Wallung brachte – ihre sanfte Stimme, ihr Dank und ihr Vertrauen, dass ich zu ihr eilen würde, wenn sie anrief.

Myles trat mit mir in die Kabine und starrte mich fragend an. Die Situation gefiel ihm nicht. Es behagte ihm nicht, dass ich dabei war, mich in eine Frau zu verlieben, die in eine wirklich üble Sache verwickelt war. Aber er würde mir den Rücken freihalten.

Gabe und Kevin auch.

Wir waren ein Team.

Brüder.

Und egal was passierte, sie würden hinter mir stehen und damit auch hinter Natascha.

»Soll ich die anderen anrufen?«

Wie ich es erwartet hatte, stärkte Myles mir den Rücken.

»Ja.«

Ohne zu zögern, fischte Myles sein Handy aus der Hosentasche, während ich versuchte, meine Nerven zu beruhigen.

Die Leisetreterei und das behutsame Zureden würden ein Ende haben. Ich brauchte Antworten, und Natasha würde sie mir geben.

KAPITEL ACHTUNDDREISSIG

Drei Monate später – Utah

»BABY, DU MUSST DICH ENTSCHEIDEN«, JAMMERTE DECLAN.
»Ich mochte die letzten drei Orte.«

Wir waren viel gereist. An manchen Orten wie Virginia und Arkansas hatten wir nur eine Nacht verbracht. An anderen Orten wie Tennessee und Oklahoma waren wir ein paar Tage geblieben. In Texas, New Mexico und Colorado hatten wir sogar länger Station gemacht, weil Declan sich dort wohlgefühlt hatte. Jetzt waren wir in Bluff, Utah. Ich liebte es.

Die Stadt war so klein, dass sie kaum auf der Karte zu finden war, aber an Kultur und Schönheit mangelte es dem Ort nicht. Angefangen bei den Sandsteinfelsen über den San Juan River, über das Bear Ears Monument und den Winter Solstice Burn, den ich unbedingt sehen wollte, bis hin zu dem jährlichen Ballonfestival – ich liebte diese Gegend. Aber es fühlte sich immer noch nicht an wie das Zuhause, das ich suchte.

Ich war mir zwar nicht sicher, wie ein Heim sich anfühlte, aber ich nahm an, dass ich es wissen würde, wenn wir es endlich fanden. In der Zwischenzeit erfreute ich mich einfach an der Erkundungstour. Genau wie Declan, obwohl er murrte, weil ich mich immer noch nicht entschieden hatte.

Wir hatten den Tag zwei Stunden nördlich von Bluff im Canyonlands-Nationalpark verbracht. Die Aussicht war geradezu überirdisch. Selbst Declan hatte schweigend an dem Aussichtspunkt gestanden und mit einem Lächeln die spektakulären Schluchten unter uns betrachtet. Und ich war froh, sein Lächeln immer häufiger zu sehen.

Natürlich hatte er sich nicht über Nacht in einen ausgelassenen, fröhlichen, lebenslustigen Kerl verwandelt. Declan war schließlich Declan. Aber er lächelte viel und lachte oft – vor allem wenn ich seiner Meinung nach herumalberte. Ich hatte mich noch nie für einen albernen Menschen gehalten und glaubte auch nicht, dass ich mich albern verhielt.

Doch während der letzten drei Monate hatte ich mich zweifellos leichter gefühlt. Ich spürte, wie die Last von mir abfiel und der Schmutz nach und nach von meiner Haut gewaschen wurde. Das hatte ich Declan zu verdanken, denn er gab sich große Mühe, um mir dieses Gefühl zu vermitteln. Er pflegte immer einen sanften Umgangston, war aber nie herablassend mir gegenüber. Und er behandelte mich nicht wie ein wehrloses Küken, das verhätschelt und beschützt werden musste. Er war einfach Declan.

Nun lagen wir im Bett einer schicken Hütte, die wir gemietet hatten. Das lehmverkleidete Häuschen hatte eine limettengrüne Eingangstür und Fenster, die mit Kacheln im indianischen Stil umrahmt waren. Ich wollte eine exakte Nachbildung bauen, wenn wir uns schließlich irgendwo niederließen. Obwohl es mir hier gefiel, wusste ich, dass wir nicht in Bluff, Utah bleiben würden.

»Lass uns als Nächstes nach Idaho fahren«, sagte ich.

»Was immer du willst.«

In seiner Stimme schwang ein spöttischer Unterton mit, aber ich wusste, dass er die Worte ernst meinte. Declan würde mir geben, was immer ich wollte.

Er hatte mich eng an sich gedrückt und eine Hand an meine Hüfte gelegt. Mein Kopf ruhte an seiner Schulter, während ich mit den Fingerspitzen über seine Tätowierung streichelte.

»Ich will es versuchen«, flüsterte ich, und Declan versteifte sich.

»Noch nicht.«

Das sagte er jedes Mal, wenn ich ihm erklärte, dass ich bereit war, ihn mit meinem Mund zu verwöhnen. Welcher Mann lehnte das Angebot einer Frau ab, ihm einen zu blasen? Die Antwort lautete Declan. Ich vertraute ihm und wollte es versuchen. Wir hatten täglich Sex. Die ersten Male, als er mich in der Missionarsstellung genommen hatte, hatte er sich sehr um mein Wohlergehen bemüht. Ich hatte jeden Zentimeter seines Körpers mit meinen Händen erkundet und es hatte nicht lange gedauert, bis Declan sich entspannt hatte. Bis auf sein bestes Stück hatte ich ihn überall liebkost. Aber sein Schwanz war für meine Lippen nach wie vor tabu, und das ärgerte mich allmählich.

Ich wollte keine Barrieren zwischen uns. Ich wollte, dass wir beide uns von den Einschränkungen befreiten, die wir zu Anfang noch hatten. Wir hatten es fast geschafft, mit Ausnahme von zwei Dingen. Ich durfte ihn nicht mit dem Mund verwöhnen und er hatte mich noch nicht von hinten genommen.

»Dec…«

»Noch nicht, Baby.« Er drehte mir sein Gesicht zu und begegnete meinem Blick. In seinen Augen loderte ein Feuer. »Zieh dein Höschen aus, ich will, dass du dich rittlings auf mich setzt.« Er verlieh seinen Worten Nachdruck, indem er meine Hüfte packte, was mir verriet, dass er keine Bitte, sondern einen Befehl geäußert hatte.

Ich neigte den Kopf nach hinten und presste meine Lippen an seine.

Declan war immer noch sanft und wusste immer, was ich brauchte. Doch die zärtlichen Küsse, mit denen Declan mich noch zu Beginn liebkost hatte, waren feuriger und wilder geworden. Es gab immer noch Zeiten, in denen er mich mit sachten, bedächtigen Berührungen verführte, doch er wurde jedes Mal leidenschaftlicher und stürmischer.

Ich liebte es, ihn zu küssen.

»Baby«, knurrte er an meinen Lippen und mir lief ein erregender Schauer über den Rücken.

Ja, ich liebte es, ihn zu küssen, aber vor allem liebte ich seine Ungeduld.

Ich zog hastig mein Höschen aus, schwang ein Bein über ihn und setzte mich rittlings auf ihn, wobei ich mein feuchtes Geschlecht an seinen harten Schwanz führte.

»Mein Gott, du siehst aus wie eine Göttin – eine verdammte Königin. Jedes Mal raubst du mir den Atem.«

Er packte den Saum meines T-Shirts und schob es hoch. Ich bekam eine Gänsehaut, als er mit den Fingerknöcheln über meine Haut streifte, dann hob ich die Arme an, damit er mir das Oberteil ausziehen konnte. Er warf es beiseite.

»Streich dir die Haare über die Schulter. Ich will dich sehen.« Wieder hörte ich die Forderung in seiner vermeintlichen Bitte und meine Schenkel begannen zu zittern.

Declan war herrisch. Wenn ich nicht gerade nackt war, sträubte ich mich gegen seine gebieterische Art. Aber wenn ich mit ihm im Bett war, konnte ich nicht genug davon bekommen.

»Setz dich auf mich.«

Ich hob den Oberkörper an, umfasste seinen Schwanz mit

einer Hand und streichelte ihn ein paarmal. Dabei genoss ich den Anblick seines angespannten Kiefers und seiner zuckenden Brustmuskeln.

»Sieh mich an, Declan.«

»Ich sehe dich, Baby«, erwiderte er und starrte mir in die Augen.

»Nein, Baby, sieh mich an. Ich bin stark.«

Ich positionierte mich direkt über seiner Männlichkeit und begann langsam, mich abzusenken.

»Ja, das bist du. So verdammt stark.«

Während ich ihn in mich aufnahm, sagte ich: »Du machst mich stärker.«

»Autumn«, stöhnte er.

»So stark, ich kann alles schaffen.« Ich glitt tiefer und hielt dann inne. »Keine Grenzen, Declan. Du und ich. Gemeinsam sind wir zu allem fähig.«

Ich beugte mich vor und legte meine Hände an seine Brust, um sie über die Berge und Täler seiner Muskeln gleiten zu lassen. Früher hatte ich ihn damit nervös gemacht, aber heute spannte er sich aus anderen Gründen an.

Er mochte es, wenn ich ihn berührte.

»Zu allem«, murmelte er. »Verdammt, Baby, du musst dich bewegen.«

Seine rötlichen Augen funkelten vor Verlangen. Declan genoss es, wenn ich ihn ritt. Ihm gefiel die Aussicht. Das wusste ich, weil er es mir gesagt hatte. Er geizte nicht mit Komplimenten, er zeigte mir stets seine Zuneigung und ging nie sparsam mit seinen Worten um.

Ich hob langsam den Oberkörper an und senkte mich wieder ab. Immer und immer wieder, bis ich ihn bis zum Anschlag in mich aufgenommen hatte. Ich ließ den Kopf in den Nacken fallen.

»Sieh mich an«, raunte er und ich blickte auf ihn hinab. »Hart, Autumn, ich will, dass du mich hart reitest.«

Er vergrub seine Finger in meiner Hüfte und half mir.

Es war hart, schnell und so verdammt gut, dass ich schon nach kurzer Zeit auf den Gipfel der Lust zuraste.

»Beug dich vor, Baby, ich will deine Brüste schmecken.«

Ich tat wie geheißen, und er saugte eine meiner Brustwarzen in seinen Mund, um sie mit der Zunge zu umkreisen. Schließlich fuhr er mit seinen Zähnen über die empfindsame Stelle und alle Dämme brachen. Ich explodierte und wurde von einer rauschenden Welle der Ekstase durchflutet.

»Declan«, stöhnte ich.

Er zog den Kopf zurück und bäumte die Hüfte auf. Hemmungslos stöhnte er meinen Namen.

Das ist Musik in meinen Ohren.

»Baby, verdammt. So verdammt gut. So verdammt heiß und feucht.«

Einen Moment später hob er mit einer Hand meine Hüfte an, ließ sie dann an meinem Rücken hinaufwandern, packte mein Haar und führte mein Gesicht dicht an seines.

»Ich liebe dich, Autumn. So verdammt schön.«

Jedes. Mal.

Jedes Mal waren das seine Worte.

Er presste seine Lippen auf meine und stöhnte seine Ekstase in meinen Mund.

In neun von zehn Fällen verlieh er auf diese Weise seiner Lust Ausdruck. Hin und wieder biss er auch in die empfindsame Stelle zwischen meinem Nacken und meiner Schulter. Es war schwer zu sagen, was ich mehr genoss. In diesem Moment neigte ich zu dem Stöhnen. Doch das tat ich immer, bis er mir in die Haut biss, dann änderte ich meine Meinung.

KAPITEL NEUNUNDDREISSIG

Vier Monate später – Maryland

»EMMY KLANG, ALS HÄTTE SIE STARKE SCHMERZEN«, BEMERKTE Autumn, die neben mir auf dem Beifahrersitz saß.

Wir waren zurück nach Maryland geflogen, weil bei ihrer Schwester die Wehen eingeleitet wurden und wir versprochen hatten, die Geburt nicht zu verpassen. Jetzt fuhren wir in einem Mietwagen zum Krankenhaus. Mein Pick-up stand noch in Oregon, wo wir die letzten Wochen verbracht hatten.

Idaho und Washington waren enttäuschend gewesen. Wir waren lange genug geblieben, um in beiden Staaten einige Sehenswürdigkeiten zu besichtigen und Häuser zu erkunden, aber wir hatten uns beide dort nicht heimisch gefühlt. Also versuchten wir es jetzt in Oregon. Autumn gefiel es dort, wobei ich diesmal Vorbehalte hatte. Doch wenn sie ein Haus finden würde, an dem ihr Herz hing, würde ich mich mit ihr dort niederlassen.

»Baby, sie presst ein Kind aus ihrer Vagina. Was hast du denn erwartet?«

Autumn stieß ein verärgertes Schnauben aus. Ich musste sie nicht ansehen, um zu wissen, dass sie das Gesicht zu einer entzückenden Grimasse verzogen hatte.

»Danke, jetzt sehe ich es bildlich vor mir. Außerdem gibt es Schmerzmittel.«

Ich folgte den Schildern und fuhr auf den Parkplatz des Anne Arundel Medical Centers, dann wiederholte ich etwas, was sie bereits wusste: »Sie wollte keine Schmerzmittel.«

»Wer verzichtet bei einer Geburt auf Schmerzmittel?«

»Deine Schwester«, erwiderte ich mit ausdruckslosem Tonfall, und Autumn wandte sich mir zu.

»Das ist doch verrückt.«

Ich fuhr in eine Parklücke. »Da kann ich dir nicht widersprechen.«

»Ich werde mir auf jeden Fall etwas verabreichen lassen«, platzte sie heraus, und ich versteifte mich.

»Wie bitte?«

»Äh.«

Ich warf einen Blick auf Autumn. Sie war kreidebleich.

»Sagtest du, du wirst dir etwas geben lassen?«

»Äh.«

»Willst du denn Kinder?«

»Äh.«

»Baby«, blaffte ich. »Du willst von mir ein Kind?«

»Ja«, flüsterte sie. »Ich hätte das selbst nie für möglich gehalten.«

»Wirklich? Aber jetzt willst du Kinder.«

»Ich glaube schon.«

Das Herz schlug mir bis zum Hals und ein wohliges Brennen breitete sich in meiner Brust aus.

Meine Güte.

»Ich will Kinder«, gab ich zu. »Ich hätte nicht erwartet, je wieder den Wunsch zu haben, noch einmal Vater zu werden. Tatsächlich hatte ich angenommen, dass allein der Gedanke in mir Schuldgefühle heraufbeschwören würde. Aber mit dir will ich Kinder. Ich will eine Familie mit dir gründen. Wenn du dir also irgendwann sicher bist, dann werden wir darüber reden.«

»In Ordnung, Dec.«

Verdammt.

Manchmal war es leicht, die Vergangenheit auszublenden. Jeden Tag sah ich ihr Lächeln, hörte sie lachen und herumalbern. Es war leicht zu vergessen, dass sie nicht immer so unbeschwert gewesen war. Es war erst sieben Monate her, seit wir Maryland verlassen hatten.

Aber es fühlte sich an wie eine Ewigkeit.

»Bist du bereit, deine Schwester und deine Eltern zu sehen?«

Meggy hatte ihr Haus in Iowa verkauft und war mit Justin nach Maryland gezogen. Sie hatten darüber gesprochen, wieder zu heiraten. Eines Tages riefen sie Autumn an, um ihr mitzuteilen, dass sie zum Standesamt gegangen und erneut in den Hafen der Ehe eingelaufen waren. Sie erklärten auch, dass sie keine Feier wollten. Aus ihrer Sicht hatten sie die Dinge einfach nur in Ordnung gebracht, um wieder gemeinsam nach vorn blicken zu können.

Und wenn Meggy Pierce etwas wollte, dann bekam sie es auch.

Also blickten von nun an alle nach vorn.

»Bist du bereit, die Jungs zu sehen?«

Ich war schrecklich nervös, aber das verschwieg ich ihr. Meine erste Unterhaltung mit Thad war nicht einfach gewesen. Immerhin hatte ich mein Team im Stich gelassen. Ich hatte jedoch schnell bemerkt, dass mein Unbehagen nicht auf Gegenseitigkeit beruhte. Er hegte keinen Groll und versicherte mir, dass auch keiner der anderen Jungs mir mein

Ausscheiden verübelte. Das bestätigte sich, als ich zum ersten Mal mit Max sprach. Er erklärte mir ohne Umschweife, wie sehr er sich freute, dass ich mit Autumn losgezogen war.

Ich telefonierte nicht täglich mit ihnen, aber oft genug, um zu wissen, was in ihrem Leben vor sich ging.

Brooks und Tatiana hatten eine Tochter bekommen. Ich hatte die Geburt verpasst, weil wir zu dem Zeitpunkt in Utah waren und das Kind per Kaiserschnitt geholt werden musste. Als wir sie danach besuchen wollten, bat er uns zu warten, da Tatianas Genesung nur langsam voranschritt. Zum Glück hatten die anderen Frauen getan, was sie immer taten, und sich um sie gekümmert. Brooks beschrieb diese Zeit als die schwerste seines Lebens. Seine Frau hatte mit einer Wochenbettdepression zu kämpfen, während sie sich von einer schweren Operation erholte. Aber die Jungs hatten ihm und Tatiana beigestanden.

Ich hatte ein schlechtes Gewissen, weil ich nicht für Brooks da war. Aber wie immer hatte Autumn mich beruhigt. Sie erinnerte mich daran, dass Brooks wusste, dass ich nur einen Anruf entfernt war und dass ich in den nächsten Flieger gesprungen wäre, wenn er mich gebraucht hätte.

»Ja, ich bin bereit«, antwortete ich schließlich.

Wir stiegen aus dem Mietwagen und ich ergriff Autumns Hand.

Auch diese einfache Geste war mittlerweile ganz natürlich. Doch wir hatten Hürden überwunden und uns diese ganz normalen Dinge hart erarbeitet.

Die Aufzugtüren glitten auf und wir traten in die überfüllte Empfangshalle.

Zane wandte sich uns zuerst zu und Autumns Hand zuckte in meiner.

»Ein Wort über seine Grübchen …«

»Meine Güte. Du bist aber empfindlich«, entgegnete sie und zog mich mit sich.

»Declan«, rief Max, woraufhin alle verstummten und sich zu uns umdrehten.

»Was ist los? Warum steht ihr alle hier draußen herum? Gibt es hier kein Wartezimmer?«

»Wir haben auf euch gewartet«, erklärte Kyle und kam auf mich zu. »Autumn«, begrüßte er sie, dann zog er mich mit einem Arm an sich und klopfte mir auf den Rücken. »Schön, dich zu sehen.«

»Dich auch.«

Als Nächstes kamen Brooks und Zane zu mir. Letzterer schlug mir so fest auf die Schulter, dass ich schon glaubte, er hätte sie ausgekugelt. Und schließlich trat Max vor und zog mich an sich. Glücklicherweise versuchte er nicht, mir die Knochen zu brechen.

»Das Glück steht dir gut, Bruder«, murmelte er.

»Es fühlt sich gut an.«

»Verdammt noch mal. Du bist wie ausgewechselt.«

»Das kommt davon, wenn man jeden Morgen neben der Frau aufwacht, die man liebt.«

»Herrgott. Du bist wirklich glücklich.«

»Nein, ich bin überglücklich.«

»Ja, das bist du.«

Nachdem die Frauen uns ebenfalls begrüßt hatten, wobei jede einzelne von ihnen Autumn umarmt hatte, machten wir uns zehn Minuten später auf den Weg ins Wartezimmer. Ein erschöpfter Justin kam uns auf dem Flur entgegen.

»Autumn!« Der Mann eilte auf seine Tochter zu und schloss sie in die Arme. »Endlich.«

Zane begegnete meinem Blick und zog fragend eine Augenbraue in die Höhe.

Ich wusste, was er sah. Autumn war kein einziges Mal zusammengezuckt. Weder als die Jungs sich um sie gedrängt hatten, noch als die Frauen sie umarmt hatten, noch als ihr Vater sie an sich drückte.

Normal. Einfach. Wir blickten nach vorn.

Autumn telefonierte jede Woche mit ihren Eltern und mehrmals pro Woche mit Emerson. Zumeist wusste sie bereits vor mir, was im Leben der Jungs vor sich ging. Sie schickten einander Bilder und Nachrichten und sprachen per Video-Chat miteinander. Niemand würde vermuten, dass sie fast ein Jahrzehnt lang nicht miteinander gesprochen hatten. Die beiden standen sich sehr nahe.

»Hey, Dad.«

»Sie warten auf dich«, verkündete Justin.

»Auf mich?«

»Sie haben mich rausgeworfen. Emerson will, dass du und eure Mutter bei ihr seid.«

Autumn betrachtete ihren Vater und lächelte.

Nein, sie strahlte förmlich.

Der Anblick war wunderschön.

Sie wandte sich mir zu, stellte sich auf die Zehenspitzen und strich mit ihren Lippen über meine.

»Bis später«, murmelte sie.

»Ich werde hier auf dich warten.«

Wieder schenkte sie mir ein Lächeln, das mein Herz höherschlagen ließ.

Dann ging sie davon.

Im Raum wurde es still. Justin starrte mich unverhohlen an, die Frauen grinsten und die Männer wirkten nachdenklich.

»Danke«, krächzte Justin mit erstickter Stimme und ging ebenfalls.

»Ich hätte nie gedacht, dass ich das erleben würde«, begann Brooks. »Weder bei ihr noch bei dir. Ich freue mich riesig für dich, Bruder.«

Ich schluckte den Kloß in meinem Hals hinunter und fragte mich, wann ich so weich geworden war. Dann wurde mir klar, dass ich mich nicht darum scherte. Solange ich

Autumn an meiner Seite hatte, war mir alles andere scheißegal.

Mein Blick fiel auf Tatiana und ich betrachtete das Bündel in ihren Armen.

»Darf ich deine Tochter kennenlernen?«

Tatiana kam auf mich zu und legte mir das Baby in die Arme. Sofort musste ich schallend lachen.

»Bruder«, brachte ich glucksend hervor, »was hat es mit dem ganzen Rosa auf sich?«

»Sie ist ein Mädchen«, blaffte Tatiana.

»Das ist nicht zu übersehen«, bemerkte ich lachend.

Rosa Decke, rosa Schleife, rosa Outfit, rosa Socken. Es fehlte nur noch die rosafarbene Windel. Ich hatte keine Ahnung, ob es so etwas gab, aber Tatiana würde sie sicher kaufen.

»Gib mir meine Tochter zurück.«

»Auf keinen Fall.«

Ich suchte mir einen freien Stuhl, setzte mich und betrachtete Brooks' Tochter Lori noch eine Weile.

»Sie ist perfekt«, sagte ich und blickte zu Tatiana auf.

»Ja, das ist sie.«

Zwei Stunden später tauchte meine Schwester mit Jaxon und seinem Bruder Cooper auf. Letzterer war eine Überraschung.

»Coop«, riefen die Jungs zur Begrüßung und scharten sich um ihn und Jaxon. Violet kam auf direktem Weg auf mich zu und fiel mir fast in die Arme.

»Hey, Schwesterherz. Wo ist mein Neffe?«

»Na großartig. Du auch? Niemand freut sich mehr, mich zu sehen. Alle interessieren sich nur noch für Mason.«

Ich drückte sie.

»Ja, du Arme. Niemand liebt Violet«, neckte ich sie.

»Er ist bei seiner Großmutter. Du und Autumn kommt doch trotzdem zum Abendessen vorbei, nicht wahr?«

»Ja, falls Emerson dieses Kind jemals zur Welt bringt.«

»Du siehst gut aus«, flüsterte sie.

»Ich fühle mich gut.«

»Das freut mich«, hauchte sie.

»Wie lange bleibt Cooper in der Stadt?« Jaxons Bruder lebte in Los Angeles.

»Er ist hierhergezogen.«

»Wirklich? Dann hat er seinen Job bei der Polizei gekündigt?«

Cooper war Mitglied einer Spezialeinheit beim LAPD. Ich hatte ihn im Laufe der Jahre ein paarmal getroffen und er hatte mir jedes Mal den Eindruck vermittelt, dass er sowohl seinen Job als auch sein Leben in Kalifornien liebte. Selbst nachdem seine Mutter nach Maryland gezogen war, um in der Nähe ihres Enkels zu sein, war Cooper in Los Angeles geblieben.

»Ich bin mir nicht sicher, ob Zane es deinem Team schon erzählt hat«, erklärte sie, und ich unterdrückte den Drang, sie daran zu erinnern, dass ich das Gold Team nicht mehr leitete. Dann fuhr sie mit gesenkter Stimme fort: »In L. A. ist etwas Schreckliches vorgefallen, woraufhin Coop die Polizei verlassen hat. Zane hat ihm einen Job bei Z Corps angeboten und er hat angenommen. Er tritt dem Blue Team bei.«

Ich warf Coop einen Blick zu. Er würde sich sicher gut ins Blue Team einfügen. Gabe, Owen, Kevin und Myles waren gute Männer, die ihr Leben im Griff hatten und immer sagten, was sie dachten. Sie arbeiteten gut zusammen und wären sicher offen dafür, Cooper in ihrem Team aufzunehmen.

»Er passt gut zu ihnen. Hast du etwas von Natasha gehört?«

»Soweit ich von Jaxon weiß, geht es ihr nicht gut. Ashakis Tod hat sie schwer getroffen. Und sie weigert sich immer noch, darüber zu reden. Owen ist kurz davor, die Nerven zu

verlieren. Sie leben immer noch zusammen, und überra-
schenderweise hat sie nicht versucht, Reißaus zu nehmen.
Aber sie ist nach wie vor verschlossen.«

Ashakis Tod hatte auch Autumn ziemlich mitgenommen.
Im ersten Monat nach ihrem Ableben hatte Autumn viel
über sie gesprochen, während sie sich damit abfinden
musste, dass sie ihre Freundin nicht so gut gekannt hatte,
wie sie dachte. Um meiner Frau dabei zu helfen, ihren
Frieden mit der Situation zu machen, hatte ich für Ashaki
Partei ergreifen müssen, obwohl ich sie nicht hatte
ausstehen können. Nichtsdestotrotz hatte ich Autumn daran
erinnert, dass Ash ebenfalls mit Dämonen in ihrem Inneren
gerungen hatte. Sie hatte ihre Familie verloren und hatte,
genau wie wir, ein Ventil für ihren Schmerz gefunden. Sie
hatte viel Gutes getan, hatte Leben gerettet und viele
Männer ihrer gerechten Strafe zugeführt. Doch dann war sie
vom rechten Pfad abgekommen, und das hatte sie das Leben
gekostet.

Bevor ich etwas erwidern konnte, schwang die Tür auf
und Thad trat ein.

»Ich habe eine Tochter!«

Alle brachen in Jubel aus und beglückwünschten ihn.
Dann sah Thad mich an und lächelte breit.

»Möchtest du deine Nichte kennenlernen?«

Meine Nichte.

Verdammt, das fühlte sich gut an.

»Hey! Verrätst du uns auch ihren Namen?«, wollte Max
wissen.

»Calliope Autumn«, verkündete Thad stolz.

»Alter, das ist ein Zungenbrecher. Ich werde sie Calli
nennen«, verkündete Kyle.

»Was stimmt nicht mit euch Idioten?«, warf Max ein.
»Warum benennt ihr eigentlich alle eure Kinder nach euren
Geschwistern? Ich kann euch sagen, wenn nicht bald ein

Sprössling den Zweitnamen Maximus erhält, werde ich ziemlich sauer sein.«

Ich musste nur einen Blick in Max' Gesicht werfen und brach in schallendes Gelächter aus. Er war sichtlich verstimmt.

»Bruder, sie alle bekommen ein Mädchen nach dem anderen. Du kannst von Glück reden, wenn eine von ihnen eine Maxine wird«, lachte ich.

»Herrgott, jetzt macht er auch noch Scherze«, bemerkte Brooks.

Ich ignorierte seine Bemerkung und wandte mich Violet zu. »Wir sehen uns heute Abend, ja?«

»Ja«, antwortete sie mit großen Augen und einem schockierten Gesichtsausdruck.

»Ich hab dich lieb, Schwesterherz.«

Tränen traten ihr in die Augen, aber das ignorierte ich ebenfalls.

»Hab dich lieb, Declan.«

KAPITEL VIERZIG

Zwei Monate später – Rescue, Kalifornien

»Das ist es«, verkündete Autumn.

Meine Güte, endlich.

Nach zwei Wochen in Maryland kehrten wir nach Oregon zurück, blieben dort eine Weile und fuhren dann weiter nach Kalifornien. Wir hatten Crescent City, Eureka, Redding und Nevada City erkundet und waren dann auf einen kleinen Ort namens Rescue gestoßen. Rescue bedeutete Rettung. Es lag zwanzig Minuten östlich von Folsom und eine Stunde östlich von Sacramento.

Rescue hatte nicht viele Einwohner.

Aber es war perfekt.

Wir konnten uns dort niederlassen, uns einfügen und uns unsichtbar machen.

In Rescue konnten wir einfach nur Autumn und Declan sein. Dort waren wir nicht Declan, der Marine, der ehemalige Elitesoldat und Söldner. Und Autumn, die Überlebende.

Wir waren ganz normale, gewöhnliche Menschen.

Einfach wunderbar.

»Bist du sicher?«, fragte ich.

»Du etwa nicht?«

Wir standen am Straßenrand und betrachteten das acht Hektar große Grundstück, das der Makler mir angeboten hatte. Darauf stand noch kein Haus. Es war eine leere Leinwand. Ich betrachtete die beiden alten, hoch aufragenden Eichen und konnte meine Zukunft deutlich vor mir sehen.

Unser Haus. Unsere Kinder, die auf dem großen Gelände herumtobten. Unsere Freunde und Familie, die uns besuchten und im Schatten der beiden Bäume ein Bier genossen. Hunde, die herumstromerten.

Mein Gott.

Ich verspürte wieder dieses wohlige Brennen in der Brust und es schwoll immer mehr an, bis ich glaubte, explodieren zu müssen. In diesem Moment wusste ich, dass wir zu Hause waren.

»Diese beiden Eichen bleiben stehen«, sagte ich. »Mir ist egal, was für ein Haus du bauen willst, aber ich entwerfe die Werkstatt und die Scheunen. Ich will Pferde. Und ich will einen Holzzaun entlang der Vorderseite. Er muss nicht weiß sein, aber er muss aus Holz sein. Den Rest überlasse ich dir.«

»Was immer du willst, Dec«, sagte sie und strahlte.

»Wir sind zu Hause, Baby.«

»Ja, das sind wir. In Rescue, Kalifornien.«

Rescue in der Tat.

KAPITEL EINUNDVIERZIG

Sechs Monate später – Rescue, Kalifornien

»Declan«, stöhnte ich.

Er hatte seinen Mund an meine Klitoris gepresst und verwöhnte mich auf unvergleichliche magische Weise. Ich war so kurz davor, auf den Gipfel der Ekstase aufzufliegen, aber Declan reizte mich immer weiter und verwehrte mir die fast greifbare Erlösung.

Er wollte etwas von mir, doch bisher hatte ich nicht nachgegeben.

»Sag Ja, Baby, und ich gebe dir, was du brauchst.«

»Du weißt, dass ich mich auch selbst befriedigen kann.«

»Autumn«, knurrte er und ließ seine Zunge um meine Klitoris kreisen.

Ich spannte meine Schenkel um seinen Kopf an, um ihn an Ort und Stelle zu halten. Dann ließ ich sein Haar los und streichelte mit beiden Händen meine Brüste, weil ich wusste, dass ich ihn damit in den Wahnsinn treiben konnte.

Alles war erlaubt, wenn der andere sexuelle Lust als Druckmittel einsetzte.

»Ich mache dir einen Vorschlag«, keuchte ich. Er hob den Kopf und beobachtete mich mit glühendem Blick. Und weil ich auch etwas von ihm wollte, trug ich noch ein wenig dicker auf, indem ich mir in die Brustwarzen kniff und sie dann mit meinen Fingern umkreiste.

»Scheiße. Du bist so sexy, Baby.«

Oh ja, er war kurz davor, die Kontrolle zu verlieren.

Ich kniff noch einmal in meine Nippel, bäumte mich auf und stöhnte.

»Heute Nacht werde ich es dir richtig besorgen«, raunte er. »Ich will dich nehmen, während du vor mir kniest, ich mit beiden Händen deinen Arsch packe und dich zum Schreien bringe.«

Ja.

Perfekt.

Mittlerweile nahm er mich in jeder erdenklichen Stellung. Und jedes Mal hatten wir nicht einfach nur Sex, sondern verbanden uns miteinander. Ob hart und schnell, langsam und innig, es machte keinen Unterschied. In den vergangenen fünfzehn Monaten hatte ich immer seine Liebe gespürt.

Aber bisher hatte er immer noch nicht zugelassen, dass ich ihn mit dem Mund verwöhne. Ich hatte genug von seiner Zurückhaltung. Es war so frustrierend, dass ich ernsthaft darüber nachgedacht hatte, ihn mit Handschellen an unser schickes neues Bett in unserem schicken neuen Haus zu fesseln. Aber ich befürchtete, dass ich auf diese Weise eine Latte des Kopfteils zerbrechen könnte. Und ich wollte keine Kratzspuren im Holz. Also hatte ich von den Fesseln abgesehen, aber langsam verlor ich wirklich die Geduld.

Und so machte ich ihm einen Vorschlag.

»Wie wäre es mit einem Handel, Baby?«

»Beinhaltet dieser Handel, dass du mit deiner schönen Muschi meinen Schwanz umschließt?«

»Nein. Aber er beinhaltet meinen Mund, der deinen dicken Schwanz umschließt.«

»Autumn«, zischte er.

Er klang wie eine verdammte Schlange.

»Du kannst so viele Ziegen haben, wie du willst, wenn du mich deinen Schwanz lutschen lässt.«

Er sog keuchend die Luft ein und kniff die Augen zu schmalen Schlitzen zusammen.

Ja, hier ging es um Ziegen. Er wollte sich welche anschaffen, ich aber nicht. Wir hatten bereits zwei Pferde. Declan kümmerte sich zwar allein um sie, sodass ich keine Arbeit mit den Tieren hatte, aber ich hatte mich über Ziegen informiert. Sie fraßen einfach alles und ich hatte gerade einen Garten angelegt. Ich wollte vermeiden, dass die Biester alles verwüsteten.

»Und du musst versprechen, dass du *deine* Ziegen aus dem Garten fernhältst.«

»Baby …«

»Ich bitte dich jetzt schon über ein Jahr darum. Du weißt, dass ich bereit bin. Also, was auch immer dich davon abhält, es ist dein Problem, nicht meins. Also verrate mir doch, warum du es nicht willst.«

Declan richtete sich auf, rutschte nach oben und beugte sich über mich. Einen Ellbogen stützte er auf der Matratze ab, während er seine andere Hand mit meinem Haar verwob und mich festhielt.

»Glaub mir, Baby, ich will deine Lippen um meinen Schwanz spüren. Aber noch mehr will ich, dass du ausgeglichen, glücklich und gesund bist. Ich will dich lächeln sehen.«

»Aber ich bin glücklich, Dec. Das habe ich dir zu verdanken.«

»In Ordnung. Kannst du also verstehen, warum ich nicht

gerade darauf brenne, alte Wunden aufzureißen? Ich will auf keinen Fall etwas tun, das unangenehme Erinnerungen in dir auslösen könnte. Ich brauche keinen Blowjob, Baby. Ich will dich lächeln, lachen, glücklich und geheilt sehen. Alles andere ist nicht wichtig.«

Mein Gott, ich liebe ihn.

»Ich werde dir jetzt einen blasen, Declan.«

Im Ernst, welche Frau musste ihren Mann anflehen, ihm den Schwanz lutschen zu dürfen? Verstieß das nicht gegen die Naturgesetze? Sollte ihm nicht seine Männlichkeit entzogen werden? Es war zum Verzweifeln.

Er runzelte die Stirn. Ich hatte eine Hand an seinen Rücken gelegt und spürte, wie er die Muskeln anspannte.

»Autumn …«

»Ich habe gehört, was du gesagt hast«, flüsterte ich. »Und ich liebe es, dass du mich beschützt. Aber ich brauche das. Ich bin nicht gebrochen, also hör auf, mich so zu behandeln. Ich will keine Grenzen mehr zwischen uns, Baby.«

»Verflucht«, keuchte Dec, rollte sich von mir herunter und legte sich auf den Rücken. »Dann leg los, Baby.«

Leg los?

Ja, bitte.

Ich kniete mich vor ihn und betrachtete seinen sehr harten, sehr langen Schwanz.

Und ich erstarrte.

»Äh.«

Offenbar hatte er mein Zögern missverstanden, denn er wollte sich schon aufrichten, doch ich legte eine Hand an seine Brust und drückte ihn zurück auf die Matratze.

»Ich weiß nicht, wo ich anfangen soll«, gestand ich ohne die geringste Scham.

Zwischen Declan und mir gab es weder Scham noch Verlegenheit. Ich konnte alles tun, alles sagen, ihn alles fragen und ganz ich selbst sein, ohne von ihm verurteilt zu werden.

»Achte darauf, dass du deine Zähne nicht benutzt«, sagte er. »Die Eichel ist sehr empfindsam, vor allem die Unterseite. Du kannst lecken, saugen und tun und lassen, was du willst, aber achte darauf, dass mein Schwanz immer feucht ist. Wenn du mit meinen Hoden spielen willst, habe ich absolut nichts dagegen. Rolle sie in deinen Händen, ziehe daran, aber drücke sie nicht zusammen. Und wenn du nicht imstande bist, meinen ganzen Schaft in dich aufzunehmen, dann zwing dich nicht dazu. Stattdessen kannst du mich mit einer Hand streicheln, während du mich mit deinem Mund verwöhnst.«

Als er fertig war, betrachtete ich wieder seinen Schwanz, senkte den Kopf ab und leckte ihn vom Ansatz bis zur Spitze.

Declan stöhnte, also leckte ich ihn noch einmal und achtete darauf, ihn gut zu befeuchten. Nach ein paar Minuten fasste ich mir ein Herz, umschloss seinen Schwanz mit einer Hand und massierte ihn, bevor ich seine Eichel in den Mund saugte und meine Zunge darum kreisen ließ, wobei ich der dicken Vene an der Unterseite besondere Aufmerksamkeit schenkte.

»Sieh mich an«, grunzte er. »Ich will dir in die Augen blicken.«

Oh ja, das gefiel mir. Ich saugte noch mehr von seinem Schaft in meinen Mund und er stöhnte erneut.

»Oh Gott.«

Er war hungrig. So hungrig. Mein Unterleib begann zu pochen und mein Honig rann mir die Schenkel hinunter. Wenn ich nicht so entschlossen gewesen wäre, ihm ein unvergleichliches Erlebnis zu bieten, hätte ich mich selbst berührt.

Beim nächsten Mal werde ich das auf jeden Fall tun.

Ich spielte.

Declan stöhnte.

Ich spielte weiter, bis mein Mund und meine Hand in einen gleichmäßigen Rhythmus verfielen. Declans Aroma umhüllte meine Sinne, die Laute seiner Erregung drangen an meine Ohren und ich fühlte mich erfüllt.

Von Glück.

Von Liebe.

Von Declans heilenden Kräften.

Nur er.

Mein Zuhause. Mein Biest. Mein Beschützer. Mein Liebhaber.

»Genug. Beweg deinen Arsch hierher und reite mich«, raunte Declan.

Ich ignorierte seine Anweisung.

»Du hast zwei Sekunden, um dich auf mich zu setzen, Autumn. Wenn du es nicht tust, werde ich mir deine Muschi selbst holen.«

Mein Unterleib zuckte und ich wurde noch feuchter. Für Declans Geschmack bewegte ich mich wohl nicht schnell genug, denn er schob seine Hände unter meine Achseln und zog mich zu sich. In Windeseile saß ich auf seinem Schwanz und stieß den Atem aus.

»Das war unglaublich, Baby. Der beste Blowjob meines Lebens, ganz ehrlich. Aber wenn ich komme, komme ich in dir. Wenn ich dir also sage, dass du meinen Schwanz reiten sollst, dann gehorchst du, in Ordnung?«

Ich wollte schon entgegnen, dass er auch in mir kommen würde, wenn er sich in meinem Mund ergoss, aber die Worte blieben mir im Halse stecken.

Declan war so sexy und schien rasend vor Verlangen, so erregt war er. Und ich hatte dieses Verlangen geschürt und diesen Hunger in ihm geweckt.

Verdammt, ja, wenn ich ihn derart aus der Fassung bringen konnte, würde ich ihm noch häufig einen blasen.

»Ja, Baby, das werde ich.«

»Reite mich, Autumn. Du solltest besser schnell zum Höhepunkt kommen, denn du hast mich an den Rand der Ekstase gebracht.«

Das konnte ich tun. Ich war mehr als bereit.

Ich wiegte meine Hüfte vor und zurück, rieb mich an ihm und ließ das Becken kreisen, während Declan sich unter mir aufbäumte.

»So verdammt schön«, stöhnte er. »Ich liebe dich, Baby.«

»Ich liebe dich auch.«

Schon nach kurzer Zeit wurde ich von der Woge der Ekstase mitgerissen. Declan vergrub seine Finger in meiner Hüfte, um mich festzuhalten, während sein Schwanz in mir zuckte und er sich in mir ergoss.

Wir waren vollkommen miteinander verbunden, mit Herz und Seele.

»Verdammt, deine Muschi ist einfach wunderbar.«

Das war zwar das blumigste Kompliment, das er mir je gemacht hatte, aber ich genoss es.

Also schenkte ich ihm ein Lächeln und wurde mit einem Lächeln seinerseits belohnt.

KAPITEL ZWEIUNDVIERZIG

Sechs Monate später

»BABY, KOMM HER.«

»Gleich trifft hier eine Karawane voller Leute ein. Ich habe keine Zeit, um zu dir zu kommen.«

Autumn hatte nicht unrecht. In wenigen Minuten würde unser Haus überrannt werden.

Es war fast zwei Jahre her, seit Autumn und ich uns auf und davon gemacht hatten. Wir hatten unseren Weg gefunden, ein Haus gebaut, es mit Liebe gefüllt, und vor allem uns selbst geheilt.

Seit Callis Geburt hatten wir Maryland drei weitere Male besucht. Einmal zur Geburt von Maxine, der Tochter von Kyle und Anaya. Dann um Maya, die Tochter von Max und Eva, willkommen zu heißen und schließlich, als Emmy und Thads zweite Tochter, Ophelia, das Licht der Welt erblickte.

Alles Mädchen.

Die Männer erwartete eine Welt voller Drama und Glück.

Ich wollte dieses Glück auch. Ich wünschte es mir für Autumn.

»Baby, bevor sie alle hier sind, möchte ich noch kurz mit dir reden.«

Auf meine Bitte hin sah Autumn mich an und stimmte bereitwillig zu. »Okay, Dec.«

Ich ergriff ihre Hand und führte sie nach draußen, wobei ich nicht stehen blieb, um die Farne zu betrachten, mit denen sie die Veranda geschmückt hatte. Sie hingen in Töpfen an Haken, die ich an die Decke geschraubt hatte. Ich wusste, dass sie schön aussahen, denn alles, was Autumn pflanzte oder dekorierte, war eine Augenweide. Sie hatte aus der leeren Hülle eines Hauses ein Heim gemacht.

Und es verging kein Tag, an dem ich nicht innehielt, um die Schönheit zu bewundern. Aber im Moment hatte ich etwas anderes im Sinn.

Ich bin gesegnet.

Niemals hätte ich erwartet, je von diesem Gefühl erfüllt zu werden.

Ich blieb unter den beiden alten Eichen stehen, zog einen Ring aus meiner Tasche und verschwendete keine Zeit. »Heirate mich. An diesem Wochenende, wenn alle hier versammelt sind, erweise mir die Ehre und werde meine Frau.«

Autumn starrte mich schweigend an.

»Baby ...«, hakte ich nach.

»Ich hätte dieses Leben nie für möglich gehalten. Nichts von alledem. Weder das Haus noch die Pferde, die Ziegen, die Blumen, den Garten, die Familie, den Frieden, das Glück noch die Liebe. Kein einziges Mal war in mir die Hoffnung aufgekeimt, dass ich all das einmal haben könnte, dass meine Seele heilen und ich wieder ganz sein würde. All das verdanke ich dir. Du schenkst mir deine Liebe, dein Lächeln, deine Aufrichtigkeit, dein Herz. Ich hätte nie geglaubt, dass ich jemanden einmal so lieben könnte, wie ich dich liebe. Ja, ich will deine Frau werden.«

Ich kam nicht dazu, ihr den Ring an den Finger zu stecken, denn Autumn warf sich in meine Arme und presste ihren Mund auf meinen. Sie nahm, was sie wollte, und gab mir, was ich brauchte. Nach einer langen Weile zog sie schließlich den Kopf zurück, als ein Wagen in unsere Auffahrt fuhr.

Und an jenem Wochenende heiratete ich vor all unseren Freunden Autumn Crenshaw.

Ihr Vater führte sie zum Altar.

Neben ihr standen ihre Mutter, ihre Schwester und meine Schwester.

Neben mir standen Thad, Jaxon und Zane.

KAPITEL DREIUNDVIERZIG

Ein Jahr später – Autumns und Declans Hochzeitstag

ICH SAß WIE AUF GLÜHENDEN KOHLEN UND WARTETE DARAUF, dass Declan aus der Werkstatt kam.

Declan gehörte nicht zu den Männern, die untätig herumsaßen. Nachdem wir das Haus eingerichtet hatten, hatte er die Scheune mit Tieren gefüllt. Mittlerweile hatten wir ein drittes Pferd, fünf Ziegen, die tatsächlich niedlich waren, und zwei Katzen, die ausschließlich in der Scheune lebten, denn sie waren weniger niedlich. Allerdings waren sie gute Jäger und hielten die Mäusepopulation in Schach. Zudem hatten wir zwei Mischlingshunde, die wir aus dem Tierheim gerettet hatten. Diese lebten bei uns im Haus und wurden von vorn bis hinten verwöhnt.

Da Declan trotz allem noch eine Aufgabe brauchte und nicht an einen festen Job gebunden sein wollte, kaufte er alte, heruntergekommene Hot Rods, reparierte sie und verkaufte sie weiter. Das hatte sich herumgesprochen und inzwischen standen die Leute Schlange, um ihre Fahrzeuge reparieren zu lassen. Es bewies einmal mehr, dass Declan zu allem fähig war.

Ich für meinen Teil war glücklich, nichts zu tun. Nun, genau genommen war ich selbst ziemlich beschäftigt. Ich hatte einen riesigen Gemüsegarten angelegt – *das ist doch völlig normal, nicht wahr?* Dec war so beeindruckt, dass er mir ein Gewächshaus baute. Da wir nun reichlich frisches Gemüse und Kräuter ernteten, verschenkte ich alles, was wir nicht verwenden konnten, an jeden, der es haben wollte. Da sich viele Leute für meine Erzeugnisse interessierten und manche einfach nur Waren tauschen wollten, leitete ich nun eine kleine Kooperative. Wir waren nur fünfundzwanzig Männer und Frauen, aber es machte mir Spaß – *völlig normal.*

Natürlich hatte ich auch mit Declans Haustieren alle Hände voll zu tun. Außerdem kochte ich wieder häufiger. Er brachte mir sogar bei, wie man *Pão de Queijo* zubereitete. Sie waren köstlich, und an Violets Geburtstag durfte ich sie sogar zum Frühstück backen. Wir hatten Veilchen um die Eichen im Vorgarten und in den Blumenbeeten im hinteren Teil des Gartens gepflanzt. Seine Schwester hatte sich sehr darüber gefreut. Das wusste ich, weil sie bei ihrem letzten Besuch unter den Eichen gesessen, die Veilchen angestarrt und geweint hatte. Als ich sie fragte, was sie so traurig mache, umarmte sie mich nur und sagte, sie sei glücklich, dass Violet jetzt auch zu Hause sei.

Das viele Kochen führte dazu, dass Declan vier Stunden mehr pro Woche trainierte und ich sieben Kilo zunahm. Aber das machte mir nichts aus. Es bedeutete nur, dass ich mich gesund ernährte und regelmäßig aß. Ich war glücklich, entspannt und eine verdammt gute Köchin geworden.

Ich hoffte, bald noch mehr Gewicht zuzulegen. Genau deshalb saß ich nun wie auf glühenden Kohlen. Meine Nichten wurden immer größer, Declans Neffe war ein wandelndes, sprechendes kleines Abrisskommando, und der Rest unserer Freunde hatte auch Kinder.

Ich war bereit.

Fast drei Jahre lang war meine Seele geheilt. Es waren wundervolle Jahre gewesen, in denen ich viel gelernt hatte. Ich stand meinen Eltern sehr nahe, genau wie Declan. Wir hatten großartige Freunde und unsere beiden Schwestern waren großartige Mütter. Ich hatte also wunderbare Vorbilder.

Ich war absolut bereit.

Als ich hörte, wie die Hintertür geöffnet wurde, schlug mir das Herz bis zum Hals. Ich wartete auf das Geräusch von Hundekrallen, die über das Parkett kratzten. Dann wurde es still und ich wusste, dass Declan die beiden Hunde zur Begrüßung kraulte. Schließlich trottete Sasha in die Küche, was bedeutete, dass er fertig war.

Und wie jeden Tag kam Declan direkt auf mich zu, küsste mich auf die Schläfe und murmelte: »Hallo, Baby.«

Verdammt, ich liebe es, das zu hören.

»Ich habe die Pille abgesetzt«, platzte ich heraus und hielt den Atem an.

»Wie bitte?«, fragte er mit einem Knurren, das mich erschaudern ließ.

»Nach meiner letzten Periode habe ich sie nicht mehr genommen. Das ist jetzt drei Wochen her«, erklärte ich.

»Dann bist du also bereit?«

»Ja.«

»Lass uns nach oben gehen.« Er stieß erneut ein Knurren aus, das diesmal jedoch animalischer klang. Ich bebte am ganzen Körper.

»Bist du denn auch bereit?«, wollte ich wissen.

»Nach oben. Sofort.«

Das bedeutet wohl, dass er bereit ist.

Lächelnd eilte ich die Treppe hinauf.

Elf Monate später erblickte Daphne Emerson das Licht der Welt.

Ein Jahr danach bereicherte Madison Violet unsere Familie.

Und zwei Jahre nach Madi wurde unser Sohn geboren. Nach vielen Diskussionen und Streitereien unter den Jungs, wessen Namen er tragen sollte, wussten wir, dass wir es nie allen Männern recht machen könnten. Also gaben wir ihm einen Namen, der die Tapferkeit und den Heldenmut aller verkörperte, und nannten ihn Jack Valor.

Schließlich erklärte ich, dass ich mit dem Kinderkriegen fertig sei, denn ich hatte zudem drei Pferde, sieben Ziegen, einen Stall voller Hühner, einen Garten, vier Katzen und drei Hunde.

So viel Normalität konnte eine Frau kaum verkraften.

EPILOG

»Dad«, jammere Daphne. »Die anderen gehen auch alle hin.«

Ich ließ den Blick von meiner bildhübschen sechzehnjährigen Tochter zu meinem Sohn schweifen, der sich über den Kotflügel seines 68er Mustangs gebeugt hatte und die Stirn runzelte.

Ja, Junge, eines Tages wirst du dich auch damit herumschlagen müssen, wenn du Töchter hast.

Bei dem Gedanken stöhnte ich innerlich auf. Ich fühlte mich ohnehin schon alt genug, da musste ich nicht auch noch darüber nachdenken, dass Jack mir eines Tages Enkelkinder schenken würde.

»Wo ist deine Mutter?«, fragte ich.

»Im Haus. Sie hilft Madi bei ihrem Naturkundeprojekt.«

Daphne zog eine Grimasse. Ihre Abneigung gegen alles, was nicht dem neuesten Trend entsprach, war ihr deutlich ins Gesicht geschrieben.

Meine Madi liebte die Schule, sie liebte es, zu lernen und Wissen in sich aufzusaugen.

Leider hatten meine beiden Töchter das Aussehen ihrer

Mutter geerbt. Mit anderen Worten, sie verkörperten den feuchten Traum eines jeden Teenagers.

Genau aus diesem Grund gab ich nicht nach.

»Daphne, du weißt, dass ich dich liebe, aber die Antwort lautet nein.«

»Warum?« Sie stemmte die Hände in ihre schlanke Hüfte. Ich beschloss, dass ich mit Autumn über die Shorts reden musste, die meine Tochter trug.

»Wie viele Gründe willst du noch hören?«

Als sie den unerbittlichen Unterton in meiner Stimme hörte, ließ sie die Arme sinken und die Schultern hängen. »Keine. Ich weiß, warum du es mir nicht erlaubst«, lenkte sie ein.

»Genau. Warum lädst du nicht deine Freunde ein? Wir stellen die Stühle in den Garten und ich mache ein Lagerfeuer.«

»Wirklich? Das wäre toll. Danke, Daddy.«

Meine Tochter strahlte, und das wohlige Brennen, das ihre Mutter vor all den Jahren entfacht hatte, floss wieder durch meine Adern. Ich nahm mir einen Moment Zeit, um dieses Gefühl zu genießen.

»Eine Sache noch, Daph. Wenn dein verdammter Freund dir noch einmal an den Hintern fasst, wird er mit zehn Fingern weniger nach Hause gehen.«

»Du sollst doch Teenagern nicht drohen«, mahnte Autumn, als sie in die Werkstatt kam.

»Baby, ich weiß nicht, wie oft ich es dir noch erklären soll. Ich drohe ihm nicht. Dieser Junge hat meiner Tochter an den Hintern gefasst. Meinem sechzehnjährigen Mädchen. Ich habe ihr nur erklärt, dass ich ihm die Finger abschneiden und dabei nicht einmal einen Anflug von Reue verspüren werde. Und wenn ich mit ihm fertig bin, gebe ich Jack die Erlaubnis, ihm den Rest zu geben. Dabei ist es völlig egal, dass mein Junge erst dreizehn und dieser Mistkerl schon sechzehn ist. Denn Jack hat etwas, was dieser Idiot nicht hat – die Liebe zu seiner Schwester.«

»Jack wird ihn auch nicht verprügeln«, erklärte meine Frau mit einem Seufzen.

»Das werde ich, wenn er meine Schwester noch einmal anfasst«, warf Jack ein und Autumn bedachte mich mit einem tadelnden Blick.

Man könnte behaupten, dass meine Frau gut gealtert war. Mit fünfzig war sie nicht weniger attraktiv als mit dreißig. Aber sie war auf eine so wunderbare Weise gereift, dass ich sie mindestens einmal am Tag unwillkürlich anstarrte.

»Redet ihr über Score?«, wollte meine bezaubernde Madi wissen.

Score. Der Spitzname dieses Kerls lautete *The Score*, weil er so oft punktete. Daphne versuchte, mir zu erklären, dass er so genannt wurde, weil er der beste Receiver auf dem Footballfeld war, aber ich wusste, dass das Blödsinn war. Der Junge punktete auf ganz andere Weise. Und sollte er jemals versuchen, bei meiner Tochter zu punkten, würde ich ihm ein weiteres Körperteil abschneiden und es in den Müll werfen. Er würde es sicher sehr vermissen, wenn er zu einem Mann heranwuchs.

»Sag das nicht, Madi. Daddy wird nur wütend, wenn er Wyatts Spitznamen hört.«

Autumn verzog die Lippen zu einem Lächeln und ein leises Kichern entfuhr ihrer Kehle.

»Findest du das etwa lustig?«, fragte ich.

»Nein«, lachte sie.

»Warum lachst du dann, Baby?«

»Einfach so.« Als ihr Lachen anschwoll, lehnte ich mich zurück und genoss die Show.

Ihr Lachen war heute nicht weniger atemberaubend als an jenem Tag, an dem sie mich zum ersten Mal damit beglückt hatte. Auch heute war es noch etwas Besonderes.

Für mich war es nie selbstverständlich. Ich liebte ihr Lächeln und hielt ihre Liebe und ihr Vertrauen in Ehren.

Wir hatten hart für unser Glück gekämpft.

»Ich kenne diesen Blick. Ich bin raus«, verkündete Jack.

»Ihr zwei seid ekelhaft«, beschwerte Daphne sich, was Autumn nur noch mehr belustigte.

»Was habt ihr denn? Ich finde es schön, wenn Daddy Mom so anschaut.« Madi stieß einen Seufzer aus, der mir verriet, dass ich in großen Schwierigkeiten steckte. Sie war unsere Träumerin. Daphne war ein ganz normales Mädchen, das mit ihren Freundinnen Partys feiern wollte. Aber meine Madi glaubte an Märchen. Daran war meine Frau schuld, denn sie hatte ihre Kinder davon überzeugt, dass ihr eigener Märchentraum wahr geworden war. »Wartet. Küsst euch erst, wenn ich weg bin«, fügte Madi hinzu und machte sich aus dem Staub.

Perfekt. Ich war mit meiner Frau allein.

»Komm her, Baby.«

»Warum muss ich immer zu dir kommen?«

»Weil ich gern beobachte, wie deine Miene sich entspannt und dieser begierige Ausdruck in deine Augen tritt, weil du weißt, dass ich dich gleich leidenschaftlich küssen werde.«

Autumn kam auf mich zu. Und ich küsste meine Frau leidenschaftlich.

DANKSAGUNG

An Sie alle – meine Leserinnen und Leser. Danke, dass Sie dieses Buch gelesen und mir einige Stunden Ihrer Zeit geschenkt haben. Ob dies nun das erste Buch ist, das Sie von mir lesen, oder ob Sie schon von Anfang an dabei sind, danke für Ihre Unterstützung. Ihretwegen habe ich den tollsten Job der Welt.

BÜCHER VON RILEY EDWARDS

<u>Gold Team – Stahlharte Beschützer:</u>

Brooks

Thaddeus

Kyle

Maximus

Declan

<u>Red Team – Stahlharte Beschützer:</u>

Jasmins Erinnerung

Schutz für Olivia

Vergebung für Violet

Erlösung für Ivy

Die Rettung von Erin

<u>Die Gemini-Gruppe:</u>

Nixons Versprechen

Jamesons Erlösung

Westons Schatz

Alecs Traum

Chasins Kapitulation

Holdens Erwachen

Jonnys Befreiung

<u>Eliteteam 707:</u>

Shanes Auferstehung

Jaspers Freiheit

Levis Erkenntnis

Nolans Zwiespalt

BIOGRAFIE

Riley Edwards ist eine USA Today und Wall Street Journal Bestsellerautorin, Ehefrau und Armee-Mom. Geboren und aufgewachsen ist sie in Los Angeles, lebt inzwischen jedoch mit ihrem fantastischen Ehemann und ihren Kindern an der Ostküste.

Riley schreibt herzerwärmende Liebesgeschichten mit sexy Alphahelden und noch stärkeren Heldinnen. Rileys Lieblingsgenres sind spannende Liebesromane und Militär-romanzen.

Besuchen Sie Riley im Netz!
www.rileyedwardsromance.com
facebook.com/Novelist.Riley.Edwards
instagram.com/rileyedwardsromance
youtube.com/channel
tiktok.com/@rileyedwardsromance
twitter.com/rileyedwardsrom
E-Mail: riley@rileysrebels.com

facebook.com/Novelist.Riley.Edwards
x.com/rileyedwardsrom
instagram.com/rileyedwardsromance
bookbub.com/authors/riley-edwards
amazon.com/author/rileyedwards

BÜCHER VON SUSAN STOKER

<u>SEALs of Protection:</u>

Schutz für Caroline

Schutz für Alabama

Schutz für Fiona

Die Hochzeit von Caroline

Schutz für Summer

Schutz für Cheyenne

Schutz für Jessyka

Schutz für Julie

Schutz für Melody

Schutz für die Zukunft

Schutz für Kiera

Schutz für Alabamas Kinder

Schutz für Dakota

<u>SEALs of Protection: Legacy</u>

Ein Beschützer für Caite

Ein Beschützer für Brenae

Ein Beschützer für Sidney

Ein Beschützer für Piper

Ein Beschützer für Zoey
Ein Beschützer für Avery
Ein Beschützer für Kalee
Ein Beschützer für Jane

Die Zuflucht in den Bergen
Zuflucht für Alaska
Zuflucht für Henley
Zuflucht für Reese
Zuflucht für Cora
Zuflucht für Lara
Zuflucht für Maisy
Zuflucht für Ryleigh

SEALs of Protection: Alliance
Schutz für Remi
Schutz für Wren
Schutz für Josie (4 Mar)
Schutz für Maggie (1 Apr)
Schutz für Addison (6 May)
Schutz für Kelli
Schutz für Bree

Das Bergungsteam vom Eagle Point
Ein Retter für Lilly
Ein Retter für Elsie
Ein Retter für Bristol
Ein Retter für Caryn
Ein Retter für Finley
Ein Retter für Heather
Ein Retter für Khloe

Die SEALs von Hawaii:
Die Suche nach Elodie

Die Suche nach Lexie
Die Suche nach Kenna
Die Suche nach Monica
Die Suche nach Carly
Die Suche nach Ashlyn
Die Suche nach Jodelle

Delta Team Zwei
Ein Held für Gillian
Ein Held für Kinley
Ein Held für Aspen
Ein Held für Jayme
Ein Held für Riley
Ein Held für Devyn
Ein Held für Ember
Ein Held für Sierra

Die Delta Force Heroes:
Die Rettung von Rayne
Die Rettung von Emily
Die Rettung von Harley
Die Hochzeit von Emily
Die Rettung von Kassie
Die Rettung von Bryn
Die Rettung von Casey
Die Rettung von Wendy
Die Rettung von Sadie
Die Rettung von Mary
Die Rettung von Macie
Die Rettung von Annie

Mountain Mercenaries:
Die Befreiung von Allye
Die Befreiung von Chloe

Die Befreiung von Morgan
Die Befreiung von Harlow
Die Befreiung von Everly
Die Befreiung von Zara
Die Befreiung von Raven

Ace Security Reihe:

Anspruch auf Grace
Anspruch auf Alexis
Anspruch auf Bailey
Anspruch auf Felicity
Anspruch auf Sarah

Die Männer von Silverstone

Vertrauen in Skylar
Vertrauen in Taylor
Vertrauen in Molly
Vertrauen in Cassidy

Eine Sammlung von Kurzgeschichten

Ein langer kurzer Augenblick

BIOGRAFIE

Susan Stoker ist die New York Times, USA Today und Wall Street Journal Bestsellerautorin der Buchreihen »Badge of Honor: Texas Heroes«, »SEAL of Protection«, »Die Delta Force Heroes« und einigen mehr. Stoker ist mit einem pensionierten Unteroffizier der US-Armee verheiratet und hat in ihrem Leben schon überall in den Vereinigten Staaten gelebt – von Missouri über Kalifornien bis hin zu Colorado. Zurzeit nennt sie die Region unter dem großen Himmel von Tennessee ihr Zuhause. Sie glaubt ganz und gar an Happy Ends und hat großen Spaß daran, Geschichten zu schreiben, in denen Romantik zu Liebe wird.

Besuchen Sie Susan im Netz!
www.stokeraces.com
facebook.com/authorsusanstoker
twitter.com/Susan_Stoker
bookbub.com/authors/susan-stoker
instagram.com/authorsusanstoker
Email: Susan@StokerAces.com